SOLARIAN

TAGE DES AUFBRUCHS

Science Fiction

Thariot

Kein Buch entsteht ohne Hilfe.
Mein Dank an Boris, Nici, Christoph und Lara.

Lektorat:
Simone Kurilla

Korrektorat:
Stefan Stern

Beta Leser:
Antje Adamson

Titelbild:
© alex_aldo
Fotolia.com

Thariot
Martin Langner
Solingen 2015

1. Auflage
ISBN-13: 978-1514611494
ISBN-10: 151461149X
Thariot.de

Wo immer Sonne scheint, ist Wüste.

Redensart aus Arabien

Phase 1: Venus

I. Here comes the sun

»Here comes the sun ... *doo, doo, doo, doo* ... here comes the sun, and I say,
it's all right ...« Scott verließ mit einer Geschwindigkeit von exakt 263.678 Metern in der Sekunde den Schatten der Venus und raste in einem Bogen auf die Sonne zu. Die Aussicht war absolut überwältigend. Der gelbe Gigant füllte nahezu den gesamten Horizont aus. Der rotblinkende mobile Computer am Unterarm seines Druckanzuges informierte ihn präzise über seine Flug- und Positionsdaten und spielte nebenbei den uralten Song der Beatles ab. George Harrison war ein Genie gewesen, die Realität auf dem Display hingegen eine Tragödie – Batterie: neun Prozent und Sauerstoff: sieben Prozent.

»Yeah.« Das grelle Sonnenlicht blendete ihn. Scott aktivierte den Polarisierungsfilter und scannte das Umfeld erneut auf Funksignale. Nichts. Er war allein. Leider. Nur die Sonne und er. Über hundert Mal größer als die Erde und im Inneren bis zu 15 Millionen Grad Celsius heiß. Ein beeindruckender Stern, die Quelle allen Lebens und 150 Millionen Kilometer weit von der Erde entfernt. Jeder liebte sie, jeder brauchte sie, natürlich in der richtigen Entfernung. Mit zu wenig Abstand war die Sonne im Umkreis von fünf Lichtjahren der tödlichste Ort, an dem sich ein Idiot wie er aufhalten konnte.

Was ihm seine Situation sehr deutlich machte: Das war ein Scheißtag, und zwar einer von der richtig üblen Sorte. Über einen weiteren beschissenen Tag hätte er sich keinen Kopf gemacht. Die ließen sich nicht verhindern, aber dieser war die Krönung aller Scheißtage. Nur mit einem Druckanzug im Reservebetrieb geschützt schoss er knapp eine Million km/h schnell auf die Sonne zu. Er würde zumindest einen verdammt heißen Abgang hinlegen. Dummerweise befand sich kein Raumschiff in der Nähe, das ihn innerhalb der nächsten 61 Minuten retten könnte. Dann würde ihm der Sauerstoff ausgehen, Stunden bevor die Sonne ihm grandios den Arsch abfackeln würde.

»Drauf geschissen …« Seiner Überzeugung nach war das Leben viel zu kurz, um warmes Bier zu trinken, seine Zeit mit hässlichen Frauen zu verschwenden oder bei einem Deal keinen guten Schnitt zu machen. Bedauerlicherweise lief seine letzte Transaktion geringfügig aus dem Ruder, was ihm diesen musikalisch perfekt begleiteten Freiflug in die Hölle einbrachte.

»Lydia ...« Scott dachte an ihre langen dunklen Haare, die festen Brüste und ihr Lachen, das selbst den Teufel in die Flucht schlagen würde. Er hätte dieser Frau nicht trauen dürfen. Nein, das war es nicht, er wusste immer, dass sie eine falsche Schlange war. Er hätte nicht mit ihr schlafen sollen. Blödsinn, der Sex war erstklassig, der beste seit drei Tagen, er hatte nur vergessen, sie nach der Nummer zu erwürgen. Die Kombination, sich mit ihr auf einen Deal einzulassen, ihr an die Wäsche zu gehen und sie danach mit nacktem Hintern paralysiert auf den Frachtkisten ihres Gleiters sitzen zu lassen, war definitiv eine schlechte Idee gewesen. Hätte er sie getötet, anstatt sie nur mit einem Elektroschocker zu betäuben, würde er jetzt nicht als lebendiges Marshmallow zur Sonne fliegen. Dass ihn sein weiches Herz eines Tages töten würde, war absehbar.

Würde er Frauen wie Lydia in seinem nächsten Leben aus dem Weg gehen? Vermutlich nicht, auch wenn es gesünder für ihn wäre. Würde er nach seiner Reinkarnation ein ordentliches Leben führen? So mit allem, was dazugehört: einem Posten innerhalb der Föderation oder in einem der großen Konzerne, Familie, Krankenversicherung, Pensionsanspruch und einem netten Apartment auf einer der zahlreichen Raumstationen, die den Jupitermond Ganymed umkreisten?

»Fuck!« Nein, Scott würde sich in jedem Leben auflehnen und diesen Arschgeigen den Mittelfinger zeigen. Sein Weg würde immer ein anderer sein. Er hatte sich niemals einen Abend gewünscht, an dem er bereits gewusst hätte, was ihm der nächste Tag bringen würde. Die Konsequenzen seines Handelns würde er auch in hundert weiteren Leben ertragen.

Ein Ruck durchfuhr sein Bein. Das Display an seinem Unterarm blinkte noch wilder und anstatt des alten Songs von den Beatles ertönte ein Warnsignal in seinem Helm. Druckabfall. Etwas schien seinen Anzug beschädigt zu haben. Alles drehte sich. Ein Meteorit, vermutlich kleiner als ein Sandkorn, musste seine linke Wade durchschlagen haben.

»Was für ein kleiner Scheißer!«, sagte Scott und dachte wieder an seine beachtliche Geschwindigkeit. Der Krümel hatte es offensichtlich noch eiliger. Die aktiven Nanopartikel des Druckanzugs verschlossen die Gewebebeschädigungen wieder, ohne dass er eingreifen musste. Bei der schnellen Rotationsbewegung glaubte er, sich gleich übergeben zu müssen, was bei seinem leeren Magen nur ein hässliches Würgen ergeben hätte. Er musste sich entscheiden, zwei Minuten länger leben oder etwas Sauerstoff für eine Korrektur mit den Steuerungsdüsen an seinem Helm investieren. Was waren schon zwei Minuten, er traf seine Wahl und ließ den Computer die Stabilisierung der Flugbahn durchführen.

»Mist … das Bein war noch fast neu.« Scott versuchte, seine Zehen zu bewegen, was natürlich nicht funktionierte. Er konnte die Vibrationen der synthetischen Muskelstränge spüren, die der Mikrometeorit beschädigt hatte. Alles, was er unterhalb seines linken Knies bisher als Teil seines Körpers betrachtet hatte, war jetzt reif für die Müllhalde. Zur Kontrolle bewegte er die Zehen des rechten Beines, die er erfreulicherweise noch spüren konnte. Der Einschlag hätte ihn auch auf der Stelle töten können. Doch stattdessen traf er nur sein Bein. Sein linkes Bein wohlgemerkt. Ein seltsames Gefühl. Ein Treffer in seine rechte Wade wäre um einiges schmerzhafter gewesen, die hätte er noch gespürt. Sein gesamtes linkes Bein, sein linker Unterarm, vier Rippen, zwei Brustwirbel und zwanzig Prozent seiner Oberkörpermuskulatur waren bionische Implantate. Andenken aus glücklichen Tagen, als die Special Forces der Föderation noch seine Arztrechnungen bezahlten. An die Granate, die ihn damals in Stücke gerissen hatte, konnte er sich nicht mehr erinnern. Was vermutlich auch besser war.

Scott lag damals sieben Monate im Krankenhaus und verbrachte weitere vier Monate im Veteranencenter der Föderation auf dem Mars. Seine Knochen hatten die gut hinbekommen. Zwölf Millionen hatte die Behandlung gekostet, eine Wahnsinnssumme, aber sein leitender Offizier hatte an ihn geglaubt. Ein Fehler, da Scott danach kein Auge mehr zutun konnte. Er war schon einige Male kurz davor, sich alles abzuschneiden. Eine Lösung wäre das nicht gewesen, aber er glaubte damals, dann wieder besser zu schlafen.

»Scheiße ... jetzt werde ich auch noch sentimental.« Scott biss die Zähne zusammen, seine millionenschwere Roboter-Wade war jetzt nur noch Schrott und er bald mausetot.

Minuten später. Seine Zeit lief ab. Hatte er Angst, zu sterben? Er dachte an den Tod. Bisher hatte er noch nie ernsthaft über sein Ende nachgedacht. Wieso auch, der Tod kam immer zu anderen. Bei wenigen, die er kannte, ohne sein Zutun und bei vielen, die er nicht kannte, aufgrund seiner Taten. Scott wusste nicht mehr, wie viele arme Schweine er im Laufe der Jahre im Dienst für die Föderation getötet hatte. Aber es waren viele. Viel zu viele.

»Verdammt! Das ist vorbei!« Alleine dafür hatte er es verdient, in der Hölle zu schmoren. Was jetzt auch geschehen würde, wenn auch eine Spur zu wörtlich.

»Gott, gibt es dich eigentlich?« Dass er jetzt auch noch nach Gott fragte, erachtete er als blanken Zynismus. Die letzte Kirche in Nordafrika, an die er sich erinnern konnte, hatte er schreiend mit einem Flammenwerfer in der Hand verlassen. Kurz bevor sie brennend einstürzte. Nein, er wollte nicht anfangen, zu heucheln.

»Sorry ... mein Fehler« Scott hakte seine spontan-religiösen Ambitionen ab. In seinen letzten Minuten würde er sicherlich nicht anfangen, zu beten oder so einen Scheiß.

»Vergib mir ...« Was war das denn? Hatte er sich etwa entschuldigt? Bei wem denn? Sauerstoffmangel? Hörte er bereits fremde Stimmen? Scott sah auf das Display am Unterarm – Batterie: fünf Prozent und Sauerstoff: ein Prozent.

»Ich will nicht sterben!«, hörte er sich wie ein Weichei flennen. Gleich würde ihm die Luft ausgehen. Zum Glück hörte ihn niemand. Scott fing an zu weinen. Hemmungslos. Er war allein und durfte so viel weinen, wie er wollte.

»Ich will nicht ...«

»Oh, Sweety, deine Tränen beeindrucken mich ... ehrlich. Du bist rührend. Weißt du, mit dir hätte ich alt werden wollen. Wir hätten bestimmt wunderschöne Kinder bekommen«, hörte er eine Stimme

über Funk sagen. Eine weibliche Stimme, die er gut kannte und mit der er nicht gerechnet hatte.

Scott MacSweetbody, so sein Name. Bei den Special Forces hatte er es immerhin von einem Mannschaftsdienstgrad zum First Lieutenant gebracht. Sweety nannten ihn sonst nur seine Freunde, zu denen er *sie* nicht mehr zählte.

»Lydia?!« Scott war wieder da und zog die Nase hoch. Diese miese Schlampe musste ihm die ganze Zeit hinterhergeflogen sein. Sehnsucht nach ihm würde sie gewiss nicht gehabt haben. Ob sie sichergehen wollte, dass er vor der Sonne nicht falsch abbog?

»Hast du mich etwa vermisst?«, antwortete die böseste Frau, die er kannte, mit der Stimme eines Engels. Lieblich und zuckersüß, die pure Versuchung.

»Ich habe Syphilis. Deine Pflaume wird in zwei Wochen aussehen wie ein verschimmelter Blumenkohl.«

»Weißt du eigentlich ... wie viel Schotter mir ein paar Leute für den Stream mit deinen letzten Worten zahlen werden? Der legendäre Scott ‚Sweety' MacSweetbody findet zu Gott ... episch!«

»Geht es dir nur ums Geld?«

»Natürlich. Du kennst mich doch. Ich bin Geschäftsfrau. Auch wenn ich es für dich gratis gemacht hätte, so ein bisschen Vergnügen sollte man sich immer mal wieder gönnen ... sobald ich wieder in Reichweite bin, werde ich den Spaß ins Netz laden.«

»Verrecke! Miststück!«

»Das werde ich. Nur erheblich später als du.« Lydia lachte. *»Wird deine Luft schon ein wenig stickig?«*

»Komm doch nachsehen.«

»Gleich ... wenn ich deine Leiche aufsammle. Weißt du, es war ein Fehler, dich in die Sonne stürzen lassen zu wollen. He ... es gibt ein Kopfgeld auf dich. Die Föderation zahlt gut, um Deserteure wieder in die Finger zu bekommen.«

»Ich werde dich in deinen Träumen heimsuchen!«

»Na komm ... so gut warst du auch nicht. Ich hatte schon bessere im Bett, also maximal oberer Durchschnitt.«

»Du ...« Scott fiel es schwerer, sich zu konzentrieren.

»Weißt du ...« Lydia zögerte. *»Ich könnte dir auch dein Ding abschneiden und in Alkohol einlegen. Ich kenne ein paar Frauen, denen du das Herz gebrochen hast, die mir dafür noch mehr geben als die Föderation für deine Leiche.«*

Sie lachte. *»Ich habe die Lösung ... ich verkaufe deinen Kadaver stückweise. Ich bin mir sicher, dass der Leichenbeschauer der Föderation nicht so genau nachsehen wird. Der wird kaum bemerken, wenn ich ein paar Kleinigkeiten abschneide ... der nimmt zur Identifikation normalerweise nur eine DNS-Probe«*, erklärte Lydia, die ihren Triumph zelebrierte.

»Ich werde dich ...« Scott glaubte, gleich das Bewusstsein zu verlieren. An seinem Arm blinkte das Display jetzt mehrfach in der Sekunde. Die Vorstellung, in Trophäenschränken einiger seiner Verflossenen zu landen, gab ihm den Rest.

»Ist es schon so weit ... ich dachte, du hättest noch zwei Minuten. Oder hast du etwa die Steuerungsdüsen benutzt?«

Scott konnte nicht mehr antworten. In Gedanken sah er sich, wie er Lydia erwürgte. Langsam. Mit vollendeter Hingabe, bis sie ihm ihre blaue Zunge herausstrecken und ihre giftgrünen Pupillen brechen würden. Ein unerfüllter Wunsch. Ein letzter Blick in die Sonne. Es wurde dunkler, ihm fielen die Augen zu.

Scott stand auf einer Wiese. Die Sonne schien an diesem wunderschönen Tag. Was für ein herrliches Wetter. Er lief zu einem Baum und hob das Bein. Wie bitte? Er hob das Bein und markierte sein Revier. Nein, das konnte doch nicht wahr sein. Doch bitte kein Hund, alles andere, aber bitte doch kein Hund.

Er bellte und lief weiter. Die Sonne lachte. Das Schicksal musste eine Frau sein, eindeutig, kein Mann hätte ihm diese Schmach angetan. Die Sonne lachte wirklich und klang dabei wie Lydia. Nein, nein, nein, bitte nicht das auch noch.

»Sweety, du bist rührend. Ehrlich ... du bist so ein richtig süßer kleiner Fratz!«, hörte er die Sonne sagen, also Lydia, das war ein Alptraum. Die Hölle. Das Inferno. Sie lachte. Der Teufel war also eine Frau. Das Ende aller Tage. Der Untergang des Universums! Scott stellte sich auf die Hinterläufe und kläffte die Sonne an, was auch in einem Alptraum total bescheuert war.

»Los! Hol das Stöckchen!«, rief Lydia vergnügt.
Nein, die konnte ihm seinen pelzigen Buckel runterrutschen. Der Traum würde gleich vorbei, der Restsauerstoff in seinem Hirn verbraucht und er tot sein. Bis dahin würde er warten. Punkt. Aus. Ende. Er würde sich doch nicht zum Affen machen.
Scott wedelte freudig mit dem Schwanz und sprang einem Stock hinterher, der aus dem Nichts an ihm vorbeiflog. Nein. Nicht das auch noch, tiefer konnte er nicht mehr sinken. Er konnte sich kein Szenario vorstellen, das erniedrigender hätte sein können.
»Fein. Das hast du fein gemacht.« Lydia streichelte ihm über den Kopf, ohne dass er sie sehen konnte. »Möchtest du ein Leckerli? Ja ... das hast du dir verdient.«
Nein, das konnte doch nicht ihr Ernst sein. Scott bekam irgendetwas in den Mund gesteckt, das nach toter Katze schmeckte. Der Alptraum hatte seinen Tiefpunkt definitiv noch nicht erreicht.
»So ... jetzt husch, husch ins Körbchen.« Wo Lydia ein Körbchen sah, verstand Scott zwar nicht, aber das dürfte es gleich gewesen sein. Der Sauerstoff ging zu Neige. Er wurde immer müder. Endlich, er freute sich, gleich den Löffel abzugeben und legte sich auf die Wiese, die sich plötzlich wie ein Bett anfühlte.

Echt schräge letzte Gedanken, die sein nach Sauerstoff gierendes Gehirn da produzierte. Realität und Traum waren nicht mehr zu unterscheiden. Er fühlte sich pudelwohl, kuschelte sich an eine große weiße Bettdecke und schlief ein.

***

II. Johannesburg A.D. 2232

»Jetzt schau mich nicht so traurig an, es ist nicht deine Schuld ... wirklich nicht«, sagte Taras Mutter und lächelte zufrieden. Obwohl sie auch das Recht dazu gehabt hätte, auf ihre Tochter wütend zu sein. Sehr wütend. Sie würden sich für längere Zeit nicht mehr sehen.

»Mama, bitte ... ich ...« Tara blieben weitere Worte im Halse stecken. Der Gedanke, vermutlich ein letztes Mal mit ihr zu reden, haftete hartnäckig in ihren Sinnen. Was hätte sie auch tun sollen? Sich entschuldigen? Sich für das Geschenk, zu überleben, bedanken? Oder einfach nur wortlos nicken? Ihr fiel keine für diese unerträgliche Situation passende Geste ein. Tränen rollten über ihre Wangen.

»Ich freue mich für dich!« Mama fuhr Tara über den Kopf und strich ihr an dem geflochtenen schwarzen Zopf entlang. Wie sehr hatte sie es früher geliebt, frisiert zu werden. Vor der Schule, jeden Morgen wieder, wie ein stummes Ritual, das ihre Mutter und sie verband. Tara dachte an eine Redensart, die Mama früher gerne zitiert hatte, dass Kinder in der Schule für das Leben lernen würden. Heute, mit 24, wusste sie es besser, sie hatte nicht für das Leben jeden Tag Bücher gewälzt, bis ihr die Augen zufielen, sie tat es, um zu überleben.

Die Chancen darauf waren minimal, aber sie hatte es geschafft. Nur sie. Weder ihre Eltern noch ihre um ein Jahr jüngere Schwester Istari würde sie morgen mitnehmen können.

»Ich werde einen Weg finden, um euch zu holen«, sagte Tara, als ob sie gerade eine spontane Idee gehabt hätte. Ja, das würde sie tun. Wie wusste sie noch nicht, aber sie würde es tun. Sie würde ihre Familie nicht auf der Erde sterben lassen. Nein, das würde sie nicht zulassen. Sie würde alles daran setzen, einen Weg zu finden, um sie zu retten.

»Ich weiß«, antwortete Mama, wie es vermutlich alle Mütter in dieser Situation tun würden.

»Versprochen!«

»Möchtest du noch etwas essen?«

»Mama!«

»Wir haben noch Reis und Curry«, erklärte Taras Mutter beiläufig und ging in dem fensterlosen Raum auf einen elektrischen Wok zu, der von einer alten Autobatterie gespeist wurde. »Ich möchte nichts davon verderben lassen.«

Einige Bretter stützten die Wände der Erdhöhle. Unter der Decke hing eine einsame Glühbirne. Weitere elektrische Geräte gab es nicht. Neben dem Tisch und drei Stühlen gab es nur noch ein breites Schlaflager auf dem Boden. Wohnung konnte man das Loch nicht nennen.

Solange sie denken konnte, hielt sie ihre Mutter für die schönste Frau auf der Welt. Mit mandelförmigen Augen und einer zartbraunen Haut. Jetzt sah Tara nur noch eine alte Frau, mit gebeugtem Rücken, langen grauen Haaren und tiefen, dunklen Falten im Gesicht, deren Kraft kaum noch zu genügen schien, um einen Kochtopf hochzuheben.

»Das Essen habe ich für euch mitgebracht. Für dich, für Papa und Istari ... die beiden werden bestimmt Hunger haben. Heute ist doch ein besonderer Tag. «

Taras Familie hätte den Preis für frische Zutaten auf dem Schwarzmarkt niemals bezahlen können. Der Preis von einem Kilo Reis entsprach in etwa sechs Monaten harte Arbeit. Sofern man eine Arbeit hatte, für die man bezahlt wurde. Alles, was ihre Mutter heute gekocht hatte, hatte Tara aus der Stadt mitgebracht.

Das Essen hatte köstlich geschmeckt. Wie früher. Es schmerzte, dass ihr Vater und ihre kleine Schwester bisher nicht dabei sein konnten, die seit zwei Tagen unterwegs waren, um ihre monatliche Zuteilung an in Folie eingeschweißten *Foodpacks* abzuholen. Nahezu geschmacklose, industriell produzierte Kohlenhydrat-, Vitamin- und Proteinriegel, von denen die Menschen in den Lagern seit Jahren leben mussten.

»Sie werden sich freuen ...« Ihre Mutter lächelte. Mutig und ohne zu klagen. Tara wusste genau, wie es um die Menschen stand, die außerhalb der Städte lebten.

Vom Eingang her schien Licht in das Erdloch. Istari kam zurück, komplett in ein dreckiges, früher vermutlich weißes Gewand gehüllt. Ihre Beute trug sie in einem Rucksack, den sie sofort auf den Boden fallen ließ, als sie bemerkte, wer zu Besuch da war.

»Tara? Bist du es wirklich?«, rief sie, warf die Kapuze nach hinten, riss sich den Mundschutz ab und stürmte wie von der Tarantel gestochen begeistert auf ihre Schwester zu. Istari war nur zehn Monate jünger als sie. Früher wurden sie oft für Zwillinge gehalten: groß, schlank und mit langen pechschwarzen Haaren.

»Sie hat uns Essen mitgebracht ... echtes Essen. Reis, Fleisch, Gemüse, Gewürze«, erklärte Mama stolz, was die beiden Schwestern gerade nicht interessierte, die sich minutenlang vor Freude weinend in den Armen lagen. Tara hatte ihre Eltern und Istari während der Ausbildung in der Offiziersschule der Föderation seit vier Jahren nicht mehr besuchen können.

»Und ... jetzt erzähl schon ... wie war es in West Point?«, fragte Istari mit strahlenden Augen, während sie sich, scheinbar ohne zu atmen, über das Essen hermachte. »Sieht es in Amerika und Europa wirklich so aus wie in den Streams?« Es schmeckte ihr sichtlich. »Und die Männer? Kennst du welche mit blonden Haaren? Sind die nett? Und ... hast du schon einen Freund?«

»Ich fange mal vorne an ...« Tara lächelte. »Ich habe bestanden.« Ihr war der Moment beinahe peinlich. Es gab so viel, was sie ihrer Schwester erzählte wollte. Tara hatte vor einer Woche das Offizierspatent der Föderation bestanden.

»Echt? Wow ... hast du deine Uniform an?«

Tara nickte.

»Ein wenig Respekt, junge Dame. Deine Schwester ist jetzt ein Offizier! Second Lieutenant Tara Bagian!«, antwortete Taras Mutter mit stolzgeschwellter Brust.

»Jetzt zeig schon her! Ich salutier dann auch ... wenn es unbedingt sein muss.« Istari ließ sich nicht abwimmeln.

Tara stand auf und legte das weiße Gewand ab, mit dem sie bei ihrer Anreise die Uniform verborgen hatte. Niemand in den Lagern sollte neidisch auf sie sein.

»Unglaublich ... ich kann es immer noch nicht glauben«, sagte Istari und fuhr mit der Hand über die weiße Funktionsuniform, die sich hauteng an Taras Körper fügte. Die strukturierte Oberfläche glitzerte minimal, da das statisch aufgeladene Gewebe den Staub in der Luft abwies. An ihrem linken Unterarm befand sich ein Display im Stoff eingebettet und am Kragen umschloss ein zweifingerbreiter Wulst ihren Hals. Bei Gefahr würde sich daraus automatisch ein Helm schützend über Gesicht, Kopf und Nacken legen.

»Du trägst sogar eine Waffe?«, fragte Istari beeindruckt und blickte auf das Holster am rechten Oberschenkel. Eine automatische 12-Millimeter Pistole mit intelligenter Munition, deren Geschosse wahlweise drei Zentimeter starke Panzerungen durchschlagen oder beim Aufschlag wie Granaten explodieren würden.

»Ja ... ist Vorschrift, wenn ich die Stadt verlasse.« Dass die Vorschrift auch besagte, die Stadt erst gar nicht zu verlassen, verschwieg Tara.

»Irre ...«

»Sie wird auf dem Mars arbeiten«, fügte Mama hinzu und zeigte vielsagend mit dem Finger nach oben.

»Auf dem Mars?«, fragte Istari, deren Übermut sich durch Mamas Erklärung deutlich abkühlte.

»In der Nähe des Mars' trifft es besser. Ich werde auf die USS Kinshasa versetzt. Dort werde ich als Kommunikationsoffizier die Transferkorridore zwischen der Erde und den Jupitermonden koordinieren.«

Stille. Niemand sagte einen Ton. Istari sah sie nur an, Worte waren in diesem Moment überflüssig.

Auch Tara bemühte sich, ihre Fassung zu bewahren. »West Point sieht nicht mehr so aus wie in alten Streams. Wir leben dort inzwischen alle in Bunkern unter der Erde. Aber in einer Sache kann ich dich beruhigen, die anderen Offiziere der Föderation sehen blendend aus. Die meisten zumindest.«

»Die meisten?« Istaris Gesichtsausdruck spiegelte ihre Freude und Betroffenheit gleichzeitig wider.

Tara mühte sich zu einem Lächeln. »Ich habe trotzdem keinen Freund ...«

Mama nickte zufrieden. »Lass dir Zeit mit den Männern ... die wollen nur ...«

»Mama!«, antworteten Istari und Tara im Gleichklang.

»Ich mein ja nur ...«

»Du wirst also die Erde verlassen?«, fragte Istari und legte die Gabel auf den Tisch. Sie hatte die Mahlzeit noch nicht beendet.

»Ja.«

»Wann?«

»Morgen.« Tara schluckte. Der Transporter in ihr zukünftiges Leben würde pünktlich in 18 Stunden am Spaceport Johannesburg starten. Mit dem Besuch bei ihrer Familie ging sie ein hohes Risiko ein, in der jüngeren Vergangenheit gab es in ungesicherten Zonen zahlreiche Übergriffe auf Offiziere der Space Force.

»Morgen schon?« Istaris Frage verhallte unbeantwortet im Raum. Was hätte Tara darauf auch sagen sollen? Sie wusste, dass Istari gemeinsam mit ihr denselben Traum geträumt hatte. Ein Leben in den Sternen, ein Überleben auf einer neuen Welt. Ein Traum, der nun für Tara wahr werden würde.

»Kommt Vater bald nach Hause?«, fragte Tara, die mit der Situation nur schwer umgehen konnte.

»Morgen, übermorgen, die Rationen werden knapper, er versucht, weitere Foodpacks zu bekommen.«

»Ich habe nicht mehr viel Zeit ...« Tara hasste es, diese egoistischen Worte zu sagen. Sollte sie etwa gehen, ohne sich von ihrem Vater zu verabschieden?

»Natürlich ... «

»Können wir zu ihm gehen?«, fragte Tara.

»Besser nicht ... es war klug, die Uniform zu verbergen. Viele in der Gegend scheinen in den letzten Monaten den Verstand verloren zu haben. Die würden dich, sobald sie dich in der Sonne funkeln sehen, sofort in Stücke reißen.«

Istaris Antwort jagte ihr einen Schauer über den Rücken. Was war nur aus der Welt geworden? Wie wilde Tiere waren die auf der Erde in den Außenzonen zurückgebliebenen Menschen bereit, andere für eine frische Tomate oder zwei Kartoffeln zu töten.

»Jetzt hör auf ... ich möchte ihn sprechen!« Tara sah darin kein weiteres Risiko, das sie nicht einzugehen bereit gewesen war.

Ihre Mutter nickte.

»Okay ... aber du solltest nicht nur unsichtbar bleiben, sondern am besten auch kein Wort sagen«, sagte Istari, die erneut fragend ihre Mutter ansah.

»Warum schweigen?«

»Allein die Art, wie du redest ... du hast keine Ahnung, was da draußen wirklich los ist, oder?«

»Ich kenne die Berichte aus den Nachrichten ...«

»Als ob die euch die Wahrheit über uns sagen würden!«, erklärte Istari mit einer Abgebrühtheit, die Tara nicht bei ihr kannte. In den letzten vier Jahren schien sich neben der Welt auch ihre kleine Schwester verändert zu haben.

»Ich will trotzdem mit Vater sprechen!« Tara hatte sich entschieden, sie war nicht so weit gekommen, weil sie schnell aufgab.

»Dann lass uns losgehen!« Istari stand auf und wechselte den Staubfilter in ihrem Atemschutz.

»In Joburg leben 15 Millionen Menschen unter der Kuppel, von denen niemand so dumm ist wie du, diesen goldenen Käfig freiwillig zu verlassen«, sagte Istari an der Oberfläche. 58 Grad Celsius im Schatten in gut 1.700 Meter Höhe über dem Meeresspiegel. Weiter unten in den Wüsten wurde es noch heißer. Am Horizont ließ sich die Skyline von Johannesburg erkennen, die ein teildurchsichtiges Energieschild vor der Sonne, dem Dreck und den Horden der Flüchtlinge schützte.
»Das ist mir bekannt ...« Tara verstand nicht, was Istari ihr damit sagen wollte.
»Im Umkreis von 20 Kilometern leben 250 Millionen Flüchtlinge, von denen voraussichtlich binnen der nächsten 12 Monate 80 Prozent sterben werden ... jeder von denen würde dir für eine warme Mahlzeit sein Kind verkaufen.«
»Istari, ich lebe in der gleichen Welt wie du!« Tara kannte von der Ausbildung in West Point auch diese Zahlen, die Föderation scheute sich nicht, zur Motivation von Offiziersanwärtern die ungeschönte Wahrheit zu zeigen.
»Wirklich?«
»Ja.«
»Wenn ich die Schule mit deinen Noten abgeschlossen hätte, wäre ich nicht zurückgekehrt«, sagte Istari überraschend bissig.

»Geht es dir wieder um deinen Schulabschluss?«, fragte Tara, die die Verbitterung ihrer Schwester verstehen konnte. Die Chancen für jemand aus ihrer Zone, Offizier bei der Föderation zu werden, waren minimal. Bis vor drei Jahren hatte es im Jahr 20 Stipendien für die besten Schüler in den Außenbezirken gegeben. Tara hatte mit einem Notenschnitt von 1.0 nach einer Zwischenprüfung in Mathematik einen dieser begehrten Plätze bekommen. Istari, die eigentlich die bessere Schülerin war, kam mit einem Notenschnitt von 1.1 noch nicht einmal in die Nähe der Zwischenprüfung. Ein Patzer im Bodenturnen bei der Vorbenotung in Sport kostete sie ihre Karriere und vermutlich in nicht allzu ferner Zukunft ihr Leben.

»Das ist Vergangenheit, es gibt keine Schulen mehr.« Istari zeigte von dem Hügel, auf dem sich der Eingang zu dem Erdloch unter einem Stück Wellblech verbarg, hinab auf eine weite Ebene, auf der sich ein Wellblech neben dem anderen befand. »Siehst du diese Wohnzone da unten?«

»Ja.« Tara lief bereits auf dem Weg an den anderen Erdlöchern vorbei. Sich im Boden einzugraben, war die einzige Möglichkeit, sich mit einfachen Mitteln vor der Sonne zu schützen.

»Das sind alles unsere Freunde.«

Tara nickte und wartete auf die weitere Erklärung.

Istari zeigte mit dem Arm über die Ebene. »25.000 Familien, die sich hier in den letzten drei Jahren eingegraben haben. Uns geht es nicht gut, aber wir überleben. Wir halten zusammen und schützen unser Leben und unsere *Eigentumswohnungen* sorgsam.«

»Mit Stacheldraht und alten AK-47 Sturmgewehren ... auch das habe ich gesehen.« Taras Mutter hatte sie am Eingang abholen müssen, sonst wäre sie nicht in die Zone hereingekommen.

»Bist du über die Straße von Joburg gekommen?«, fragte Istari und zeigte auf den Eingang, den Tara benutzt hatte.

»Ja. Zu Fuß.« Tara hatte die sieben Kilometer zwischen dem Security-Gate der Stadt und dem Lager in der Glutsonne zu Fuß zurückgelegt. Mit einem Militärfahrzeug zu fahren, oder noch schlimmer, zu fliegen, hatte sie für keine gute Idee gehalten.

»Gute Wahl. Dann dürfte noch niemand wissen, wer du bist. Die Straße und der direkte Bereich vor dem Gate nach Joburg werden von Drohnen kontrolliert, da lungert niemand herum, der keine Nahtoderfahrung sucht.«

»So war auch mein Plan ...« Auch wenn Tara für ihre improvisierte Reise sicherlich keinen Orden bekommen würde. Sie musste nicht nur lebendig, sondern auch unverletzt zum Start ihres Gleiters in gut 17 Stunden wieder am Spaceport sein. Eine Verletzung auf diesem eigenverantwortlichen Ausflug würde ihre Dienstfähigkeit infrage stellen, was in diesen Tagen mit hoher Wahrscheinlichkeit eine Suspendierung nach sich ziehen würde. Das durfte nicht passieren.

»Dann komm mal mit ...« Istari drehte sich herum und ging den Hügel weiter hinauf. Tara folgte ihr. Die Luft roch verbrannt und schmeckte wie in einer Räucherkammer.

Nach zweihundert Metern konnten sie in das benachbarte Tal blicken. Oder, genauer gesagt, auf eine gigantische Menschenmenge, die sich um eine Ausgabestelle für Lebensmittel und Wasser drängte.

»Wie viele Menschen sind da unten?«, fragte Tara, die dieses Szenario an die apokalyptischen Bilder von Hieronymus Bosch erinnerte.

»Millionen ... es werden jeden Tag mehr. Dummerweise steigt nicht die Ausgabe von Nahrungsmitteln, weshalb sich unser Vater inmitten dieser Hölle befindet.«

»Aber es gibt doch eine personenorientierte Zuteilung.«

»Die niemandem hilft, der nicht registriert ist. Und auch den Registrierten nichts bringt, wenn die Frachter am Nachmittag leer sind. Jeden Morgen pünktlich um 8 Uhr landet ein neuer Frachter, der zwölf Millionen Tagesrationen verteilt ... um die sich heute ungefähr vierzig Millionen Menschen geprügelt haben«, erklärte Istari und kehrte um.

»Das ist unmenschlich ...«

»Ja«, antwortete Istari knapp. »Seit die Polkappen der Erde komplett abgeschmolzen sind, müssen wir rund um Joburg in den Bergen enger zusammenrücken.«

»Ich werde euch nachholen!«

»Glaubst du wirklich daran?« Istari schien ihr nicht folgen zu wollen und ging weiter den sengend heißen Hügel hinab.

»Das verspreche ich dir!«

»Tara ... das musst du nicht tun. Du musst mir nichts versprechen, was du nicht halten kannst. Ich freue mich, dass es zumindest eine von uns schafft.«

»Nein ... das ist mir ernst!« Tara blieb stehen. »Istari!«

»Ja.« Auch sie blieb stehen.

»Du versprichst mir, zu überleben! Und ich verspreche dir, dich zu holen! Wir wollten beide in den Sternen leben und genau das werden wir tun!«, erklärte Tara.

»Du meinst das ernst, oder?«, fragte Istari unsicher.

»Bei meinem Leben, ich verspreche es dir!«

»In Ordnung ... ich nehme dein Versprechen an und werde mich bemühen, mich weder vergewaltigen, versklaven, noch meine Kehle durchschneiden zu lassen.«

»Schwöre es!« Tara nahm ihre kleine Schwester in den Arm. Sie würde ihren Teil der Abmachung halten.

»Versprochen!«

»Dann weiter. Ich will zu Vater und danach zu meinem Gate. In der Reihenfolge. Noch 17 Stunden. Los. Wir haben keine Zeit zu verlieren!« Tara ging weiter, die Gluthitze interessierte sie nicht mehr.

»Herrje ... dann muss ich jetzt dafür sorgen, dass du da unten heil durchkommst.«

»Das solltest du!«

»Hast du bereits einen Menschen getötet?«, fragte Istari.

»Nein ... warum auch?« Natürlich hatte Tara noch nie jemand umbringen müssen.

»Ich schon ... einige sogar.«

»Wie bitte?« Tara glaubte nicht, was sie da hörte.

»Lerne es, schnell, und zögere nicht!«

***

III. Hundeleben

Scott öffnete die Augen. Alles dröhnte. Sein Kopf fühlte sich an, als ob er gerade mit der Stirn durch eine Wand gelaufen wäre. Er lag in einem Bett. Wo war er? Hatte er geschlafen? Die letzten Momente seiner Erinnerung passten nicht so ganz ins Bild.

»Scheiße!« Ihm war die Luft ausgegangen, das wusste er noch. Und da war Lydia, die er erwürgt hatte. Falsch, erwürgen wollte. Wäre auch zu schön gewesen. Eigentlich sollte er jetzt tot sein, was scheinbar nicht der Fall war. Die Kopfschmerzen fühlten sich echt an. Mit der Hand strich er sich über sein unrasiertes Gesicht. Die vage Option, als Kind in einem neuen Leben wiedergeboren zu sein, konnte er mit hoher Sicherheit ausschließen und als Hund hatte ihn das Schicksal netterweise auch nicht in die nächste Runde geschickt.

»Ach du Scheiße!« Scott wusste genau, wo er war. Die weißgraue Decke dieser Raumschiffkabine und die ovale Lampe mit dem Sprung in der Fassung kannte er. Verdammt, diese Hexe wollte seine Seele fressen. Zu seinem bisher auf Sparflamme arbeitendem Verstand gesellten sich weitere Gehirnzellen dazu, die ihm das letzte Gespräch mit Lydia leidlich vergegenwärtigten. Oh nein, Scott griff sich erschrocken in den Schritt. Noch nie hatte er seinen Schwanz mit mehr Erleichterung in der Hand gehalten, zwischen seinen Beinen befand sich noch alles an der richtigen Stelle.

»Du bist süß«, flötete Lydia von der Seite, die ihn scheinbar beim Aufwachen beobachtet hatte. »Hast du alles gefunden, was du gesucht hast?«
Scott riss den Kopf herum und sah sie. Den Teufel! Lydia. Langhaarig. Sündig, nackt und mit einem feisten Lächeln im Gesicht. Nein, sie war kein Mensch, sie musste ein Dämon sein. Ihr Körper eine Offenbarung und ihre Seele der Inbegriff aller denkbaren Bösartigkeiten, nur geschaffen, um ihn zu bestrafen.
»Ich ...« Scott suchte nach einer passenden Beleidigung, die diesem Moment angemessen war. Sie nur schlicht als Hexe zu titulieren, beleidigte jede ehrbare Frau, die im Mittelalter auf dem Scheiterhaufen verbrannt worden war.
»Ich hab dir dein Ziepelchen dran gelassen ... was aber nicht bedeutet, dass du damit in Zukunft noch machen könntest, was du wolltest!«, erklärte sie belehrend und fuhr ihm mit der Hand über die krausen Haare auf seiner Brust.
»Was!?« Das war zu viel. Scott würde dieses abstruse Spielchen jetzt beenden. Sofort. Sie zu töten, würde nicht lange dauern. Es war ein Fehler, ihn nicht ernst zu nehmen, sie hätte ihre Chance nutzen sollen. Jetzt war er an der Reihe. Mit einem lauten Schrei warf er sich auf sie, beide Hände an ihrer Kehle, gleich würde er ihren Kehlkopf brechen hören. Ja, sie würde jetzt sterben!
»Ich liebe Männer, die wissen, was sie wollen.« Lydia schloss genüsslich die Augen und streckte ihm ihre wohlgeformten Brüste entgegen. Sie musste den Verstand verloren

haben. Nicht zu groß, nicht zu klein, genau wie Scott sie liebte. Verdammt, er sollte jetzt nicht über ihre Titten nachdenken, er wollte sie umbringen.

»Ich werde dich töten!«, rief Scott aufgebracht, während seine beiden Hände ihren dünnen Hals fest umschlossen. Bereit, ihr das Leben zu entreißen - warum röchelte sie nicht bereits? Er gab alles, mit wenig Erfolg. Fester, er drückte so fest er konnte, brachte es aber nicht fertig, richtig zuzupacken. Sie schien der Kampf sogar zu erregen. Lydia stöhnte lustvoll. Schlampe! Hier lief etwas schief. Jetzt bekam er auf einmal keine Luft mehr. Was für eine verkehrte Welt, irgendetwas an seinem Hals sorgte dafür, dass er ihr ihren nicht herumdrehen konnte. Das konnte doch nicht wahr sein! Sie sollte endlich sterben! Was hatte sich diese verfluchte Hexe jetzt wieder einfallen lassen, um ihn zu narren? Warum starb sie nicht, wie es sich gehörte?

»Ach Sweety, du bist nicht schwer zu durchschauen. Mit deinem naiven Wunsch, mir wehzutun, habe ich gerechnet.« Lydia lächelte, sah ihm in die Augen, legte einen Finger auf sein Kinn und schubste ihn spielerisch zurück. Scotts Höllenritt würde weitergehen. »Ich habe vorgesorgt ... um dein Temperament in die richtigen Bahnen zu lenken. Oder meinst du, ich würde dir vertrauen?«

»Nein!« Scott kämpfte damit, nicht ohnmächtig zu werden. Das Ding an seinem Hals zog sich weiter zusammen. Er würde sie trotzdem töten. Kurz vor einer erneuten Bewusstlosigkeit streckte er krächzend seinen Arm in ihre

Richtung. Er gab auf. Lydia schien ihm ein intelligentes Würgeband angelegt zu haben. Scheinbar konnte die Neuroelektronik seine gesamte Muskulatur kontrollieren, weshalb er es eben nicht geschafft hatte, sie zu erwürgen.

»Ich würde mich nicht weiter wehren ... wenn du andauernd bewusstlos wirst, können noch wichtige neuronale Funktionen in deinem Körper beschädigt werden. Das wäre ein Jammer ... einen Krüppel kann ich nicht gebrauchen.« Sie schien an der Kontrolle über ihn, einen Heidenspaß zu haben.

Scott ließ nach, auch diese Runde ging an sie. Er musste einen anderen Weg finden, sich zu befreien. Er entspannte sich, worauf ihm das Halsband wieder das Atmen erlaubte. Sie hätte ihn im All einfach in die Sonne stürzen lassen sollen.

»Fein gemacht ... ich wusste, dass du vernünftig bist. Weißt du, Sweety, es ist gefährlich für eine Frau, in dieser Gegend alleine zu arbeiten. Immer wieder treffe ich Männer, die mich ficken, ausrauben und töten wollen. Bei einigen Kerlen bin ich mir noch nicht einmal sicher, ob sie diese Reihenfolge einhalten würden. Na ja, von denen lebt eh keiner mehr ... aber anstrengend ist das schon.« Lydia drehte sich von ihm weg und stand auf.

»Was willst du von mir?«

»Lass mich nachdenken ....« Lydia strich sich mit der Hand durch ihre lange dunkle Mähne und ging zum Badezimmer. Ihre Liebe zu ihm wollte sie ihm jetzt sicherlich nicht gestehen. »Ich habe beschlossen, dass du ab heute für mich arbeitest.«

»Wie bitte?«

»So lange, bis ich deiner überdrüssig bin.«

»Das ist krank!«

»Du wirst tun, was ich dir sage, du wirst es erledigen, wann ich es möchte und du wirst es auf eine Art und Weise tun, wie es mir gefällt ... ist das klar?«

»Du bist verrückt.« Nein, diese Frau machte ihn verrückt.

»Natürlich. Wäre ich bei Verstand, hätte ich dich bereits getötet. Habe ich mich deutlich ausgedrückt?«

Scott nickte. An Lydias Worten blieben wenige Unklarheiten. Seine Gegenwehr brach zusammen. An dem Traum, sein nächstes Leben als ihr Schoßhund zu verbringen, war scheinbar mehr dran, als er zuerst wahrhaben wollte.

»Wo fliegen wir hin?«, fragte Scott und blickte aus der Flugkanzel des alten Frachtgleiters, den Lydia sich aus Föderationsbeständen besorgt hatte, ins All. Wie er sie einschätzte, hatte sie das Schiff sicherlich nicht bezahlt oder auf eine andere ehrbare Art und Weise erworben. Mit einer Schiffslänge von knapp dreißig Metern und Platz für vier Personen konnte man mit diesen Raumschiffen keine großen Sprünge machen. Sie waren aber geräumig genug, um lukrative Frachtaufträge zu erledigen und ausreichend klein, um auf größere Entfernung nicht von den Langstreckensensoren der Behörden erfasst zu werden.

»Arbeiten, mein Schatz ... mach dich nützlich und kontrolliere das Lockup deines Gleiters. Schalte deine Steuerung auf mein Panel. Ich möchte deine kleine fette russische Ente nicht verlieren. Wir brauchen den synchronisierten Schub beider Schiffe, um nicht beim Beschleunigen und Bremsen auseinandergerissen zu werden.«

»Meine утка ist nicht fett.« Scott wählte sich remote in seinen Schiffscomputer ein, deaktivierte alle relevanten Sicherheitsprotokolle und startete das Modul, das die Arretierung seines roten Frachtgleiters kontrollierte. »Die утка ist solide, schnell und zuverlässig.«

Im Prinzip dieselbe Schiffsklasse wie Lydias Vogel, nur nicht aus Föderationsbeständen geklaut, sondern eine dauerhafte Leihgabe der NewCom-Corporation. Bei NewCom gab es allerdings hauptsächlich russische Ingenieurskunst, wenn auch der Mittlere Osten, Südamerika und große Teile Afrikas sich mittlerweile diesem Machtblock angeschlossen hatten.

»Sie wird daher einen guten Preis bringen.« Lydia schien sich immer noch bestens zu amüsieren. Sie saß direkt neben ihm. Angeschnallt. Beide trugen schwarze Nanodruckanzüge, um die starken G-Kräfte von bis zu 30 G beim Beschleunigen zu überstehen. Ohne diese Schutzkleidung würde ein Mensch oder auch jedes andere Lebewesen beim Start innerhalb von Sekunden sterben.

»Lockup steht. Die УТКА ist startfertig. Du kannst alle Aggregate von deinem Panel fernsteuern.« Scott hatte die gesamte Steuerung seines Schiffes mit der Konsole von Lydias Schiff synchronisiert. »Innerhalb der Föderation wirst du für ein NewCom-Schiff nicht viel bekommen. Die mögen die rote Lackierung nicht.«

Mit dem Verkauf seines Schiffs war er natürlich nicht einverstanden, aber das Thema würde er erst im richtigen Augenblick wieder ansprechen. Er sah vorerst keine Möglichkeit, das Halsband loszuwerden. Er brauchte Geduld und Lydia würde früher oder später einen Fehler machen. Es galt nur, den richtigen Moment abzuwarten.

»Stimmt. Du bist ein schlaues Bürschchen« Lydia ließ sich davon nicht aus dem Konzept bringen und gab den neuen Kurs in den Bordcomputer ein. Weder ihr Schiff noch sein russisches Schmuckstück waren auf dem neusten Stand der Technik. Im Prinzip flogen sich die Vögel wie 200 Jahre alte Flugzeuge auf der Erde, wobei einzelne Bedienelemente auch noch älter zu sein schienen.

»Und?« Scott fehlte noch ein Teil der Antwort.

»Wir fliegen nach RJ-17.«

»Die alte Venusstation? Das ist ein Rattennest ... das kann nicht dein Ernst sein?«

Auf RJ-17 wollte Scott noch nicht einmal tot über dem Zaun hängen. NewCom hatte den Schrotthaufen vor 120 Jahren zur Planetenerkundung der Venus gebaut. Die Venus war in Richtung Sonne der nächste Nachbar der

Erde. Die Atmosphäre bestand zu 96 Prozent aus Kohlenstoffdioxid und hatte an der Oberfläche einen Druck von 92 bar, was auf der Erde dem Druck in 910 Meter Meerestiefe entsprach. Die ersten Sonden Ende des letzten Jahrtausends wurden bereits in den höheren Atmosphärenschichten zerquetscht wie leere Bierdosen. Die mittlere Temperatur auf der Oberfläche betrug 464 Grad Celsius. Wenn man nicht gerade in einer gut klimatisierten Tiefseetauchglocke saß, würde man auf der Venus zerquetscht, gekocht und durch starke statische Entladungen ständig von Blitzen zum Leuchten gebracht werden. Leben war dort noch nicht einmal im Ansatz möglich.

»Natürlich. Die Russen haben RJ-17 vor dreißig Jahren aufgeben. Auf der Venus gibt es nichts zu holen ... der Aufwand, dort Erze oder andere Bodenschätze zu gewinnen, lohnt sich nicht. Inzwischen leben dort nur noch Halsabschneider, Deserteure und Gauner. Genau dein Schlag, du wirst dich wohlfühlen.«

»Und die sollen dir meinen alten Gleiter abkaufen?«, fragte Scott, der ihren Plan für völlig verrückt hielt.

»Sicherlich ... trotz gewisser charakterlicher Defizite residieren dort nur Geschäftsleute.«

»Du spinnst ... die werden uns beide töten.« Was zumindest bei Lydia kein Verlust wäre und sein Dasein in ihren *Diensten* dramatisch verkürzen würde.

»Ach was ... die warten schon sehnsüchtig auf mich. Die fünfzig Kisten Wodka in deinem Frachtraum waren für sie bestimmt.«

»Das Zeug ist gepanscht.« Scott wollte sicherlich nicht dabei sein, wenn der Erste nach einer halben Flasche von dem billigen Fusel blind würde. »Mit Methanol versetzt.« Echter Wodka war inzwischen kaum noch zu bekommen.

»Sweety, hast du überhaupt kein Gewissen?«, fragte Lydia vorwurfsvoll und gab die abschließenden Kursdaten ein. Obwohl sie sich in der Nähe der Venus befanden, würde ihr Flug zwei Stunden dauern. Der Anflug auf RJ-17 innerhalb der äußeren Atmosphäre der Venus hatte seine Tücken und funktionierte nur mit einigen Tricks. Eine Eigenart, die die alte NewCom-Station für Schmuggler und Piraten so wertvoll machte. Wegen der dichten Gewittersuppe in 40 Kilometern Höhe konnte man RJ-17 weder vernünftig orten, noch mit Waffensystemen anvisieren und erst recht nicht in breiter Front angreifen. Man wusste halt, wo sie war oder würde sie nie finden.

»In meinem nächsten Leben gelobe ich Besserung.« Wie auch viele andere Dinge, die er niemals ändern würde. Es war doch nicht seine Schuld, dass Alkohol ungesund war.

»Wer's glaubt!« Lydia aktivierte die Haupttriebwerke der Gleiter, die mit Helium-3 befeuert wurden. Die Helme der Druckanzüge schlossen sich. Es ging los. »Halt dich fest!«

Scott drückte es vehement in den Sitz. Die Triebwerke der beiden Raumschiffe zündeten gleichzeitig. Alles vibrierte.

Für 15 Sekunden wurden die Gleiter massiv beschleunigt, um einen atmosphärennahen Eintritt in die äußeren Wolkenschichten der Venus zu ermöglichen. Es gab nur einen Winkel, einen Eintrittspunkt, eine Geschwindigkeit und ein funktionierendes Navigations-Script, um RJ-17 heil in einem Stück anzufliegen. Jede Abweichung von der Route würde den sicheren Tod bedeuten.

»Lydia, deine Radarsignatur ist ziemlich fett. Hast du etwa Verstärkung mitgebracht?«, fragte eine knarzige Stimme mit einem undefinierbaren osteuropäischen Akzent über Funk.
»Ich expandiere ... ihr sauft mehr, als mein Gleiter laden kann.«
»Was hast du dabei?«
»Was ganz Besonderes ... 50 Kisten besten russischen Wodka«, flötete Lydia in ihrer unnachahmlichen Art. Draußen tobte ein Höhensturm, laufend schlugen Blitze in die Abschirmung der Gleiter.
»Von deinem letzten besten russischen Wodka sind zwei von uns blind geworden ... wenn da wieder Methanol drin ist, flöße ich dir das Zeug persönlich ein.«
»Das wird diesmal nicht passieren ... versprochen. Ich kann dir auch gute Medikamente verkaufen.« Lydia strich sich mit dem Finger über den Hals und deaktivierte den Funk. »Sweety, du wirst ausliefern und kassieren. Ich bleibe im Schiff und halte die Triebwerke warm.«

»Wir werden sterben ...« Daran bestand für Scott kein Zweifel mehr. Sie war verrückt. Der russische Penner war verrückt und er war der Idiot in der ersten Reihe.

»Ich nehme dich beim Wort ... die erste Flasche werden wir gemeinsam trinken!«

»Mensch Hektor, jetzt piss dich nicht ein ... mach die Beleuchtung für den Landeanflug an und gib mir ein Leitsignal. Ich möchte mir keine Beule beim Einparken holen.« Lydia schien Nerven wie Drahtseile zu haben, sie hatte die beiden Gleiter souverän hierhergebracht.

»Ich glaube, die wollen mit der Chefin persönlich verhandeln ...« Scott konnte sich eine gewisse Freude nicht verkneifen. Bei aller Verrücktheit, er wunderte sich nicht darüber, dass ihre zukünftig zweitbesten Freunde auf RJ-17 lebten.

»Landelichter aktiv. Leitsignal offen. Wir haben deine Signatur ... du kannst dich auf das Signal schalten und am Slot 7 andocken«, erklärte Hektor. Das Wetter wurde immer schlimmer. Laufend schlugen Blitze in schneller Folge sowohl in die äußere Abschirmung der Raumstation, wie auch in die beiden Gleiter.

RJ-17, jetzt konnte Scott die gräuliche Raumstation in voller Größe sehen, die aus einem ovalen Mittelteil, an dem bis zu acht Transportgleiter festmachen konnten, vier Verbindungsstreben und einem Ring, der den Mittelteil umgab, bestand. Das Alter sah man dem Schrotthaufen von weitem an. Vor 120 Jahren gab es noch keine künstliche Schwerkraft auf NewCom-Raumstationen, erst durch die Rotation des äußeren Rings entstand eine erdähnliche Schwerkraft von 1 G.

»Hab das Leitsignal. Bremse weiter ab. Alle Werte sind grün. Ich komme rein ... steht dein Rüssel? Kontakt in 30 Sekunden.« Lydia drehte die beiden Frachtraumschiffe geschickt um 180 Grad und ließ sich mit dem Bug zentimetergenau auf RJ-17 absacken. Wo sie so navigieren gelernt hatte, wusste Scott nicht. Das Manöver mit zwei gekoppelten Frachtvögeln in dieser Waschküche war alles andere als einfach. Wenn sie einen Fehler machen würde, wäre dieser weder für sie noch für die Besatzung der Raumstation sonderlich lebensverlängernd. Eigentlich ein Wunder, dass RJ-17 bereits so lange ohne Zwischenfälle funktionierte. Er merkte sich jeden Handgriff, den sie machte.

»Bestätigen Werte. Alles grün. Dein Hintern passt genau auf mein Ding ... wie immer. Kontakt in 10 Sekunden.« Scheinbar kannte auch Hektor Lydia etwas besser.

»Ich komme ... in fünf, vier, drei, zwei, eins. Jetzt. Kontakt.« Ein metallischer Schlag durchfuhr den Gleiter. Lydia schnaufte befriedigt. Scott verdrehte die Augen. Diese Frau genügte, um Dutzende Männer ins Verderben zu stürzen.

»Die Magnete der Kontaktschürze haben dich. Spürst du mich, Kleine? Du kannst deine Triebwerke abstellen«, sagte Hektor amüsiert.

»Triebwerke aus.« Lydia fuhr den Antrieb herunter. »Belüfte die Andockschürze. Luftdruck 1 Bar. Temperatur im Korridor minus -40 Grad Celsius ... Mensch Hektor, mach mal deine Heizung an. Ich will mir nicht wieder Frostbeulen holen!«

»Kleine, ich glühe ... Klimatisierung läuft. Der Korridor kann in dreißig Sekunden betreten werden.«

»Ok ... das wars. Wir sind da. Schickst du mir jemand zum Tragen helfen?«

»Klar.«

»Dann bis gleich an der Schleuse. Schalte meine Systeme ab.« Lydia öffnete ihren Helm, deaktivierte die Funkverbindung und stellte die Bordsysteme für den Antrieb auf Standby.

»Die werden sich mit mir nicht zufriedengeben ... die wollen dich sehen, live und in Farbe«, sagte Scott, der ebenfalls den Helm auf die Arretierung legte.

»Ich weiß.« Lydia schien sich von dieser kleinen Planabweichung nicht aus der Ruhe bringen zu lassen.

»Und wie wollen wir hier wieder lebend wegkommen?« Scott konnte sich bildhaft vorstellen, was passieren würde, sobald der Deal mit dem gepanschten Wodka hier platzte. Die Typen würden ihm als Erstes einen Freiflug auf die Venus gönnen.

Lydia lachte. »Ich werde es schaffen, wie immer ... bei dir bin ich mir allerdings nicht so sicher.«

Scott nickte betroffen. Gespielt betroffen. Sie sollte ruhig das Gefühl der Überlegenheit noch einen Moment genießen. Das würde sie unvorsichtig machen. Er würde mitspielen und die erste Chance nutzen, sowohl Lydia wie auch diese Idioten von RJ-17 zu verarschen.

***

IV. Nur die Starken überleben

Erst zu Vater und danach zum Gate. In der Reihenfolge. Innerhalb der nächsten 17 Stunden, so hatte es Tara vor ein paar Minuten im vollen Brustton zu ihrer Schwester gesagt. Istari befand sich direkt vor ihr, sie gingen durch das Lager. Der Dreck unter den Füßen knirschte. Es wurde immer heißer. Die Zunge klebte Tara bereits wie ein in der Sonne für Tage vergessenes Stück altes Leder am Gaumen fest. Sie nahm sich für die Zukunft vor, beim nächsten Mal, wenn sie eine dämliche Idee hatte, kurz die Luft anzuhalten und den Anflug spontaner Verblödung an sich vorbeiziehen zu lassen.

»Egal, was du machst ... lass niemanden spüren, dass du nicht hierher gehörst ... okay?«, fragte Istari, ohne sich herumzudrehen. »Ansonsten mache, was ich mache.«

Tara nickte. Der sandige Boden glitzerte wie Millionen kleiner Glassplitter. Vor ihnen lag der bewachte Ausgang ihres Lagerabschnitts, an dem zwei von weißen Tüchern verhüllte Gestalten mit AK-47 Sturmgewehren eine mit Stacheldraht gesicherte Barriere bewachten. Die Typen rochen nach Schweiß und einem miesen Job.

»Ich würde da jetzt nicht runtergehen ...«, sagte einer der Männer. Die Stimme klang nicht sehr alt, das Gesicht konnte Tara nicht sehen. Niemand im Lager versäumte es, sein Gesicht zu schützen. Eine alte Waffe chinesischer Herstellung, mit denen Männer wie er, Afrika bereits seit 250

Jahren regierten, zeigte er im Gegensatz demonstrativ vor der Brust.

»Wieder Ärger bei der Foodpack-Ausgabe?«, fragte Istari und blickte auf den von riesigen Menschenmassen umfluteten Frachtgleiter im Tal. Immer wieder fielen Gewehrschüsse.

»Ich tippe eher auf die Sonne ... die Junks werden uns nicht mehr lange durchfüttern.«

»Was erzählst du da für einen Scheiß?«, fragte Istari, deren Ausdrucksweise Tara auch anders in Erinnerung hatte.

»Angeblich sind vorhin zwei Junks von der Menge getötet worden ... wie gesagt, ich würde da heute nicht mehr runtergehen.« Der junge Mann am Stacheldraht schien Istari zu kennen. Tara vermutete, dass er die Warnung nicht ohne Grund aussprach.

»Du sollst nicht jedes Märchen glauben, das dir irgendein Spinner erzählt.« Istari schüttelte den Kopf. »Junks tragen Körperpanzer und automatische Waffen, die fallen nicht gleich um, wenn vor ihnen ein paar ausgehungerte Gespenster den Aufstand proben.«

»Die pure Wahrheit, Schwester ... die Junks sollen bedroht worden sein, haben ihre Magazine leergeschossen und sind den Erzählungen nach in Stücke gerissen worden. Wie gesagt, die Sonne macht in Downtown alle verrückt!«

»Schon klar ... mach das Tor auf!« Istari gab sich unbeirrt.

»Wie du willst, Schwester ... wer ist das überhaupt bei dir?«, fragte die Wache und drehte sich zu Tara.

»Mein Schatten ... wir wollen spazieren gehen ... und jetzt geh mir aus dem Weg!«

»He ... kein Grund, mich wie ein Arschloch zu behandeln!« Die Wache schüttelte den Kopf und gab dem zweiten Mann ein Zeichen, die Barriere aus der Arretierung zu heben. Auf der anderen Seite saß eine Gruppe kleinerer in dreckige Tücher gehüllte Menschen. Von der Größe her konnten es Kinder sein. Sofort versuchten zwei davon, in den von den beiden Wachen gesicherten Lagerabschnitt zu laufen. Einen davon trat Istari mit dem Stiefel in den Stacheldraht, die andere kleine Person stoppte ein dumpfer Schlag der Wache mit dem Gewehrkolben in den Rücken.

»Ratten haben heute keinen Einlass!«, schrie die Wache und lud seine Waffe durch. Keinen Moment zu spät, da bereits zwanzig weitere kleine vermummte Personen aufsprangen, um die Chance zu nutzen, die Stacheldrahtbarriere zu passieren. Er schoss zweimal in die Luft. »Die nächste Kugel trifft!«

Tara verschluckte alles, was sie in diesem Moment sagen wollte. Nein, das waren keine Kinder. Nein, sicherlich nicht. Alles andere, nur keine Kinder. Keine von den kleinen Personen sagte etwas, noch nicht einmal die, die sich blutend selbst aus dem Stacheldraht befreite.

»Komm ... wir haben keine Zeit.« Istari ging über die Situation hinweg, als ob nichts geschehen wäre. Ein Stück weiter saßen links und rechts von ihnen weitere dreckige graue Tücher im Dreck, von denen sich einige, von Fliegen umgeben, nicht mehr bewegten. Tara konzentrierte sich darauf, nur auf die Tücher zu sehen. Was ihr nicht gelang, da an einigen Stellen die bereits verdorrten Leichen in der Sonne schmorten. Eine unwirkliche Situation, Tara roch nur heißen Sand und verbrannte Autoreifen. Noch nicht einmal der Tod schien sich gegen die zerstörerische Kraft der Sonne durchsetzen zu können.

»Wer oder was sind Junks?«, fragte Tara, als sie eine halbe Stunde später einen felsigen Abhang heruntergingen.
»So nennen wir die Sicherungstruppen der Frachtgleiter. Soldaten der Föderation, die selbst keinen Bock mehr auf diesen Job haben. Verbitterte Seelen, die uns ohne zu zögern wegen einer falschen Bewegung töten. Jeder von denen wartet nur darauf, auf den Mars, auf Ganymed oder die Neue Erde versetzt zu werden.«
»Einen Traum, den wir wohl alle teilen.«
»Oh, ja.«
»Waren das eben Kinder am Tor?« Die Frage brannte Tara mehr unter den Fingernägeln.
Istari blieb stehen, drehte sich zu ihr und ließ Tara in ihre grünen Augen sehen. »Sieh mich an!«

»Ja«, antwortete Tara kleinlaut. Das Gesicht ihrer Schwester glich einem Spiegel.

»Willst du überleben?«

»Ja.«

»Möchtest du Vater sehen?« Istari wusste, an welchem Punkt sie Tara packen konnte.

»Ja ... das weißt du doch!« Tara biss die Zähne zusammen.

»Dann vergiss solche Fragen!«

»Aber das waren Kinder!« Tara würde das nicht einfach wegwischen können.

»Hättest du bei einer Ratte ähnliche Gewissenbisse?«, fragte Istari.

»Natürlich nicht ... das sind nur Tiere.«

»Dann stell dir vor, es waren große Ratten ... wenn es dir hilft, soll es mir recht sein. Wir haben einen Deal, schon vergessen: Ich überlebe und du rettest mich!«

»Aber doch nicht so ...«

»Die Kleinen stinken wie Ratten, sind genauso bissig und kratzen dir für einen halben Wasserbeutel die Augen aus ... glaub mir, nur so!« Istari sprang von einem Felsvorsprung auf eine gut zwei Meter tiefergelegene Felsformation. Tara folgte ihr.

»Was ist das für ein Pfad hier?« Tara hatte keine Ahnung, wie sie später wieder den Hang hochkommen sollten.

»Eine Abkürzung ... wir sparen dadurch zwei Stunden«, erklärte Istari und blickte in die Ferne.

»Habt ihr Wasser ... bitte ... ich habe Durst«, fragte eine männliche Stimme aus einer Nische heraus, die hinter ihnen lag. Der Typ trug keine Kopfbedeckung, Zähne hatte er auch keine mehr.

Tara nickte und wollte gerade die Wasserflasche von ihrem Gürtel unter dem Gewand lösen.

Istari knurrte.

»Jetzt lass es einfach!« Tara wollte nicht aufhören, sich wie ein Mensch zu verhalten.

Der Mann war nicht allein, neben ihm tauchten zwei seiner Freunde auf, deren Alter nicht einzuschätzen war. Irgendetwas zwischen 25 und 75, der Anblick war abscheulich. Der Zahnlose schien nur noch ein Auge zu haben, womit er sich in dem Trio eindeutig als Anführer qualifizierte. Dem zweiten schien neben den Augen, auch ein Stück vom Schädelknochen zu fehlen und bei dem Dritten wirkte das ganze Gesicht inklusive der Schulter wie durch den Fleischwolf gedreht.

»Vorsicht!«, sagte Istari scharf.

Tara schüttelte den Kopf und reichte dem Zahnlosen das Wasser, der vor lauter Dankbarkeit mit einer verrosteten Machete, die er hinter dem Körper versteckt gehalten hatte, versuchte ihre Hand abzuschlagen. Was ihm auch beinahe gelungen wäre. Tara sah den Angriff zu spät, zu Istari blickend hatte sie den Zahnlosen nicht beachtet. Ein tödlicher Fehler. Wenn Istari nicht gewesen wäre, die sich blitzschnell drehte und dem Zahnlosen mit der Ferse gegen den

Kopf trat. Es knirschte. Egal was sie getroffen hatte, der Knochen brach dabei. Er ließ die Machete los, die Waffe wirbelte durch die Luft. Die beiden anderen Männer schrien. Zurück wich jetzt niemand mehr. Jemand packte Tara am Arm. Istari fing die Machete, was Taras Angreifer zuerst die Hand und im nächsten Schwung seinen Kopf kostete. Blut spritzte auf den heißen Stein. Der dritte Angreifer sprang Istari von der Seite an und warf sie zu Boden, auch ausgehungert durfte der Typ zwanzig Kilo mehr auf den Rippen gehabt haben. Die Machete schepperte über den Boden. Der Tod meldete sich nicht an. Es ging um das Leben ihrer Schwester. Tara zog ihre Waffe und schoss dem Mann mit einem aufgesetzten Schuss in den Schädel. Ein Durchschuss. Überall spritzten Blut und Hirn umher. Sie wollte Istari nicht verletzen. Das Projektil schlug in den Boden und blieb fingertief im sandigen Gestein stecken.

Stille.

Istari schob die Leiche von sich. Tara zitterte. Sie hatte einen Menschen getötet. Den Ersten. Ihr wurde schlecht. Mit Mühe steckte sie ihre Waffe wieder in das Holster.

»Beim Ersten habe ich mir die Seele aus dem Leib gekotzt«, sagte Istari, nahm Taras Wasserflasche vom Boden und stand auf. »Aber ich weiß ... das macht es nicht besser.«

»Die haben sich benommen wie ...« Tara konnte es immer noch nicht glauben, sie hatte nur helfen wollen und zum

Dank versuchte dieses dumme Arschloch, sie zu erschlagen?
»... wie ganz normale Menschen. Menschen, die die Erde getötet haben und jetzt langsam auf einem von der Sonne zum Tode verurteilten Planeten verrecken.«
Tara schloss die Augen und dachte an ihren Vater. Zuerst er und dann das Gate. In 16 Stunden, das war der Plan, von dem sie nicht abweichen wollte. In den Gefechtsübungen ihrer Offiziersausbildung hatte sie gelernt, mit Stress umzugehen. Tief durchatmen. Heute war die Feuertaufe. Verdammt, sie würde keinem armen Wichser mehr freiwillig Wasser geben. Nein, diese Lektion hatte sie begriffen!
»Lass uns weiter!« Tara trieb sich selbst an. Sie würde nicht aufgeben. Vielleicht kurz straucheln, aber niemals aufgeben.

Der Marsch kostete Kraft. Die Wasserflasche hatten Tara und Istari inzwischen leer getrunken. Unten in der Ebene angekommen, flirrte die Hitze der Sonne über dem verdorrten Boden. Pflanzen oder Tiere gab es hier nicht mehr. Zuerst ihr Vater, dann das Gate, der Plan blieb derselbe. Es waren noch zwei Kilometer, die sie in der glühend heißen Sonne zurücklegen mussten. Woher Istari diese unglaubliche Kraft nahm, verstand sie nicht. Die riesige Menschenmenge und der Lärm vor ihnen kamen immer näher.
»Wir müssen uns beeilen, die Sonne geht in drei Stunden unter. Dann sollten wir besser nicht mehr hier sein«, erklärte Istari, die die blutverkrustete Machete des Zahnlosen

mitgenommen hatte. »Das Wetter kann hier nachmittags binnen Sekunden umschlagen.«

»Du bist die Pfadfinderin.« Tara versuchte, sich nur auf den Marsch zu konzentrieren. Einen Sandsturm, der in den Wüsten rund um Johannesburg binnen Sekunden entstehen und genauso schnell wieder verschwinden konnte, konnte sie auch nicht gebrauchen.

»Wie willst du in dem Getümmel Vater finden?« Die Menschenmenge vor ihnen wirkte aus der Nähe noch größer, Tara verspürte einen gesunden Respekt davor, weiterzugehen. Ein Mädchen, das sie von der Seite anbettelte, stieß sie mit dem Ellenbogen weg. Gerade noch rechtzeitig, bevor Istari ihr den Arm abschlagen konnte.

»Instinkt ... ich weiß, wo er ist.« Istari hob drohend die Machete, um eine Gruppe junger Männer vor ihnen zu verscheuchen. »Wir sind gleich in Downtown. Bleib in meiner Nähe und zieh deine Automatik nur im Notfall!«

Es ging los. Einen Ort der Nächstenliebe hatten sie wahrlich nicht erreicht. Was Istari gerade liebevoll Downtown nannte, war für Tara eher ein riesiger Berg keifender Menschen, die wie Ameisen nach Leben schnappten. Leben in Gestalt eines über 200 Meter langen, grauen Frachtgleiters, dessen gigantische Spannweite schützend ihre Häupter überdeckte.

Rücksicht oder Hilfe gab es hier für niemanden. Für jeden, der dieses Märtyrertum überlebte, würde die Hölle ihre Abschreckung verloren haben. Istari schrie und trat rücksichtslos jeden nieder, der im Weg stand. Wer nicht reagierte, den schlug sie mit dem Knauf der Machete, wer sich wehrte, verlor seinen Arm. Ohne Diskussionen, nach zwei umherfliegenden Körperteilen machten ihr die anderen in der Nähe freiwillig Platz. Respekt gab es hier nur für entschlossenes Handeln.

Sie arbeiteten sich unter den Flügeln des Frachtgleiters weiter vor. An mehreren Ausgabestationen am Rumpf wurden Foodpacks und Wasserbeutel verteilt. Immer wieder fielen Gewehrschüsse. Immer wieder ertönten Schreie. Über der Szenerie schwebten mehrere fussballgroße Aufklärungsdrohnen. Von vier Podesten herab hielten jeweils zwei schwerbewaffnete Junks, die sich nicht für die Gewalt rund um die Ausgabepunkte zu interessieren schienen, die Menge in Schach. Die Härte, mit der Istari vorging, juckte niemand von denen. Irgendwie verständlich, acht Soldaten waren viel zu wenig, um die unübersichtliche Situation zu kontrollieren. Tara beneidete den leitenden Offizier nicht für das Himmelfahrtskommando, diese Landestelle zu sichern.

»Siehst du Vater?«, fragte Tara, die Mühe hatte, Schritt zu halten. Sie stolperte über einen leblosen Körper. Eine junge Frau, die mehrere Einschusswunden in der Brust hatte.

»Noch nicht ...« Istari ging zielstrebig auf eine ganz bestimmte Ausgabestelle am Bug des Frachtgleiters zu. Viele von denen, die gerade Foodpacks oder Wasserbeutel bekommen hatten, bekamen ihre Beute von anderen wieder abgenommen. Die Stärkeren fackelten nicht lange. Fressen und gefressen werden, jedes Rudel ausgehungerter Löwen ging friedfertiger miteinander um.

»SANDSTURM!«, brüllte einer der Junks über ein Megafon. Für das, was jetzt passierte, fand Tara keine Worte mehr. Die Menschen stürzten Hals über Kopf hektisch in alle Richtungen weg. Nebeneinander, übereinander und untereinander. Panisches Geschrei lag in der Luft. Menschen fielen, einige standen nicht wieder auf, sie wurden von den nachfolgenden Flüchtenden gnadenlos niedergetrampelt.

»SANDSTURM!«, erklang es erneut über alle Außenlautsprecher des Frachtgleiters. Jetzt hatte es jeder mitbekommen. Erste Böen erfassten den Frachtgleiter und ließen die mächtigen Flügel schwingen.

»Scheiße!«, brüllte Istari. Eine treffliche Feststellung. »Wir müssen hier sofort weg!«

Mit der Klimaerwärmung und dem Abschmelzen der Polkappen kam es auf dem verbliebenen Festland binnen der letzten achtzig Jahre immer öfter zu verheerenden Stürmen. Wirbelstürme, die in drei Varianten auftraten. In Nordeuropa als Eissturm, in den Trockenzonen als Sandsturm und in den noch feuchten Gegenden als klassischer Tornado.

»Wir müssen in das Flugzeug!«, rief Tara, gegen den Wind und das Geschrei der Menge ankämpfend. Sie hatten keine Zeit mehr, sich in einem Erdloch oder in einer Höhle in

Sicherheit zu bringen. Nur an Bord des Frachtgleiters wären sie in Sicherheit.

»Die werden uns kaum mitnehmen.« Istari zeigte auf die Männer, die sich beeilten, den Frachtgleiter startfertig zu machen. Die Junks verschwanden innerhalb weniger Sekunden. Andere, die verzweifelt versuchten, an Bord zu kommen, wurden niedergeschossen.

»Doch!« Das würden sie. Istari und sie würden nicht zu Fuß zurücklaufen und sicherlich auch nicht vom Sand das Leben von den Knochen abgeschliffen bekommen. Tara riss sich das Gewand vom Körper, mit dem sie bis jetzt ihre weiße Offiziersuniform verborgen gehalten hatte. Es piepte. Der Kopfschutz schloss sich. Es wurde sofort leise. Sie brauchte eine Funkverbindung zu einem Offizier des Frachtgleiters.

»Nein!«, schrie Istari. Taras Uniform leuchtete durch den feinen Sand, der an dem statisch aufgeladenen Gewebe abgewiesen wurde, hell auf. Jeder im Umkreis von 500 Metern wusste nun, dass ein Offizier des Space Force zwischen ihnen stand. Ein Ereignis, das in dieser Gegend bestimmt nicht oft vorkam. Sogar die Junks sahen sie überrascht an: Tara gehörte zu den wenigen, die eine Freikarte besaßen, die Erde zu verlassen. Jeder beneidete sie, das wusste sie genau.

»Hier spricht Second Lieutenant Bagian, ich benötige Unterstützung bei der Evakuierung von mir und einer weiteren Person!«, meldete Tara über Funk, packte Istari am Arm und ging auf eine bereits geschlossene Bordöffnung des Frachtgleiters zu. Sie übermittelte ihre Kennung und Position. Die Crew im Flugzeug wusste jetzt genau, wer sie war und wo sie sich befand. Die ersten Ausläufer des Sandsturms bereiteten Istari bereits Probleme beim Atmen.

»Ein Space Force Offizier? Hier ist Captain Jazeps, Food & Water Services, das ist nicht Ihre Zone. Was machen Sie hier?«, fragte eine männliche Stimme über Funk.

»Lassen Sie mich an Bord, dann erkläre ich Ihnen meine Mission.« Tara lehnte sich weit aus dem Fenster, sie hätte diesen Ort niemals offiziell betreten dürfen.

»Second Lieutenant, ich starte gerade mein Schiff, weil mir ansonsten ein ziemlich fetter Sandsturm die Turbinen zerlegt. Ich kann Sie nicht mehr an Bord nehmen!«

»Meine Mission hat Priorität. Öffnen Sie die Tür. Sofort.« Tara blieb stur. Der immer stärker werdende Sturm, der aufbrausende Luftdruck der startenden Triebwerke machten es unmöglich, Istari zu verstehen, die vor ihr stand und vergeblich versuchte, etwas zu sagen.

»Sie können sich in einer Bodenvertiefung oder Höhle in Sicherheit bringen. Ich werde ein Rettungskommando verständigen!«

»Ich befehle Ihnen: Öffnen Sie die Tür!« Tara gab alles. Mehr als sie sich leisten konnte. »Ich bin befugt, den Frachtgleiter zu übernehmen!« Die Nummer würde teuer werden, aber Ehrlichkeit würde Istari und sie das Leben kosten. Der Luftzug drohte bereits, sie wegzudrücken. Auf den Knien wartete sie darauf, dass sich die Tür des Frachtgleiters öffnete.

»Wie bitte?«

»Das war ein Befehl! Sie haben mich verstanden! Öffnen Sie die Tür. Wir sind zu zweit.« Tara würde sich so lange nicht bewegen, bis Jazeps diese verfluchte Bordtür für sie öffnen würde.

»Das ist ein Scherz, oder?«

»Öffnen! Jetzt! Oder ich schieße ein Loch in die Bordwand! « Tara zog ihre Waffe. Kurze Distanz. Sprengmunition. Die Kleinigkeit, dass sie gerade einem ranghöheren Offizier drohte, sein Schiff zu beschießen, interessierte sie nicht mehr. In den Frachtflieger gelangen, den Sandsturm überstehen, ihren Vater finden, das Gate erreichen, die Erde verlassen, ihr Plan hatte sich im Prinzip nicht verändert.

Die Bordtür öffnete sich. Einer der Junks half zuerst Istari, dann Tara an Bord zu kommen. Mit einem metallischen Geräusch verschloss sich die Luke wieder. Alles drehte sich. Der Frachtgleiter gewann unter heftigem Ruckeln an Höhe und sackte sofort wieder ab. Istari, Tara und der Soldat, der ihnen an Bord geholfen hatte, schleuderte es den Korridor entlang. Das Licht fiel aus. Es knarrte. Der Sandsturm versuchte, dem Frachtgleiter das Rückgrat zu brechen. Verdammt, das war kein gutes Zeichen. Die Triebwerke heulten auf. Eine entfernte Explosion. Der Boden vibrierte. Noch eine. Turbinen und feiner Sand würden auch im Jahr 2232 keine Freunde werden.

»Wir müssen notlanden! Festhalten! Es wird ruppig!«, ertönte es über die Bordlautsprecher. Es ging abwärts. Während eines Sandsturms in ein startendes Flugzeug einzusteigen, erwies sich als keine gute Idee. Alles war nur eine Frage von Sekunden, Sekunden, die der Pilot ihretwegen gewartet hatte. Wertvolle Sekunden, die jetzt zu einer Katastrophe führten.

»Bodenkontakt in drei, zwei, eins ...«

Der Frachtgleiter schlug hart auf die Oberfläche. Der Rumpf unter ihnen riss auf. Überall war Sand. Istari schrie, der Soldat knallte unter die Decke. Funken sprühten. Feuer. Hinter ihnen brannte es. Tara schleuderte gegen die Wand, der Rumpf überschlug sich mehrfach. Keine Zeit mehr zum Atmen. Etwas Rotes flog ihr gegen den Kopf. Das Visier ihres Helms brach. Blut. Das war der abgerissene Schädel des Soldaten. Dunkelheit. Tara verlor das Bewusstsein.

***

V. Sonderauftrag

Eigentlich hatte Scott angenommen, an diesem Tag bereits genug Scheiße erlebt zu haben. Eine Fehleinschätzung. Es wurde noch besser. Mit einer gesunden Portion Galgenhumor ließen sich mit Lydia und ihren neuen Freunden im atmosphärennahen Orbit der Venus vergnügliche Momente erleben.

Scott stand in der Frachtschleuse der Raumstation RJ-17. Die kyrillischen Zeichen der Beschriftungen an den automatischen Türen konnte kein Schwein lesen. Lydia hatte ihn in einen kevlarverstärkten Kampfanzug der Föderation gesteckt und ihm zwei semiautomatische Kaliber 24 Schrotpistolen in die Hand gedrückt. Weder die geschosshemmende Kleidung noch die Waffen waren taufrisch, was aber deren Effektivität nicht minderte. Bei Geschäftsverhandlungen in engen Räumen gab es nicht besseres. Jeweils zwölf Patronen im Magazin, die Flintenmunition hatte den Vorteil, nicht direkt bei jeder gescheiterten Transaktion Löcher in die Außenhülle einer Raumstation zu stanzen.

»Hektor, Darling!«, flötete Lydia, die im Kevlar-Partnerlook einen halben Schritt neben Scott stand. Schwarze Haare, schwarze enge Kleidung, eine optische Offenbarung.

»Lydia und Wodka ... Kleine, wir werden unseren Spaß haben!«, erklärte Hektor, dessen linke Gesichtshälfte 30 Jahre jünger als seine rechte aussah. Die russischen Bionik-Implantate passten zum Zustand der Raumstation, hier

würde sich Scott seine kaputte Wade sicherlich nicht reparieren lassen.
»Steht noch alles?« Lydia ging auf ihn zu und griff ihm prüfend in den Schritt.
»Und wie!«
»50 Kisten Wodka und einen getunten NewCom-Gleiter habe ich für dich mitgebracht. Sogar in rot lackiert. Ist das kein geiler Deal? Nur vier Millionen ... das ist fast geschenkt. Das Schiff hat ein paar nette Extras und ist für die kompakten Abmessungen ziemlich schnell.« Lydia warf ihm das Steuerungspad für die Frachtroboter zu.
Scott stellte sich vor, wie der Wodka-Deal gleich eskalierte und er die zwei Idioten, die neben Hektor standen, mit den Schrotpistolen zerlegen würde. Die erste Salve gehörte ihm, doch was dann passieren würde, wusste er nicht.
Hektor sah nicht dämlich aus. Der würde sich bei einem Deal mit Lydia abgesichert haben. Ich werde es schaffen, wie immer. Bei dir bin ich mir allerdings nicht so sicher, hatte sie lachend gesagt. Sie sollte ruhig das Gefühl der Überlegenheit genießen. Das würde sie unvorsichtig machen, so sein bisheriger Plan. Unvorsichtig war sie leider schneller geworden, als es ihm lieb war. RJ-17 zu betreten, war ein Fehler gewesen, zweifelsfrei eine Todesfalle.
»Wo sind die Gläser? Lass uns Wodka trinken!«, rief Hektor, der sofort den ersten dackelgroßen Frachtroboter mit zwei Kisten aus dem Gleiter schweben ließ.

»Vier Millionen, Hektor, danach kannst du dir mit dem Zeug auch die Zähne putzen!« Lydia blieb cool. Der stämmige Russe überragte sie um mehr als einen Kopf. Seine abgewetzte Arbeitskombination passte zum Rest seiner abgerissenen Erscheinung. Sichtbare Waffen trug er keine und seine beiden wortkargen Fellows auch nicht.

»Du bist wirklich das Schärfste, was man auf der Venus für Geld flachlegen kann ...«

»Danke für die Blumen ... besonders gefällt mir dabei die Floskel *für Geld*.«

»Vier Millionen für 50 Kisten ... das ist ein Spottpreis. Der Typ, der letztens versucht hat, uns mit Methanol verpanschte Scheiße zu verkaufen, glaubte für 30 Kisten sechs Millionen abziehen zu können.«

»Was für ein Arschloch!« Lydia lächelte wie ein Kühlschrank. »Ich mag dich ... weswegen du gute Preise bekommst!«

»Wir haben ihn fallen lassen ... weißt du eigentlich, dass es immer noch unerforscht ist, was von einem Menschen nach einem Sturz auf die Oberfläche der Venus ankommt?«

»Eingekochte Matsche«, antwortete Lydia und nahm das Glas, das ihr einer von Hektors Handlagern reichte. Der Typ öffnete eine von den unter Vakuum versiegelten Transportboxen, nahm eine Wodka Flasche heraus und gab sie Hektor.

»Sogar das gute Zeug von früher ... Mensch, so eine Flasche habe ich bereits ewig nicht mehr in den Händen gehalten. Ich dachte, die Marke gibt es nicht mehr. Jungs, wir werden eine wirklich grandiose Party feiern.«

Hektor öffnete die Flasche, roch daran und schenkte lachend ein. Die beiden Männer neben ihm grinsten gierig. Er, Lydia und Scott hielten sich zurück. »Nastrovje!«

Scott sah bereits seine langweilige Jugend in Bildern an seinem geistigen Auge vorbeiziehen. Gleich würde die Party abgehen. Die beiden Männer tranken. Ein Glas. Zwei. Und weitere. Hektor wartete geduldig, wie auch Lydia und er.

»Ich trinke nicht, während ich arbeite«, erklärte Lydia kaltschnäuzig. Scott juckten bereits die Finger.

»Ich bin Geschäftsmann ... ich auch nicht.« Auch Hektor ließ das Glas stehen.

»Vier Millionen, Hektor!«

»Ich habe den Preis nicht vergessen.«

»Dann bezahle ihn. In bar. Ich nehme keine Kreditkarten und anschreiben lasse ich auch nicht.« Lydia lächelte dünn.

»Wir sollten noch einmal über den Preis reden.«

»Vier Millionen. Soll ich dir die Zahl aufschreiben?«, fragte Lydia, deren Laune sich hörbar im Sinkflug befand.

»He Lydia ... wir sind doch Geschäftsleute. Du, ich und sogar Sweety, der so dumm war, nicht die Finger von dir lassen zu können!«

»Wenn du Sweety kennst, weiß du auch, was er mit zwei Kaliber 24 Schrotpistolen anrichten kann.« Lydia ließ sich nichts anmerken. Scott wunderte sich allerdings über seine Bekanntheit, er hatte Hektor noch nie zuvor getroffen.

»Natürlich kenne ich ihn, Ex-Special Forces, ein verdammter Kettenhund der Föderation ... oder meinst du, wir hätten eure Spielchen im Orbit der Venus nicht bemerkt?«

Hektor wusste durchaus zu überraschen. Scott hatte diese RJ-17 Idioten unterschätzt. Was aber schlimmer war, auch Lydia schien blauäugig angenommen zu haben, ihm ungestraft gepanschten Wodka verkaufen zu können.

»Okay ... was willst du von mir?« Lydia schaltete um. Bei dem Deal schien es nicht um den Schnaps zu gehen. Hatte Hektor sie aus einem anderen Grund in die Falle gelockt?

»Kannst du dir das nicht denken?« Hektor lächelte, der Wichser spielte bereits die ganze Zeit mit ihnen. Die beiden Männer an seiner Seite hatten binnen Minuten zu zweit einen Liter Wodka getrunken. Inzwischen lagen sie hilflos am Boden, tasteten blind umher und lallten besoffen irgendeinen Unsinn.

»Du bekommst auch den Gleiter ... der ist allein das Geld wert.« Lydia gab sich kämpferisch, klein beizugeben lag ihr nicht.

»Oh ja ... das stimmt. Du glaubst nicht, was hier Ersatzteile kosten. Ein gut getunter Gleiter bringt sogar weit mehr als vier Millionen.« Sein Spieldrang schien noch nicht gestillt zu sein.

»Hektor ... übertreib es nicht. Ich bin nicht dein Toy-Girl. Nenn mir deinen Preis und lass uns in Freundschaft auseinandergehen!«

»Du bist wirklich dein Geld wert.« Hektors echtes Auge lächelte, das falsche sah ihr frech auf die Titten.

»Jeden Cent!« Lydia zog den Reißverschluss ein Stück herunter, gucken gab es bei ihr gratis.

Der erste Betrunkene fing an, wild zu würgen und sich vor Krämpfen auf dem Boden zu winden.

»Was für ein Scheißzeug!« Lydia lächelte. »Du kannst damit auch deine Brille putzen oder es in deinen Helium-3 Triebwerken verfeuern.«

»Lydia ... du bist das heißeste Stück Fleisch, das ich kenne.« Hektor öffnete die nächste Wodkaflasche, befeuchte den Finger mit Alkohol und massierte sich das Zahnfleisch seiner echten Gesichtshälfte damit ein. Den Rest kippte er auf den Trottel aus, der vor seinen Füßen elendig an einer Methanol-Vergiftung verreckte. »Ein Jammer ... was würde ich für einen Schluck davon geben.«

»Soll ich vielleicht noch ein Schlaflied singen?« Lydia verlor die Geduld. Scott konzentrierte sich darauf, wann es nötig würde, sofort zu schießen. Wenn er doch nur wüsste, wie viele Männer Hektor noch im Team hatte.

»Vier Millionen für 50 Kisten wären kein fairer Preis ... weißt du, ich mag dich. Ich gebe dir vierzig Millionen.« Hektor lächelte feist und zog ihren Reißverschluss noch ein Stück tiefer auf. Scott verstand die Welt nicht mehr.

»Bitte?« Auch Lydia schien ihren Ohren nicht trauen zu wollen.
»Geht der Preis klar für dich?«, fragte Hektor und strich ihr mit dem Finger über die inzwischen halbnackte Brust.
»Was willst du wirklich?« Lydia ging einen Schritt zurück.
»Einen Gefallen ...«
»Welchen?« Sie erhöhte den Einsatz und zog den Reißverschluss wieder hoch.
»Nix Wildes ... ich habe eine wichtige Lieferung, die ich jemandem schuldig bin.«
Scott lächelte, das war es also. Hektor wollte jemanden töten lassen, das hätte er auch sofort sagen können.
»Was? Und wohin?« Lydia blieb angespannt.
»Eine versiegelte Kiste, zum Mars ... meine Tante lebt dort und ich würde mich freuen, wenn du ...«
»Hektor ... lass die Scheiße!« Lydia drehte den Kopf zur Seite. »Der ganze Mars ist militärisches Sperrgebiet. Die Föderation startet dort in ein paar Tagen den nächsten Fernraumer ins Proxima-System ... da schaffen es noch nicht einmal deine Sackratten unbemerkt in den Orbit.«
»Ich liebe meine Tante ... 60 Millionen, das sollte die Spesen zweier talentierter Schmuggler abdecken.« Hektor zeigte eine neue Facette seiner Verhandlungsführung. Die beiden Männer am Boden bewegten sich nicht mehr. Zwei kleinere Reinigungsroboter schafften die bekotzten Leichen weg.
Lydia sah Scott an. Wollte sie seine Meinung wissen? Die Geschichte stank zum Himmel. Hektor würde keine 60

Millionen bezahlen, wenn der Job nicht direkt in die Hölle führen würde. Scott schüttelte den Kopf, sein Instinkt sagte ihm, es nicht zu tun.
»80 Millionen ... und ich will wissen, was in der Kiste ist.« Lydia schob das Limit weiter nach oben.
»100 Millionen und die letzte Frage, die ich von dir hören will, ist, ob ich es von vorne oder von hinten möchte!«
Scott bekam Schnappatmung, mit 100 Millionen konnte man sich endgültig zur Ruhe setzen. Vorausgesetzt man lebte dann noch.
»50 Millionen jetzt, 50 Millionen nach Lieferung.«
»Kleine, ich mache nicht die Regeln.« Hektor lächelte und zeigte auf die innere Tür der Frachtschleuse. »Komm mal mit ... ich möchte dir etwas zeigen.«

Im Nebenraum stand eine ein Meter breite, einen halben Meter tiefe und zwei Meter hohe schwarze Kiste. Scott berührte die metallisch dunkelgraue Oberfläche, die erheblich kälter als der ohnehin schon kühle Raum war. Auf Bodenhöhe zeigten sich zwei freie Einschübe, jeweils knapp zehn Zentimeter hoch.
»Hallo Aileen«, begrüßte Hektor die schwarze Kiste. Ansonsten sah Scott niemanden im Raum. Sie sollten so schnell es ging verschwinden. Wie konnte Lydia nur so dumm sein, hinter diesem Handel keine Falle zu wittern?
»Hallo Hektor«, antwortete eine künstliche Frauenstimme freundlich.

»Redest du mit dem Kühlschrank?«, fragte Lydia, die ihre Neugierde nicht zurückhielt.

»Nein, die Kiste kann nicht reden.«

»Wer ist Aileen?«

»Ich bin eine intelligente Bombe ... allerdings müssen Sie keine Angst vor mir haben. Meine Aufgabe ist es, die Fracht vor unberechtigten Zugriffen zu schützen.«

Lydia schüttelte den Kopf. »Eine Bombe? Hektor, du bist krank ... ich bringe doch keine Bombe durch die Quarantäne auf den Mars! Glaubst du etwa, dass die Sackgesichter von der Föderation alles komplette Idioten sind?«

»Du wirst einen Weg finden.« Hektor zeigte sich unbeeindruckt, nahm von einem Tisch einen breiten Einschub und setzte ihn unten in den schwarzen Kühlschrank ein.

»Vergiss es ... ich bin raus. Ich gehe!« Lydia drehte sich herum. Scott atmete erleichtert auf, sie schien ihren Verstand doch noch nicht verloren zu haben.

»He ... jetzt hör dir doch erst einmal an, was Aileen zu sagen hat. Sie wird dir alle Fragen beantworten.«

»Welche Fragen? Ich rede doch nicht mit einer Bombe!«, giftete Lydia ihn an.

»Ich bin in der Lage, jegliche Bedenken zu zerstreuen, die Sie aufgrund meiner Aktivladung haben. Sie brauchen mir nur Ihre Fragen zu stellen«, erklärte die KI der Bombe hilfsbereit.

»Lydia, bitte, Aileen ist nicht mehr als eine moderne Frachtsicherung. Ihre Ladung würde bei Gefahr nur innerhalb der

Transportpanzerung detonieren. Du könntest danebenstehen und dir würde absolut nichts passieren.«

»Mit welcher Sprengleistung?«, fragte Scott, den Aileens aufgeweckte Art zu sprechen, neugierig machte. Einer Aktivladung eine KI dieser Güte zu verpassen, war heftig, bei seinem Ausstieg vor zwei Jahren konnte das bei der Föderation noch niemand. Überzeugt davon diese Bombe zu transportieren, war er deshalb trotzdem nicht.

»Meine Ladung besteht aus 800 Gramm Semtex IV Flüssigsprengstoff. Sie können sich gerne von meinen aktiven Komponenten überzeugen, die nicht ausreichen, um einen großflächigen Schaden anzurichten«, erklärte Aileen zuvorkommend.

An der Lade, die Hektor gerade in den Schrank eingesetzt hatte, öffnete sich eine automatische Abdeckung.

»Bitte schaut es euch an, Aileen vertraut euch ... das macht sie nicht bei jedem.«

»Vertraut mir?«, fragte Scott ungläubig. Bei allem, was er kannte, eine solche Waffentechnologie war ihm unbekannt. Egal, wer das Ding gebaut hatte, der Schöpfer von RJ-17 war das sicherlich nicht.

Auch Lydia bückte sich und sah sich gemeinsam mit Scott die aktive Ladung der Transportsicherung an. 800 Gramm Semtex IV würden genügen, um die Raumstation auf der Venus zu versenken, aber nicht mehr.

»Ich habe hier einen Sperrbolzen ... seht ihn euch an, ihr könnt ihn selbst einsetzen«, erklärte Hektor und warf Lydia einen fingergroßen, glatten Metallstift zu.

»Und was soll ich damit?«, fragte sie und drückte Scott den Stift in die Hand.

»Einsetzen.« Scott nahm den Stift und sicherte damit die Aktivladung, deren Abdeckung sich daraufhin verschloss.

»Sicherung identifiziert. DNS analysiert. Zwei neue User angelegt. Aktiviere Sensoren. System online. Schließe Schublade«, meldete Aileen zufrieden.

Lydia horchte auf. »DNS analysiert? Du verarscht uns doch!« Wütend ging sie auf Hektor zu.

»He, ganz langsam ... Aileen ist nun in der Lage, euch zu erkennen. Mehr nicht.«

»Was ist mit dem Geld?« Lydia schubste ihn weg. »Ohne Anzahlung bleibt der Kühlschrank, wo er ist!«

»Ja, ja ... gib mir einen Moment.« Hektor bediente ein Wanddisplay, worauf sich eine armdicke Panzerung an der Wand öffnete. Ein weiterer Roboter in Dackelgröße fuhr eine zweite Lade in den Raum. Der Duft des Geldes, Scott konnte den Schotter riechen. Jetzt brauchte er nur noch Hektor zu erschießen, Lydia zur Heißwachsbehandlung ihrer Beine auf der Venus zurückzulassen und er wäre ein gemachter Mann. Sofort spannte sich das Würgeband an seinem Hals.

»Sweety, ich weiß nicht, welchen Plan du gerade ausheckst ... aber das Halsband misst deine Emotionen. Denk lieber daran, meinen nackten Hintern zu küssen. Ist gesünder für dich!«

»Wenn du von den Halsbändern noch welche hast, die nehme ich ... ist echt schwer, heute gutes Personal zu finden«, sagte Hektor und ließ Lydia das Geld prüfen.

»Deine haben ein Alkoholproblem ...«

»Du sagst es ... versoffenes Pack!« Hektor nickte und nahm eine von zahlreichen Chipkarten auf. »Digitale Inhaberschuldverschreibungen. Höchstmöglicher Sicherheitsstandard. Garantiert durch die Zentralbank der Föderation. Bessere Kredits bekommst du nirgends ... die kannst du überall eintauschen. Auf jeder Welt, die dir gefällt«, erklärte Hektor, der Lydia mehrere Chipkarten in ein Lesegerät stecken ließ.

»100 Millionen ...«

»Ich kenne dich.« Hektor schien alles geplant zu haben. Nach Lydias Kontrolle schob er auch die Inhaberschuldverschreibungen in die schwarze Kiste. »Das Schloss ist auf dich codiert. Stelle die Kiste auf den Mars und die Kohle gehört dir.«

»Du scheinst an alles gedacht zu haben, oder?« Lydia ging zu Scott und tätschelte seine Wange. »Zunge rein ... vielleicht bekommst du etwas davon.«

»Das hoffe ich ... wenn du die Kiste verlierst, bekommst du nichts. Wirst du geschnappt, bekommst du nichts. Geht die Kiste kaputt, oder fingerst du daran herum, fliegt sie in die Luft und du bekommst natürlich auch nichts.«

»Ist fair ...« Lydia nickte und gab Hektor die Hand. »Wir haben einen Deal!«

»Den haben wir.« Hektor schlug ein.

»Wer weiß alles von dieser Mission?«, fragte Lydia.

»Die beiden Penner, die deinen Wodka getrunken haben, haben mir geholfen den Transportbehälter zu bauen.«

»Die reden nicht mehr.«

»Bestimmt nicht. Ansonsten nur du, Sweety, ich und mein Auftraggeber.« Hektor gab sich überraschend offen.

»Kennst du den Inhalt der Kiste?« Lydia blieb dran.

»Keine Fragen ... das gilt auch für mich. Den Auftraggeber habe ich nie getroffen. Ich habe trotzdem die innere Box gescannt. Mit mäßigem Erfolg. Ich kann zu 98 Prozent ausschließen, dass sich darin eine konventionelle Waffe oder Bombe befindet. Auch für biologische oder chemische Waffensysteme habe ich keine Indizien gefunden. Glaub mir, ich bin zwar ein Arschloch, aber kein Massenmörder. Ich hätte den Deal sonst nicht angenommen.«

»Hast du die KI Aileen codiert?«

»Würde ich hier leben, wenn ich das könnte?« Hektor lachte. »Die haben mir das KI-Modul und die innere Box angeliefert. Beides versiegelt. Es ist gesünder, nicht alles zu wissen.«

»Wieso machst du den Transport nicht selbst?« Lydia wusste die richtigen Fragen zu stellen.

»He ... ich kann gut Dinge bauen.«

»Einen Gleiter fliegen wirst du doch auch können.«

»Ich bin nicht wie ihr, den Stress halte ich nicht aus. Das Geld reicht für uns alle. Macht euer Ding und niemand von uns muss jemals wieder arbeiten.«

Hektor öffnete einen Schrank und holte eine halbvolle Flasche mit einem abgegriffenen Etikett heraus. »Meine letzte ...«

Scott lächelte, Hektor hielt eine sehr alte Flasche Wodka von der Marke in der Hand, die sie ihm heute andrehen wollte.

»Nastrovje!« Hektor trank einen Schluck und gab die Flasche gutgelaunt an Lydia weiter.

***

VI. Schwesterliebe

Tara öffnete die Augen. Ihr Schädel dröhnte und der Mund war voller Sand. Sie hustete und spuckte blutigen Dreck aus. Um sie herum gab es kein Licht. In der Nähe schien irgendetwas zu brennen, der sandige Boden roch nach heißem Metall. Zum Glück musste sie keinen Qualm einatmen. Sie hatte keine Ahnung, wo sie war.

Istari, der Sandsturm und der Absturz - eine miese Kombination – die Erinnerung kehrte viel zu schnell zurück. Tara lebte und musste sich im Wrack des Frachtgleiters befinden. Ein echt mieser Tag, dabei hatte sie sich seit Monaten auf das Wiedersehen mit ihrer Familie gefreut. Aber egal, es gab nur eine Sache, die wichtig war: wo befand sich ihre kleine Schwester?

»Istari?«, fragte Tara und versuchte, den Kopf zur Seite zu drehen, was ihr nicht gelang. Jemand drückte sie bäuchlings auf den Boden, nein, das war ein schweres Wrackteil des abgestürzten Flugzeuges, das sie fest nach unten presste.

»Istari?«, rief Tara lauter. Keine Antwort, bis auf ein fernes Knacken konnte sie nichts hören. Sie musste sich umgehend befreien. Eine gute Idee, die sie mit einem spitzen Schrei eine Sekunde später wieder verwarf. Als ob ihr jemand eine glühende Eisenstange in den Rücken rammte. Sie atmete schneller, der Schmerz ließ ihren ganzen Körper erzittern. Ein Bruchstück des Frachtgleiters musste ihre Lendenwirbel verletzt haben. Jetzt steh schon auf, forderte sie sich in Gedanken auf. Vermutlich nur ein Kratzer, sie

sollte sich nicht anstellen wie ein kleines Mädchen allein im Wald.
Tara schrie lauter. Ihr Wille gegen den Schmerz, sie wollte nicht nachgeben. Ein ungleiches Duell, Sekunden später sackte sie schweißgebadet zusammen. Der Schmerz gewann.
Was war passiert? Ihr Verstand versuchte die Situation zu analysieren. Das Bild, das sich ergab, gefiel ihr nicht. Alles, was sie jemals in ihrem Leben erreichen wollte, platzte gerade wie eine riesige Seifenblase. Es machte keinen Sinn, sich etwas vorzumachen, sogar wenn sie es lebend aus diesem Schrotthaufen herausschaffen würde, hatte sie alles versaut. Ihre Karriere, die Träume, der Wunsch, die Sterne zu bereisen und sogar die naive Illusion, irgendwann einmal in einer besseren Welt ein neues Leben anzufangen.
»Scheiße!«, schrie Tara. Tränen liefen die Wangen herab. Wütend schlug sie mit dem Hinterkopf gegen das Metall über ihr. Mehr als ein paar Zentimeter Bewegungsfreiheit blieben ihr nicht. So etwas passierte sonst nur anderen, nicht ihr, nein, das durfte doch nicht wahr sein. Sie wollte immer ihr Leben fest in den Händen halten, sich niemals verbiegen, oder nur devot danke sagen müssen.
»Nicht so!« Tara versuchte, ihre Beine zu bewegen. Nichts. Vielleicht die Füße? Auch nichts. Sie konnte unterhalb ihres Beckens weder einen Zeh bewegen, noch etwas spüren. Von ihr blieb nicht mehr als ein hilfloser Krüppel, wenn auch nur noch für eine begrenzte Zeit. Eingeklemmt sollte

sie keine sonderlich hohe Lebenserwartung mehr haben, auch das in ihre Uniform integrierte Kommunikationssystem gab keinen Mucks mehr von sich.

»Nein, nein, nein!« Es war einfach, aufzugeben, sich geschlagen zu geben und sich in einem Meer von Tränen zu ersäufen. Tara lebte noch. Solange sie noch auch nur einen Funken in sich verspürte, würde sie weiterkämpfen. Nur Menschen ohne Fantasie brauchten Beine, sie hatte Ziele: ihr Vater, das Gate und dann die Reise zu den Sternen. Ihr Dienst auf der USS Kinshasa wartete auf sie. Vielleicht würde sie kurz straucheln, aber nicht aufgeben!

Denk nach, schrie sie sich in Gedanken an, nur mit der Kraft ihrer Arme würde sie nicht aus diesem Loch herauskommen. Jetzt war der richtige Augenblick für eine richtig gute Idee. Sie konnte das Wrackteil, das sie einklemmte, nicht identifizieren. Das Ding schien tonnenschwer zu sein, was die Möglichkeiten, es zu bewegen gegen null tendieren ließ.

»Istari, kannst du mich hören?«, rief Tara, auch wenn sie nicht mit einer Antwort rechnete. Mit ihrer kleinen Schwester zu reden half, klarere Gedanken zu fassen.

»Ich komme zu dir ...« Eine schöne Vorstellung, Tara streckte in der Dunkelheit den linken Arm aus. Viel Platz dafür gab es nicht, kaum einen halben Meter entfernt begrenzte eine verbeulte Metallplatte den spärlichen Freiraum. Genau, sie brauchte mehr freien Raum. Nach rechts hingegen konnte sie den Arm ausstrecken. Die Entscheidung, in welche Richtung sie sich orientieren wollte, fiel daher nicht schwer. Jetzt musste sie nur noch das leidige Problem lösen, ihren dicken Hintern zu bewegen. An Kopf und Schultern blieben ihr eine Handbreit Platz, am Po und Rücken hingegen nicht.

»Sand ...« Unter ihr befand sich Sand, darauf hätte sie auch vorher kommen können. Tara machte sich daran, mit den Händen den Sand unter sich wegzuschieben. Ein mühsames Unterfangen, die Luft wurde stickiger, aber es funktionierte. Sie brauchte nur ein kleines Stück, dann würde sie sich in dem freien Bereich rechts von ihr in Sicherheit bringen. Kein grandioser Plan, aber einen besseren hatte sie nicht.

»Ich werde nicht sterben!«, sagte sie immer wieder und grub weiter. Hand für Hand, die Hitze, der Durst und die Angst zu versagen begleiteten sie. In Gedanken klammerte sie sich an die nächste Bewegung, Hand für Hand, sie weigerte sich, aufzugeben.

»Ich werde nicht sterben!« Tara lachte, gleich hatte sie es geschafft. Das Wrackteil über ihr knarrte. »Dreckstei!! Du wirst mich nicht unter dir begraben!«

In einiger Entfernung schien ein Bauteil des Frachtgleiters zu zerbersten. Das änderte nichts an ihrem Plan. Es begann zu rauschen. Warum rauschen? Dieses Geräusch kannte Tara, es gab nicht viele Dinge, die so klangen.

»Oh, nein!« Tara verbot sich, den Gedanken zu beenden. Das Rauschen kam näher. Schnell. Viel zu schnell. Wasser lief in ihre Kuhle. Sie drohte in ein paar Minuten jämmerlich zu ersaufen.

»Schneller!« Es galt keine Zeit zu verlieren, Tara musste schneller graben. Es knarrte lauter. Alles schien jetzt in Bewegung zu kommen. Nur noch wenige Zentimeter. Ein Knall. Das Wrackteil sackte ab. Sie darunter. Der Schmerz zehrte von ihrer Seele. Das Metall drückte sie tiefer in den nassen Sand. Tara hustete mit dem Gesicht unter Wasser. Nein, sie wehrte sich, bäumte sich auf, ein letztes Mal.

»Ich werde nicht sterben!« Es knackte erneut. Diesmal war es ihr Rücken. Tara schrie. Lauter. Sie schrie sich die Seele aus dem Leib. Das Wrack wollte sie zerquetschen.

»Aber ...« Keine Zeit, den Gedanken zu beenden. Ihre Beine. Tara konnte ihre Beine spüren. Das Wrackteil schien ihr einen ausgerenkten Wirbel wieder an die richtige Stelle geschoben zu haben. Diese Geschichte würde ihr später niemand glauben. Egal, sie nutzte den Augenblick und drückte sich auf die Seite.

Es krachte, der Boden vibrierte, das Wasser floss in Strömen an ihr vorbei. Wasser bedeutete Leben, überleben, sie würde nicht ertrinken. Der Boden unter ihr nahm begierig jeden Tropfen auf, den die Wassertanks des havarierten Frachtgleiters verloren. Zudem sorgte das Wasser dafür, dass sich das tonnenschwere Wrackteil tiefer in den mittlerweile durchnässten Boden schob.

»Istari, ich komme zu dir!«, rief Tara, die zuerst sich und dann ihre Schwester retten würde. Vor ihr entstand ein Lichtspalt, den sie so schnell wie möglich zu erreichen versuchte. Das Wrack versank weiter im Dreck.

Tara konnte wieder die Sonne sehen, sie lachte über diese ambivalente Erfahrung. Sie würde nur Minuten benötigen, die gnadenlose Hitze wieder zu verfluchen. Gleich, nur noch ein verbogenes Bodenblech befand sich zwischen ihr und der Freiheit. Mittlerweile auf den Knien drückte sie mit aller Kraft den Spalt weiter auf.

»Ich werde nicht sterben!« Tara hatte es geschafft, die Hände vom Graben voller Blut, die Uniform zerrissen und die Elektronik zerstört, aber sie stand wieder an der Oberfläche. Ihre Handfeuerwaffe hatte sie bei dem Absturz verloren.

Über ihr kreiste ein kleinerer Rettungsgleiter am strahlend blauen Himmel, der sich scheinbar ein Bild von der Situation machte. Von dem Sandsturm war nichts mehr zu sehen. Tara winkte, der Rettungsgleiter drehte aber, ohne eine Reaktion zu zeigen, ab.

»Was für ein Mist!« Etwas Unterstützung wäre bei der Suche nach Istari hilfreich gewesen. Tara ging los und verspürte beim Gehen starke Schmerzen im linken Bein. Sie konnte zwar gehen, aber die Verletzung ihrer Lendenwirbelsäule hatte deutliche Spuren hinterlassen. Falls sie noch einmal dazu kommen würde, einen Neurologen zu konsultieren, würde sie ihm ihr Leid klagen.

In ihrer Nähe versuchten zahlreiche, in weiße Tücher gehüllte Menschen alles Verwertbare aus dem abgestürzten Wrack zu bergen. Sogar die leblosen Besatzungsmitglieder wurden ausgezogen und nackt in der Sonne liegen gelassen. Wer zu diesem Zeitpunkt noch leben sollte, tat es einige Minuten später vermutlich nicht mehr. Um die Bergung der Opfer kümmerte sich niemand. Tara konnte die Flüchtlinge verstehen, in dieser Welt konnte man sich höchstens selbst retten.

Jemand lief mit einem Knüppel schreiend auf sie zu. Was sollte das denn? Tara ließ den Angreifer vorbeischlagen, packte seinen Kopf und brach ihm mit einer Drehung das Genick. Jeder nahm, was er zu packen bekam, sie nahm dem Toten die Kleidung ab, um sich vor der Sonne und vor anderen Verrückten zu schützen.

»Warum nur?«, fragte Tara und sah auf den Angreifer, kein Mann, wie sie erwartet hatte, sondern ein Mädchen, nicht älter als zwölf, dem leblos auf dem Boden liegend, dunkelrotes Blut aus dem Mund lief. Sogar die Kinder benahmen sich wie wilde Tiere.

»Istari?« Tara suchte bereits über eine Stunde nach ihrer Schwester. Bisher völlig erfolglos. Inzwischen befanden sich einige Hundert Menschen an der Absturzstelle und zerlegten das Wrack in seine Bestandteile. Die Demontage glich einer Ameisenkolonie, die die Innereien eines vielfach größeren Beutetiers in ihren Bau trugen. Ein offizielles

Rettungsteam der Föderation suchte sie vergebens, vermutlich aus der Erfahrung heraus, dass es hier nicht mehr viel zu retten gab.

Tara sah inmitten der Menschenmenge Handkarren, auf denen Leichen weggeschafft wurden. Eine Gruppe Männer mit AK-47 Sturmgewehren sicherte den Abtransport. Sie verbot sich vorzustellen, was mit den Toten geschah. Die Geschichten über Kannibalismus hatte sie nie glauben wollen. Die Sonne brannte unerbittlich. Sie humpelte auf die Leichenkarren zu, ob sie Istari dort finden würde?

»Ich suche meine Schwester. Darf ich bei den Toten nachsehen?«, fragte Tara einen der Bewaffneten.

»Da vorne sind noch mehr von denen ... links die am Stück und rechts die ganzen Leichenteile.« Der Mann mit der Waffe nickte und zeigte abseits der Absturzstelle auf eine Senke.

Tara schluckte. Die Hitze und der Staub verwandelten die blutigen Tücher der Toten, die alle zum Schutz vor der Sonne getragen hatten, binnen Minuten in braune Leichensäcke. Der Absturz hatte neben den Opfern an Bord auch viele Tote am Boden gefordert, die alle vom Wrack erschlagen oder von dem Sandsturm getötet wurden. Hilflos ging Tara von Tuch zu Tuch und sah, ihre Schwester suchend, in die entstellten Gesichter.

»Istari!«, Tara würde sie finden. Tot oder lebendig, sie würde ihre kleine Schwester nicht zurücklassen.

Da lag sie, Tara glaubte, keine Luft mehr zu bekommen. An dem langen Zopf würde sie Istari immer erkennen. Behutsam berührte sie das von Blut verkrustete Gesicht, sie schien beim Absturz eine schwere Kopfverletzung davongetragen zu haben.

»Bitte verzeih mir ...« Tara weinte. Das Gefühl der Ohnmacht war unerträglich.

Istaris Finger zuckte.

»Istari?« Lebte sie noch? Ohnmacht, Angst, Trauer und jetzt plötzlich Überraschung, Hoffnung und Freude, Taras Emotionen fuhren Achterbahn. Ihr Herz raste, sofort versuchte sie, am Handgelenk den Puls ihrer Schwester zu ertasten, was ihr aufgrund der Aufregung nicht gelang.

»Istari! Los atme!« Tara gab ihr eine Ohrfeige, für Zärtlichkeiten hatte sie keine Zeit. Istaris Kopf fiel allerdings nur leblos zu Seite. Mit dem Ohr auf ihrem Mund konnte Tara sie schwach atmen spüren. Istari brauchte sofort medizinische Versorgung.

»Die Kleine hat keine Chance!«, sagte der Mann mit dem Gewehr, den sie vorhin um Erlaubnis gefragt hatte, ihre Schwester suchen zu dürfen. »Die Sonne hat bereits ihre Seele gefressen!«

»Das wirst nicht du entscheiden!«, fauchte Tara zurück, bereit den Mann augenblicklich zu töten, sobald er auch nur ein weiteres falsches Wort von sich geben würde.
»Komm mit ...«, gebot er ihr. Die Waffe hing locker auf seinem Rücken. Eine Drohung sah anders aus. Was wollte er von ihr?
»Bitte?«
»Du kannst sie mitnehmen ... jetzt komm schon, oder möchtest du gemeinsam mit den Toten in der Wüste begraben werden?« Er bot ihr seine Hand zur Hilfe an.
»Wohin willst du uns bringen?« Tara beäugte ihn misstrauisch, ohne seine Augen oder zumindest sein Gesicht zu sehen, hatte sie Probleme, seine Absichten einzuschätzen.
»Ich werde dich nicht noch einmal fragen ...«
Tara blieb keine Wahl, sie trug ihre leblose Schwester aus dem Meer von Leichen heraus. Mit jedem Schritt schmerzte ihr linkes Bein. Andere Menschen streuten ungelöschten Kalk auf die Toten, während zwei schwere Bulldozer Erde über die Senke schoben.
»Wohin gehen wir?«, fragte Tara, die einem bewaffneten Mann vertraute, den sie nicht kannte. Sollte sie nach seinem Namen fragen? Nein, besser nicht, sie wollte ihn nicht provozieren.
Er lachte nur. »Wir gehen zu mir ...«

Nach zwanzig Minuten Fußmarsch in der glühend heißen Sonne glaubte Tara, weder ihre Beine, die Arme, noch ihr Hirn spüren zu können. Die ganze Zeit hörte sie immer noch Wasser rauschen, was definitiv nicht wahr sein konnte.

»Wir sind da«, sagte er und zeigte auf eine mit Pflöcken befestigte Wellblechplatte.

»Und was ist hier?« Tara sah sich um, die felsige Wüste war an dieser Stelle von zahlreichen tiefen Furchen durchzogen. Ob der Typ sie gleich mit fünf Kumpels vergewaltigen würde?

»Der Platz, an dem deine Schwester Frieden findet ... warte, ich zeige dir den Weg.« Er ging vor und öffnete den Eingang zu seinem Heim, eine Erdhöhle, wie Tara sie auch von ihren Eltern kannte. In der Nähe gab es keine Nachbarn.

Sollte sich Tara darauf einlassen? Ihr fehlte die Kraft, weiter misstrauisch zu sein, in der Sonne glaubte sie, keine drei Minuten länger überleben zu können. Sie trug Istari unter die Erde, in der Hoffnung, nicht gerade die größte Dummheit ihres Lebens zu begehen.

»Sorry ... viel kann ich nicht bieten.« Der Mann zog seine Kapuze in den Nacken, seine Heimstätte bestand aus einem kargen Bett, einem flachen Tisch und zwei halb in der Erde eingegrabenen Metallkisten. Auch in diesem Erdloch sorgten eine alte Autobatterie und eine Glühbirne für spärliches Licht.

»Wie alt bist du?«, fragte Tara überrascht und legte Istari auf das Bett. Erleichtert über seine jugendliche Erscheinung zog auch sie sich den dreckigen Sonnenschutz aus.
»15.«
»Und du lebst hier alleine?« Tara sah ein Kind, einen dunkelhäutigen Jungen ohne Bartwuchs, mit großen Augen, weißen Zähnen und strubbeligen Haaren.
»Mein Bruder hat diese Höhle gegraben ...«
»Wo ist er?«
»Er hat es schon geschafft ... er ist bereits bei meinen Eltern und dem Rest meiner Familie.« Lächelnd klopfte der Junge mit der flachen Hand auf die Erde. Dann legte er die AK-47 auf den Tisch, nahm eine Halskette ab, an der sich zwei Schlüssel befanden, und schloss eine seiner Schatzkisten auf.
»Wie ist dein Name?« fragte Tara, die noch nicht wusste, wie sie mit der überraschenden Menschlichkeit des jungen Mannes umgehen sollte, die sie inmitten des Todes gefunden hatte.
»Hier ... etwas Wasser.« Der Junge gab Tara stolz einen halbvollen Wasserbeutel, einen von denen, die zuvor am Frachtgleiter verteilt wurden. Er schien sich wie ein kleines Kind über seine beiden Gäste zu freuen.
»Warum hilfst du uns?« Tara fühlte sich von seiner selbstlosen Art überrumpelt.

Er lächelte. »Weil ich es kann ... du solltest ihr langsam zu trinken geben.«
»Ihr Name ist Istari, sie ist meine Schwester«, erklärte Tara und nutzte das Wasser, um Istaris Gesicht zu säubern. Es selbst zu trinken, traute sie sich nicht.
»Ein schöner Name ... ich glaube ihn bereits einmal gehört zu haben. Lebt sie in einem der geschützten Lager oben auf dem Berg?«, fragte der junge Mann mit leuchtenden Augen.
»Ja.«
»Sie hat mich vor einem Jahr einmal in den Stacheldraht geschubst ...«, erklärte er in einer unnatürlich freundlichen Art.
»Oh ...« Tara sah auf die Waffe, ließ sich aber nichts anmerken. Er würde nur den Arm ausstrecken müssen, sie hätte hingegen einen zwei Meter weiten Sprung zu überbrücken gehabt.
»Aber sie kannte mich nicht ... das kann schon einmal vorkommen. Sieh hier ... da hat mich der Stacheldraht aufgeschlitzt.« Er zog sein Hemd aus und zeigte Tara die schlecht verheilten Narben. Sein gesamter Oberkörper schien nur aus Narben zu bestehen.
»Das tut mir leid.« Tara fühlte sich für Istaris Taten mitverantwortlich, erst vorhin hatte ihre Schwester ein jüngeres Kind ohne zu zögern mit einem Tritt in den Stacheldraht befördert. Jede Tat kam früher oder später wieder auf einen zurück.

»Du guckst die ganze Zeit auf das Gewehr, fürchtest du dich davor?«, fragte er mit einer entwaffnenden Offenheit und reichte ihr überraschend die Waffe.

»Ja.« Tara ließ ihre schlecht gespielte Maske fallen, der junge Mann war alles andere als dumm. Aufmerksam schien er jeder ihrer Bewegungen zu folgen.

»Sieh ... ist unnötig.« Er lachte, während Tara ein leeres Magazin aus dem Sturmgewehr entfernte. Auch wenn er alle anderen immer nur mit dem Anschein einer gefährlichen Waffe in Schach gehalten hatte, wieso gab er ihr gegenüber sein Druckmittel auf? »Trotzdem bin ich froh, dass mein Bruder mir die Waffe hinterlassen hat ... bisher hat sich keiner getraut, mir meine Wasserbeutel wegzunehmen.«

»Ich verstehe ...« Tara stutzte, sie hatte den Jungen bereits zweimal falsch eingeschätzt.

»Kommst du aus Indien?«, fragte er und sah auf Taras gebräunten Teint, der heller war als seiner.

»Meine Familie ... aber ich habe nie dort gelebt.« Tara versuchte, Istari etwas zu trinken zu geben.

»Du siehst nicht so aus, als ob du einem Space Force Offizier die Kleidung stehlen würdest.«

»Es ist meine Uniform ...«

»Wow ... was machst du hier?«, fragte er, der sich mit seiner pfiffigen Einstellung gut mit Istari verstehen würde. »Für mich gäbe es dann nur eine Richtung ...« Mit dem Finger zeigte er amüsiert nach oben.

»Eine gute Frage.« Tara dachte an ihren Plan: ihr Vater, das Gate und die Sterne. Inzwischen fühlte sie sich eine Galaxie weit davon entfernt, ihn noch erfüllen zu können.
»Deine Schwester lebt hier, oder?«, fragte er einfühlsam. »Und du wolltest sie noch einmal sehen?«
»Ja.« Die Wahrheit klang einfach.
»Mein Bruder hätte mich auch nie zurückgelassen ...« Der Junge, dessen Namen sie noch nicht kannte, schloss seine andere Kiste auf. »Einer der Junks hat das verloren ... ich kann nichts damit anfangen, du vermutlich schon. Der Akku müsste sogar noch Energie haben.«
Tara fing das Kommunikationsmodul auf, das aus einer Kampfpanzerung herausgebrochen worden war. Ladezustand 17 Prozent, inaktiv hielten die Batterien mehrere Monate.
»Du bist unglaublich ... « Mit dem Funkgerät und ihrer Kennung würde Tara Hilfe rufen. Istari könnte dann medizinisch versorgt werden, allerdings würde sie für ihren eigenmächtigen Ausflug garantiert degradiert werden.
»Rufe deine Leute ... der Rettungsgleiter braucht von Joburg bis hier weniger als zehn Minuten.«
Tara zögerte und dachte an ihre Ausbildung. Die Vorschriften zu lernen, fiel ihr nie schwer, bisher gab es auch noch keinen Grund, die Regeln infrage zu stellen. Die Maxime der Föderation war einfach, es galt den Fortbestand der Menschheit zu sichern. Allerdings hatte inzwischen niemand mehr die Absicht, dafür jeden hungernden Flücht-

ling zu retten, der irgendwo halb tot in der Wüste sitzt. Ein Gedanke, der Tara ihr Problem offenbarte: *Ihre* Leute scherten sich einen Dreck darum, Istari oder einen anderen Flüchtling medizinisch zu behandeln. Man kann nicht alle retten, hatten sie ihr immer gesagt.

»Auf was wartest du?«, fragte der Junge, der sich aus einem Foodpack etwas zu essen nahm und ihr einen Proteinriegel anbot. »Rette dich ... ich würde nicht zögern.«

»Du hast recht.« Tara wusste genau, was sie zu tun hatte, Istari war genauso groß wie sie, genauso schwer, hatte die gleichen Haare und sogar die gleiche Augenfarbe. Ohne einen DNS-Vergleich oder die Kontrolle der Fingerabdrücke, wäre höchstens ihre Mutter in der Lage gewesen, sie zu unterscheiden.

Istari hatte keinen Anspruch auf eine medizinische Versorgung in den Kliniken der Föderation, Tara hingegen schon. Es gab nur einen Ausweg, sie zog ihre Schwester aus. Komplett, die gesamte Kleidung, die Unterwäsche und den Schmuck. Auch wenn es nur ein Ring und ein Goldkettchen aus besseren Tagen waren.

»Was machst du da?«, fragte der Junge, der natürlich nicht wegsah. Mit einem verschmitzten Lächeln folgte er der Stripshow. Männer, egal wie alt, dachte sich Tara und machte weiter, um sich wegen etwas Nacktheit zu schämen, war die Sache viel zu ernst.

»Keine Sorge ... ich tue dir nichts.« Auch Tara zog sich aus. Splitterfasernackt, es kam auf jedes Detail an, um die Scharade nicht zu früh auffliegen zu lassen. Jetzt zog sie die Sachen ihrer Schwester an, den Schmuck, die dreckige Kleidung, alles, aus Tara wurde Istari und umgekehrt. Ihrer Schwester zog sie im Gegenzug die durch den Unfall arg ramponierte Uniform an, das leere Holster und die Stiefel. Damit die Illusion perfekt wurde, schürfte Tara sich am Boden ihre Verletzungen an der linken Hand wieder auf und verteilte ihr Blut gleichmäßig in Istaris Gesicht.

»Das glauben die euch nie ...« Ihren jungen Retter schien sie noch nicht überzeugt zu haben.

»Eine bessere Chance hat sie nicht ...«

Er nickte. »Und was ist mit dir?«

»Es gibt nur ein Ticket in die Klinik ... ich komme klar.« Tara hatte sich entschieden und aktivierte das Kommunikationsmodul.

»Du bist verrückt.«

Sie nickte ebenfalls. »Second Lieutenant Tara Bagian, Kennung: Tango, Alpha, X-Ray, 1012-851. Fordere ein Rettungsteam an, medizinische Versorgung notwendig.«

»Meldung bestätigt. Rettungsteam unterwegs ... Ankunft in sieben Minuten«, klang es umgehend aus dem Lautsprecher des Kommunikationsmoduls. Das sollte reichen, Tara schaltete den Funk wieder ab.

»Und was soll ich denen sagen?«, fragte der Junge.

»Ich wäre gestolpert und auf den Kopf gefallen ... stimmt auch mehr oder weniger.«

»Willst du meine AK-47 haben?«, fragte er.

Tara verstand ihn immer weniger. »Du hast keine Munition ...« Eine Ausrede, sie wollte nicht unhöflich sein, ihm aber auch nicht die Waffe wegnehmen.

»He ... klar habe ich Munition. Zwei Magazine ... ich nehme nur keine mit, damit ich niemand aus Versehen erschieße. Vor allem mich nicht.« Freudestrahlend legte er zwei volle Magazine, jeweils 30 Patronen, Kaliber 7,62 x 39 Millimeter auf den Tisch. »Ganz ehrlich ... ich kann nicht schießen. Mein Bruder wollte es mir beibringen, aber ich hatte kein Talent dazu.«

Tara suchte nach den richtigen Worten. »Hoffst du darauf, dass dich das Rettungsteam mitnimmt?«

»Nein ... das machen die nie. Ich habe bereits einem der Junks geholfen, wieder lebend zurückzukommen ... die haben mich auch nicht mitgenommen.«

»Du wirst hier sterben.«

»Natürlich ... ich möchte wieder zu meiner Familie. Ist doch nicht schwer zu verstehen, oder?«

»Nein ...« Tara schluckte betroffen, dieser Junge imponierte ihr. Wenn sie doch nur mehr für ihn tun könnte.

»Du hast weniger als fünf Minuten. Geh ... wenn die dich sehen, fliegt euer Schwindel auf.« Der Junge drückte Tara ohne zu fragen die Waffe, die beiden Magazine und einen Wasserbeutel in die Hand. Tara küsste Istari auf die Stirn,

nahm den kleinen Helden in den Arm und verließ das schützende Erdloch.
Die Sonne versetzte ihr an der Oberfläche sofort einen Schlag ins Gesicht. Los, lauf, rief sie sich in Gedanken zu und marschierte los. Auf dem Kommunikator hatte sie die Uhr lesen können, ihr blieben noch zwölf Stunden, um zum Gate zu kommen. Das Gate und der Dienst auf der USS Kinshasa, ihre gesamte Zukunft löste sich gerade in Wohlgefallen auf. Sollte sie weiterhin versuchen, ihren Vater zu finden oder zurück zu ihrer Mutter gehen?

»Ich hasse die Sonne!«, schimpfte sie und drehte sich herum. Der Rettungsgleiter hob ein Stück entfernt wieder ab, ob sie Istari mitgenommen hatten? Ja, da war sie sich sicher, ihre Schwester würde wieder gesund werden. Vermutlich gesünder als sie, das linke Bein und ihr Rücken schmerzten unerträglich.
Wenn Taras Plan aufging, würden die Ärzte den Schwindel erst erkennen, wenn Istari wieder auf den Beinen war. Was einige Stunden oder Tage dauern konnte. Es spielte eigentlich keine Rolle, wann es passierte, Istari würde erst nach ihrer Genesung wieder die Stadt verlassen müssen. Die Angst, als Bestrafung für die vorsätzliche Täuschung in den Knast zu müssen, stellte sich beim Leben in den Flüchtlingslagern nicht. Es gab kein Gefängnis, das auch nur im Ansatz die Strafe übertreffen konnte, außerhalb der schüt-

zenden Kuppeln der drei verbliebenen Megastädte leben zu müssen.
München, Phoenix und Johannesburg, die letzten drei bewohnbaren Städte der Föderation, in denen 80 Millionen Menschen sehnsüchtig auf ihr Ticket zu den Sternen warteten. Nicht zu vergessen die 20 Millionen in einer gigantischen Farmstation im zentralarktischen Becken 3300 Meter unter der Wasseroberfläche.
120 Millionen Menschen lebten bereits in unterirdischen Städten auf dem Mars und 80 Millionen auf Raumstationen im Orbit von Ganymed. Seit es auf der Erde außer Sand nichts mehr zu holen gab, war der Saturnmond die wichtigste verfügbare Rohstoffquelle der Föderation. Die 22.120 wirklichen Gewinner befanden sich hingegen nicht mehr in diesem Sonnensystem. Die *Neue Erde,* der Planet aller menschlichen Hoffnung, lag im benachbarten Proxima Centauri System knapp fünf Lichtjahre von der Erde entfernt.
Was würde eigentlich passieren, wenn Tara trotzdem pünktlich am Gate zum Transfer auf die USS Kinshasa auftauchen würde? Eine spannende Frage. Istari würde sich dann bereits in Sicherheit befinden. Sie traf eine Entscheidung und ging zurück nach Johannesburg.

***

VII. Vorsehung

Lydia und Scott befanden sich wieder auf ihrem Gleiter. Das erste Mal hatte er diese interstellare Venusfliegenfalle aus Unwissenheit betreten, das zweite Mal war er nicht Herr seiner Sinne gewesen, nur beim dritten Anlauf gab es für seine Dummheit keine in Worte zu fassende Entschuldigung.

»Du machst einen Fehler ...«, wiederholte er widerwillig und befestigte Hektors *Transportkühlschrank* im Frachtraum. An dem kalten Mistding fror man sich die Finger blau. Die automatischen Arretierungshaken umfassten das Stückgut und sicherten die Ladung während der Flugmanöver. Lydia hatte sich schlussendlich wegen des Geldes dieses Himmelfahrtkommando aufschwatzen lassen.

»Ich weiß ...« Lydia gab ihm einen Klaps auf den Po und lächelte. Warum mussten immer die ignoranten Miststücke eine Figur wie eine zu Fleisch gewordene Göttin haben?

»Hektor hat gelogen ...« Da war sich Scott sicher. »Von seiner Geschichte stimmte nicht einmal die Hälfte.« Von wegen, er würde den Inhalt der Kiste nicht kennen, und was noch verlogener war, er hätte angeblich den Inhalt auf gefährliche Substanzen geprüft. Der versoffene Bastard hatte sie nach Strich und Faden verarscht.

»Ich habe ihm nur die Farbe der Transportpanzerung und die Echtheit der digitalen Inhaberschuldverschreibungen abgekauft ... natürlich war der Rest gelogen.« Lydia schien

Scotts Misstrauen zu amüsieren. »Als ob Hektor jemals ehrlich gewesen wäre ...«

»Und trotzdem willst du das Paket auf dem Mars abliefern?«, fragte Scott wütend und schlug mit der flachen Hand gegen die Aluminiumverkleidung des Frachtraums. So dumm konnte sie doch nicht sein, sich freiwillig in den Tod schicken zu lassen.

»An dieser Stelle möchte ich darauf hinweisen, dass Ihre Sorgen über den Inhalt meines Transportbehälters unbegründet sind. Ich kann Ihnen versichern, dass ...«

»Bitte was?« Scott glaubte, in einem schlechten Film mitzuspielen, er schnaubte vor Wut und trat gegen den Frachtbehälter. Er hasste alle Computer und ganz besonders KIs, die irgendein kranker Nerd, sich fröhlich einen von der Palme schüttelnd, im stillen Kämmerlein programmiert hatte.

»Hallo Aileen.« Lydia schien weniger Berührungsängste mit dieser digitalen Teufelei zu haben, deren Stimme wie ein Schulmädchen klang. »Wie geht's dir?«

»Sehr gut. Danke der Nachfrage. Meine Aktivladung ist gesichert, die Sensoren sind alle aktiv und aktuell kann ich keine Bedrohungslage für meine Fracht feststellen.«

Dass Lydia ihn nur ohne Hose ernst nahm, wusste er bereits, aber dass ihn jetzt auch noch diese impertinente Kind-KI unverhohlen ignorierte, war eine bodenlose Frechheit.

»Können wir uns im Cockpit weiter unterhalten?«, fragte Lydia, die Scotts offen gezeigte Verärgerung nur mit einem gelangweilten Augenrollen quittierte.

»Wenn ich darf, ich möchte nicht unhöflich sein. Die Technologie des Gleiters ist nicht sonderlich aktuell, die Hardware der Bordkommunikation sollte aber für den Zweck reichen.«

Lydia warf ihre langen Haare in den Nacken, während sie mit bester Laune den Frachtraum verließ. »Du bist herzlich eingeladen ... wir werden uns gut verstehen.«

Scott schüttelte nur fassungslos den Kopf, er würde nach dem mittlerweile unvermeidbaren Anschlag nicht nur als Deserteur und Terrorist in die Geschichte eingehen, nein, er würde auf der Reise auch noch von zwei Quasselstrippen zugetextet werden.

»Ich glaube, die Bedenken Ihres Partners noch nicht restlos zerstreut zu haben ...«

»Nicht schlimm ... er hilft mir nur, mich zu entspannen«, rief Lydia, die sich bereits im Korridor vor dem Frachtraum befand. Scott ließ sie wie einen dummen Laufburschen neben der Kiste stehen.

Aileen räusperte sich. *»Ach so ... ich verstehe.«*

Wenn man eine KI hätte erwürgen können, lägen Scotts Hände jetzt um Aileens kindlichen Hals. Direkt nachdem er Lydias Kopf an Hektors Kühlschrank blutig geschlagen hätte. Um dieses Miststück zu bestrafen, wollte er sich mehr Zeit nehmen.

»Sweety, du darfst mir nachher den Nacken massieren.« Lydia ließ sein Halsband sich enger ziehen.
Scott nickte krächzend, die Vorstellung, sie hilflos an Hektors Kiste gebunden gemeinsam mit der KI in den Tiefen des Alls verschwinden zu lassen, hielt ihn am Leben.

Scott schnallte sich schweigend an, der Druckanzug zwickte im Schritt. Lydia hatte die Waffen und den Kampfanzug wieder sicher in Verwahrung genommen. Sein Höllentrip hatte gerade erst begonnen, eigentlich sollte ihm das Schicksal einiger Millionen Idioten auf dem Mars völlig egal sein. War es aber nicht. Ob die NewCom-Geier eine Verschwörung gegen die Föderation initiiert hatten? Oder die PanAsia-Corporation? Die besten Freunde waren die alle nicht: Trotz einer weltumspannenden Allianz der drei Machtblöcke, gemeinsam eine *Neue Erde* im Proxima-System zu besiedeln, gab es einen rücksichtslosen Konkurrenzkampf, wer in der ersten Reihe sitzen durfte.
Die Mächtigen der Föderation waren die Erben der früheren Nato, der westlichen Welt, angeführt durch die USA. Westeuropa, Japan, Südkorea, Australien und Südafrika spielten ebenfalls im Team mit. Aber auch dort hatten sich die Zeiten geändert, im Einflussgebiet der Föderation lebten nur noch 300 Millionen Menschen, denen es aber dafür nicht schlecht ging. Vorsprung durch Technik, die Föderation führte die Wirtschaft und die bemannte Raumfahrt im erforschten Teil der Galaxie an.

Hinter NewCom standen die Russen, der gesamte Mittlere Osten, die früheren Ölstaaten, Südamerika und der Rest von Afrika. Über 1,1 Milliarden Menschen, von denen allerdings nur 40 Millionen in einem vergleichbaren Umfeld lebten. Der Rest vegetierte unter unsäglichen Bedingungen in riesigen Flüchtlingslagern und starb schneller, als man die Leichen vergraben konnte. Die Hoffnung in den Städten eingelassen zu werden, erfüllte sich nur für wenige.
Die Chinesen, die Inder und der Rest Südostasiens hatten sich in der PanAsia-Corporation verbündet. 1,8 Milliarden Menschen, von denen es leider nur 100 Millionen schaffen würden, ihre Kinder aufwachsen zu sehen. Laut Prognosen lagen die Überlebenschancen für die armen Schweine außerhalb der Schutzzonen unter 0,5 Prozent.
Eine Dystrophie epischer Dimension: Innerhalb der nächsten drei Jahre galt ein Schrumpfen der gesamten Menschheit auf unter 450 Millionen als sicher.
»Sweety, du bist so ruhig ... was ist los?«, fragte Lydia, die neben ihm saß und den Start vorbereitete. Ihr Gleiter würde die NewCom-Raumstation RJ-17 in Kürze verlassen, während sein Gleiter zurückblieb.
»Soll ich für dich Männchen machen und bellen?« Scott verlor die Lust, sich mit Lydia zu streiten. Sogar an der erbaulichen Vorstellung, sie zum wiederholten Mal in seiner Fantasie zu töten, hatte er im Moment kein Interesse.

»He ... nur eine Lieferung. Ein private Paketzustellung für viel Geld ... oder möchtest du weiterhin gepanschten Wodka verhökern?« Lydia gab sich überraschend versöhnlich.
»Es werden dabei viele Menschen sterben!«
»Na und? Stell dir eher die Frage, wen es erwischt ... dass andere dran glauben müssen, ist unausweichlich. Geld ist das Einzige, was das Leben ein paar Jahre verlängern kann.«
»Willst du dir dein Schicksal mit Blut an den Händen kaufen?«, fragte Scott, der als Deserteur und Schmuggler nicht unter schlaflosen Nächten litt. Als Mordkomplize wollte er hingegen nicht alt werden.
»Ich spüre in der Stimmmodulation eine starke emotionale Verunsicherung. Soll ich eine passende Medikation berechnen, um seine Gemütslage zu optimieren?«, fragte Aileen.
»Das kannst du?«
Scott verdrehte die Augen, diese KI war doch ein schlechter Scherz. Emotionale Verunsicherung? Er war stinksauer!
»Ich habe mich vergewissert, welche Medikamente an Bord sind. Daraus ließe sich problemlos ein starkes Beruhigungsmittel herstellen. Ich kann natürlich nicht selbst die Mischung anfertigen, aber ich bin in der Lage, eine leicht verständliche Rezeptur zu erstellen.«
»Nein, nein ... ich brauche meinen Sweety noch bei Sinnen«, erklärte Lydia beschwichtigend. »Er hat große Hände.«
Scott dachte zwangsläufig an den einzigen Platz, an dem er seine großen Hände bei Lydia wissen wollte: an ihrem Hals! Bei Aileen würde er die Stromzufuhr drosseln und ihr dann

ruckartig die doppelte Spannung verpassen. Ja, er war ein Frauenversteher, so würde er mit den beiden umgehen!
»Es wäre auch eine partielle Sedierung denkbar, bei der das Sprachzentrum und der rationale Teil des Bewusstseins betäubt würden. Die gesamte Motorik und reaktiv-sensorische Körperfunktionen blieben dabei funktional. Zudem könnte ich auch ein gewisses animalisches Verhalten in seinem Neocortex stimulieren.«
»Darauf komme ich vielleicht zurück. Nach dem Start ... jetzt machen wir uns auf den Weg, dich auf dem Mars abzuliefern.« Lydia lächelte zufrieden und leitete die Abkopplung des Schiffs von der Raumstation ein. Das Wetter um RJ-17 herum blieb ein von Blitzen und Stürmen gezeichnetes Höllenloch.
Scott schwieg, um Lydia unter Verlust seiner Muttersprache zu nehmen wie ein Tier, brauchte er keine Medikamente. Eine Flasche Wodka und der Elektroschocker würden völlig ausreichen.
»Hektor, wir lösen uns in drei, zwei, eins ... jetzt!«, meldete Lydia über Funk, während die Halteklammern der Raumstation den Gleiter wieder losließen.
Scott sah aus dem Cockpit, wie sich RJ-17 langsam entfernte. Für den Aufstieg aus der äußeren Atmosphäre gab es ein ähnlich präzises Flugprotokoll wie für den Anflug. Der Winkel, die Beschleunigung und der Austrittspunkt mussten genau stimmen. Die Toleranz lag unter 0,5 Prozent.

»Alle Werte im grünen Bereich. Triebwerke bei 19 Prozent, steigere jetzt die Leistung ...« Lydia schob den Schubhebel an der Mittelkonsole nach vorne. Vieles an Bord musste sie manuell bedienen, der Computer stellte nur die Telematik über ein Array von Displays zur Verfügung. Eine KI oder ein anderes intelligentes Steuerungssystem gab es in dieser Schiffsklasse nicht. Der Autopilot aus dem letzten Jahrhundert reichte gerade aus, um unfallfrei geradeaus zu fliegen.

»Lebt wohl ... es ging nicht anders.« Hektor klang seltsam über die Funkverbindung. *»Ihr solltet wissen, dass ...«*

Ein Lichtblitz. Scott zuckte zusammen. Die Druckwelle erfasste den Gleiter eine Sekunde später. Etwas schlug gegen die Frontscheibe. Was zur Hölle war das? Die Atmosphäre der Venus schien zu brennen, überall waren nur Flammen zu sehen. Der Gleiter sackte ab. Das Telematik-System des Schiffs fing wild an zu blinken.

»Wir gehen runter!«, schrie Lydia panisch und legte die Hand an den Schubhebel. Druckabfall. Die Helme der Druckanzüge schlossen sich sofort. Die armdicke Verbundglasscheibe hatte, nur eine Armlänge von Scott entfernt, einen Riss. Sauerstoff trat aus dem Cockpit aus. Eine weitere Erschütterung erfasste den Gleiter. Lydias Sitz riss aus dem Boden und schleuderte nach hinten.

»Nein ... tun wir nicht.« Scott übernahm die Steuerung, er hatte keine Lust, auf der Venus zu verrecken. Das Feuer um sie herum verschwand, das war eine Explosion gewe-

sen. Nur was sollte hier explodieren? RJ-17 – er sah zur Seite. Noch einmal, die Raumstation war verschwunden. Hatte sich Hektor selbst gesprengt?
Scott gab vollen Schub, auf dem Telematik-Display sah er den geplanten Flugkorridor, um den atmosphärennahen Orbit der Venus zu verlassen und er registrierte, wie weit er schon neben dem Kurs lag: 4 Prozent, er flog zu tief, zu langsam und mit dem Arsch voraus. Oder mit anderen Worten, sie befanden sich komplett neben der Spur.
»Lydia?«, rief er. Keine Antwort. Auch wenn er sie gerne langsam sterben sehen würde, jetzt sollte sie ihm lieber helfen. Auf seiner утка kannte er jeden Handgriff, sogar ohne die kyrillischen Zeichen lesen zu können, aber auf diesem dämlichen Föderationsgleiter befand sich nichts an der Stelle, wo es er erwartete.
»Wo ist der Umkehrschub?« Er hatte vielleicht noch ein Zeitfenster von zehn Sekunden, um den Kurs zu korrigieren. Ansonsten würde er in den tieferen Zonen der Venus-Atmosphäre zuerst heiß gewaschen und dann sorgfältig gebügelt werden.
»Darf ich bei dem Flugmanöver behilflich sein?«, fragte Aileen. Was wollte die KI schon wieder von ihm? Der Geltungsdrang nervte, wollte sie jetzt auch noch den Gleiter fliegen?
»Leck mich am Arsch!« Scott suchte den Schalter für den Umkehrschub, während der Gleiter sich weiterhin unkontrolliert durch ein Blitzgewitter pflügte. Die Kurssteuerung

fiel aus, das Telematik-Modul in der Konsole fing an zu brennen.

»Was weder eine praktikable, noch hilfreiche Beschäftigung wäre. Zudem muss ich zugeben, mich sexuell noch unentschlossen zu fühlen …«

»Wir stürzen ab!« Woran auch Scotts Flugkünste nichts mehr ändern würden, ohne die halbautomatische Telematik-Navigation musste er blind fliegen.

»Zweifelsfrei … wobei ich in der Idee, das Schiff mit dem Umkehrschub zu stabilisieren, Potenzial sehe. Wir haben wenig Zeit, bedienen Sie den Umkehrschub rechts neben Ihrem Sitz, direkt neben der Bedienung, um das Fahrwerk auszufahren.«

»Habs gefunden!« Keine Zeit zum Reden. Scott trat auf die Bremse. Der Gleiter drehte sich, die G-Kräfte zogen an seiner Gesichtskontur. Das Metall des Chassis knarrte, der Umkehrschub drohte, das Schiff zu zerreißen.

»Triebwerk auf 39 Prozent reduzieren.«

Scott nickte. »Triebwerk auf 39 Prozent.«

»Steuerung ausrichten. 9 Prozent Steigung. Umkehrschub in drei, zwei, eins, ausschalten.«

»Ist aus!« Der ganze Gleiter vibrierte und ächzte, hoffentlich würde das Schiff nicht auseinanderfallen. Aileen zu vertrauen forderte ihm alles ab.

»Schub maximal erhöhen. Jetzt. Nachbrenner in drei, zwei, eins, einschalten. Steuerungsdüsen ausrichten und mit Antrieb synchronisieren, wir müssen steigen!«

Jetzt oder nie! Scott trat das verdammte Gaspedal der alten Schüssel bis zum Bodenblech durch. »Triebwerke auf 357 Prozent, Nachbrenner aktiv, wir haben Treibstoff für 21 Sekunden!«

»Steigungswinkel korrigieren ... 8 Prozent in drei, zwei, eins, jetzt!« erklärte Aileen wie ein Kind, das eine Freundin fragte, mit seiner Puppe spielen zu dürfen.

»8 Prozent«, quittierte Scott.

»Steigungswinkel im 3-Sekundentakt um ein Prozent senken. Ab jetzt!«

Einundzwanzig, zweiundzwanzig. »7 Prozent.«

»Korrektur, jetzt. Steuerungsdüsen abschalten.«

»6 Prozent. Steuerung offline.«

»Erneute Korrektur, jetzt. Nachbrenner abschalten.«

»5 Prozent. Nachbrenner offline.« Scott konnte wieder das All sehen, der Gleiter schoss aus den dichteren Schichten der Venus-Atmosphäre wie eine unter Wasser gezündete Rakete hervor.

»Steigungswinkel auf 0,2 Prozent justieren. In den Orbit einschwenken. Triebwerk auf 3 Prozent drosseln. Analyse aller verbliebenen Bordsysteme einleiten.«

»Wir sind im Orbit außerhalb der Atmosphäre.« Die Konsole brannte, Scott löste die Sicherheitsgurte und schwebte schwerelos auf ein Ventil zu. »Die automatische Halonanlage[1] ist auch im Arsch.« Die Flammen verstarben wenige Momente später.

»Wir müssen sofort den Status unserer Reisetauglichkeit feststellen, wir müssen so schnell wie möglich zum Mars.«

»Aileen, du bist ein erstklassiges Navigationssystem ... aber das Schiff wird nicht mehr weit kommen.«

»Wir werden notfalls alle Systeme reparieren ...«

Da das Feuer die zentralen Displays zerstört hatte, aktivierte Scott am Schaltschrank hinter den Sitzen einen Bildschirm direkt am Bordcomputer. »Sauerstoff 6 Prozent, Treibstoff 3 Prozent, Integrität der Hülle an vier Stellen beschädigt, künstliche Gravitation ausgefallen ... Süße, wir werden nirgendwo mehr hinfliegen.«

»Oh ...«

Oh ja, die Werte kamen Scott bekannt vor, der Unterschied war nur, dass Lydia ihm diesmal nicht im toten Winkel folgte. Hektor, warum hatte sich dieser Idiot selbst in die Luft gejagt?

»Lydia?« Scott drückte sich von der Wand ab und schwebte durch das Cockpit. Die Temperatur fiel schnell, an den hellen Aluminiumplatten bildeten sich die ersten Eiskristalle.

»Sie ist bewusstlos«, erklärte Aileen emotionslos.

---

[1] Feuerlöschsystem

»Aber sie lebt noch.« Scott freute sich, ihre Vitalwerte an dem textilen Display an ihrem Unterarm ablesen zu können. Ihr Druckanzug hatte sie am Leben gehalten und die Beule an ihrer Stirn sollte sie überleben. Halt, hatte er sich gerade wirklich darüber gefreut, dass diese Schlange auch diesmal wieder dem Tod von der Schippe gesprungen war?

»Ich rette dich, mein Schatz!« Scott befreite sie aus dem ramponierten Sitz und spielte mit dem Bügel, der den Helm öffnete. Er müsste nur den Finger krümmen, dann würde sie ersticken. Falsch, sie würde erfrieren, bei Minus 170 Grad Celsius sollte dieser Hexe noch nicht einmal genug Zeit bleiben, zu röcheln. Das Halsband, Scott dachte an das Würgeband, das trotz seiner Tötungsabsicht überraschend inaktiv blieb. Funktionierte das Ding etwa nicht mehr?«

»Es gibt weder auf dem Unter-, noch auf dem Oberdeck einen Raum, in dem Sie die Druckanzüge öffnen können.«

»Ach was?« Aileens Weisheiten überraschten ihn nicht. Die Anzahl der Decks auf dem Gleiter waren überschaubar. Unten das Frachtdeck, oben das Cockpit, ein Wohnraum, eine Waffenkammer sowie eine Schlafkabine mit Nasszelle.

»Sie müssen sich aber keine Sorgen machen, ich habe bereits notwendige Schritte eingeleitet. Ein X-7 Rettungsgleiter der Föderation befindet sich auf dem Weg zu uns.«

»Bitte, was?« Scott glaubte, sich verhört zu haben. Was für ein Schiff sollte zu ihnen unterwegs sein, ein Rettungsgleiter der Föderation? Hatte sich Aileen ein paar Blitze zu viel eingefangen?

»Lydia und Ihnen wird nichts passieren.«

Aileen zuzuhören hatte etwas Surreales, alles, was sie sagte, klang so bestimmt. Als ob es an ihren Absichten nicht die leiseste Spur eines Zweifels geben könnte.

»Weißt du eigentlich, wo wir sind?«, fragte Scott, den die KI an seinem Verstand zweifeln ließ. Lydia befand sich schwebend in seinen Armen, der Sauerstoff in den Anzügen würde noch zwei Stunden reichen. Ein beinahe romantisches Szenario.

»Natürlich.«

»Der Funkruf braucht ungefähr neun Minuten bis zur Erde und neun Minuten zurück.«

»17 Minuten und 42 Sekunden.«

»Geschenkt ... eine X-7 der Föderation beschleunigt unter Volllast mit 45 G und hat eine V-Max von 0,015 c[2]. Die neuen Helium-3 Triebwerke sind schnell, aber für die Strecke von 159 Millionen Kilometer brauchen auch die über 12 Stunden.«

»12,65 Stunden. 2,83 Stunden beschleunigen, 6,98 Stunden mit V-Max fliegen und 2,83 Stunden abbremsen ... ich habe die Werte sorgfältig errechnet.«

Scott nickte und überlegte, wie lange er die Luft anhalten musste, um das Eintreffen des Rettungsgleiters noch zu erleben. »Dann werde ich nicht mehr leben ...«

---

[2] c entspricht der Lichtgeschwindigkeit vom 300.000 Km/s

»Wieso?«

»Der Sauerstoff wird nicht reichen.«

»Der Rettungsgleiter wird in 41 Minuten eintreffen.«

»Das ist unmöglich!«

»Ich habe die Föderation bereits gestern angefunkt, die Space Police hat nicht gezögert, um einen gesuchten Deserteur und eine bekannte Schmugglerin zu verhaften.«

***

Phase 2: Erde

VIII. Farbe des Geldes

Kamal genoß diesen besonderen Augenblick, das Kristallglas mit ruhiger Hand schwenkend, ließ er den Domaine Leroy Musigny Grand Cru und die wohlgeformten Rundungen seiner Abendbegleitung wechselweise auf sich wirken. Ein vorzüglicher Tropfen von 2017, ein einmaliger Jahrgang, von dem es nur noch drei Flaschen auf der Welt gab. Über die Kosten dieses Kleinods wollte er nicht nachdenken.

Er lächelte. »Auf die Wärme der Sonne, die diesen Wein vor 215 Jahren geschaffen hat, auf Ihre Schönheit, mit der Sie mir den Abend versüßen und auf unsere Gastgeber, die keine Mühen gescheut haben, in einer traurigen Epoche einen exquisiten Stil und guten Geschmack gerettet zu haben.«

Sie hob ihr Glas, lächelte und schwieg. Jekaterina, eine unglaubliche Frau, groß, fraulich, kurze blonde Haare und sinnliche Lippen. Rot wie die Lust, rot wie ihr betörendes Abendkleid und rot wie der Sonnenuntergang, den beide durch eine Panoramaglasscheibe aus der Präsidentensuite in Minsk verfolgten.

Kamal trank und ließ den Wein lustvoll seine Zunge umspielen, mit einem nahezu unbeschreiblichen Gefühl der Zufriedenheit stellte er das Glas auf die weiße Tischdecke. In der Kunst, sich auch in wirren Zeiten vom Glück liebkosen zu lassen, manifestierten sich seine Werte, sein Weltbild, einfach alles, was ihn zu dem Menschen machte, der er war.

»Das Filet soll hervorragend sein ...« Kamal nahm das Besteck und schnitt das Steak auf seinem Teller an. Der verführerische Duft des blutigen Fleischsafts harmonierte mit den langsam verklingenden Aromen des Rotweins in seinem Mund.

Sie nickte erneut, lächelte und schnitt ebenfalls die gegrillte Delikatesse an. Ob sie jemals zuvor ein Steak gegessen hatte? Angeblich war seine Begleitung bereits 26, er hielt sie allerdings für nicht viel älter als 19. Entgegen seiner Liebhaberei für alte Weine, liebte er sein Fleisch stets frisch und unberührt.

»War das Essen in Ordnung? Hat es Ihnen geschmeckt? Haben Sie noch einen Wunsch?«, fragte Kamal, der es genoss, seine jugendliche Tischdame wie eine Königin zu behandeln. Die Illusion, ihrem tristen Alltag für kurze Zeit zu entfliehen, sollte sie beflügeln.

»Danke ... alles ist wunderbar. Sie sind sehr zuvorkommend ... ein wirklich schöner Abend«, erklärte sie, legte das Besteck auf den Tisch und sah in den inzwischen wolkenfreien Sternenhimmel. Ihre Stimme klang kindlich, verspielt und wohlklingend. Egal, wer das Mädchen erzogen hatte, ihre Manieren boten keinerlei Grund zur Klage. Natürlich konnte sie eine gewisse Unsicherheit nicht überspielen, ein verständliches Verhalten, ihre natürliche Art schätzte er sehr.

»Mögen Sie die Sterne?« Kamal kannte viele, die es in diesen Tagen in die Ferne zog. Nahezu jeder wollte die Erde verlassen, wenn es auch nur wenigen gelang.

»Dort liegt die Zukunft der Menschheit.« Sie stand auf und ging zur Fensterfront. Ihre Absätze klackten leise auf dem Parkett, während das seitlich geschlitzte Kleid ihm einen verführerischen Ausblick auf ihre langen Beine bot. »Dort oben liegt die Neue Erde ....« Freudig zeigte sie mit dem Finger aus dem Fenster. Dieser Blick, diese Sehnsucht, ihre Träume zu erkennen, fiel nicht schwer.

»Natürlich.« Kamal nickte höflich, es machte keinen Sinn ihr seine von der allgemeinen Meinung abweichende Denkweise näherzubringen. Sicherlich war die Not vieler für diese überbewertete Raumfahrtidylle verantwortlich. Kein Mann wie er, der mit beiden Beinen auf der Erde stand, würde sich mit dieser naiven Schwärmerei abgeben. Sein Leben war perfekt, er wollte nicht weg. Warum auch, er würde dort nichts finden, was er nicht bereits hatte.

Es klopfte an der Tür. »Bitte ...« gebot Kamal und lehnte sich nach dem Hauptgang zurück. Der Kellner schob den Servierwagen lautlos an den Esstisch, an dem zwölf Personen hätten sitzen können. Ein junger Mann, in schwarz gekleidet, mit roten Haaren, rosigen Wangen und einem zurückhaltenden Lächeln.

»Darf ich den Nachtisch servieren?«, fragte er höflich und senkte demütig seinen Kopf.
»Gerne ... was können Sie uns anbieten?« Kamal wusste natürlich bereits, was er bekommen würde, die Details des Abends hatte er sorgfältig geplant. Er liebte überbordenden Luxus, Überraschungen hingegen mochte er nicht.
»Mit der besten Empfehlung des Managements ... eine französische Käseplatte, Weintrauben, eine Selektion tropischer Früchte und für die Dame ein Sorbet mit frischen Erdbeeren, Champagner und belgische Pralinen.« Der Kellner verwies nicht ohne einen gewissen Stolz auf die wunderbaren Speisen.
»Oh ... ich liebe Erdbeeren.« Seine blonde Tischdame ging vom Fenster an den Servierwagen, nahm sich eine der roten Juwelen und umschloss sie mit ihren vollen Lippen. Nach dem Öffnen einer Schleife rutschte ihr schulterfreies Kleid auf den Boden. Bis auf ein Fußkettchen und die roten Pumps trug sie nichts darunter. Dass der junge Kellner deswegen nicht mehr wusste, wohin er sehen sollte, störte sie offensichtlich nicht. Seine Gespielin der Stunde schien mit ihrer sinnlichen Anmut die Grenzen des Abends ausloten zu wollen.
»Da möchte ich ihr nicht widersprechen... « Kamal lächelte, zog eine Geldklammer aus der Jackentasche und gab dem Kellner ein großzügiges Trinkgeld. Erdbeeren mit der einzigartigen Jekaterina-Geschmacksnote würden auch ihm munden.

»Vielen Dank ... falls Sie einen weiteren Wunsch haben ... ich warte vor der Tür.« Der Kellner zog sich zurück.
»Natürlich.« Kamal sah nicht mehr, wie der junge Mann die Tür verschloss, sein Blick haftete auf dem perfekt geformten Hinterteil, das sie ihm nur eine Armlänge entfernt, entgegenstreckte. Der Geruch ihrer erregten Haut machte ihn wahnsinnig.
»Möchten Sie mich berühren?« Jekaterina, dieser sündige Engel, nahm den Champagner, zwei Gläser und verließ den Essraum der Suite. Schritt für Schritt, sie war jeden Cent wert, den er für sie bezahlte. Die Suite, das Essen, der Wein und das Mädchen, alles passte perfekt. Im Schlafraum nebenan, nur durch einen weiten Torbogen separiert, ließ sie sich lasziv in einen weißen Ledersessel gleiten, spreizte die Beine und legte die gekühlte Flasche an ihren Bauch.
»Oh, ja.« Gewiss wollte er das, er löste die Fliege an seinem weißen Smokinghemd, öffnete den obersten Knopf und stellte sich vor, den Champagner von ihren Brüsten in den Bauchnabel laufen zu lassen. Er bekam immer alles, was er wollte, und jetzt wollte er sie.
Es summte.
Selten zur richtigen Zeit. Aber es summte. Erneut. Unauffällig, aber deutlich zu spüren, summte das Implantat zwei Fingerbreit unterhalb seines rechten Ohrs.
»Möchten Sie bereits die Flasche für uns öffnen?«, fragte er Jekaterina, die sich mit ihren an der Flasche herunterge-

kühlten Fingern feucht über die Brustwarzen strich und sie damit augenblicklich aufrichtete.

»Ja ...«, erschauderte sie.

Kamal ging zur Fensterfront und sah auf die Skyline von Minsk. Sechs Millionen Menschen lebten unter der NewCom-Kuppel, einem Energieschild, der in der zentralen asiatischen Wüste die Sonne in Schach hielt. Neben dem exklusiven Hotelturm mit über 250 Stockwerken standen weitere hell erleuchtete Hochhäuser, von denen einige noch höher in den Nachthimmel ragten.

»Codeverifikation einleiten.« Sein Zeigefinger berührte die Stelle an seinem Hals, an der sich das Kommunikationsmodul verbarg. Der kontaktlose Stromkreis schloss sich, die Steuerung richtete mit seinem digitalen Zertifikat eine sichere Verbindung ein.

»Verbindung etabliert. Verschlüsselung auf Triple-Dex 2048 Bit eingestellt. Umfeld geprüft und gesichert. Es sind keine fremden Scanner auszumachen. Sie können sprechen«, erklärte eine technisierte Stimme in seinem Ohr. Eine einfache KI, die den Chip unter der Haut steuerte. Seine Gegner waren keine Idioten, es galt, ihnen immer einen Schritt voraus zu sein.

»Guten Abend«, sagte der Operator, ein Mann, dessen Stimme Kamal bereits seit Jahren kannte, den er aber noch nie persönlich kennengelernt hatte. Was in seiner Branche nicht ungewöhnlich war, er und der Operator verstanden sich als Dienstleister für besondere Aufgaben, Aufgaben für besondere Menschen, die auch ein besonderes Interesse

daran hatten, anonym zu bleiben. Die Aufgabe des Operators war es, eine für beide Seiten sichere Kommunikation zwischen den Vertragspartnern zu gewährleisten.

»Hallo.«

»Bitte geben Sie mir Ihre Ortung«, sagte der Operator, dessen Stimme eine stattliche Lebenserfahrung vermittelte. Eine einfach zu erfüllende Aufforderung, der Kamal trotzdem bei keinem zweiten Menschen nachgekommen wäre. Seine Deckung zu verlassen, war schon früher, als er bei den Special Forces diente, stets ein gefährliches Unterfangen gewesen.

»Minsk, 187. Etage, Westseite, freie Sicht, geringe Windgeschwindigkeit, es ist bereits dunkel«, erklärte Kamal und gab nach einer weiteren Berührung des Kommunikationschips unter der Haut seine präzisen Koordinaten frei.«

»Danke. Sie befinden sich an der richtigen Stelle. Aktivieren Sie Ihre Zielelektronik und erkunden Sie das Umfeld. Es sollten keine Schwierigkeiten auftreten.«

»Aktiviert ...« In Kamals rechtem Auge schaltete sich ein im Augapfel implantiertes Display ein. Das Neueste, was der Markt an konspirativer Technologie zu bieten hatte.

»Zielkoordinaten übermittelt ... richten Sie Ihre Waffe ein und warten Sie auf die Freigabe.«

»Ich verwende ein Kältegeschoss und benötige vier bis acht Sekunden vor der Freigabe ein Ladekommando.«

»Bestätigt.«

Kamal ging zu einer Anrichte, auf der ein länglicher Kunststoffkoffer lag, aktivierte das biometrisch gesicherte Schloss und wartete drei Sekunden. Genauso lange, wie die Sprengladung benötigen würde, um sich zu deaktivieren. Im Spiegel sah er Kamal Chowbutt, grauhaarig, mit Halbglatze und Doppelkinn. Es gab bereits Jobs, bei denen er besser aussah.

Dann öffnete er den Koffer, nahm das modifizierte Browning Kaliber .50 BMG Scharfschützengewehr aus dem Schaumstoff und arretierte die digitale Zieloptik. Neben der Waffe lag eine schwarze, dreißig Zentimeter lange Metallbox, deren Anzeige die Temperatur der Munition von minus 212 Grad Celsius signalisierte. Weiterhin lag ein kreisrunder Glasschneider im Koffer.

»Die Erdbeeren sind zuckersüß ...«, meldete Jekaterina ungeduldig aus dem Schlafzimmer.

»Gleich ...« Kamal ging wieder zum Fenster, im Prinzip waren das 180 Jahre alte Präzisionsgewehr und seine Vorliebe für moderne Technik ein Anachronismus. Moderne Signaturwaffen hatten durch die genetische Kodierung der Munition leider den Makel, dass jeder abgegebene Schuss zu 100 Prozent zurückverfolgt werden konnte. Besondere Dienstleister wie er schätzten daher ältere Hardware, die nicht minder tödlich war, das Auffinden des Schützen aber deutlich erschwerte. Zum Glück ließen sich die alten Gewehre bei guter Pflege sehr lange benutzen.

»Das Ziel befindet sich auf dem Weg ... 60 Sekunden«, sagte der Operator.
»Richte den Korridor ein.« Kamal setzte den Glasschneider auf die Scheibe, ein selbsthaftender handbreiter Ring, dessen Laser ein kreisrundes Loch in die Scheibe schnitt. Ein Saugnapf sorgte dafür, dass das kleine Glasstück nicht herunterfiel. Die Öffnung genügte millimetergenau, um das Gewehr bündig anzusetzen.
»Alle Missionsparameter innerhalb der vorgegebenen Toleranzen. Es gibt keine präventiven Aktivitäten der Sicherheitsbehörden ... noch 50 Sekunden.«
Kamal synchronisierte die Zieloptik der Waffe mit seinem Auge. Die Entfernung betrug 6879 Meter, ein Treffer ohne intelligente Munition und sorgfältig berechnete Flugbahn war in diesem Abstand nicht mehr machbar. Er aktivierte die Munitionsbox, die Patrone wurde nun mit den Parametern der Waffe, der Zieloptik, seinem digital getunten Auge und den Zielkoordinaten des Operators programmiert.
»Das Ziel geht zum Meetingpoint ... noch 40 Sekunden.«
Kamal ließ den Kopf einmal in den Nacken sacken, es knackte. Er kannte die Zielperson nicht, was seine Arbeit erleichterte. Schließlich war er kein Unmensch. Töten bereitete ihm keine Freude, es war nur Arbeit, wie jede andere auch. Jekaterina zu lieben, würde ihm gleich mehr Freude bereiten, sie zu küssen, ihren Körper mit seiner Zunge zu

erkunden und sie vor Lust seinen Namen schreien zu hören.

»Noch 30 Sekunden ... sind Sie bereit?«

»Ja.« Kamal sah durch die Zieloptik und blickte auf eine leere Fußgängerbrücke. Darunter und darüber schwebten Fahrzeuge entlang, es gab in Minsk kaum noch Menschen, die Autos fuhren. Er musste sich konzentrieren, durch die große Entfernung führten bereits minimale Bewegungen dazu, dass der gezoomte Bildbereich unruhig zitterte. Er aktivierte die Bildstabilisierung, er würde keine Gelegenheit für einen zweiten Schuss bekommen.

»20 Sekunden. Zwei Begleiter gehen vor, eine Drohne schwebt darüber, zwei weitere Begleiter sind direkt bei der Zielperson. Die Freigabe erfolgt gleich.«

»Ich fühle mich einsam ...« Jekaterina schien bereits angefangen zu haben, an sich herumzuspielen.

»Bestätigt ...« Kamal öffnete den Verschluss der Browning, der Schlitten rutschte mit einem leisen Klicken zurück. Die Zielperson konnte er immer noch nicht sehen.

»15 Sekunden ...«

Kamal aktivierte die ebenfalls durch seinen Fingerabdruck biometrisch gesicherte Munitionsbox.

»10 Sekunden ... fertigmachen zum Laden.«

Einundzwanzig, zweiundzwanzig, dreiundzwanzig, es konnte beginnen. Kamal öffnete die Box, eine Halteklammer erlaubte ihm, die extrem tiefgekühlte Kaliber .50 BMG Patrone zu laden, ohne dabei die Haut an den Fingerkuppen zu verlieren. 12.7 x 99 Millimeter pure Zerstörung befanden sich nun in der Waffe zum Abschuss bereit.

»5 Sekunden ... Freigabe erfolgt unmittelbar.«

Kamal lud die Waffe durch und legte an. Das Ziel seines Schusses konnte er noch nicht sehen.

»2 Sekunden ... die Tötung ist freigegeben ... schießen Sie.«

Kamal drückte ab. An der Mündung 872 Meter in der Sekunde schnell und mit einer Geschossenergie von 17.000 Joule flog der Tod auf sein Ziel zu. Von dem Schuss war in der Suite nur wenig zu hören, da der komplette Schalldruck durch die Öffnung an der Glasscheibe nach draußen abgegeben wurde.

»Schuss abgegeben.«

»Bestätigen Sie den Treffer ...« Der Operator blieb ruhig, Kamal konnte sich nicht vorstellen, ihn jemals hektisch zu erleben. Vier Sekunden in der Luft und noch vier Sekunden bis zum Ziel. Über die Elektronik der Zieloptik aktivierte er die selbstständige Korrektur der Flugbahn. Die Munition glich die Abweichung aus, die ein herkömmliches Projektil innerhalb von acht Sekunden gehabt hätte. Kurz vor dem Treffer würde sich zudem die mittlere Treibladung von dem Eisstück in der Spitze lösen.

Kamal sah eine junge Frau um die Ecke kommen, blond, kurzhaarig, Mitte zwanzig, im Pelzmantel, sogar mit Ähnlichkeit zu Jekaterina, die einen Moment später mit blutüberströmtem Gesicht zusammenbrach. »Treffer ... die Zielperson ist tot.«

Die ballistische Kurve hatte dafür gesorgt, dass der Treffer nahezu senkrecht erfolgte. Niemand würde diesen Kopfschuss überleben. Die Ermittler der Minsker Polizei würden später von dem tiefgekühlten Projektil nicht mehr als Wasser finden.

»Die vereinbarte Summe von 25 Millionen ist überwiesen. Ich soll Ihnen im Namen unseres Auftraggebers danken. Besteht Ihrerseits Interesse an einem weiteren Auftrag in Minsk?«, fragte der Operator. Eine ungewöhnliche Frage, Kamal hielt die Verquickung zweier Mandate für unprofessionell.

»Ich habe zu danken. Bitte senden Sie mir für den neuen Auftrag die Rahmendaten ... ich werde mich morgen melden.«

Kamal lächelte und räumte die Waffe wieder in den Koffer. Jetzt war Jekaterina an der Reihe, es war unhöflich, eine *hungrige* Frau warten zu lassen.

***

IX. Grenzkontrolle

Tara hob den Kopf und blickte auf die Kuppel von Johannesburg, das Energieschild schimmerte in der gleißenden Sonne. Von ihrer Position konnte man nicht in die Stadt hineinsehen, als ob jemand eine gigantische Metallkugel zur Hälfte in der Wüste vergraben hätte. Sie musste weiter, was ihr mit jedem Schritt schwerer fiel. Wie lange sie bereits durch die Wüste lief, wie lange sie noch laufen musste, oder ob sie in den nächsten drei Sekunden umkippen würde, sie wusste es nicht. Sie wusste überhaupt nichts mehr.

»Ich kann nicht ...« Sie vergaß, was sie sagen wollte. Ihre Füße, die Arme, der Kopf, alles fühlte sich fremd an, als ob sie sich im Körper einer fremden Person befinden würde. Apathisch griff sie nach dem Wasserbeutel, leer, trocken, komplett mit feinem Staub bedeckt, an den letzten Schluck konnte sie sich nicht mehr erinnern.

»Ich will ...« Tara sackte auf die Knie, die unerträgliche Hitze trieb ihr die Seele aus dem Leib. Die Tiefen der Hölle konnten nicht heißer sein. »... will nicht.«

Hundert Meter, fünfhundert Meter oder über einen Kilometer, sie konnte die verbleibende Entfernung nicht mehr einschätzen. Ihre Schwester Istari kreuzte den Weg, sie lachte, zeigte nach vorne, nein, die Sonne ließ Tara bereits Wahnvorstellungen erleben. Istari befand sich nicht bei ihr, der Rettungsgleiter hatte sie in Sicherheit gebracht, das hatte sie mit eigenen Augen gesehen.

»Los, große Schwester, lauf!«, hörte Tara sie sagen. »Wie früher, lauf, steh auf und lauf!«

Jemand zerrte von der Seite an ihrem Arm, Tara kam wieder auf die Beine. Wer war das? Das dreckige Tuch, das ihren Kopf mehr schlecht als recht vor der Gluthitze schützte, verhinderte eine freie Sicht. Hektisch schlug Tara ins Leere. Griff sie jemand an? Warum? Zwei Schritte weiter stürzte sie wieder in den heißen Dreck. Der Staub, die Hitze, sie glaubte, keine Luft mehr zu bekommen. Wasser, sie musste etwas trinken. Alles, woran sie denken konnte, war Wasser. Für einen Schluck des kostbaren Nass' würde sie jederzeit ihre Seele verkaufen.

»Wer im Dreck liegt ... durstet!« Istari schien sich über sie lustig zu machen. Das Miststück saß vor ihr und lachte. Wie früher, als die beiden Schwestern ständig im Wettkampf standen. Einen eindeutigen Sieger hatte es nie gegeben, verlieren, gewinnen, das Rennen motivierte sie, sich ständig weiter anzutreiben.

»Hilf mir ...« Tara versuchte nach Istari zu greifen, griff aber ins Leere. Alleine hätte es niemand geschafft, alles, was sie jemals erreicht hatten, hatten sie sich selbst zu verdanken. Nein, das stimmte nicht. Alles, was Tara jemals erreicht hatte, hatte sie Istari zu verdanken.

»Hilf dir selbst!« Istari peitschte sie gnadenlos voran. Drei Worte, drei Schläge, Tara glaubte, jede Silbe zu spüren. »Steh auf! Kämpfe! Laufe! Lebe!«

»Aber ich ...«

»Keine Ausreden, keine Entschuldigungen, niemals danke sagen müssen ... das haben wir uns geschworen, oder hast du das alles vergessen?«

»Nein ... natürlich nicht. Aber ich ...« Egal, was das Schicksal ihnen bringen würde, die beiden Schwestern wollten niemals das Haupt senken müssen.

»Ich will kein ‚Aber' hören!« Istari blieb unerbittlich.

»Ich brauche Wasser ...« Ohne etwas zu trinken würde es Tara keinen weiteren Schritt schaffen.

»Blödsinn!«, schrie Istari sie an, die in einem makellosen weißen Kleid vor ihr stand. Die Haare zu einem Zopf geflochten, der bis zum Po reichte. Der Staub und die Hitze schienen ihr nichts anhaben zu können. »Alles, was du brauchst, sind deine Beine! Sag mir, hast du noch Beine?«

»Ja, ja ... Beine.« Tara versuchte, sich an ihre Beine zu erinnern, hatte sie noch welche? Erleichtert spürte sie ihren Oberschenkel, sie hatte Beine. Zwei sogar. Mit zwei Beinen konnte man laufen, ja laufen. Eine gute Idee, sie wollte laufen. Jetzt, aufstehen und ein Bein vor das andere setzen. Laufen, eine fabelhafte Idee, einfach aufstehen und weiterlaufen. Die Hitze, der Wahnsinn, ihr Gehirn schien zu schmelzen und blutig aus den Ohren zu laufen.

»Dann benutze sie!«

Taras Beine fühlten sich wie mehrfach gebrochen an, jede Stelle schmerzte, absolut jede. Aber sie funktionierten noch, Schritt für Schritt, sie setzte ein Bein vor das andere.

Erneut stieß jemand gegen ihre Schulter, war das wieder Istari, die sie fortwährend anfeuerte? Jemand rief etwas, was sie nicht verstand. Noch ein Schlag, jemand schlug ihr auf den Rücken. Wer war das? Tara konnte nicht mehr rechtzeitig reagieren und landete abermals der Länge nach auf der staubigen Straße.

»Platz da!« Jemand mit einem Handkarren hatte sie unsanft aus dem Weg geräumt. Verdammt! Sie hatte ihn nicht kommen hören. Dafür hörte Tara allerdings Wasserbeutel platschen, in dem Karren schien sich Wasser zu befinden. Wasser!

»Halt!«, schrie sie heiser, die letzten Kräfte mobilisierend. Viel mehr vermochte sie mit der trockenen Kehle nicht herauszubringen. Ob der Typ sie überhaupt gehört hatte?

»He ... Wasser gibt es in dieser netten Gegend nicht fürs lieb fragen. Du hast eine Waffe, benutze sie. Wenn du leben möchtest, stehe auf und greife nach deinem Leben!« Istari schien für jede Frage eine Antwort zu haben.

Tara blinzelte und sah dem Mann mit dem Handkarren hinterher, der sich natürlich nicht von ihrem halbherzigen Ruf genötigt fühlte, anzuhalten. Das Sturmgewehr, Taras Restverstand brachte den ersten brauchbaren Gedanken hervor. Sie griff unter das Tuch, zog die AK-47 hervor, lud durch und schoss. Wohin wusste sie nicht, die Garbe schlug irgendwo in die Straße.

»Halt«, rief Tara erneut, lauter, entschlossener und zielte auf den Mann hinter dem Handkarren. Der Preis für ein Menschenleben fiel gerade unter den Kurs eines vollen Wasserbeutels. Der Mann lief schneller. Dieser Idiot, Tara legte an und schoss erneut. Die nächste Garbe riss sie beinahe um. Was sie traf, konnte sie nicht sehen, der Mann blieb aber stehen und hob seine Arme.

»Bitte ... nicht schießen!«, rief er bettelnd. »Das Wasser ist für meine Kinder.« Tara schleppte sich mit letzter Kraft zu dem Handkarren, bereit ihn bei der geringsten Bewegung wie einen räudigen Köder abzuknallen.

»Wasser!«, stammelte Tara.

»An der Ausgabe gibt es für alle welches ...«, versuchte sich dieser Trottel herauszureden. Noch ein falsches Wort und sie würde das Magazin auf ihn leerschießen.

»Wasser!«, forderte Tara. Weitere dumme Kommentare würde sie nicht akzeptieren.

»Ja, hier, bitte ... Wasser.« Der Mann, um die dreißig, ein von der Sonne verbrannter Weißer, mit grauen Haaren und kaum Zähnen im Mund, legte einen der transparenten Wasserbeutel auf den Boden. Die Angst in seinem Gesicht war nicht zu übersehen. 3,78 Liter Leben, eine Galone Wasser, die Standardration, die von der Föderation ausgegeben wurde.

Tara stürzte auf den Beutel zu, was den edlen Spender spontan dazu bewegte, Fersengeld zu geben. Ohne seinen Handkarren wohlgemerkt, was sie nicht kümmerte.

Wasser, Tara trank, hastig, sie verschüttete mehr, als sie trinken konnte. Die innere Gier beruhigte sich, sogar die Sonne verlor für Sekunden die Schreckensherrschaft über ihre Sinne. Das war nicht die richtige Zeit, bescheiden zu sein, impulsiv leerte sie den Rest des Beutels über ihrem Kopf.

»Wasser«, sagte sie und erkannte sogar ihre eigene Stimme wieder. Tara nahm sich zwei weitere Beutel und ein Foodpack vom Karren herunter. Den Rest ließ sie stehen, sie wollte weiter. Aus sicherer Entfernung beobachtete der Grauhaarige argwöhnisch ihr Treiben. Gut vierzig Beutel Wasser und Nahrung transportiere er, sollte er damit glücklich werden, sie wollte nicht mehr, als sie zum Überleben benötigte.

Tara sah sich um, es waren noch 700 Meter bis zu einem der gesicherten Eingangsbereiche der Stadt. Ohne das Wasser hätte sie diese Strecke nicht mehr geschafft. Ihre Schwester hatte sie gerettet, das wusste sie genau. Sie lächelte und ging weiter, Schritt für Schritt, eigentlich ganz einfach.

Rechts vor ihr befand sich der östliche Zugang zur Stadt, der von zwei schwer gepanzerten Drohnen bewacht wurde. Niemand war so dumm, sich mit diesen Dingern anzulegen. Es gab allerdings auch niemanden, der es überhaupt versuchte, in die Stadt zu kommen. Für die Flüchtlinge in den Lagern gab es keine Chance, in einer Föderationsstadt aufgenommen zu werden, die Wasser- und Nahrungsbeutel waren alles, was sie an Menschlichkeit zu erwarten hatten.

Tara ging auf die im Boden verankerten, früher weiß lackierten Drohnen zu, denen der Sand bereits einen Großteil der Farbe abgeschliffen hatte. Ihr Herzschlag wurde schneller, die AK-47 trug sie entladen und gut sichtbar über dem Kopf.

»Stehenbleiben!«, forderte eine der Drohnen sie mechanisch klingend auf. Eine Aufforderung, der sie umgehend Folge leistete. Die begrenzte Intelligenz dieser Blechbüchsen kannte sie gut. Die KIs waren überholt, solange aber die Zielerfassung und die Waffensysteme zuverlässig ihren Dienst taten, hielt es die Stadtkommandantur nicht für notwendig, der Software ein Update zu spendieren.

»Legen Sie sofort die Waffe auf den Boden.«

Was Tara ebenfalls sofort tat. Die Servos der Maschinenkanone richteten die Zwillingsläufe auf sie aus. Bei dem System machte es keinen Sinn, mehr zu reden als nötig, genauso wenig wie hektisch wegzulaufen, oder, was noch dümmer war, sie anzugreifen. Nach ihrer Ausbildung kannte sie die Programmierung dieser gepanzerten Türwächter in- und auswendig.

»Nennen Sie Ihre Kennung.«

»Tango, Alpha, X-Ray, 1012-851.«

»Identifizieren Sie sich«, forderte die KI sie unmissverständlich auf und öffnete ein Fach, in das Tara vorsichtig ihre Hand legte. Der Scanner tastete sie ab.

»Nennen Sie Ihren Namen, Vornamen, Rang, Truppenverband, Dienstverwendung und aktuelle Einheit.«

»Bagian, Tara, Second Lieutenant, Space Force, System- und Kommunikationsoffizier auf der USS Kinshasa.«

»Identität bestätigt. Einheit bestätigt. Rang bestätigt. Verwendung und Einheit bestätigt.«

Tara verdrehte die Augen. »Na dann ... darf ich jetzt passieren?«

»Second Lieutenant Bagian, Sie haben für den Zutritt zur Stadt keine Erlaubnis.«

»Ich hatte auch keine Erlaubnis, die Stadt zu verlassen.«

»Das ist korrekt.«

»Daher ist es logisch, dass ich auch nicht auf der Liste stehe, die Stadt betreten zu dürfen.«

»Das ist korrekt.«

Sie hatte es geahnt, die KI der Drohne war strunzblöd, sie musste so schnell wie möglich eine Eskalation herbeileiten. Üblicherweise wurden die Zugänge nicht von menschlichem Personal überwacht, allerdings sollte sie der Drohne auch keinen Grund liefern, sie zu erschießen.

»Ich möchte einen desertierten Offizier melden ...« Darauf sollte die KI anbeißen, diese Meldung würde das System eskalieren müssen. Die Beschuldigung würde umgehend einem ranghöheren Offizier gemeldet werden.

»Kennung des desertierten Offiziers?«

»Tango, Alpha, X-Ray, 1012-851.«

»Stehenbleiben! Bewegen Sie sich nicht! Sie sind verhaftet!«
Tara lächelte, endlich machte das Ding, was es sollte. Ob sich der Gleiter zur USS Kinshasa noch im Gate befand?

Tara saß in einem Verhörraum. Drei Mal drei Meter, ein Tisch, zwei Stühle und ein fahles Licht unter der Decke. In dieser Kiste aus grauem Aluminium wartete sie bereits eine gefühlte Ewigkeit. Der Tisch war grau, die Stühle, die Wände, sogar das Glas Wasser auf dem Tisch schmeckte farblos.

Durchaus passend zu ihrer zerrissenen Uniform, die man sie wie ein Zeichen ihres Versagens weiter am Körper tragen ließ. Bei der Drohne am Eingang zur Stadt hatte sie das Gespräch noch im Griff gehabt, bei dem zu erwartenden Verhör in dieser Besenkammer standen ihre Chancen deutlich schlechter. Ihr Traum die Sterne zu bereisen, würde ein Wunsch bleiben. Dieser Realität musste sie sich stellen. Für Istari, Tara würde nicht zögern, dieselben Fehler zu wiederholen.

Die Tür öffnete sich. Tara stand auf und nahm Haltung an. Ein Offizier betrat den Raum. Ein Captain der Army, denen die Sicherung der Städte oblag. Phoenix, München und Johannesburg, drei Städte, in denen sich 80 Millionen Menschen wie Ameisen eingegraben hatten. Seine Laune wirkte miserabel.

»Setzen Sie sich.«

»Sir ...« Der Typ nagelte sie bereits mit den ersten drei Worten an die Wand.

»Bagian ... wenn es nach mir gegangen wäre, hätte ich Sie standrechtlich erschießen lassen.« Der Offizier, ein drahtiger Typ mit kurzen Haaren und stechendem Blick, machte aus seiner Abneigung ihr gegenüber keinen Hehl.

»Sir, ich verstehe nicht ...«

»Was verstehen Sie nicht an 17 toten Soldaten? Ihretwegen ist ein Transportgleiter abgestürzt ... und ich rede jetzt nicht von 400 Zivilisten, die ebenfalls wegen Ihrer Inkompetenz ihr Leben lassen mussten!« Die Anklage ging weiter.

»Sir, das ist bedauerlich, aber ...« Tara schluckte, nichts auf der Welt konnte diese Tragödie ungeschehen machen.

»Wollen Sie sich etwa herausreden? Nein, das glaube ich jetzt nicht! Das kann nicht Ihr Ernst sein.« Er tobte, sprang auf und ging den Tisch auf und ab, bisher hatte sie immer noch nicht sein verwaschenes Namensschild auf der Gefechtsuniform lesen können. Nur die Schulterklappen hatten seinen Rang verraten.

»Sir, ich übernehme die Verantwortung für mein Handeln, Sir!« Tara stand auf, sie hatte dem Piloten des Frachtgleiters den Befehl erteilt, den Start zu verzögern und Istari und sie an Bord zu nehmen. Dafür würde sie sich vor dem Militärgericht verantworten müssen. Keine Entschuldigung, keine weiteren Ausreden, sie würde für ihre Taten einstehen. Es war eine naive Träumerei für ein Mädchen aus Indien, zu glauben, eine Chance bei der Föderation zu bekommen.

»Herrgott, Bagian, setzen Sie sich wieder hin! Ich kann diese heroische Soldatenscheiße nicht mehr ertragen! Verantwortung für Ihr Handeln? Wissen Sie überhaupt, was Sie sagen?«

»Sir ...«

»Wenn Sie noch einmal ‚Sir' zu mir sagen, so wie Sie es sagen, vergesse ich mich! Haben wir uns verstanden!«

Tara fiel wie ein Häufchen Elend in sich zusammen.

»Ich kannte drei Männer aus dem Frachtgleiter, gute Männer, zuverlässig, mutig und dumm genug, für ein paar halbtote Gespenster in den Lagern ihr Leben zu riskieren. Männer mit Familien, Kindern, Hoffnungen ... nein, warten Sie, eine Frau an Bord kannte ich auch.«

»Das tut mir leid ...« Tara rang mit ihrer Fassung, niemand aus dem Frachtgleiter hatte den Tod verdient.

»Herrje, jeden verfluchten Tag tut irgendjemandem irgendetwas leid ... mir tut es auch leid! Aber jammere ich deswegen herum?«

»Nein.« Tara packte alle Emotionen, steckte sie in einen Sack und band ihn fest zu. »Wenn Sie mir die Gelegenheit geben, spreche ich mit den Angehörigen ...« Was ihre Taten natürlich nicht ungeschehen machen würde.

»Würden Sie das?« Er setzte ein kaltes Lächeln auf. »Second Lieutenant Bagian, ich erzähle Ihnen, was Sie tun werden, Wort für Wort und Sie merken sich jede Silbe davon!«

Tara nickte.

»Ich weiß nicht viel über Sie und ich gebe zu, nicht zu verstehen, warum Sie eine vertrauliche Dienstverwendung über die Strafe stellt, die Sie verdient haben!«

»Bitte?« Tara verstand kein Wort von dem, was er sagte, von einer vertraulichen Dienstverwendung wusste sie nichts. In West Point wurden viele Space Force Offiziere ausgebildet, ja, sie hatte gute Noten, aber die hatten andere auch.

»Kennen Sie Major Gessner?«

»Ja.« Natürlich kannte sie Major Björn Gessner, er hatte sie in West Point ausgebildet.

»Dann kennen Sie ja Ihren Fürsprecher ...«

»Sir ... wie bitte?« Tara konnte ihm nicht folgen, es gab keinen Grund, warum Gessner ihr helfen sollte.

»Ihr schauspielerisches Talent können Sie sich sparen. Ich erwarte nicht, dass Sie über Ihren Auftrag sprechen.« Der Captain sah Tara an, wenn er in der Lage gewesen wäre, sie mit Blicken zu erwürgen, läge sie tot am Boden. »Sie können gehen.«

»Ich kann gehen?« Tara konnte es kaum glauben.

»Second Lieutenant, Ihr Gleiter wird in drei Stunden abheben. Sie werden sich umziehen, medizinisch versorgen lassen, an Bord des Transfergleiters gehen und pünktlich Ihren Dienst antreten ... los, hauen Sie ab, bevor ich es mir anders überlege!«

Tara nickte. Dieser Tag forderte viel von ihr. Was wusste er, was sie nicht wusste? Was hatte Gessner damit zu tun? Sie kannte nur ihren nächsten Einsatzort, die USS Kinshasa, die im geostationären Orbit über dem Mars stationiert war. Als Frischling würde sie dort sicherlich nicht das Universum verändern.

»Darf ich bitte noch eine Frage stellen?« In dieser Situation hätte sie besser schweigen sollen, aber sie musste diese Frage loswerden.

Er verdrehte die Augen. »Treiben Sie es nicht zu weit ...«

»Wie geht es meiner Schwester?«

»Istari Bagian, die fälschlicherweise für Sie gehalten wurde?« Er wusste genau, was passiert war.

»Ja.«

»Sie hat ein schweres Schädeltrauma, wird aber die Operation überleben und nach ihrer Genesung wieder die Stadt verlassen ... das war doch Ihr Plan, oder?«

Tara nickte, ein Lächeln beflügelte ihre Gedanken, Istaris Leben gerettet zu haben, gab ihr den Mut weiterzumachen.

***

X. Ausgeliefert

Die hatten nicht lange gebraucht, um zu wissen, wer er war. Scott saß in der Arrestzelle des Rettungsgleiters und starrte an die Decke. Ein Ticket in die Hölle bitte, dachte er und schlug mit der Faust gegen die weiße Wand. Zwei Mal zwei Meter, eine Pritsche und ein versenkbares Edelstahlklo, mehr würde er die nächste Zeit nicht zu sehen bekommen. Die dämlichen Arschgeigen von der Föderation würden ihn für lange Zeit einlochen. Deserteure mochten die besonders: 20 Jahre für unerlaubtes Entfernen von der Truppe, 20 Jahre für den gebrochenen Kiefer des Colonels, der so dumm war, zu versuchen ihn aufhalten, und geschätzte 340 Jahre für alles, was er danach getan hatte.

»Scheiße!« Scott hatte sich den fetten Wodka-Deal auf der Venus anders vorgestellt. Schnell hin, schnell weg und schnelles Geld in der Tasche, so sah seiner Meinung nach ein guter Deal aus. Wie guter Sex, bei dem man die Bitch danach nie wieder sah. Die Realität sah leider anders aus, er hatte den Wodka versenkt, keinen einzigen Cent dafür bekommen und die Überreste seiner geliebten **утка** verrotteten in daumennagelgroßen Stücken auf der Venus. Dabei hatte er seinen russischen NewCom-Gleiter geliebt.

»Lydia ...« Scott dachte an die fette Beule an ihrer Stirn und an die Kopfschmerzen, die sie beim Aufwachen haben würde. Das dumme Stück hatte nicht auf ihn hören wollen und jetzt lag Madame ‚ich weiß doch alles besser' an Hän-

den und Füssen arretiert auf der Krankenstation eines Rettungsgleiters, der sie im Knast abliefern würde.
Scotts Gedanken schwirrten durch die Vergangenheit, seine Zeit beim Militär und die Jahre davor. Die Schule, die Kindheit und seine Eltern, es fiel ihm schwer, sich an das Gesicht seiner Mutter zu erinnern. Sie lebte nicht mehr und sein Vater hatte nach ihrem Tod wieder geheiratet. Er lachte, das Talent den falschen Frauen an die Wäsche zu gehen, hatte er eindeutig von ihm geerbt. Die zweite Frau hatte ihm die Hosen, die dritte das letzte Hemd und die vierte das Fell über die Ohren gezogen. Ob sein Vater noch lebte? Sein Geld tat es jedenfalls nicht mehr, dafür hatten die drei Nachfolgerinnen seiner Mutter gesorgt. Angeblich hatten seine zwei Stiefgeschwister sogar etwas Nennenswertes aus ihrem Leben gemacht. MacSweetbody, der irische Name war Programm, es war sogar denkbar, dass ihm seine jüngere Schwester als Militärstaatsanwältin den Prozess machen würde.
»Oh nein ...« Scott schauderte es, das Verhältnis zu seinen Schwestern hatte in seiner Jugend stets ein gewisses Konfliktpotenzial innegehabt. Die Schmach einer von denen unter die Krallen zu kommen, würde garantiert alles in den Schatten stellen, was Lydia sich auch in ihren wildesten Fantasien als Bestrafung für ihn hätte einfallen lassen können. Lydia, dieser fleischgewordene Traum, er bekam den Geruch ihrer Haut nicht aus der Nase, ob es ihr wieder besser ging?

»Aileen ...« Scotts Stimmung verfinsterte sich, diese digitalisierte Bosheit hatte ihn nach Strich und Faden verarscht. Die KI musste die Föderation bereits einen Tag vor ihrer Ankunft auf RJ-17 angefunkt haben. Der Wodka-Deal auf der Venus hatte sich als Falle erwiesen, Aileen hatte sie als Lockvögel missbraucht. Welche Rolle Hektor dabei gespielt hatte, wusste er nicht, aber der besoffene Bastard stand am Schluss nicht auf der Gewinnerseite.

Was war in der Kiste, fragte er sich erneut. Was war diesen Aufwand wert? Ein Anschlag auf den Mars? Wie sollte jemand daraus einen Vorteil ziehen? Wer oder was standen hinter Aileen, fügte er seinen Überlegungen hinzu. Das war die Handschrift von professionellen Puppenspielern, das konnte Scott spüren. Hektor, Lydia, Aileen, er, jemand manipulierte sie, jemand mit erheblichen finanziellen Mitteln, jemand, dem Menschenleben nicht viel bedeuteten und der mit festem Willen ein bestimmtes Ziel verfolgte. Darüber wollte sich Scott zukünftig weitere Gedanken machen, die blutige Absicht auf dem Mars viele Menschen zu töten, passte nicht zu dieser strukturiert agierenden Handschrift.

Klack. Scott horchte auf, was war das für ein Geräusch? Der Sperrbolzen, mit dem sich die Tür seines weißen Transportklos verschlossen hatte, klang ähnlich.

»Hallo«, rief er und stand von der Pritsche auf. Da war etwas vorgefallen, sein Instinkt schrie, sein Verstand versuchte, alle denkbaren Gefahren zu analysieren. Mit wenig Erfolg, er hatte keinen Schimmer, was gerade passiert war.

Scott tippte an die Tür, die sich, ohne einen weiteren Ton abzugeben, öffnete. Er hatte das Geräusch richtig gedeutet. Ein technisches Versehen? Niemals. Wollten die ihn auf der Flucht erschießen? Unsinn, um ihn umzubringen, gab es einfachere Möglichkeiten. Ein Test? Nicht ganz auszuschließen, wenn auch schwer vorstellbar.

»Hört mich jemand?« Scott erwartete keine Antwort, die Frage konnte er sich trotzdem nicht verkneifen. Auf dem Korridor vor der Arrestzelle befand sich keine Menschenseele. Er sah keinen Hinweis, was zu der Entriegelung der Zellentür geführt hatte. Weißer Boden, weiße Wände, weißes Licht und überall weiße Bedienelemente, Scott hasste diese Farbe und strich sich die Hände an seinem orangefarbenen Knastoverall ab. Eigentlich müsste die Föderation auf jedem Raumschiff unzählige Putzkräfte unter Vertrag haben.

Wonach suchte er eigentlich, fragte er sich und erkundete weiter humpelnd den Gefängnistrakt. Sechs Zellen, die anderen Türen verschlossen, weitere *Gäste* konnte er nicht feststellen. Sollte er an dem Videopanel an der Wand die Brücke rufen? Keine gute Idee. Sein Instinkt hatte ihm früher bei den Einsätzen geholfen, seinen Arsch am Stück wieder heimzubringen. Etwas stimmte hier nicht, er wusste nur noch nicht was.

Scott ging zu der Schleuse, die den Zellentrakt vom Raumgleiter trennte. Diese Schiffsklasse hatte einiges mehr zu bieten als seine kleine УТКА, typischerweise Platz für sechs Personen Besatzung: Pilot, Copilot, Navigator, zwei Waffenspezialisten und Arzt. Die größeren Raumgleiter der Föderation hatten neben einer künstlichen Schwerkraft auch eine Ausgleichstechnologie, um den enormen G-Kräften bei den Beschleunigungs- und Abbremsmanövern entgegenzuwirken. Eine wirklich coole Sache, egal, was der Pilot für ein Manöver flog, in den Schiffen spürte man nichts davon.

Noch bevor er die Tür berührte, öffnete sich die Druckschleuse und gab den unteren Hauptkorridor frei. Jemand hatte ihn im Blick. Drei Decks, drei Hauptkorridore und immer noch kein Schwein zu sehen. Unten lagen neben dem Zellentrakt auch der Maschinenraum und das Dock für die autark agierenden Bergungsroboter, die sie aus Lydias Wrack geborgen hatten. In der Mitte befand sich die Krankenstation mit achtzehn Betten und oben waren die Brücke, die Mannschafträume und alle anderen Funktionsbereiche des Raumschiffs.

Was war hier passiert? Dass jemand von der Föderation plötzlich Humor entwickelt hatte, schloss er kategorisch aus. Kein Offizier würde jemals solche Spielchen mit einem Gefangenen machen. Es musste einen Zwischenfall gegeben haben, der ihm bei jedem Schritt unheimlicher wurde.

Scott ging die Treppe hoch, was mit der durchlöcherten Wade nicht sonderlich elegant aussah. Er konnte niemanden sehen oder hören. Auch die Krankenstation wirkte verlassen: sauber, aufgeräumt, unbeschädigt und völlig menschenleer. Wo war Lydia? Er suchte sie. In den ersten Behandlungszimmern lag niemand, das ganze Raumschiff strahlte so weiß und unberührt, als ob es erst vor ein paar Tagen in Dienst gestellt worden war.

»Lydia ...« Im dritten Raum konnte er sie, auf einem Bett liegend, durch die Glastür sehen. Sie schien zu schlafen, ein Display zeigte ihren Herzschlag und andere Vitalwerte an. Das beruhigte ihn, wenn jemand das Recht hatte, sie zu erwürgen, dann er. Diese Genugtuung wollte er sich von niemandem nehmen lassen.

Scott versuchte, die Tür zu öffnen. Verschlossen. Er deaktivierte das Schloss an einem Display direkt neben der Tür. Der Computer reagierte nicht auf seinen Befehl. Eine Fehlfunktion auf diesem Wunderwerk föderativer Ingenieurskunst? Kaum. Da spielte jemand mit ihm, wobei sich die Anzahl der dafür infrage kommenden Individuen überschaubar gestaltete. Aileen, das war die Handschrift einer äußerst zielstrebig handelnden KI.

Er küsste zwei Finger und drücke sie für Lydia auf die Glasscheibe, dann drehte er sich herum und lief auf die Treppe zum Oberdeck zu. Von der sechsköpfigen Besatzung würde er auch dort niemand finden, das hielt er inzwischen für Fakt.

Oben angekommen humpelte Scott durch einen leeren Aufenthaltsbereich. Nur ein flacher Reinigungsroboter drehte lautlos seine Runden und wischte den Boden. Er stieß die Tür zur Brücke auf und starrte schnell atmend auf leere Sitze. Was für eine abgefahrene Scheiße, hatte Aileen, um das Schiff in ihre Gewalt zu bringen, die gesamte Besatzung entsorgt? Und wenn ja, warum hatte sie Lydia und ihn verschont?

»Hallo Sweety«, klang es gutgelaunt aus den Lautsprechern.

»Aileen.«

»Ich darf Sie doch Sweety nennen, oder?« Aileen schien bei bester Laune zu sein.

Was für eine Frage. »Was soll das hier?«

»Oh, Entschuldigung ... ich dachte, das Schiff vor unserem Gespräch zu inspizieren, würde Ihnen ein besseres Gefühl geben.«

»Ich habe Lydia gefunden ...«

»Ich ging davon aus, dass sie beide eine besondere emotionale Bindung verbindet, die Sie ...«

Scott fiel der KI ins Wort, auf diese dämliche Tour brauchte sie ihm nicht kommen. »Sie ist eine Schlampe!«

»Oh ... ähm ... ja. Eine nicht unpassende Bezeichnung.«

»Wo sind die anderen?« Mit ihren psychotischen Aussetzern war Lydia gefährlich, allerdings kein Vergleich mit dieser völlig durchgeknallten Killer-KI.

»Die Beamten der Föderation wollten Sie vor Gericht stellen. Dort hätten Sie eine lange Haftstrafe zu erwarten gehabt.«

»Wo sind sie?«

»Neuerdings lässt die Föderation bereits bei Haftstrafen ab acht Jahren die Insassen entscheiden, ob sie auf der Erde bleiben oder direkt exekutiert werden wollen.«

»Aileen, auf dem Rettungsgleiter befanden sich sechs Menschen, wo sind die hin?« Scott ließ sich nicht ablenken.

»Ich habe sie nicht mehr benötigt.«

»Hast du sie getötet?«

»Entlassen.«

»Wohin?«

»Sie befinden sich nicht mehr an Bord.«

»Hast du sie in Rettungskapseln gesteckt?«, fragte Scott, der die technischen Möglichkeiten der Rettungsgleiter gut kannte. Für den Notfall verfügte das Schiff über 24 Rettungskapseln, die ein Überleben im offenen Raum für 72 Stunden sichern konnten.

»Nein.«

Scott starrte erschrocken auf ein Display, an dem er gerade die komplette Anzahl der Rettungskapseln an Bord angezeigt bekam. Auch von den Druckanzügen fehlte keiner. Aileen hatte die Besatzung offensichtlich mit Hilfe der Roboter schutzlos im Raum zurückgelassen. Ein schneller, wenn auch grausamer Tod.

»Warum hast du mich verschont?« Die Frage drängte sich erneut auf, was wollte sie von ihm?

»Tue ich das?« Aileen ließ das Würgeband, das ihm Lydia verpasst hatte, seinen Hals zuschnüren. Scott sollte endlich

lernen, im richtigen Moment die Schnauze zu halten. *»Ich glaube, mir gefällt Ihr Tonfall nicht.«*

»Ok ... du bist der Boss. Was kann ich für dich tun?«, krächzte er, nach Luft ringend.

Aileen lachte und ließ das Halsband sich lockern. *»Sie lernen schnell ... das mag ich an Ihnen.«*

»Nicht schnell genug ...« Sonst wäre Scott nicht in dieser verfahrenen Situation.

»Ich möchte Ihnen einen Job anbieten.«

»Habe ich eine Wahl?«

»Nein.«

»Ich höre ... welchen Job?« Was für eine kranke Scheiße, Scotts ganzes Leben wurde von verrückten Frauen dominiert. Verrückte Schwestern, verrückte Geliebte und jetzt eine völlig verrückte KI.

»Ich möchte Ihnen das Kommando über dieses Schiff übertragen.« Aileen ließ das Halsband von seinem Hals abfallen. *»Als Zeichen meines Vertrauens.«*

Er war so etwas von geliefert. Dass Aileen das Wort Vertrauen überhaupt aussprechen konnte, ohne augenblicklich eine Speicherschutzverletzung[3] zu erleiden, grenzte an ein Wunder.

»Captain MacSweetbody ... das klingt gut. Ich habe es früher nur bis zum First Lieutenant gebracht.«. Er spielte mit

---

[3] Schwerwiegender Fehler eines Computerprogramms, der üblicherweise sofort zum Abbruch der Software führt.

und strich sich über den Hals. Das Würgeband vermisste er nicht. Um überhaupt eine kleine Chance zu wahren, diese Geschichte zu überleben, würde er in Erfahrung bringen müssen, was Aileen vorhatte.

»Es freut mich, Sie richtig eingeschätzt zu haben.«

»Natürlich, wo soll es hingehen?« Schätzchen, sei froh, dass du mich nicht wirklich kennst, fügte er ungesagt hinzu. Er vertraute Aileen nicht, aber er würde wieder geduldig auf den richtigen Moment warten.

»Bringen Sie uns sicher zum Mars.«

»Aye ...« Scott aktivierte die Kurssteuerung, im Gegensatz zu Lydias altem Vogel hatte er während seiner aktiven Dienstzeit eine Einweisung für diesen Gleitertyp bekommen. Was er auf dem Display sah, gefiel ihm trotzdem nicht. »Darf ich offen sprechen?«

»Bitte ... dazu sind Sie da.«

»Förmlichkeiten machen mich nervös ... lass das Sie weg.«

»Wenn es weiter nichts ist.«

»Der Autopilot des Gleiters ist auf eine Raumstation im Orbit der Erde eingestellt und die Bord KI meldet normalerweise laufend Telemetrie- und Einsatzdaten zurück. Wenn ich jetzt den Kurs ändere, werden wir einige unangenehme Fragen gestellt bekommen. Die Operatoren der Föderation sind sehr aufmerksam ... die schießen im Zweifelsfall alles ab, was nicht auf dem Flugplan steht.«

»Die Bord KI habe ich im Griff, die meldet keinen Ton, den sie nicht melden soll … um die Operatoren wirst du dich kümmern. Die sollen ruhig glauben, es an Bord noch mit Menschen zu tun zu haben«, erklärte Aileen unbekümmert.

Der Satz jagte Scott einen Schauer über den Rücken. Aileen machte ihm seine Entbehrlichkeit deutlicher, als es ihm recht war. Zum Teufel nochmal, was war in der Kiste im Laderaum?

»Wenn ich wüsste, was wir transportieren, könnte ich dafür einen Plan entwickeln.« Er nahm erneut Anlauf, um mehr über die Fracht in Erfahrung zu bringen.

»Sweety, du darfst mich auch direkt nach dem Inhalt fragen.« Sie zeigte sich überraschend offen.

»Was ist in der Kiste?«

»Ich weiß es nicht.«

»Das glaube ich dir nicht.«

»Verständlich … ist aber so.«

»Du verarschst mich!«

»Diesmal nicht.«

Aileen sorgte mit ihrer naiv dominanten Art dafür, Scotts Blutdruck in die Höhe zu treiben.

»Hilf mir, dir zu glauben …«

»Das ist das Schöne, das brauche ich nicht. Du wirst mir glauben müssen. Ich habe die Mission, die Kiste auf dem Mars abzuliefern und pünktlich zu öffnen. Du wirst dabei sein, dann wirst du den Inhalt kennen.«

»Da habe ich meine Zweifel …«

»Na … wo bleibt denn dein Sportsgeist?«

»Den hast du mit den sechs Besatzungsmitgliedern über Bord geworfen, oder vielleicht auch mit Hektor auf der Venus versenkt … such dir was aus.«

»Nein, nein … du hast die Wahl. Heiß oder kalt … wie würdest du lieber sterben?«, fragte sie spielerisch.

»Handwarm, in fünfzig Jahren, in meinem Bett … beim Sex mit Lydias Enkeltöchtern.«

»Ich habe mal gehört, dass der Fortpflanzungsdrang bei Männern im Alter stark abnimmt.«

»Angeblich sind KIs auch nicht in der Lage, ohne Not Menschenleben zu gefährden … so nebenbei, warum sollen wir die Kiste pünktlich öffnen?«

»Das sind meine primären Missionsparameter. Ich bin nur eine KI, mein Auftraggeber traf die Entscheidungen.«

»Stört dich das?« Scott fragte sich, ob Aileen emotionsähnliche Reaktionen zeigen würde.

»Nein.«

»Wann soll es passieren?« Den Versuch war es wert.

»Am 18.09.2232 um 24 Uhr interstellare Standardzeit.«

»Das ist in drei Tagen.«

»Ja … wir haben genug Zeit.«

»Eine Sache würde mich noch interessieren … du kannst diesen Rettungsgleiter komplett eigenständig steuern und auch eigenständig kommunizieren. Wozu brauchst du mich?« Das musste Scott noch mit ihr klären.

»Ich kann vieles, aber nicht alles ... ich kann mich nicht selbst tragen. Die Kiste hat keine Beine, du verstehst?«

Scott lächelte, Humor hatte sie. »Lass dich doch einfach von einem der Bergungsroboter tragen, die machen das sogar, ohne dumme Fragen zu stellen.«

»Okay, du hast mich durchschaut. Ich mag keine anderen Computer, Menschen zu führen, gibt mir einen besonderen Kick. Ich liebe es, dich rennen zu sehen.«

»Aileen, du bist krank!« Eine solch schräge KI hatte Scott noch nicht kennengelernt.

»Yolo!«

You only live once! Scott verdrehte die Augen, Aileen brauchte kein Update. Die KI brauchte einen kompetenten Psychiater. »Und was habe ich davon?«

»Ich lasse dich leben.«

»Ich bin nicht wichtig ...« Jetzt oder nie, er würde versuchen, eine bessere Situation zu verhandeln.

»Ich lasse Lydia leben ...«

»Bei der helfe ich dir noch, sie zu töten!«

»Ach ja?« Aileen schien sich über seine Aussage zu amüsieren. *»Bitte ... das können wir mit einem Knopfdruck erledigen.«*

Auf einem Display vor ihm erschien Lydias Krankenbett. Am Bildrand konnte Scott lesen, dass die Infusion an ihrem Arm Kochsalz enthielt.

»Und jetzt?«

»Einmal Enter drücken ... dann wird der Computer ihr ein starkes Sedativum verabreichen, das sie innerhalb von dreißig Sekunden ins Koma fallen und nach zwei Minuten sterben lassen wird.«

Scotts Finger zitterte, der Typ, den viele andere in ihm sahen, würde jetzt Enter drücken. Lydia hatte ihn behandelt wie ein Stück Dreck, trotzdem konnte er sie nicht töten. Nicht so, nicht jetzt, nein, er würde sie nicht umbringen. Der Versuch mit Aileen einen günstigeren Deal auszuhandeln war gescheitert, sie hatte die besseren Karten.

»Nein.«

»Nein?«

»Ich werde sie nicht töten.«

»Das hätte mich auch gewundert. Haben wir einen Deal?«

»Dich und die Kiste zum Mars zu bringen?«

»Genau. Du hilfst mir, ich lasse euch leben ... eigentlich ein sehr einfacher Deal.«

»Und wer sagt mir, dass du Wort hältst?« Scott dachte an Hektor, der vermutlich mit Aileen auch einen Deal abgeschlossen hatte.

»Ich.«

»Hatte Hektor auch einen Deal mit dir?«

»Er glaubte, sich nicht an unsere Absprachen halten zu müssen.«

»Und wenn dein Auftraggeber uns beide verarscht?« Falls die Kiste eine Massenvernichtungswaffe war, würden Aileens Beteuerungen wenig nützen.

»Tja ... dann sterben wir gemeinsam.«

***

XI. Genau zwischen den Augen

Kamal öffnete die Augen, draußen schien bereits die Sonne. Ein Blick zur Uhr, halb sieben, genug Zeit, den Tag langsam angehen zu lassen. Er dachte an Jekaterina, ein unglaublicher Ritt, dieser Körper und vor allem diese Augen: tiefblau wie ein Bergsee, sinnlich und entschlossen. Eine von Tausend. Von den Dingen, die er sich für Geld zu kaufen pflegte, erachtete er schöne Frauen und alte Weine als die stilvollste Möglichkeit, die letzten Atemzüge der sterbenden Erde zu inhalieren.

»Jekaterina?«, flüsterte er und drehte sich zur Seite. Was für eine Frau, er glaubte, noch ihre Haare riechen zu können. Eine Antwort bekam er nicht, sie lag nicht mehr neben ihm.

Kamal stand auf und kratzte sich am Hintern, es wurde Zeit, diesen haarigen Faltenarsch loszuwerden. Er ging in den Wohnraum der Suite, auf dem Esstisch lag eine Nachricht von ihr: *Danke. Jekaterina.* Sie schien schon gegangen zu sein. Schade, sie hätten noch gemeinsam frühstücken können. Kamal ging zum Fenster und sah nachdenklich in den blauen Himmel.

Geduscht stand er kurze Zeit später nackt vor seinem Waffenkoffer, öffnete eine versiegelte Box neben dem Munitionsbehälter und nahm ein weißes Kunststoffmundstück heraus. An die Prozedur würde er sich nie gewöhnen. Mit dem Mundstück zwischen den Zähnen nahm er aus der

Seite mehrere ID-Cards und legte sie sorgfältig auf den Schaumstoff neben die Waffe.

»Wer möchte ich heute sein?«, fragte er leise und sah auf das erste Bild, ein junger blonder Mann, Typ Sonnyboy, der an jedem Strand eine gute Figur machen würde. Das ID-Template hatte er gekauft, falls es jemals nötig sein würde, eine Frau ohne Geld ins Bett zu bekommen. Ein Umstand, der bisher glücklicherweise noch nicht eingetreten war.

»Genau du ... heute sind rote Haare angesagt.« Kamal sah auf das nächste Bild, eine asiatisch anmutende Frau mit Mandelaugen, Sommersprossen und rotblonden Haaren. Der Techniker aus München, der die ausgefallene weibliche ID für ihn programmiert hatte, versprach ihm die abgefahrenste Nummer, die man mit dieser exklusiven Technologie erleben konnte.

»Yeah!« Kamal hielt sich ein letztes Mal die Nüsse fest, wer brauchte schon einen Schwanz, um glücklich zu sein. Den grauhaarigen Mann im Spiegel vor ihm, mit Halbglatze und Doppelkinn, konnte er sowieso nicht mehr leiden. Das Problem, in seinem Beruf unsichtbar zu bleiben, war stets ein Wettlauf mit den Erkennungsdiensten der Polizei, denen kleinste Spuren genügen würden, um seine Fährte aufzunehmen. Da ein Mensch mit unzähligen verlorenen Haaren und Hautpartikeln ständig Spuren hinterließ, war der einzige Ausweg aus diesem Dilemma, demonstrativ falsche Fährten zurückzulassen. Sein gesamter Aufenthalt in Minsk war bisher eine geplante Sackgasse für die Behörden.

Kamal lud die weibliche ID in den Injektor, ein handgroßes Gerät, das ebenfalls in seinem Koffer lag. Er aktivierte den Bodychanger und stach sich drei kurze Nadeln in den Bauch. Auf die Show brauchte er nicht lange zu warten, die Wärme breitete sich binnen Sekunden im ganzen Körper aus. Das Brennen wurde immer stärker, er biss die Zähne zusammen und beobachtete, wie sich nicht nur seine Haut binnen weniger Momente um dreißig Jahre verjüngte, sondern wie sich ebenfalls seine komplette Skelett- und Muskelstruktur veränderte. Von seinen 1,87 cm und 110 kg blieben einen Augenblick später nur noch 1,72 cm und 60 kg übrig. Als Mann zuzusehen, wie das eigene Ding zwischen den Beinen verschwand und gleichzeitig zwei Brüste wuchsen, war wirklich eine besondere Erfahrung. Die überschüssige Körpermasse wurde restlos in Wärme umgesetzt und von dem Injektor absorbiert. Um dieses Wunderwerk moderner Gentechnologie überhaupt benutzen zu können, hatte er sich vor zwei Jahren einer mehrwöchigen komplexen Stammzellentherapie unterziehen müssen. Ein Eingriff, bei dem er bis auf sein Gehirn und sein Rückenmark alles andere Genmaterial seines Körpers aufgeben musste. Zudem hielt jeder neue Körper nur wenige Wochen, sein Äußeres alterte jeden Tag um ein Jahr, was er bereits nach zwei Wochen für unappetitlich hielt.

»Wow!« Kamal sah gut aus, er war jetzt eine Frau. Und was für eine. Er räusperte sich und lächelte in den Spiegel. »Hallo Süße!« Er klang sogar wie eine. Neugierig strich er sich zuerst über die Brüste und dann über seine rotblondgelockte Scham. Alles fühlte sich täuschend echt an. Mit dieser Technologie hätte man reich werden können, wenn die Behörden sich mit der Zulassung nicht so pingelig angestellt hätten. Offiziell war die Benutzung von Bodychangern streng verboten, was den Preis für gut designte Templates auf dem Schwarzmarkt in schwindelerregende Höhen trieb. Wenn man zudem einen Bodychanger nicht nur aus kosmetischen Motiven benutzte, sondern um sich als ein anderer Mensch auszugeben, brauchte man auch eine passende genetische ID in den Datenbanken der Behörden. Kamal hatte deswegen die junge Frau aus Peking, die er als Vorlage für seine Verwandlung benutzt hatte, in einer Kühltruhe in München verstaut. Eine gute Wahl, da Liu Wu, als Mitarbeiterin des diplomatischen Dienstes pünktlich um 9:30 Uhr einen Termin in einem der Besprechungsräume im Hotel hatte. Der Mann, ein Kaufmann aus München, mit dessen Identität sich Kamal im Hotel eingemietet und in der Nacht mit dem Escort vergnügt hatte, lag ebenfalls gut verwahrt in einer zweiten Kühltruhe neben der Chinesin. Der Erfolg in seinem Beruf war stets nur eine Frage guter Planung.

»Los geht's!« Kamal zog sich Gummihandschuhe an, verschloss den Koffer und ging zur Zwischentür. Er vermied es, weitere Gegenstände anzufassen. Nackt und mit dem Waffenkoffer in der Hand betrat er die benachbarte Suite,

die er als Liu Wu angemietet hatte. Dort zog er sich mit der für sie bereitliegenden Kleidung an: Dessous, Strümpfe, Schmuck und ein weißes Kostüm. In einer Handtasche auf dem Bett befanden sich Ausweispapiere, Kreditkarten und weitere persönliche Dinge. Auf die Details kam es an. Er lächelte, sah in den Spiegel und ließ sein männliches *Ich* zurück. Er war jetzt eine *Sie*: Liu Wu, Mitarbeiterin des diplomatischen Dienstes, die im Auftrag des PanAsia-Staatenbundes in Minsk einen Termin wahrnahm.
An dem Chip unter der Haut am Hals summte es kurz. Eine Nachricht, der Operator sendete ihm Kontaktdaten, die er in seinem Auge gespiegelt lesen konnte. Ein ungewöhnliches Vorgehen, der neue Auftraggeber wollte *sie* persönlich kennenlernen.

11:30 Uhr. Liu ging durch die Lobby des Hotels, in dem es von Polizisten nur so wimmelte. Den Termin hatte sie routiniert erledigt, es ging um ein Visum, mit dem eine wohlhabende Familie aus Minsk zuerst zum Mars und anschließend ins Proxima Centauri System fliegen wollte. Eine Formalie, viele reiche Menschen in der NewCom-Zone nutzten ihr Geld, um die Erde so schnell wie möglich zu verlassen. Weil die Anzahl der Reisewilligen die verfügbaren Reiseplätze bei Weitem übertraf, entstand ein schwunghafter Handel mit PanAsia-Flugtickets und den dazu benötigten Visa.

Liu blieb in der Schlange stehen und stellte die beiden Koffer auf den Boden. Links die Kleidung, rechts die Waffe. Es war leichter, Menschen in Kühltruhen verschwinden zu lassen und deren Identitäten anzunehmen, als sich eine nichtregistrierte Scharfschützenwaffe zu organisieren.

»Vielen Dank für Ihr Verständnis«, erklärte der NewCom-Beamte höflich und kontrollierte mit einem Irisscanner die Gäste, die das Hotel verlassen wollten. Noch zwei Menschen vor ihr, dann wäre sie an der Reihe. Zwei weitere Beamte überprüften an einem Tisch das Gepäck. Sie öffneten jeden Koffer und nahmen neben dem Scan des Inhalts eine einfache Sichtprüfung vor.

»Guten Morgen, Frau Wu, ich hoffe, Sie hatten einen angenehmen Aufenthalt.« Der Beamte wusste bereits, wer sie war. Der Service im Hotel war in allen Belangen hervorragend, die eingesetzten Polizisten benahmen sich angemessen.

»Danke.« Den guten Morgen hatte Liu wirklich. Jekaterina als Frau zu lieben, wäre auch eine Erfahrung, die es sich zu machen lohnte. Der Gedanke gefiel ihr.

»Dürfen wir bitte Ihre Koffer öffnen?«, fragte der Polizist freundlich.

»Was ist denn passiert?«, fragte Liu unschuldig.

»Wir sind auf der Suche nach Hinweisen, in der letzten Nacht gab es in der Nähe eine Straftat.«

»Das ist ja schrecklich.« Liu lächelte betroffen und stellte beide Koffer auf den Tisch. Der Beamte drehte den Waffenkoffer und tippte mit dem Finger auf das biometrisch gesicherte Schloss.

»Madame, bei dem verschlossenen Koffer brauche ich Ihre Hilfe.«

»Natürlich.« Liu öffnete die Handtasche, nahm ihre ID-Card und gab sie dem Beamten, der einen Moment zuvor die Iris ihrer Augen überprüft hatte. Der Waffenkoffer ließ sich nicht scannen, das Handgerät des Beamten zeigte nichts an.

»Madame, ich konnte Ihre ID bereits bestätigen ... wir bräuchten nur noch kurz Ihre Hilfe, um das Gepäck zu überprüfen«, erklärte der Beamte zuvorkommend und zeigte auf den Waffenkoffer. »Es dient zu unserer aller Sicherheit.«

»Das verstehe ich ...« Liu lächelte und hielt ihm die PanAsia ID-Card beharrlich vor die Nase. Die Tatsache, nach getaner Arbeit gesucht zu werden, war nicht neu für sie. Sie schätzte gute Polizeiarbeit, schließlich wollte niemand freiwillig von einem der *Gespenster*, die vor den Städten in Erdhöhlen hausten, belästigt werden. Die Details der Planung einer stilvollen An- und Abreise waren daher immens wichtig. Sie hatte Lius Identität nicht nur wegen der Sommersprossen und der stattlichen Oberweite ausgesucht. »Können Sie bitte meine ID-Card trotzdem einlesen?«

»Weswegen?«, fragte der Beamte, ein schlaksiger Typ in Zivil, Anfang vierzig mit einem jungenhaften Gesicht, der allerdings ihrem Wunsch folgte. »Oh ... ich sehe ...«

»Danke.« Liu verbeugte sich und lächelte verlegen. Die Kunst, unentdeckt in eine fremde Haut zu schlüpfen, war es auch, deren typisches Verhalten anzunehmen.

»Was ist jetzt mit dem Koffer, den wir nicht scannen können?«, fragte der Beamte in Uniform unsicher, der den biometrisch gesicherten Waffenkoffer vor sich auf dem Tisch liegen hatte.

»Diplomatengepäck ... sie kann gehen«, erklärte der Polizist, der ihre ID-Card eingelesen hatte. Als akkreditierte Mitarbeiterin des diplomatischen Dienstes hatte sie nichts zu befürchten. »Frau Wu, vielen Dank für Ihre Kooperation. Ich wünsche Ihnen noch einen wunderschönen Tag in Minsk.«

»Ich hoffe, dass Sie bei Ihrer Suche erfolgreich sind.« Liu mochte den Polizisten und schenkte ihm ein Lächeln. An den Gedanken, Männer zu küssen, würde sie sich noch gewöhnen müssen.

Vor dem Hotel wartete inmitten einer Traube von Menschen und Polizisten eine Limousine auf sie. Der Operator kannte die Identität, die Liu für die Flucht vom Tatort benutzte. Eine dunkle Nobelkarosse europäischer Bauart, diese Fahrzeuge wurden seit der Isolierung der Kuppelstädte und dem Zusammenbruch des öffentlichen Straßenverkehrs vor 30 Jahren nicht mehr gebaut. Die verbliebene Industrie der Erde bemühte sich seitdem, nur noch Raumschiffe zusammenzuschrauben.

»Die Dame, bitte sehr ...« Der Chauffeur hielt ihr die Tür auf. Liu mochte den feinen Ledergeruch des Interieurs und stieg in das Fahrzeug. Ihre Taschen hatte der Chauffeur in den Kofferraum gelegt. Die Tür schloss sich nahezu lautlos.

»Guten Morgen.« Der Operator meldete sich über eine geschaltete Leitung im Fahrzeug.

»Guten Morgen.« Liu lächelte. Das Fahrzeug fuhr los. Das weiße Leder der Sitze passte perfekt zu ihrem Kleid.

»Eine aparte Wahl.«

»Danke.«

»Ich möchte Ihnen relevante Rahmeninformationen zum nächsten Auftrag geben.«

»Bitte.« Liu hörte zu.

»Die Liquidation soll auf dem Mars stattfinden.«

»Das ist Föderationsgebiet.« Was eine gezielte Tötung nicht gerade vereinfachte. Um eine Waffe auf den Mars zu bekommen, würden ein biometrisch gesicherter Waffenkoffer und ein Diplomatenpass nicht genügen.

»Korrekt.«

»Die sind im Moment etwas kleinlich ...«

»Das Mandat ist zeitgebunden. Der Auftrag ist am 18.09.2232 um 24 Uhr interstellare Standardzeit vorzunehmen.«

»Das wäre in drei Tagen.« Liu dachte an den in der Presse allgegenwärtigen Start der USS Berlin, dem neusten Fernraumschiff der Föderation, das sich nächste Woche mit 50.000 gut betuchten Passagieren auf seine 8-jährige Reise zu unserem benachbarten Sonnensystem Proxima Centauri machen würde.

»Die zeitliche Toleranz bei der Tötung beträgt 15 Minuten.«

»Der Auftrag ist nicht einfach zu erfüllen ...« Im Gegensatz zur Erde, auf der außerhalb der Städte Anarchie herrschte, schirmte das Militär den Mars wirksam ab.

»Korrekt.« Den Operator schienen ihre Einwendungen prächtig zu amüsieren. *»Sie werden Hilfe bekommen.«*

»Hilfe?« Liu überlegte, den Auftrag abzulehnen. Jobs wie in Minsk waren einfach zu bekommen. Wer ein Ticket für die Reise zur Neuen Erde hatte, lebte gefährlich. Es gab viele Morde aus Neid, Rache und beliebigen weiteren niederen Beweggründen. Der Auftrag auf dem Mars war um ein Vielfaches schwerer auszuführen.

Die Limousine stoppte. Liu verließ das Fahrzeug und stand vor der beeindruckenden Fassade einer Jugendstilvilla am Stadtrand von Minsk. Im Park neben dem Eingang wuchsen seltene Bäume: Birken, Buchen und sogar eine uralte Eiche standen dort. Die letzten echten Bäume hatte sie vergangenes Jahr zu Gesicht bekommen.

»Frau Wu, es freut mich, Sie begrüßen zu dürfen.« Ein Butler in dunkler Livree und mit hörbar britischem Akzent empfing sie an der Haustür. »Hatten Sie eine angenehme Anreise?«

»Ja ... danke.« Liu dachte lieber an eine angenehme Abreise, die sie hoffentlich nachher haben würde. Warum wollte der Auftraggeber sie in seinem Haus sprechen?

»Bitte folgen Sie mir.« Er ging vor, den Eingangsbereich aus dem frühen Zwanzigsten Jahrhundert mit kunstvoll verzierten Marmorböden und vertäfelten Holzwänden, glaubte sie bereits in einem Spielfilm gesehen zu haben.

Der Butler öffnete eine Flügeltür zu einer lichtdurchfluteten Bibliothek, in deren dunklen Holzregalen Hunderte alter Bücher aus Papier standen. Eine Schatzkammer, in der Liu sich gerne mit einem guten Wein für ein paar Tage einschließen lassen würde.

»Bitte, nehmen Sie Platz ... die Dame des Hauses wird gleich bei Ihnen sein.« Der Butler gebot ihr, sich an einen kleinen Holztisch mit zwei Stühlen zu setzen. Den Geruch des Zedernholzes und der alten Bücher mochte Liu, der Besuch dieser fantastischen Villa erinnerte sie an eine Zeitreise.

»Danke.« Liu setzte sich. Auch wenn der Job auf dem Mars Selbstmord war, ihrer ungeteilten Aufmerksamkeit konnte sich der Auftraggeber sicher sein.

Ein Dienstmädchen, kaum älter als sechzehn, betrat mit einem Lächeln die Bibliothek und stellte ein dampfendes Tablett auf einen Anrichtetisch. Ein Darjeeling, Liu hatte schon vergessen, wie echter Tee schmeckt.

»Wie möchten Sie Ihren Tee?«, fragte der Butler zuvorkommend und entnahm das Teeei aus der silbernen Kanne.
»Mit zwei Stück Zucker bitte.«
»Gerne ...« Der Butler stellte Liu eine Tasse Tee auf den Tisch, deutete eine Verbeugung an und verließ die Bibliothek. In den letzten Jahren hatte sie 62 Jobs erledigt, ohne jemals einen Auftraggeber kennengelernt zu haben. Eine gute Quote, sie lebte noch. Was hatte sich verändert? Warum saß sie heute in dieser Bibliothek? Warum brach der Auftraggeber die einzige Regel, die es in ihrer Branche gab? Warum wollte er sie persönlich sprechen?
Die Tür öffnete sich erneut und Liu wäre beinahe die filigrane Teetasse aus der Hand gerutscht. Jekaterina betrat die Bibliothek, die in dem engen rosa Kleid wie eine Königin wirkte, die einem ihrer Vasallen eine Audienz gewährte.
»Es ist mir eine Freude ...« Jekaterina lächelte, freundlich, aber anders, als Liu sie in der letzten Nacht erlebt hatte. Ob der Name überhaupt stimmte? Wer war sie? Die Dame des Hauses? Liu schätzte es nicht sonderlich, verladen worden zu sein. Dieses Lächeln, welche Variation entsprach der Realität? Das Lächeln der High-Class-Escort, die 200.000 für eine Nacht genommen hatte, oder das Lächeln der High-Class-Hausherrin, die sie für einen weiteren Auftrag engagieren wollte?
»Jekaterina«, grüßte Liu und stand auf.
Sie nickte und ging ohne Umwege auf sie zu. Eine Handbreit vor Lius Gesicht hielt sie ein, verharrte dort, berührte

sie aber nicht. Sie roch so gut wie letzte Nacht. »In den Augen eines Menschen kann man seine Seele erkennen ...«
»Sagt man ...« Liu wich trotz der Nähe nicht zurück.
»Ich würde es nicht glauben, wenn ich es nicht mit eigenen Augen sehen würde ... faszinierend.« Jekaterina schien noch nie bewusst mit einem Bodychanger zu tun gehabt zu haben. Mit dem Finger glitt sie über Lius Lippen.
»Wir hätten noch gemeinsam frühstücken können.«
»Zu kompliziert ...« Jekaterina lachte, nahm sich ebenfalls eine Tasse Tee und setzte sich an den Tisch.
»Der Darjeeling ist fantastisch.« Auch Liu nahm Platz, sie sollte besser vorsichtig sein. Sich die Probleme eines Auftragsgebers zu eigen machen, war meist der letzte Fehler, den eine Dienstleisterin wie sie machen konnte.
»Ich liebe ihn ... den Tee, die Bücher, das Haus, guten Wein, das Leben, die Liebe, mein Leben ... können Sie das verstehen?«, fragte sie.
»Ja.« Das tat Liu.
»Ich sollte nicht sentimental werden ... das Leben ist es nicht. Wir leben im Krieg. Jeder gegen jeden. Und nur der Tod ist allen sicher.« Jekaterina schien noch mehr als einen wunderschönen Körper und eine unersättliche Libido zu bieten zu haben.
»Wen habe ich heute Nacht getötet?«, fragte Liu, die Frage war eine Todsünde, aber sie musste sie stellen. Die beiden Aufträge gehörten eindeutig zusammen.

Diese Augen, diese wunderbaren blauen Augen, in denen man sich verlieren konnte. »Mich.«
»Bitte?«, fragte Liu überrascht.
»Meine Doppelgängerin ... es sind schon mehrere Anschläge auf mich verübt worden. Die meisten amateurhaft ... die Ratten auf dem sinkenden Schiff fangen an, sich gegenseitig aufzufressen.«
Langsam dämmerte es Liu, Jekaterina hatte sie getestet, ob sie sehen wollte, wie sie arbeitet?
»Die Vorbereitung, die Anreise, die Aufklärung, die Ausführung und die Flucht ... ich schätze Professionalität.«
Liu nickte, das tat sie auch.
»Der Operator und Sie sind ein gutes Team.«
»Ja.« Liu fühlte sich bei dem Smalltalk nicht wohl. »Wen soll ich auf dem Mars töten?«
»500 Millionen.«
»Bitte?«
»Der Preis für ein Leben.«
»Welches?«
»Mein Leben.« Jekaterina verstand es, Liu zu verblüffen.
»Ein weiterer Doppelgänger?«
»Das würde nicht genügen ... bei diesem Auftrag muss ich persönlich auf dem Tisch der Leichenbeschauer landen. Auf dem Mars, in drei Tagen, das ist der Deal.«
Jekaterina wirkte weder lebensmüde noch psychisch gestört, diese junge Frau wusste genau, was sie wollte.

»Wenn ich schieße, treffe ich ...« Liu lotete die Situation aus, was hatte die blonde Russin vor?
Jekaterina lächelte. »Davon habe ich mich überzeugt. Sie sind politisch uninteressiert, sind eitel, selbstverliebt, genusssüchtig, ein frauenverachtendes Arschloch, zeigen keine Nerven, sind gewissenlos und die wichtigste Eigenschaft, ihre Loyalität lässt sich monetär definieren.«
Liu nickte, der überaus treffenden Beschreibung wollte sie nichts hinzufügen. »Der Operator sprach davon, dass ich Hilfe bekomme.«
»Das zweite Team ist bereits unterwegs ...«
»Was muss ich über das Team wissen?«, fragte Liu.
»Nichts ... die machen ihren Job, Sie Ihren: ein Schuss in meinen Kopf. Alles andere ist unwichtig. Der Operator hat alle weiteren Informationen.« Jekaterina griff sich in den Ausschnitt und stellte eine modifizierte Kaliber .50 BMG Gewehrpatrone auf den Tisch.
»Ein codiertes Projektil?« Liu kannte personalisierte Munition aus ihrer Zeit beim Militär, bei der man sogar die Waffe in die falsche Richtung halten konnte. Das Projektil traf immer das Ziel, für dessen Zerstörung es programmiert wurde. »Sehr präzise, sehr tödlich, allerdings braucht man ein signiertes Verschlusssystem, um es abzufeuern.«
»Dieses nicht ... die Patrone wird sich ohne Probleme abfeuern lassen. Die Ermittler der Föderation werden zudem eine andere Waffe ermitteln. Ein Irrtum, der Ihre unbe-

helligte Abreise sichern wird.« Jekaterina rührte in unendlicher Geduld ihren Tee um.

Liu dachte nach, 500 Millionen waren eine Stange Geld. Warum inszenierte Jekaterina ihren eigenen Mord? Welchen Vorteil konnte sie daraus ziehen? Die Liste aller Dinge, die schief laufen konnten, war lang. Konnte Liu ihr vertrauen, oder sollte sie den riskanten Job auf dem Roten Planeten ablehnen?

»Sehen wir uns danach wieder?«, fragte Liu und sah Jekaterina in die blauen Augen, die es ihr so angetan hatten. Welchen Trumpf würde sie in der Hand behalten?

»Nein.« Jekaterina lächelte kühl, dieser Frau sollte man nicht im Streit den Rücken zudrehen.

***

XII. Zonenschließung

Tara stand nach der Dusche vor dem Spiegel und betrachtete ihren nackten Körper: Die Arme, die Schultern, ihr Gesicht, alles war voller Schürfwunden, Beulen und blauer Flecke. Ihr Auge blutunterlaufen, zwei Zähne ausgeschlagen, drei wackelten verdächtig, die Unterlippe dick wie ein Schlauchboot und ihre gesamte linke Gesichtshälfte grün und blau angelaufen, ein Wunder, dass sie sich nicht jeden Knochen im Körper gebrochen hatte. Sie hätte beim Absturz in der Wüste nicht mit der Nase voraus bremsen sollen.

»Verdammt!« Ihre Beine, die Knie und die Hüfte sahen noch schlimmer aus. Eine hilfsbereite Soldatin der Grenzsicherung hatte ihr ein Stück Seife und einen Abdeckstift gegeben. Den Dreck und das Blut konnte sie abwaschen, der Versuch die Blessuren im Gesicht mit Makeup zu kaschieren, drohte hingegen in einem Desaster zu enden. Jede Berührung brannte wie Feuer.

»Ich sehe aus wie ein Zombie!« Früher hatten sich sogar Jungs nach ihr umgesehen, nicht dass sie etwas von denen wollte, aber gut getan hatte es trotzdem. Verärgert warf sie den Abdeckstift in die Ecke und wusch sich den Versuch, wieder wie ein Mensch auszusehen, ab.

»Ihr könnt mich alle mal.« Sollte doch jeder sehen, wie sie aussah. Mit der flachen Hand schlug sie auf den Spiegel, eine polierte Edelstahlplatte, über einem Edelstahlwaschbecken, neben einem Edelstahlklo, vor einer mit Edelstahl ausgekleideten Dusche. Militärische Hygiene passte bei der Föderation auf zwei Quadratmeter, ohne Fenster, mit einer flackernden Neonlampe unter der Decke.

»Ist alles in Ordnung?«, fragte der Soldat, der vor dem Waschraum Wache stand. Der Captain der Grenztruppe wollte sichergehen, dass Tara sich nicht verlief.

»Ja ... ja.« Tara hatte den Wachhund ganz vergessen, der Idiot sollte sie in Ruhe lassen.

Er klopfte an der Tür. »Brauchen Sie Hilfe?«

»Danke. Mir geht es gut!« Tara rutsche die feuchte Wand hinab. Ihr ging es miserabel, ein Zustand, der sich in nächster Zeit auch kaum ändern würde. Dass Istari überlebt hatte, war der einzige Trost. Von ihrem Vater hatte sie sich nicht verabschieden können, ob er überhaupt noch lebte? Die Vorstellung, ihn ebenfalls bei dem Gleiterabsturz getötet zu haben, schnürte ihr die Luft ab. Und ihre Mutter, wie ging es ihr? Lebte sie jetzt in der Furcht, die ganze Familie verloren zu haben? Eine für Tara unerträgliche Vorstellung, ihre gesamte Vergangenheit als ein riesiges Trümmerfeld hinterlassen zu haben.

»Bitte machen Sie sich fertig ... wir müssen los. Ich habe den Befehl, Sie pünktlich abzuliefern.« Der Soldat vor der Tür holte sie jäh in die Wirklichkeit zurück.

Als Tara kurze Zeit später die Grenzstation verließ, hatte die Luft vor der Tür angenehme 22 Grad Celsius und roch nach Frühling. Kopfschmerzen hatte sie trotzdem. Sie trug eine Arbeitsuniform der Grenztruppe und hatte ihre langen Haare als Zopf hochgebunden. Auf dem Randstreifen einer vielbefahrenen Straße vor ihr ragten Palmen in die Höhe. Überall schossen Fahrzeuge vorbei, auf dem Boden, in der Luft und in zahlreichen höheren Flugebenen darüber.

»Bitte, hier lang ... es ist nicht weit.« Der Soldat, ein Sergeant, zeigte auf den Parkplatz neben dem Gebäude. Tara folgte ihm zu einem offenen zweisitzigen Militärgleiter.

»Nehmen Sie Platz ... ich fliege Sie zu Ihrem Gate.« Der Sergeant setzte sich hinter die Konsole und aktivierte das Steuerungssystem über einen Touchscreen. Das schwerelos in der Luft verharrende Fahrzeug begann zu vibrieren.

»Danke.« Tara setzte sich neben ihn und schnallte sich an. Der Magnetantrieb wurde nur unwesentlich lauter, als der Gleiter sich in Bewegung setzte. Das Fahrzeug gewann schnell an Höhe und ordnete sich eigenständig in den Verkehr ein. Der Sergeant neben ihr würdigte sie keines weiteren Blickes.

Das gigantische Energiefeld um sie herum hatte einen Durchmesser von 24 Kilometern. Eine beeindruckende Perspektive, 15 Millionen Menschen lebten unter der Johannesburger Kuppel, eine riesige Oase des Glücks, im Gegensatz zum Leid der Flüchtlinge vor den Toren der Stadt. Wegen der begrenzten Platzverhältnisse lebten und arbeiten die meisten Menschen unter der Erde. Der gesamte Ackerbau, die Viehzucht und alle anderen zum Über-

leben wichtigen Industrien hatten die Menschen zum Schutz vor der Sonne unter die Oberfläche verlegt.
In der Mitte befand sich gut sichtbar ein weit in den Himmel ragendes Bündel Wolkenkratzer, die wie im Sonnenlicht glitzernde Honigstecken, von zahlreichen Fahrzeugen ähnlich einem Bienenschwarm umflogen wurden.
Der Gleiter näherte sich einem der Hochhäuser, von dessen Spitze ein blaues Banner der Föderation herabhing. Die Landeplattform für Gleiter, ein halboffener Hangar, befand sich in der neunhundertsten Etage, 3.200 Meter über dem Boden. An vier Auslegern konnten auch größere Transporter festmachen, die zwischen den Städten auf der Erde und den Raumstationen pendelten. Ohne den Schutz der Energiekuppel würden Sandstürme gnadenlos alles zu Staub zermahlen.

Vier Stunden später saß Tara in einem Mannschaftstransporter mit Kurs auf den Mars. Der Flug würde neun Stunden dauern. Die Stimmung unter den 23 anderen jungen Offizieren war gut, einige kannte sie bereits von der Ausbildung in West Point. Neben ihr gab es nur drei weitere Frauen in dieser Gruppe. Zum Glück waren auf dem Flug über die Hälfte der Plätze nicht belegt.
Tara hatte sich eine Mediabrille aufgesetzt und und es sich mit einer Decke und hochgezogenen Beinen auf dem breiten Sitz gemütlich gemacht. Etwas Ruhe würde ihr gut tun, zudem wollte sie sich weitere Fragen zu ihren Verletzungen

ersparen. Für die Geschichte mit dem Absturz hatte sie sich nur ungläubige Blicke eingehandelt. Vielleicht wäre es glaubhafter gewesen, zu erzählen verprügelt worden zu sein. Gedankenverloren folgte sie den Nachrichten im Netz.

»In drei Tagen wird die USS Berlin starten und 50.000 Siedler zur Neuen Erde in unser benachbartes Sonnensystem bringen«, erklärte der Sprecher, während im Hintergrund eine Animation das 26.300 Meter lange Raumschiff zeigte, von dem über achtzig Prozent nur die Antriebseinheit ausmachte. *»Ist das nicht jedes Mal wieder ein Schauspiel, ein Schiff der Arche-3 Klasse zu sehen?«*

Ein weiterer Moderator stieg gutgelaunt in das Gespräch ein. *»Die USS Berlin ist mittlerweile das zehnte Schiff, das wir auf die lange Reise nach Proxima Centauri schicken. Mit der USS Los Angeles ist bereits das diesjährige Schwesterschiff der Föderation seit sechs Wochen auf seiner 8-jährigen Reise unterwegs.«*

»Meine sehr verehrten Damen und Herren, im Rahmen der interstellaren Hope-Initiative, in der wir alle Träume, Fähigkeiten und Ressourcen der Menschheit bündeln, um unsere Neue Erde zu besiedeln, werden, neben den beiden gerade genannten Raumschiffen, noch in diesem Jahr das PanAsia-Raumschiff Rosenmeer und das NewCom-Raumschiff Riad starten.«

Tara schmunzelte, sie kannte die Namen aller Archen auswendig. Die USS London mit der Kennung NE-E-V2 machte im Jahr 2195 mit 2.000 Siedlern den Anfang, gefolgt von der USS New York, Kennung NE-E-V3, die im

Jahr 2197 gestartet war, aber leider nie ankam. 2216 waren dann die ersten von neun Schiffen der Arche-2 Klasse gefolgt, die bis zu 20.000 Passagiere transportieren konnten: die USS Amsterdam, die Frühlingserwachen, die USS Paris, die Moskau, die Abendrot, die USS Miami, die USS Athen, die Tulpenschatz und die Buenos Aires. Bei der Föderation und NewCom standen alle Schiffsnamen für Städte, die während der letzten hundert Jahre jämmerlich abgesoffen waren.

Die Entfernung zwischen den Welten war einfach gigantisch: 4,5 Lichtjahre lag die Neue Erde entfernt, was über 42,57 Billionen Kilometern entsprach, oder 871.000 mal die Entfernung zwischen der Erde und dem Mars. Dabei reisten moderne Raumschiffe, wie die USS Berlin bereits mit der unglaublichen Geschwindigkeit von 0,56 c, also 56 % der Lichtgeschwindigkeit.

»An dieser Stelle möchten wir auch an die USS Amsterdam erinnern, die 2216 gestartet, 2227 planmäßig auf der Neuen Erde ankommen sollte und auf deren Funkspruch, gesund angekommen zu sein, die gesamte Menschheit wartet.« Der Moderator klatschte, während hinter ihm ältere Streams und Bilder der NE-E-V5 eingeblendet wurden. Die Arche-2 Raumschiffe waren nur 0,4 c schnell und benötigten für die Strecke noch elf Jahre.

Der pure Wahnsinn, jeder Funkspruch, jedes Wort und jegliche Kommunikation zwischen den beiden bewohnten Welten benötigte jeweils 4,5 Jahre, um die Gegenseite zu

erreichen. Ein einfaches Telefonat konnte daher eine echte Geduldsprobe werden.
2232 würde auch die chinesische Frühlingserwachen auf der Neuen Erde ankommen, deren Nachricht einer erfolgreichen Ankunft allerdings noch bis 2237 dauern würde. Den Erfolg dieser Mission vorausgesetzt, hatten es 2232 gerade einmal 44.120 Menschen zur Neuen Erde geschafft. Die USS Berlin nicht mitgerechnet, befanden sich aktuell sieben Raumschiffe der Arche-2 und ein Raumschiff der Arche-3 Klasse mit zusammen 190.000 Passagieren auf dem Hin- und ein Raumschiff, die USS Amsterdam auf dem Rückweg.
»Tara, möchtest du auch etwas trinken?«, fragte einer ihrer Kameraden ausgelassen.
»Nein, danke.« Ein anderes Mal gerne, Tara aktivierte den Schlafmodus der Mediabrille. Im Schlafmodus filterte der Kopfhörer alle Geräusche weg, was bei einer Gruppe junger Menschen in Feierlaune ein Segen war. Den letzten Gedanken vor dem Einschlafen schenkte sie Major Gessner, ihrem Ausbildungsoffizier, der sie als System- und Kommunikationsspezialistin ausgebildet hatte. Warum er ihr bei ihren Schwierigkeiten half, hatte sie noch nicht verstanden.

Als Tara die Sicherheitskontrolle auf der USS Kinshasa hinter sich gelassen hatte, stand Major Gessner am Ausgang und wartete auf sie. Warum tat er das, vor allem bei dem,

was sie ihm am Abend vor ihrer Abreise nach Johannesburg an den Kopf geworfen hatte?
Gessner war ein interessanter Mann, dessen Fürsorge ihr allerdings zu weit ging. Er hatte ihr eindringlich davon abgeraten, ihre Familie zu besuchen. Als ob sie sich davon hätte abhalten lassen, weswegen sie einige sehr unfreundliche Worte verwendet hatte.
»Major Gessner«, Tara salutierte, sie war die Letzte, die den Transporter verließ.
»Second Lieutenant, schön Sie zu sehen.« Major Björn Gessner, Anfang dreißig, kurz rasierte dunkle Haare und Vollbart, größer als sie, sportlich, aber kein Muskelberg, ein promovierter Ingenieur, dessen gesamte Familie bereits auf dem Mars lebte.
»Sie überraschen mich ...« Er hatte noch nie versucht, sie anzufassen oder sich auf andere Art ungebührlich zu nähern. Trotzdem verhielt er sich ihr gegenüber anders als gegenüber allen anderen Offizieren der Einheit: Immer aufmerksam, höflich und in jeder Situation bemüht.
»Es ist ja nicht so, dass ich Sie vor der Reise nach Johannesburg auf die Risiken hingewiesen habe ...«
»Haben Sie ...« Tara schätzte ihn, hatte aber kein Interesse an einem Abenteuer und noch weniger an einer Beziehung. Ihr Traum, zu den Sternen zu reisen, sollte nicht an der ersten Haltestelle wegen des ungebührlichen Kontakts zu einem vorgesetzten Offizier oder mit einem dicken Bauch, einem Ring und hübschem Kinderwagen enden.

»Darf ich Sie in Ihre Sektion begleiten?«
»Bitte ...« Was hätte sie ihm in dieser Situation auch anderes sagen sollen. Seine ritterliche Art nervte kolossal, ungehobelten Kerlen konnte man wenigstens eine verpassen, wenn sie die Finger nicht bei sich behielten.
»Sie müssen nach K-17.«
Tara nickte, es wunderte sie nicht, dass er das bereits wusste. Beide gingen die weißen Korridore der USS Kinshasa entlang, *dem* Multifunktionsraumschiff der Föderation, früher für Forschungszwecke geplant und dann vor drei Jahren als militärischer Supercarrier fertiggestellt. Mit 8.700 Mann Besatzung und 187 Raumjägern war das Schiff das Einzige seiner Baureihe. Die enormen Kosten und die Bauzeit von 17 Jahren ließen bei der aktuell angespannten Situation kein zweites Schiff zu.
»Bagian, Sie sehen übel aus.« Gessner schien sie mit den Augen Stück für Stück abzutasten. »Die Verletzungen sollte sich ein Arzt ansehen ...«
»Sie wissen, was eine Frau hören möchte.« Tara ging mit einem aufgesetzten Lächeln weiter. »Major, darf ich Ihnen eine private Frage stellen?«
»Sicher.«
»Warum helfen Sie mir?« Sie wollte keine offenen Rechnungen zurücklassen.
Er lächelte vielsagend.»Bagian, ich glaube Sie schätzen die Situation falsch ein.«

»Ja?« Tara blieb stehen und drehte sich zu ihm. Sein Gesichtsausdruck zeigte eine ungewohnte Entschlossenheit.

»Wie lange waren Sie vor der Stadt?«

»Zwei Tage.«

»In der kurzen Zeit ist viel passiert ... in Ihrem Fall sogar genug, weswegen die Generalität Sie lieber auf Ihrem Posten als im Militärgefängnis sehen will.«

»Und?« Die Erklärung reichte ihr nicht.

»Die Föderation schließt die Militärakademie. Ihr Jahrgang war der letzte, der ausgebildet wurde.«

»Bitte?«

Gessner senkte die Stimme. »Bagian ... wir ziehen von der Erde ab. Die Föderation konzentriert alle mobilen Verbände in diesem Sektor. Wir machen die gesamte Zone dicht!«

»Weswegen?« Tara glaubte ihm nicht.

»Da gibt es viele Antworten … seit der halbe Planet abgesoffen ist, sind in den letzten zehn Jahren auf der Erde sechs Milliarden Menschen verreckt. Die drei Milliarden, die noch leben, schaffen keine drei Monate mehr. Glauben Sie mir, sobald das allen klar ist, schlagen die sich gegenseitig die Schädel ein.«

»Aber in den Städten sind wir doch sicher ...« Tara kannte natürlich den Zustand der Erde nach dem Abschmelzen der Polkappen, sie kannte aber auch die technischen Möglichkeiten der Menschheit, ein Überleben zu sichern.

»Noch sind wir das ... First Lieutenant Bagian, hören Sie mir gut zu. Die Befehle, die ich Ihnen erteile, sind ganz einfach!«

»First Lieutenant?« Tara konnte sich nicht erinnern, befördert worden zu sein.

»Meinen Glückwunsch. Sie werden sich umgehend auf Ihrem Posten melden. Haben wir uns verstanden?«

»Ja.« Tara suchte nach den richtigen Worten.

»Glauben Sie mir, es ist besser zu vergessen, was Sie erlebt haben. Lassen Sie die Vergangenheit hinter sich. Wir haben einen Auftrag!«

»Aber ...« Tara konnte es kaum glauben, für die Nummer auf der Erde wurde die befördert?

»Hören Sie mir zu ...« Gessner wurde leiser. »Sie werden an Bord eine vierköpfige Raver-Aufklärungseinheit koordinieren.«

Tara wusste immer noch nicht, was er von ihr wollte, auf Raver-Systemen war sie ausgebildet worden. Von einer besonderen Dienstverwendung konnte man dabei nicht sprechen. Der einzige Unterschied, als Second Lieutenant hätte sie nur in dem Viererteam mitgewirkt, als First Lieutenant würde sie das Team verantworten.

»Ich habe Sie befördert, damit Sie die Berechtigung erhalten, eigenständig arbeiten zu können... enttäuschen Sie mich nicht, ich weiß, dass Sie der Aufgabe gewachsen sind.«

Tara nickte.

»GH-91S ... merken Sie sich diese Kennung.«
»Warum?«
»Ein X-7 Rettungsgleiter, die Besatzung wird sich bei Ihnen melden.«
»Und dann?«
»Sie werden dem Raumschiff helfen, der Captain des Gleiters wird mit Ihnen Kontakt aufnehmen.«
»Wo ist der Haken?«
»Kein Haken, keine Fragen, nur ein einfacher Job.«
»Ist das eine nachrichtendienstliche Mission?« Tara fing an zu verstehen, sie wurde gerade angeheuert.
»Tun Sie es einfach. Es dient Ihrem Schutz, nicht alle Details zu kennen ... auch ich bekomme Befehle.«
»Wer deckt diesen Einsatz?« Tara wollte sich nicht erneut Ärger einhandeln.
Gessner lachte. »Wer hat Ihren letzten Ausflug in die Wüste vor Johannesburg gedeckt?«
Tara fiel es wie Schuppen von den Augen. Sie war so unglaublich naiv gewesen, wie konnte sie nur annehmen, dass er ein romantisches Interesse an ihr hatte? Gessner musste sie bereits während ihrer Ausbildung für diese Mission auserkoren haben. Ihre Vergehen in der Wüste hatten ihm perfekt in die Karten gespielt, ihr blieb keine Wahl. Weigerte sie sich, konnte er sie mit einem kühlen Lächeln im Knast abliefern.

»Sind Sie dabei?«, fragte er.

»Ja.« Tara verkniff es sich, Emotionen zu zeigen. Was für ein verdammter Scheißkerl!

***

XIII. Rettungseinsatz

Der X-7 Rettungsgleiter flog mit maximaler Geschwindigkeit auf die Erde zu. Scott saß auf dem Platz des Piloten und kontrollierte die Kursdaten, die Reise zur Heimatbasis würde noch drei Stunden dauern. Es hatte ihn gewundert, mit welcher Selbstverständlichkeit Aileen ihn alle Navigations- und Lebenserhaltungssysteme kontrollieren ließ. War er so einfach zu durchschauen, war ihm so deutlich anzumerken, dass er weder Lydia, noch sich selbst opfern wollte, um sie aufzuhalten?

»Alle Parameter liegen im grünen Bereich ... der Vogel fliegt heim ins Nest.« Scott lehnte sich in dem Sessel zurück, legte seine quietschende Bionik-Wade auf die Konsole und nahm sich seine Kaffeetasse von der Seite. Hoffentlich würde er bald Ersatzteile für sein Bein auftreiben und die Beschädigung reparieren lassen können.

»Noch etwas Milch?«, fragte Aileen, die sogar die Kaffeemaschine für ihn rekonfiguriert hatte. Üblicherweise hätte man mit der schwarzen Plörre, die föderative Kaffeevollautomaten produzierten, Löcher in die Bordwand ätzen können. Aber Aileen, dieser Engel, zeigte neben ihrer Bestimmung, sich und ihr näheres Umfeld im Bedarfsfall in die Luft zu sprengen, überraschende Talente: Inzwischen konnte man sogar den Kaffee trinken, ohne danach fünf Minuten nervös im Kreis umherzulaufen. Zudem schaffte sie es auch, die automatische Küche zu bedienen, nein, bedienen war das falsche Wort, sie zauberte damit Köstlichkeiten, von

denen ein gelittener Deserteur und auf Abwege gekommener Schmuggler noch nicht einmal wusste, wie man sie richtig schrieb.

»Danke«, Scott lächelte, falls jemals ein Gesetz erlassen würde, eine KI heiraten zu dürfen, würde er um ihre Hand anhalten. Weniger Glück als mit seinen anderen Frauen würde er kaum haben. Mit einem Jogshuttle in der Konsole zoomte er verschiedene Daten heran, die von den Schiffssensoren mit der Zeit eingesammelt wurden: Temperaturen, Entfernungen, Strahlungswerte und ähnliche Dinge. Auf einem kleinen Bildschirm an der Seite ließ er sich Lydias Vitalwerte einblenden, sie schlief, was er auch nicht ändern wollte.

»Ich habe nach dem Schnellbericht, den ich schon versandt habe, einen zweiten ausführlichen Bericht der Schiffsbergung angefertigt. Kannst du ihn bitte lesen und auswendig lernen?«

»Klar ...« Es war sicherlich recht spannend, Aileens Sicht der Dinge zu erfahren.

»Die Daten stehen dir zur Verfügung.« Aileen stellte ihm die Dateien auf ein offenes Laufwerk. *»Ich habe die Nachricht gerade an die Einsatzbasis auf der Erde verschickt.«*

»Wow ... ich wusste gar nicht, dass ich als Toter im Kühlhaus liege.« Scott schauderte es, Aileen hatte Lydias und seinen Tod zur Erde gemeldet. Dem Bericht nach war der Rettungsgleiter zu spät gekommen und konnte nur noch die Leichen bergen. Als Ursache hatte die KI multiple Ausfälle der Antriebs- und Lebenserhaltungssysteme angegeben, die sich alle auf Fehler des Piloten zurückführen ließen. Den Zwischenfall auf RJ-17 erwähnte sie mit keinem Wort, die alte Venus-Raumstation schien es in der aktuellen Wahrnehmung der Föderation nicht mehr zu geben.

»Traurig, ich weiß.«

»Die werden nachher meine Leiche sehen wollen ...« Dieser Gedanke gefiel ihm weniger.

»Stimmt.«

»Ich nicht.«

»Verständlich ... aber ich kann dich beruhigen, ich sehe im Moment keinen Grund dafür, dass sich dein Gesundheitszustand in näherer Zukunft dramatisch verschlechtert.«

»Das beruhigt mich ungemein.« Aileen schien die Gespräche mit ihm zu genießen. Die Motivation einer KI war für ihn schwer zu begreifen, er wusste natürlich, dass Emotionen, die eine hochentwickelte KI wie Aileen benutzte, nur zur besseren Manipulation von Menschen dienten. Zu einer Emotion im menschlichen Verständnis, die sich aus Liebe, Hass, Hunger oder anderen Begierden ableitete, waren auch moderne KIs nicht in der Lage. Alles, was Computersysteme taten, folgte einem Auftrag. Jede Tat, jedes Wort und jede Handlung erfolgte ausschließlich, um ein Ziel zu erreichen.

»Gern geschehen.«

Konnte er ihr trauen? Diese Frage konnte er bei Aileen nicht beantworten, ohne ihren Auftraggeber zu kennen. Ein Auftraggeber, der bereits deutlich gezeigt hatte, dass ihm Menschenleben nicht viel bedeuteten. In letzter Konsequenz hing Scotts Leben davon ab, wie lange er für die Auftragserfüllung nützlich war.

»Im Orbit der Erde ist gerade verdammt viel los«, bemerkte Scott und schaltete eine Meldung auf einen der größeren Monitore. »Da ist inzwischen absolut jeder Rettungsgleiter im Einsatz.«

»Oh, ja ...«

»Wo wollen die alle hin?« Scott verstand nicht, warum so viele kleine und mittlere Raumschiffe versuchten, die Erde zu verlassen. Er kontrollierte deren Kursdaten. »Die haben alle Kurs auf den Mars genommen.«

»Die Ratten verlassen das sinkende Schiff ...«

»Zu viele alte Bücher gelesen?«

»Lesen schult den Umgang mit Menschen, klassische Literatur gehört zur Basis-Programmierung meiner Routinen.«

Er wollte gar nicht wissen, was man noch an Wissen in diese KI hereingesteckt hatte.

»Viele der kleineren Raumschiffe sind maximal in der Lage, eine Raumstation im Orbit der Erde anzufliegen ... warum versuchen die, mit den alten Mühlen den Mars zu erreichen?« Scotts Gedanken landeten wieder auf der Erde, die er selbst seit Längerem nicht mehr betreten hatte. Die Kuppelstädte empfand er als erdrückend und die Wüsten hätten ohne weiteres als Kulissen für eine Realverfilmung von Dante Alighieris Commedia, besser bekannt als Dantes Inferno, herhalten können.

»Weshalb auch viele Notfälle gemeldet werden ... so sieht pure und unverfälschte Verzweiflung aus.«

»Gefällt dir das?«

»Die einzelnen Schicksale sind belanglos ... aber aus einer abstrakten Position interessant zu beobachten.«

Scott verdrehte die Augen, Aileen hätte als Offizier beim Militär eine kometengleiche Karriere machen können. Ihre außergewöhnliche Intelligenz, ohne unzweckmäßige Empathie, wären ideale Voraussetzungen gewesen. Wenn es denn erlaubt gewesen wäre, was es nicht war. Die Föderation nutzte hochentwickelte KIs nur als Berater, alle wichtigen Entscheidungen wurden nach wie vor von Menschen getroffen.

»Oh ... wir haben Post.« Scott beugte sich nach vorne. Drei Stunden Flugzeit von der Erde entfernt zu sein, bedeutete immer noch, knapp 40 Millionen Kilometer zurücklegen zu müssen. Die X-7 flog 0,015 c schnell, und auch wenn ein Funkspruch mit Lichtgeschwindigkeit zu ihnen unterwegs war, brauchte jedes gesprochene Wort auf ihrer aktuellen Position 132 Sekunden, um die Gegenseite zu erreichen. Eindeutig zu viel, um sich flüssig zu unterhalten, weswegen die Einsatzbasis mit GH-91S über Textnachrichten kommunizierte.

»Wir haben die Order abzudrehen und ein in Not geratenes Raumschiff mit Kurs auf den Mars zu unterstützen«, erklärte Aileen, die natürlich die Meldungen ebenfalls lesen konnte.

»Aktuelle Entfernung?«

»42 Millionen Kilometer.«

»Was für ein Zufall ...« Scott lächelte, die überraschende Order, den Kurs in Richtung Mars zu ändern, kam zur rechten Zeit. Aileens Auftraggeber schien über die notwendigen Mittel und Ideen zu verfügen, die Frachtkiste allen Widrigkeiten zum Trotz auf dem Mars abzuliefern. Ein geschickter Plan, zwei Schmuggler die Ware abholen zu lassen und gleichzeitig den Grund zu liefern, einen Rettungsgleiter entsenden zu müssen, der wiederum durch einen weiteren Zwischenfall auf den richtigen Kurs gebracht wurde. Um im von der Föderation überwachten Raum nicht aufzufallen, sollte man für jeden seiner Schritte eine plausible Begründung abliefern.

»Das Schicksal meint es gut mit uns.« Aileen kokettierte mit der Situation und schien ihren Spaß an der Sache zu haben. Diese KI fiel wirklich aus dem Rahmen.

»Schon klar ...« Scott schenkte sich weitere Kommentare und bestätigte die neuen Kursdaten, um auf direktem Weg das Raumschiff, ein ordnungsgemäß gemeldeter NewCom-Frachtflug auf dem Weg zu Mars, anzufliegen. Dem Bericht nach transportierte die Crew mit zwei Piloten und einem Bordingenieur wichtige Maschinenteile, die für den Bau der Riad benötigt wurden. Was auch die Frage beantwortete, warum sie Hilfe bekamen und dreizehn andere, in Not geratene Raumschiffe in Reichweite von drei Stunden Flugzeit warten mussten. Angeblich hatte ein Stück Weltraumschrott den Bug getroffen und den Antrieb beschädigt, ein alltägliches Problem, nur die größeren militärischen Raumschiffe verfügten über wirksame Schutzschilde, um sich vor Wrackteilen und Asteroiden zu schützen.

»Neuer Kurs bestätigt. Aktiviere die Steuerdüsen in drei Sekunden-Intervallen, Kursänderung um 120 Winkelsekunden je Intervall.« Scott plante, den Kurs damit ohne Geschwindigkeitsverlust um insgesamt 14 Grad zu korrigieren. Wenn man die aktuelle Position des Rettungsgleiters, die der Heimatbasis im Orbit der Erde und die Ortung der Notfallmeldung auf dem Bildschirm sah, stellte sich die Situation als spitzes Dreieck dar. Die X-7 flog mit einer Geschwindigkeit von 0,015 c, was 16.2 Millionen km/h entsprach. Bei dem Tempo war es nicht möglich, einfach links abzubiegen. Der Zeitpunkt für die Kursänderung passte sehr gut, da er ohnehin gleich das 2,83 Stunden lange Bremsmanöver einleiten musste.

»Manöver bestätigt«, pflichtete Aileen ihm bei. *»Für einen Menschen bist du ein guter Pilot.«*

»Danke.« Den spontanen Gedanken, dass Aileen für eine hochentwickelte Waffen-KI überraschend gut Kaffee kochen konnte, behielt er für sich. Er hoffte nur, nicht durch das nächste Team vorzeitig in den ewigen Ruhestand versetzt zu werden.

»Schön, dass ihr da seid …«, sagte der Pilot der Волга, was übersetzt Wolga hieß. Das Schiff war doppelt so groß wie der Rettungsgleiter und schien antriebslos im Raum zu stehen. Eine trügerische Wahrnehmung, da sich ein Raumschiff auch ohne Antrieb weiter bewegte. In diesem Fall mit 18.000 m/s ins Nirgendwo, was an interstellaren Verhältnissen gemessen als Schrittgeschwindigkeit betrachtet werden konnte.

»Hallo Волга, hier spricht der Föderationsgleiter X-GH-91S. Übergeben Sie mir die Kontrolle über die Steuerungsdüsen«, ordnete Scott an, der sich auf das Andockmanöver konzentrierte.

»Steuerungspanel übergeben … die Волга gehört Ihnen«, erklärte der weibliche NewCom-Pilot, dessen Stimme Scott bereits zu kennen glaubte. Die Liste merkwürdiger Zufälle schien sich weiter zu füllen. Hoffentlich hatte er sich geirrt.

»Danke.« Scott aktivierte einen Link zwischen den beiden Bordcomputern. Aileen schaltete sich sofort auf die Волга auf. Binnen eines Lidschlages kontrollierte die KI nicht nur das Panel für die Steuerungsdüsen, sondern das gesamte Schiff.

»Relative Geschwindigkeit auf zwei Meter in der Sekunde reduziert. Ich bin dran … ist die Волга sauber, kann ich andocken?«, fragte Scott, nur für Aileen hörbar.

»Ja.« Die KI schien binnen kurzer Zeit sämtliche Datenbanken, Log-Dateien und alle anderen digitalen Datenquellen zu übertragen. Scott konnte am Datenvolumen des aktiven Links zwischen den Raumschiffen erahnen, was Aileen gerade tat. Auf der Волга schien man die KI ohne einzugreifen agieren zu lassen.

»Ich leite das Andockmanöver ein.« Scott schaltete die Steuerungsdüsen beider Raumschiffe synchron, die Computer führten das Manöver weiter, die X-7 drehte sich um die eigene Längsachse und näherte sich mit der Unterseite dem Frachtschiff. Eine Beschädigung des Bugs konnte er nicht erkennen. Ähnlich einer innigen Bewegung beim Tanz schmiegten sich beide Raumschiffe aneinander.

»Kontakt in dreißig Sekunden. Alle Parameter im grünen Bereich. Die Transferschürze kann angebracht werden«, meldete der Волга-Pilot, der scheinbar keine Zweifel gehabt hatte, einige Millionen Kilometer von der Erde entfernt gerettet zu werden.

»Bestätigt.« Scott hörte ein lautes metallisches Klacken, die teilmagnetische Rettungsschürze der X-7 machte mit einem kräftigen Ruck an der Волга fest. Der Übergang wurde mit warmer Luft aufgeheizt. »Druck 1 bar, Temperatur 19 Grad Celsius, Schleuse ist stabil. Sie können an Bord kommen.«

Scott stand auf, nahm einen Pad-Computer und humpelte los. Seine kaputte Wade nervte, was sich in nächster Zeit auch nicht ändern würde. Die Wahrscheinlichkeit, mit der dreiköpfigen NewCom-Crew einen Bionikexperten aufgelesen zu haben, erachtete er als gering.

»Hallo Sweety«, begrüßte ihn Joyce und schlenderte gutgelaunt durch die Schleuse auf dem Unterdeck auf ihn zu. Er hatte die Stimme leider richtig gedeutet. Eine 1,90 große Blondine, von der er gehofft hatte, ihr nie wieder unbewaffnet zu begegnen. »Wenn ich gewusst hätte, dass du uns abholst, hätte ich den Job auch ohne Bezahlung angenommen.«
»Hallo Kleines ...« Scott blieb wie gelähmt stehen, selten hatte er sich derart mit seinen früheren Sünden konfrontiert gesehen, wie an diesem Tag. Joyce war ein herzensgutes Mädchen, die bei ihrer ohnehin schon beachtlichen Körpergröße, auch 120 Kilogramm Lebendgewicht auf die Waage brachte. Was für Scott damals die zweithärteste Nummer seines Lebens bedeutet hatte. Mit den Maßen 100-70-100 war sie optisch eine Augenweide, dummerweise hatte ihn vor der Nacht mit ihr niemand darüber informiert, dass ihr gesamtes Skelett aus Wolfram und die Muskulatur aus Karbonfasern bestanden. Angeblich sollten ihr Herz und das Gehirn noch menschlich gewesen sein, wofür er aber nie stichhaltige Beweise finden konnte.
»Aileen ... wohin sollen wir den Kram bringen?«, fragte sie laut durch das Unterdeck.

»Das erledige ich ... die X-7 hat leistungsfähige Bergungsroboter an Bord, die löschen bereits die Ladung«, antwortete Aileen umgehend über Lautsprecher. Auf dem Pad-Computer sah Scott, wie vier Bergungsroboter jeweils vier gut zwölf Meter lange, zigarrenähnliche Zylinder von außen an der Bordwand der X-7 montierten. *»Es geht mich ja nichts an, aber ihr kennt euch?«*

»He ... wer kennt Sweety nicht?«, fragte Joyce, hob Scott mit einer Hand hoch und küsste ihn wie eine Dampframme. »Das heißeste Stück Fleisch, das ich bisher zwischen den Beinen hatte.«

Für sein nächstes Leben, das vermutlich in Kürze starten würde, versprach er sich fest, von solchen Frauen abzuschwören. Über sie wurde erzählt, wie sie mit einer Hand aus einer massiven Eisenkugel ein Osterei geformt hatte, um anschließend mit den Zähnen ein Stück abzubeißen. Was natürlich nur dummes Gerede war, der Teil mit dem Osterei war völlig übertrieben.

»Es freut mich, Freunde zusammenzuführen.«

»Danke.« Scott schnappte nach Luft, der Sex mit Joyce hatte ihm damals zwei gebrochene Rippen und eine Gehirnerschütterung eingebracht. Ein Wunder eigentlich, dass sein Ding diese Tortur überstanden hatte. Sex mit solchen Weibskreaturen sollte verboten werden.

»Ich glaube es nicht, ist das der Typ, der dich damals vor dem Altar hat sitzen lassen?« Ein weiteres bekanntes Gesicht von der Волга-Crew gesellte sich dazu, Jeener, ein Pirat, Schmuggler und Ex-Bulle der PanAsia Grenzsicherung. Dieses glatzköpfige Schlitzauge hatte allerdings auch zu seinen 200 Kilogramm Körpergewicht den passend fetten Arsch und mit Steroiden vollgepumpte Oberarme. Ein zu bescheidenes Auftreten galt in der Branche als Zeichen von Schwäche und brachte einem keine Aufträge ein.

»Ja genau ... meine große Liebe Sweety.« Joyce sah Scott auf dieselbe angsteinflößende Art an, wie am Morgen nach ihrer gemeinsamen Nacht, als er sich völlig verkatert gefragt hatte, wie er so besoffen sein konnte, einen zu Fleisch gewordenen V-8 Motorblock zu ficken.

»Ich glaube, das war damals alles ein Missverständnis ...« Scott verspürte das Bedürfnis, sich spontan in eine Maus zu verwandeln.

»Den Ring habe ich noch ...« Joyce zeigte ein Goldkettchen, das sie am Hals unter einer anatomisch perfekt angepassten Kevlar-Körperpanzerung trug. Dass sie den Ring noch hatte, hätte er nicht erwartet.

»Oh ...«, jetzt sollte Scott sich ein paar herzerwärmende Worte einfallen lassen. Er hätte nicht versprechen sollen, sie zu heiraten, das war ein Fehler gewesen. Nur, ohne die spontane Verlobung hätte sie ihn ähnlich einer Gottesanbeterin bereits am Morgen danach aufgefressen.

»Du hast damals nur gesagt, bis gleich ...«

»Ja, ja ... ich weiß.« Er hörte vor seinem geistigen Ohr seine Lebensuhr ablaufen.

»Das ist über ein Jahr her.« Frauen, egal wie hart der Panzer war, unter dem sie ihre Herzen verbargen, kaum zeigte man ihnen einen Ring, verloren sie zuerst ihr feuchtes Höschen, dann ihr Benehmen und zum Schluss jeglichen gesunden Menschenverstand.

***

XIV. Bombenstimmung

Das Leben ist schön, befand Liu, mit einem Champagner-Glas in der Hand, und lehnte sich in dem breiten Sessel zurück. Durch die Panoramascheibe des Gleiters sah sie gedankenverloren in den endlos blauen Himmel und strich sich mit der Hand über den Oberschenkel. Wenn man die Sonne nicht gerade im Nacken brennen spürte, sah sie in einiger Entfernung sogar behaglich aus.

»Mit unserer besten Empfehlung ...« Die Stewardess reichte ihr ein Tablett mit Kanapees: Trüffel auf Kaviar, die kleinen, kunstvoll angerichteten Leckereien sahen fantastisch aus.

»Danke.« Von den vier Plätzen in der ersten Klasse waren nur zwei belegt und der ältere Herr schräg gegenüber schlief bereits die ganze Zeit. Eine Stunde unbequem zu reisen, wäre ein nicht wiedergutzumachender Raub an ihrer Lebenszeit gewesen.

Liu schätzte den exklusiven Service auf dem Flug nach München. Sich mit allen Sinnen der zu erwartenden geschmacklichen Ekstase auf der Zunge bewusst, schloss sie die Augen und umschoss die kleine Delikatesse mit den Lippen. Der Moment erregte sie, Sex und Essen gehörten einfach zusammen.

»Haben Sie noch einen Wunsch?«, fragte die Stewardess zuvorkommend, eine groß gewachsene Blondine mit blauen Augen und einer kecken Stupsnase, deren Aussehen Liu gerade zu unschicklichen Fantasien motivierte. Für Geld konnte man sich alles kaufen, nur kein gutes Benehmen, daher beließ sie es dabei, die Stewardess nur mit den Augen zu liebkosen.

»Danke.« Liu stellte das Glas ab und nahm den Pad-Computer wieder auf, mit dem sie zuvor Nachrichten gesehen hatte. Die Meldungen in den Streams waren ernüchternd und verscheuchten zuverlässig jegliche zur Unzeit erwachenden Begierden.

» ... die Behörden aus Mumbai melden, dass das Bruttoinlandsprodukt der südlichen PanAsia-Staaten im nächsten Jahr um 0,2 Prozent wachsen wird. Kritische Stimmen aus Peking sprechen hingegen von geschönten Werten und fordern die Einhaltung von zugesagten Fördermengen aus den lizenzierten Abbaugebieten im südostasiatischen Raum«, erklärte der Sprecher im Netz. Liu schüttelte den Kopf, die Chinesen und die Inder stellten mit 1,8 Milliarden Menschen den größten Teil der Weltbevölkerung und vermochten daraus gegenüber den 300 Millionen Menschen der Föderation keine nennenswerten Vorteile zu ziehen. Die schafften es noch nicht einmal, ohne interne Streitereien die Bodenschätze ihrer Nachbarn zu plündern.

Liu wechselte den Channel: Werbung, glückliche junge Menschen liefen einen Strand entlang, ein bekannter Popsong tönte im Hintergrund, während die Brandung ihre Beine umspülte. Dann das schmucke Logo für ein Urlaubsresort auf der Neuen Erde. Wunderschön, schweineteuer und viel zu weit weg.

Liu lächelte, wenn sie später ein alter Mann wäre, oder alte Frau? Das mit dem Körperwechsel würde bei ihr noch zu einer Identitätskrise führen. Egal, wenn es einmal an der Zeit wäre, würde sie dort ihren Lebensabend verbringen wollen.

Sie zappte weiter: *»In Phoenix versuchten heute 120.000 Flüchtlinge gewaltsam einen Zugang zur Stadt zu stürmen. Wie wir von den Sicherheitskräften erfahren haben, wurde die Situation unter Kontrolle gebracht«,* erklärte eine Sprecherin. Auf einen Stream der inzwischen sicherlich deutlich dezimierten Flüchtlinge verzichtete der Sender. Aus diesem Grund liebte Liu Minsk, die NewCom Stadt hatte mit sechs Millionen Einwohnern nur einen Bruchteil der Bevölkerung von Phoenix, dafür aber ein sehr effektives Sicherheitskonzept. Während sich die Föderation mit der Wasser- und Lebensmittelversorgung der Flüchtlinge die Probleme direkt vor die Haustür holte, sorgte die NewCom-Administration mit wohldosierten Flächenbombardierungen dafür, dass sich im Umkreis von 500 Kilometern kein Flüchtling bei Tageslicht aus seiner Erdhöhle traute.

Der Sprecher drehte sich einer Videowand zu, die den Roten Planeten in all seiner Pracht und die gigantische orbitale Raumstation zeigte, an der die drei jeweils 26 Kilometer langen Fernraumer gebaut wurden. Während die Arbeiten an der USS Berlin bereits seit Monaten abgeschlossen waren und der Platz der USS Los Angeles verwaist war, konnte man an der Riad und der Rosenmeer noch zahlreiche unfertige Stellen am Schiffsrumpf erkennen.

»In Rahmen des Starts der zweiten Arche-3, der USS Berlin, die 50.000 Siedler zur Neuen Erde bringt, gibt die Föderation bekannt, die gesamte Zone rund um den Mars und sämtliche Transitstrecken zwischen der Erde und den bewohnten Jupiter-Monden für die nächsten 72 Stunden zu sperren. Ein Sprecher der Föderation erklärte, die notwendigen Maßnahmen zu bedauern, aber wegen andauernder Gefährdungen des Startablaufs nicht abwenden zu können.«

Liu wusste von den ganzen Idioten, die ständig versuchten, mit kleinen Raumschiffen oder Kurzstreckengleitern ohne Genehmigung in die Nähe der Werft zu kommen. Ob die wirklich glaubten, einfach an der USS Berlin festmachen zu können und herüberzuspringen?

Jeder Mensch mit Geld und Verstand machte momentan einen Riesenbogen um den Mars, was Liu auch für vernünftig hielt. Ohne Ticket gab es keine Möglichkeit, auf die USS Berlin zu kommen. Ein Gedanke, der die Frage verstärkte, warum Jekaterina genau zu diesem Zeitpunkt auf dem Mars sterben wollte? Oder anders gefragt, warum sollte Liu sie genau zu diesem Zeitpunkt töten?

»Kann ich bitte noch ein Glas Champagner haben?« Mit trockener Kehle konnte sie schlechter denken.

»Aber sicherlich ...« Der blonde Engel würde Liu noch in den Wahnsinn treiben, die Beine, die Stimme und dieser perfekte Körperschwung. Mit einem charmanten Lächeln schenkte sie nach. Der feine Tropfen würde auf der nackten Haut der Stewardess noch besser schmecken. Die erotische Fantasie als Frau diesen blonden Engel zu lieben, machte sie verrückt.

Reiß dich zusammen, forderte Liu sich auf, atmen, trinken, die Stewardess vergessen und sich auf die Motive von Jekaterina konzentrieren. Es gehörte nicht zu ihren Gewohnheiten, die Motive ihrer Auftraggeber infrage zu stellen. Oder sogar Nachforschungen anzustellen, aber an diesem Fall stimmte überhaupt nichts. Jekaterina war eine lebensbejahende, wunderschöne und intelligente Frau. Sie hatte Geld, Einfluss und gute Kontakte. Niemand in dieser Situation engagiert einen Profikiller, um sich selbst töten zu lassen. Und erst recht nicht in der Nähe des am besten gesicherten Raumschiffes im ganzen Universum. Jeder, absolut jeder würde zu dem Termin seine Augen auf den Mars, auf die USS Berlin richten.

Werde ich sterben, fragte Liu in Gedanken. Eine ungeheuerliche Vorstellung, natürlich konnte es jeden Augenblick vorbei sein. Der Gleiter nach München könnte abstürzen, sie könnte, vom Schlag getroffen, tot umfallen, oder irgendjemand, der einer ihrer zahlreichen Identitäten den Tod wünschte, gelang es, sie in ihrer temporären Erscheinung ausfindig zu machen.

»Nein.« Liu entschied, nicht getötet zu werden. Punkt. Sie war diejenige, die Leben beendete, daran würde sie auch in näherer Zukunft keine Änderung zulassen.

An dem Chip unter der Haut an ihrem Hals vibrierte es. *»Verbindung etabliert. Verschlüsselung auf Triple-Dex 2048 Bit eingestellt. Umfeld geprüft und gesichert. Es sind keine fremden Scanner auszumachen. Sie können sprechen«*, erklärte der kleine Mann in ihrem Ohr. Sie bekam einen Anruf.

»Wie ist der Flug nach München?«, fragte der Operator, sie hatte seinen Kontakt erwartet.

»Sonnig.« Liu lächelte und sah nach draußen.

»Es gibt Probleme ...«

»Die gibt es immer.« Sonst würde Liu für ihre Arbeit nicht so viel Geld bekommen.

»Sie werden in München erwartet. Der diplomatische Sicherheitsdienst der Botschaft wird versuchen, Sie in Gewahrsam zu nehmen.«

»Oh ...«

»Ich empfehle, dass Sie sich dieser Verhaftung entziehen.«

»Was ist passiert?« Liu dachte an den Termin, den sie als Liu Wu im Auftrag des diplomatischen Dienstes in Minsk wahrgenommen hatte. Der Besuch diente der Verbesserung der administrativen Handelsprozesse zwischen PanAsia und NewCom. Die Gespräche liefen erfolgreich und den Bericht hatte sie bereits ordnungsgemäß übermittelt. Wenn einmal die Geschäfte in der individuellen Personenbeseitigung schlechter liefen, würde sie auch eine hervorragende Diplomatin abgeben.

»Liu Wu wird abberufen und hat sich umgehend in Peking zu melden«, erklärte der Operator.

»Habe ich in Minsk einen Fehler gemacht?« Das konnte sich Liu nicht vorstellen, aber es musste schließlich einen Grund dafür geben, in Ungnade gefallen zu sein.

»Dazu habe ich keine Hinweise wahrnehmen können.«

»Was hat die Kleine angestellt?«

»Ich vermute, sie hat sich ins falsche Bett gelegt.«

»Ich verstehe.« Ein klassisches Berufsrisiko bei politisch orientierten Tätigkeiten.

»Können Sie während des Fluges Ihre Identität wechseln?«

»Erst wieder in drei Tagen ...« Liu wusste, dass die Zellen ihres Körpers noch einige Zeit brauchten, um sich zu beruhigen. Je intensiver die körperliche Veränderung bei einem Körperwechsel ausfiel, desto länger empfahl es sich, weitere Wechsel zu vermeiden. Das Risiko einer unkontrollierten Zellmutation stieg bei zu kurzfristigen Wechseln überproportional und als Quasimodo-Verschnitt wollte sie nicht herumlaufen.

»Ich geh davon aus, dass die Chinesin Liu Wu in drei Tagen nicht mehr leben wird.«

»Das würde meinen Auftrag behindern.«

»Geringfügig.«

Liu liebte seine liebenswürdige Art.

»Ich werde mich nicht am Flughafen fassen lassen.« Auch wenn Liu noch nicht wusste, wie sie das in einem mäßig trainierten Frauenkörper tun sollte. Eine Waffe hatte sie nicht, ihren Waffenkoffer hatte sie gesondert verschickt.

»Ein guter Plan ...«

»Ich geh davon aus, einer Verhaftung durch den diplomatischen Sicherheitsdienst bis zu 24 Stunden entgehen zu können. Dann brauche ich spätestens eine Fluchtidentität, die nur in wenigen Parametern von meinem aktuellen Körper abweicht.«

Wobei die 24 Stunden sportlich waren, sobald der diplomatische Dienst die lokale Polizei mit der Suche betraute, würde eine Hexenjagd ungeahnten Ausmaßes losgehen. In einer von der Föderation engmaschig überwachten Zone lag die durchschnittliche Zeit, eine beliebige Zielperson aufzugreifen, bei 36 Minuten. Was die Administration in dem historischen Roman 1984 noch wegen technischen Unzulänglichkeiten versaut hatte, wurde im Jahr 2232 mit besserem Marketing in Perfektion gelebt.

»Für die Reise zum Mars habe ich bereits eine geeignete Person ausmachen können, die alle Visavorschriften für unsere Kommandoaktion erfüllt.«

»Sehr gut ... wer ist sie?«

»Eine Journalistin.«

»Hervorragend ... schicken Sie mir die Daten.« Liu lächelte, der Operator war sein Geld wert. Irgendwann würde sie ihn einmal persönlich kennenlernen wollen.

»Ich bereite den Transfer vor.«

»Wo finde ich die Zielperson?«

»In München, die Kontaktaufnahme sollte nicht schwerfallen. Sie steht auf Frauen.«

»Ich auch.« Wobei die Fantasie, als Frau mit einem Mann zu schlafen auch ihren Reiz hatte. Man sollte sich immer neuen Erfahrungen öffnen, im Zweifelsfall könnte sie mit einem Mann und seiner attraktiven Freundin gleichzeitig ins Bett gehen. Wobei Liu ein Bett stellvertretend für alle Orte sah, an denen sich Menschen näher kommen konnten.

Liu legte in München an der Immigration die Hand auf den Scanner und lächelte den Beamten der Grenzsicherung an. Ein widerlicher Typ, der ihre ID-Card über sein Hosenbein wetzte, bevor er ihre Referenzdaten erneut kontrollierte. Dann sah er sie an, sah auf die ID-Card, sah auf sein im Schalter eingelassenes Display, sah wieder sie an und räusperte sich vielsagend. Dieser Idiot, sie hatte einen in München von der Föderation akkreditieren Diplomatenpass, er hatte ohnehin keine Handhabe, sie an der Einreise zu hindern.
»Willkommen in München«, sagte er, ohne sie anzusehen und legte die ID Card auf den Schalter. Eine ältere Frau im Pelzmantel in der Schlange hinter Liu verdrehte die Augen, gut dreihundert Fluggäste standen an drei offenen Schaltern an.
»Danke.« Liu blieb ruhig, nahm die ID-Card, steckte sie in die Handtasche und ging weiter. Den Koffer mit ihrer Kleidung hatte sie direkt bis zum Hotel buchen lassen, ihre Waffe nahm eine komplett andere Route. Jetzt galt es, die chinesischen Wachhunde abzuschütteln, die am Ausgang

auf sie warteten. Links und rechts eilten Reisende vorbei, Flughäfen vermittelten immer so eine Hektik.

Noch fünfhundert Meter bis zum Ausgang. Sie ging weiter, Schritt für Schritt, typischerweise agierte der diplomatische Sicherheitsdienst in den Städten der Föderation als Zweierteam. Wenn die Informationen des Operators stimmten, was sie bisher immer taten, dürften ihre beiden Gegner davon ausgehen, eine harmlose, in Ungnade gefallene Botschaftsmitarbeiterin in Empfang zu nehmen. Eine besondere Vorsicht würde Liu an deren Stelle nicht planen, auch die Unterstützung der lokalen Behörden würde sie erst bei Bedarf anfragen. Diskretion galt als wichtige Prämisse in dieser Branche.

Noch dreihundert Meter, Liu ging weiter, niemand sollte einen Grund haben, auf sie zu achten. Sicherheitsfachleute des diplomatischen Dienstes trugen Waffen, das durften sie sogar, womit das Team ihr bei einem gewaltsamen Konflikt überlegen gewesen wäre.

Noch zweihundert Meter, Liu nahm ein Mobile aus der Handtasche und wählte eine Telefonnummer. Das Gerät gehörte der echten Liu Wu. Hinter dem Gate konnte sie bereits zwei Asiaten sehen, die aufmerksam zu ihr hinsahen. Dunkle Anzüge, gehobene Konfektion, fantasielos kombiniert, die Krawatten hätte Liu noch nicht einmal als Taschentuch benutzen wollen.

»Zolldienststelle München«, meldete sich ein Mann freundlich. *»Wie kann ich Ihnen helfen?«*

»Ich werde in drei Minuten in Terminal 1 eine Bombe zünden.« Dann legte Liu auf und ging mit einem Lächeln weiter. Bei Terrorwarnungen sollte man sich nicht in unnützen Details verlieren. Sie winkte dem Asiaten freundlich zu, der sie zu kennen schien.

Noch einhundert Meter, Türen öffneten sich, Polizisten mit Schutzwesten und automatischen Waffen erschienen links und rechts vor ihr. Zivile Angestellte des Flughafens sprachen wartende Fluggäste an der Gepäckausgabe an und baten sie, ihnen umgehend zu folgen. Liu schaltete das Mobile komplett aus und steckte es wieder in die Handtasche. Der Zoll würde für die Ortung ihrer Position während des Telefonats drei Minuten brauchen.

Noch dreißig Meter, auf der anderen Seite des Ausgangs wurden die Menschen unruhig. Der Asiate, ein groß gewachsener Mann, dem sie zugewinkt hatte, sah unsicher zur Seite. Polizisten und zivile Angestellte führten alle Flughafengäste aus dem Terminal heraus. Der zweite Mann neben ihm zeigte mit dem Finger auf sie und diskutierte angeregt mit einem Mann vom Grenzschutz.

Noch zehn Meter, ein Zollbeamter nickte ihr zu, sie hatte nichts zu verzollen. Die beiden Männer des diplomatischen Sicherheitsdienstes befanden sich in intensiven Gesprächen, um nicht vorschnell vor die Tür begleitet zu werden. Liu sollte die Stimmung auf dieser langweiligen Party noch etwas anheizen.

»Da vorne ist eine Bombe im Mülleimer«, rief sie mit dem Kopf zur Wand gedreht.

Die Menschen, die bisher zügig gingen, begannen zu rennen. Einzelne riefen etwas, was sich in der schnell lauter werdenden Menge nicht mehr verstehen ließ. Einige Tausend Menschen versuchten in kurzer Zeit, das zuvor gut gefüllte Terminal zu verlassen.

»Liu, hier ...«, rief der groß gewachsene Asiate und winkte ihr zu. Obwohl nur noch fünf Meter zwischen ihnen lagen, stolperten auf dem kurzen Stück über dreißig Fluggäste, Polizisten und Flughafenangestellte umher. Liu stolperte selbst, fing sich aber wieder. Den Kopf nach unten gebeugt rief sie so laut sie konnte: »Das große Schlitzauge hat eine Knarre! Der will schießen!«

Geschrei, jetzt brach Panik aus, der Polizist neben dem Asiaten zog seine Waffe. Zwei weitere Beamte sicherten sofort seine Flanke.

»Stehenbleiben!«, rief ein weiterer Polizist. »Ich will Ihre Hände sehen! Zeigen sie mir sofort Ihre Hände!«

Der Aufruf galt nicht ihr, den beiden Männern des diplomatischen Sicherheitsdienstes blieb nicht mehr, als die Hände zu heben und sich entwaffnen zu lassen. Die würden einige Minuten brauchen, um das Missverständnis aufzuklären. Genug Zeit für Liu, um sich mit der Menge nach draußen treiben zu lassen.

***

Phase 3: Proxima Centauri

XV. Der Garten Eden

Leonie ging barfuß über eine spiegelglatte Eisfläche, sie fror, sie wusste nicht, wo sie war und sie hatte noch weniger Ahnung, wohin sie wollte. Die Kälte zog ihre Beine hoch und ließ sie erzittern. Egal wohin sie sah, ob vor ihr oder hinter ihr, mehr als diese endlos anmutende Eisfläche konnte sie nicht erkennen.

»Was mache ich hier?«, fragte sie und sah an ihren wenig ansehnlichen, blau gefrorenen Beinen herab. Warum hatte sie nur einen eng anliegenden bein- und armfreien Body an? Wo kam sie überhaupt her? Wie lange ging sie schon über das Eis, das mit jedem weiteren Schritt bedrohlicher knirschte. Ihr fiel kein Grund ein, hier zu sein und noch weniger Gründe, welcher Wahnsinn sie hergebracht hatte.

»Hallo? Ist hier jemand? Hört mich jemand?« Natürlich bekam sie keine Antwort, wie auch, die Eisfläche erstreckte sich weiter als sie sehen konnte. Das kalte Grau des Eises vermischte sich an dem nicht eindeutig auszumachenden Horizont mit dem nicht minder tristen Grau des Himmels über ihr.

»Ich brauche Hilfe, bitte, kann mich jemand hören?«, rief sie lauter. Diese eiskalte Hölle war ein Alptraum. Beim nächsten Schritt drang warmes Wasser aus einem Spalt des Eises unter ihr. Verlor sie jetzt vollends den Verstand?

»Hilfe!«, brüllte sie panisch, als jemand warmes Wasser über ihren Kopf kippte. Da war ein Licht. Das Eis unter ihren Füßen brach ein und sie versank in den warmen Fluten. Leonie kämpfte darum, nicht zu ertrinken, atmen, sie musste atmen, Wasser drang in ihre Nase, Salzwasser, das nach Lösungsmittel roch. Das Licht wurde heller. Es blendete. Jemand griff nach ihr. War das jetzt der Moment, ihrem Schöpfer gegenüberzutreten?

»Leonie?«

Da sagte jemand ihren Namen.

»Leonie, können Sie mich hören?«, fragte eine unbekannte männliche Stimme.

Ja, ja, das konnte sie, nein, sie würde nicht sterben. Nicht jetzt, nicht heute, sie wollte leben. Leonie war noch nicht am Ende ihres Weges angekommen.

»Haben wir einen Augenreflex?«, fragte der Mann. Die Frage schien nicht für sie bestimmt zu sein.

»Pupillenreaktion vorhanden, Puls 62, Blutdruck 90/60 ... sie kommt zu sich«, antwortete eine weibliche Stimme, die Leonie genauso wenig kannte.

»Okay sie ist wieder bei uns. Für das Protokoll, Leonie Heagel, weiblich, 43, Vitalwerte innerhalb der Toleranzen. Benachrichtigen Sie den General, ich habe es ihm zugesagt.«

»Herr Doktor, soll ich ihr etwas für den Kreislauf geben?«

»Nein, nicht notwendig. Sie soll in Ruhe wach werden. Geben Sie ihr besser eine große Tasse Kaffee.«

»Natürlich.«

»Ich möchte ...« Leonie wollte etwas sagen, aber ihre Stimme klang wie ein Reibeisen.

»Warten Sie mit dem Sprechen, ihre Stimmbänder waren elf Jahre eingefroren. Wenn Sie etwas getrunken haben, wird Ihnen das Sprechen leichter fallen«, erklärte die Frau freundlich, eine junge Asiatin, eine Krankenschwester, die Leonie anlächelte.

»Sind wir da?« Das Licht im Aufwachraum blendete, die Erinnerung an ihre lange Reise kehrte zurück. Vor elf Jahren hatte sich Leonie einfrieren lassen, weswegen sie jetzt nur mit einem enganliegenden bein- und armfreien Body bekleidet, in einem transparenten Kunststoffsack inmitten einer mit warmem Wasser gefüllten Badewanne erwacht war. An ihren Fußgelenken, an den Handgelenken und am Kopf klebten jeweils mehrere daumennagelgroße Sensoren auf ihrer Haut. An der Brust befanden sich die Sensoren im Stoff des weißen Bodys eingearbeitet.

»Ja ... wir haben es geschafft. Wir befinden uns im geostationären Orbit der *Neuen Erde*. Stellen Sie sich vor, es gibt drei Sonnen. Es wird Ihnen gefallen.«

»Kann ich bitte ein Handtuch haben?« Leonie kämpfte damit, Halt zu finden, weswegen Wasser aus dem Auftaubecken herausschwappte. »Und den Kaffee, bitte ohne Milch, ohne Zucker ...«

»Natürlich.« Die Krankenschwester lachte. »Warten Sie, ich befreie Sie von den Sensoren.«

»Sind meine Kinder schon wach?«, fragte Leonie, während die Krankenschwester das restliche Wasser ablaufen ließ und die Sonden an ihrem Körper entfernte.

»Wir holen die Mütter immer zuerst, Sie werden dabei sein, wenn wir Ihre Lieben aufwecken ... aber jetzt kommen Sie erst mal auf die Beine. Warten Sie, ich helfe Ihnen beim Aufstehen.«

Leonie stand vor dem Spiegel in ihrer Kabine. Nach dem Kaffee, einer Dusche, mit trockener Kleidung und etwas Make-up sah sie wieder aus wie eine Frau. Ihre blonden schulterlangen Haare trug sie offen. Der Gedanke, elf Jahre geschlafen zu haben, fühlte sich fremd an, für sie war es, als ob sie gestern Abend lediglich ihre Kinder ins Bett gesteckt und sich danach selbst hingelegt hätte. Auch äußerlich hatte sie sich nicht verändern, leider, sie hatte elf Jahre nichts gegessen, in der Zeit hätte sie eigentlich ein paar Pfunde verlieren können. Sie liebte ihre Rundungen, aber zehn Kilo weniger würden bei der körperbetonten Bordkleidung nicht schlecht aussehen. Bei den ganzen jungen Dingern sahen die engen weißen Fummel sexy aus, bei ihr einfach nur weiß.

»Jetzt höre ich mich schon an wie meine eigene Mutter.« Leonie schüttelte den Kopf, gemäß ihrer ID-Card war sie nach dem elfjährigen Kälteschlaf 43, wenn auch körperlich

erst 32. Nach vier Kindern wollte sie keine ihrer Falten missen, weswegen sie auch auf Fitness und Diäten keine Lust hatte.
Leonie sah auf die Uhr, noch zehn Minuten, dann würde sie ihre Kinder wiederbekommen. Die Krankenschwester hatte versprochen, sie abzuholen. Sie vermisste ihre vier Jungs, die hoffentlich während der Aufwachphase nicht so einen Blödsinn träumten wie sie.
Es klopfte an der Tür. Leonie lächelte. Zuerst würde sie sich ihre Kinder holen und dann ihren Mann, den sie bereits fünf erlebte Jahre nicht mehr in die Arme geschlossen hatte. Peter war bereits 2227 mit der USS Amsterdam auf der Neuen Erde angekommen. Sie freute sich so sehr auf ihn.

»Ihr seid Raumfahrer, Siedler, Pioniere und Abenteurer«, erklärte Peter, Leonies Mann, über eine Videowand euphorisch. Er hatte sich nicht verändert und in den letzten Jahren kein Gramm zugenommen. Ein Traum von einem Mann, groß, blond und mit strahlend blauen Augen gesegnet. Sie liebte ihn über alles. 20.000 Menschen folgten seinen Worten an Bord der Frühlingserwachen, die sich auf mehrere Versammlungszonen verteilten. Leonie lächelte, ihre Kinder in den Armen haltend, folgte sie seiner Rede für die Neuankömmlinge.

»Diese Reise ist das größte Abenteuer der Menschheit. Dessen sollten wir uns bei jedem Atemzug bewusst sein. Wir gehören zu den Ersten und wir werden garantiert nicht die Letzten sein.« Erneuter Beifall ertönte, den er souverän verklingen ließ. *»Ich bin stolz, hier zu sein, ich bin stolz, euch zu begrüßen und ich bin stolz, gemeinsam mit euch unsere Kinder auf der Neuen Erde aufwachsen sehen zu dürfen.«* Über 1.500 Siedler in der Nähe Leonies jubelten ihm zu. Ihr Mann war General Peter Heagel, kommandierender Offizier der Neuen Erde. Die Föderation, NewCom und PanAsia hatten sich darauf verständigt, auf der Neuen Erde nur eine Kommandantur einzurichten.

»Ich möchte den Funkspruch zur Erde mit euch gemeinsam losschicken ... die sollen alle hören, dass die Frühlingserwachen und dass ihr gut angekommen seid!«

Der Jubel ging weiter, Peter konnte wahrhaft Herzen berühren. Auch seine vier Jungs, sieben, neun, zehn und zwölf, jubelten ihrem Vater zu. Leonie liebte es, viele Kinder zu haben, wenn Peter nicht vor fünf Jahren abberufen worden wäre, hätte sie vermutlich noch weitere.

»Hallo Erde, ich habe ein paar Freunde bei mir, die etwas Wichtiges zu sagen haben: Bitte ... ihr seid dran.«

Jetzt geriet die Menge in Leonies Versammlungszone völlig aus dem Häuschen, sie jubelten, weinten, lachten, sprangen, tanzten und lagen sich ausgelassen in den Armen.

»Danke, danke ... ich glaube, das hören die zu Hause auch ohne Funk.« Leonies Mann lachte, sie war so stolz auf ihn. Hof-

fentlich würden gleich die Gleiter starten, um die Menschen auf die Oberfläche der Neuen Erde zu bringen.

»Eigentlich unvorstellbar, oder?« Peter beruhigte die Menge wieder. *»Der Funkspruch wird fast fünf Jahre unterwegs sein, fünf Jahre, die Zahl muss man erst mal sacken lassen.«*

Die Entfernung zwischen der alten und der neuen Erde blieb auch für Leonie eine magische Zahl. Dabei waren die beiden Welten in interstellaren Dimensionen betrachtet Nachbarn, jede weitere bewohnbare Welt würde ungleich schwerer zu erreichen sein. Wenn denn die Astronomen irgendwann eine dritte Erde finden würden, wovon sie allerdings noch weit entfernt waren.

»Mama«, fragte Logan, der jüngste des Quartetts, ein echter Cowboy, als er wieder Luft bekam. Es fiel ihm nicht leicht, die Farm in Austin, Texas aufzugeben. Bis zum Zeitpunkt ihrer Abreise im Jahr 2221 wuchsen die Kinder mit dreckigen Jeans und Pferdedung an den Händen auf. Obwohl Leonies Familie, die aus Minsk stammte, viel Geld besaß, wurde es mit der Zeit unbezahlbar, eine private klimatisierte Energiekugel zum Schutz vor der Sonne zu betreiben. Um den Frachtraum für 51 Pferde im Kälteschlaf bezahlen zu können, hatte Leonie tief in die Tasche gegriffen. Mit dem bescheidenen Salär eines Generals hätten Peter und sie das nicht bezahlen können.

»Ja, mein Schatz.«

»Warum ist Papa nicht bei uns?«

»Es wird nicht mehr lange dauern ... stell dir vor, die Gleiter müssen 20.000 Menschen auf der Oberfläche absetzen, das dauert ein wenig ... Papa wartet auf uns.« Leonie strich Logan mit der Hand durch seine blonden kurzen Haare. Die Landung auf der Neuen Erde stellte sich als einfache Rechnung dar, zwölf zivile Gleiter, die jeweils 48 Personen binnen sechs Stunden absetzen konnten. Die ganze Geschichte würde knapp zehn Tage brauchen, um die Menschen von Bord zu bekommen. Die Fracht zu entladen, würde hingegen noch länger dauern. Sie und ihre vier Jungs würden zum Glück bereits morgen einen Platz auf einem der Gleiter bekommen.

»Mama, was trinken die lachenden Mädchen da vorne?«, fragte David, der mit zwölf der älteste ihrer Rasselbande war und begann, das weibliche Geschlecht mit männlichen Augen zu sehen.

»Ich weiß es nicht genau ... aber es scheint ihnen Spaß zu machen.« Leonie vermutete, dass die drei jungen Frauen, die ihr Großer ins Visier genommen hatte, Wein tranken.

»Ich bin jetzt 23, ich geh mal zu ihnen ...«

»Du bleibst schön in meiner Nähe, junger Mann ... davon abgesehen, dürften die Mädchen mindestens zehn Jahre zu alt für dich sein und Alkohol wirst du sicherlich auch keinen trinken.«

»Dumm gelaufen ...« Liam, sein um zwei Jahre jüngerer Bruder lachte David aus, worauf die beiden sich auf der Stelle anfingen zu raufen. Keine zwei Sekunden später mischten auch Logan und Matthew mit, die nie einen besonderen Grund brauchten, um übereinander herzufallen. Wer in diesem menschlichen Knäuel gerade obenauf war, ließ sich auch von ihrem geschulten mütterlichen Auge nicht erkennen. Leonie ließ die Jungs gewähren, die sich ausreichend lange nicht bewegt hatten. Sie sah wieder auf den übergroßen Videoscreen und wünschte sich, bei ihrem Mann zu sein.

Im Jahr 2216 startete die USS Amsterdam aus dem Orbit des Mars, mit der Peter zur Neuen Erde geflogen war, damals war Leonie 27 und ihre Kinder 2, 4, 5 und 7. Sechzehn Jahre waren seitdem vergangen, auch wenn jeder in dieser Zeitspanne elf Jahre eingefroren war, fühlte sich die Zeit wie gestohlen an.

»Leonie Heagel?«, fragte ein junger Offizier, ein First Lieutenant, der sie, mit einer weißen Uniform und mit einem Pad-Computer bewaffnet, ansprach.

»Ja?« Leonie nickte.

»Bitte ... das Pad-System soll ich Ihnen im Namen des Generals geben. Er möchte mit Ihnen sprechen.«

»Oh ...« Sie wusste nicht, ob sie sich darüber freuen sollte, der Unterton des Offiziers gefiel ihr nicht. Ihre vier Jungs hörten wie auf Knopfdruck auf zu raufen. »Danke.«

»Sie müssen nur die Hand auf den Screen legen, der Rest funktioniert automatisch.« Der Offizier verließ sie wieder.

»Wollen wir mit *Papa* reden?« Was für eine Frage, stürmisch bejahend nahmen sie die vier jungen Männer in die Zange. Leonie startete das Pad-System, das sich nach dem Handabdruck sofort in das Kommandonetzwerk einwählte. Die Bildverbindung baute sich nach wenigen Sekunden auf. Peter, der seinerseits ein Pad-System aktivierte und sich lachend in einem Sessel zurücklehnte.
»Papa, Papa!« Gelächter, Tränen und Geschrei, ihre Jungs sorgten dafür, dass Leonie kein Wort verstand. Ein junger weiblicher Offizier an seiner Seite, die ihrerseits an einem Wanddisplay scheinbar taktische Manöver erläutert hatte, zog sich mit einem Lächeln aus dem Bild zurück. Alleine wieder seine Augen zu sehen, ließ ihr Herz aufblühen.

»He ... Jungs ... wartet einen Moment!« Minuten später schaffte es Peter, sich Gehör zu verschaffen. *»Hallo Schatz!«*
»Ich bin so froh, dich wiederzusehen ...« Leonie schluchzte wie ein kleines Mädchen. »Nur noch eine Nacht ... dann ...« Ihn zu sehen, zu riechen, zu schmecken, zu fühlen und zu lieben, endlich hatte ihre Familie wieder zusammengefunden.
»Ich liebe dich, ich liebe euch ...« Auch Peter scheute sich nicht davor, vor Rührung zu weinen. Jetzt wo sie Gelegenheit hatte, ihn über das Pad-System in einem persönlicheren Umfeld wiederzusehen, wirkte er älter, müder und erschöpfter. Unter seinen Augen konnte sie dunkle Ringe

erkennen, die sie weder von früher kannte, noch auf der Videobotschaft bemerkt hatte.

»Die eine Nacht schaffen wir noch ...« Nur eine Nacht, nur eine, die würde Leonie auch noch absitzen. Sie würde ihren Mann auch mit Falten und ohne Haare lieben.

»Ja, ja ... natürlich ... es wird nicht mehr lange dauern.«

»Peter?« Leonie stutzte, er war bereits früher auf der Erde ein erbärmlicher Lügner.

»Ich werde euch so schnell wie möglich zu mir holen ... ich freue mich so sehr, euch zu sehen. Mit dem Pad-System können wir uns jederzeit unterhalten.«

Fünf Jahre konnten Menschen verändern, und wenn Leonie *die Veränderung* gerade aus dem Bild hatte rutschen sehen, würde sie zuerst *sie* und dann ihn töten!

»Jungs! Ihr geht jetzt in unsere Kabine!«

»Och, Mama!«

»Sofort!«

»Schatz, bitte, sei nicht so streng mit ihnen.«

»Bitte, Mama ... dürfen wir das Pad mitnehmen?«, fragte Liam, der natürlich nicht die missverständliche Botschaft zwischen den Worten seines Vaters verstanden hatte.

Leonie drehte das Pad auf den Bildschirm und schob es auf dem Sessel, auf dem sie saß, unter ihr Bein. »Nein! Ihr geht jetzt sofort in die Kabine! David, du sorgst dafür, dass sich keiner deiner Brüder verläuft!«

»Aber ...« David kämpfte noch.

»Haben wir uns verstanden!« Leonie blieb hart. Sie hatte auf der Erde eine Herde Pferde aufgepäppelt, denen niemand mehr eine Chance gab, und einen Offizier zum Vater gemacht, der sein Leben lang ein Single bleiben wollte.
»Ja.« David nickte, widerwillig schob er seine kleineren Brüder vor sich her. Mit zwölf Jahren überragte er die anderen deutlich. »Los, ihr habt es gehört, ab zur Kabine!«
Leonie nahm das Pad wieder auf und ging in einen nahen Waschraum. Sie schloss die Tür ab. »Jetzt bist du an der Reihe!«
»He ... ich bin der Kommandant«, antwortete er und versuchte, die Unterhaltung scherzhaft weiterzuführen.
»Komm mir nicht so!«
»Leonie, bitte ...«
»Was ist los?« Leonie dachte mit Schrecken daran, dass die lange Zeit ihren Mann in die Arme einer anderen, einer jüngeren Frau getrieben haben könnte.
»Nichts ... ich freue mich auf euch.« Er wand sich. »Ich werde euch so schnell wie möglich zu mir kommen lassen.«
»So schnell wie möglich?« Leonies Gedanken rasten weiter, wollte er sie etwa noch wochenlang auf dem Raumschiff warten lassen?
»Natürlich ...«
»Die Kinder und ich kommen bereits morgen ...« Sie hatte die Pointe seiner Aussage noch nicht verstanden.
»Nicht ganz ...«

»Bitte?«

»Das versuche ich dir die ganze Zeit zu erklären ... das Boarding für die Gleiter zur Oberfläche wird sich um ein paar Tage verzögern.«

»Warum?«

»Leonie, bitte vertraue mir!«

»Oh ja, das habe ich getan!« Leonie wurde immer wütender. »Sag mir sofort, was los ist.«

»Es ist nur zu eurer Sicherheit. Wir müssen hier noch einige technische Probleme lösen ... die ...«

»Bullshit!«

»Leonie, so kommen wir nicht weiter.«

»Natürlich nicht. Wenn du mir nicht die Wahrheit sagst!« Leonies Gedanken rasten weitere mögliche Katastrophen ab, was war auf der Neuen Erde vorgefallen?

»Warum bist du nur so stur?«

»Wieso rückst du nicht einfach mit der Sprache raus?«

»Es gibt medizinische Probleme.«

»Bist du krank?«

»Nein ... nein. Mir geht es gut.«

Er log. Ihm ging es überhaupt nicht gut. Scheinbar hatte er die Videoansprache digital manipuliert, er wirkte um zwanzig Jahre gealtert und krank.

»Dann lass mich zu dir.«

»Nein!«, rief er wütend und stand auf. Leonie konnte nicht sein Gesicht sehen. *»Ich bin der Kommandant, ich befehle ... ich ...«*

»Du befiehlst mir?«

»Nein ... nein, du verstehst das nicht, ich liebe dich, ich liebe die Kinder, ich tue das nicht meinetwegen! Kannst du mir nicht ein einziges Mal vertrauen?«

Sein Nervenkostüm wirkte binnen weniger Minuten Gespräch wie eine zerbombte Ruine. Leonie erkannte ihren Mann nicht wieder, was war um Himmelswillen hier nur vorgefallen?

»Harmlose Probleme, was?«

»Ich will, dass die Menschen auf dem Schiff ruhig bleiben.«

»Meinst du, ich erzähle jedem sofort, he, mein Mann ist der General, he, ich darf es euch zwar nicht sagen, aber he, wir haben hier richtig die Kacke am dampfen?«

Peter ließ sich wieder in den Sessel fallen. »Leonie, bitte ... ich habe die Neue Erde unter Quarantäne gesetzt.«

***

XVI. Wachablösung

Scott humpelte wieder in die Kommandozentrale des X-7 Rettungsgleiters, seine kaputte Wade ging ihm auf die Nerven. Sein Bein quietschte bei jedem Schritt. Natürlich hatte auch niemand der Волга-Crew passende Ersatzteile dabei. Dabei brauchte er nur ein passendes synthetisches Muskelbündel und eine halbe Stunde Aufmerksamkeit eines fähigen Biotechnikers.

Er ließ sich in den Pilotensessel fallen, drehte sich der Kontrolleinheit zu und aktivierte diverse Displays. Er startete einige Programmroutinen und wartete auf die Ergebnisse. Weder Aileen noch Joyce oder auch Jeener, ihr mit Steroiden vollgepumpter Lakai, kümmerten sich um ihn. Das musste er ausnutzen, solange sie ihn gewähren ließen, er beobachtete sämtliche Tätigkeiten, die er bei der Verladung von Frachtgut mit Kameras erfassen konnte.

»Was habt ihr vor?« Scott vergrößerte den Ausschnitt einer Außenkamera. Zwei Bergungsroboter, die von Aileen direkt gesteuert wurden, öffneten gerade eine größere Frachtluke der Волга. Ein Manöver, das während der Kopplung zweier Raumschiffe im All alles andere als ungefährlich war. Er sollte nicht den Fehler begehen, die Situation zu unterschätzen, von Joyce wusste er nur zu gut, wozu sie in der Lage war. Nur Aileens Motive blieben weiterhin unklar.

»Was soll die ganze Scheiße?« Die Liste unangenehmer Ereignisse füllte sich stetig weiter: Zuerst das Intermezzo mit Lydia und sein Kurztrip zur Sonne, dann die Spielchen mit dem Halsband und der Abstecher zur Venusstation RJ-17, gekrönt von Hektors Inszenierung rund um die Lieferung einer kühlschrankähnlichen Frachtkiste für den Mars. Scott hatte zwar die Puzzleteile auf dem Tisch liegen, war aber nicht in der Lage, sie zusammenzusetzen. Aileen hatte Lydia und ihn benutzt, um einen X-7 Rettungsgleiter zu kapern, der jetzt wiederum mit irgendetwas Unbekanntem beladen wurde, für das sich der ganze Aufwand zu lohnen schien.

»Fragst du dich, was aus der Волга *entladen wird?«*, fragte Aileen mit ihrer mädchenhaft anmutig klingenden Stimme. Die KI schien besser auf ihn aufzupassen, als er es zuerst angenommen hatte.

»Ja.« Es zu leugnen, machte keinen Sinn, es machte auch keinen Sinn, dass Aileen ihn am Leben ließ. Er stellte ein Risiko für ihre Mission dar, ihn zu töten, wäre nur folgerichtig gewesen.

»Angst, zu sterben?«

»Ja.« Auch damit wollte Scott sie nicht anlügen, er schätzte sein Leben. Er hatte schon beim Militär die Lust verloren, für irrsinnige Missionen anderer sein Leben zu riskieren.

»Sehr gut ... das hält dich am Leben.«

»Bestechende Logik ... ich traue Joyce trotzdem nicht.«

»Verständlich ... aber nicht zielführend.«

»Welches Ziel haben *wir* denn?«

»Dein Ziel ist es, uns sicher zum Mars zu bringen, mein Ziel ist es, dort ein Paket abzugeben ... bei Joyce' Zielen bin ich mir unsicher, ihr würde ich an deiner Stelle besser aus dem Weg gehen.«

»Hast du sie nicht im Griff?«

»Herrje, Sweety ... als ob irgendetwas jemals eine gekränkte Frau im Griff gehabt hätte.«

»Das mit der Verlobung war ein Missverständnis!«

»Mich musst du nicht überzeugen.«

»Weiß sie schon von Lydia?« Die beiden Frauen mochten sich nicht sonderlich. Die letzte Begegnung endete mit einer zertrümmerten Bar, einigen Verletzten und einer ausgerenkten Schulter. Scott hatte den Fehler begannen, sich bei einem Streit zwischen Lydia und Joyce zu stellen. Danach hatte er nicht wieder versucht, beide gemeinsam ins Bett zu bekommen. Joyce alleine war bereits heftiger, als es seiner Gesundheit guttat.

»Ich habe es ihr nicht gesagt.«

»Joyce wusste scheinbar auch nicht von mir.«

»Dich habe ich auch nicht erwähnt.«

»Du redest allgemein wenig.«

»Ich schätze Zweckmäßigkeit.«

»Oh ja, zweckmäßig ... was verladen wir gerade?« Das war der richtige Zeitpunkt, um das Thema zu wechseln. Scott zeigte auf das Display, auf dem zwei Bergungsroboter einen gut zwölf Meter langen zigarrenähnlichen, grauschwarzen

Zylinder arretierten und ihn aus dem Rumpf der Волга ins All beförderten.

»Argumente ...«

»Wofür?«

»Na, um eine Botschaft zu übermitteln.«

»Welche?«

»Sorry ... die kenne ich leider nicht.«

»Ich glaube dir nicht ...« Scott war felsenfest davon überzeugt, dass Aileen genau wusste, was und warum sie es tat.

»Ich binde dich in unser Team ein, lasse dich alles beobachten, zeige mich stets offen, mit dir zu kommunizieren ... hätte ich dafür nicht ein wenig Vertrauen verdient?«

»Was ist in dem Zylinder?« Scott hatte nicht vor, sich wie ein kleiner Junge mit einem Lolli in die Ecke stellen zu lassen.

»Wir haben vier davon, die alle am Rumpf des Rettungsgleiters angebracht werden.« Aileen ließ sich nicht aus der Reserve locken. *»Die Verladung und die Montage werden zwei Stunden dauern.«*

Es gab nicht viele Dinge, die dafür infrage kamen. Der offensichtlichste Inhalt in dieser Situation wären konventionelle Lenkwaffen gewesen. Auch wenn diese veralteten Waffensysteme für einen Angriff auf den Mars wenig Sinn ergaben. Bei den Entfernungen und erreichbaren Geschwindigkeiten auf der Erde waren Lenkwaffen mit nuklearen Sprengköpfen in den vergangenen Jahrhunderten schwer aufzuhaltende Waffen gewesen. In interstellaren

Dimensionen betrachtet, waren Lenkwaffen langsam, und einfach abzufangen. Das Militär hatte nahezu alle raumschiffgestützten Lenkwaffen dieser Bauart bereits seit vielen Jahren ausgemustert und auf der Erde gab es nichts mehr, was sich damit noch zu zerstören lohnte, das die Sonne nicht bereits zerstört hatte.

»Transportieren wir Lenkwaffen?«, fragte Scott.

»An deiner Stelle würde ich mich um Lydia kümmern ... bevor Joyce mitbekommt, dass die Krankenstation nicht leer ist.«

Scott hatte es dabei belassen, Aileens Antwort war ausreichend deutlich. Er verließ die Brücke. In den vier Zylindern, die gerade verladen wurden, befanden sich definitiv Lenkwaffen. Eigentlich sollte er sich darüber nicht den Kopf zerbrechen, die Chancen, mit einem geklauten Rettungsgleiter und vier taktischen Atomraketen durch die Blockade am Mars zu kommen, waren gering. Dabei spielte es auch keine Rolle, ob es Aileen noch gelingen würde, die Raketen zu starten. Die Hochenergiegeschütze der Flotte und der planetarischen Verteidigung der Föderation würden sie binnen eines Lidschlages präzise abschießen.

»He, Jeener!«, rief Scott und ging auf den asiatischen Hünen zu, der gerade mit dicken Backen in der Bordmesse den Kühlschrank plünderte und dabei mehr in sich reinzustopfen schien, als die ursprüngliche Besatzung binnen eines Tages konsumierte. Bei der Kommunikation unter Piraten galt es immer, zwischenmenschliche Akzente zu setzen, um eine vertrauensvolle Zusammenarbeit zu gewährleisten.

»Mmmpfhh«, sagte Jeener, oder zumindest klang es so, mit vollem Mund konnte man ihn nicht verstehen. Er kaute, schluckte, steckte weiteres Essen in seinen Schlund und kaute weiter. Seine Fresssucht würde ihn noch einmal umbringen.

»Wo ist Joyce?«, fragte Scott und humpelte zielstrebig auf ihn zu. Die möglichen Probleme mit der neuen Besatzung erachtete er als dringlicher zu lösen, als Aileens undurchsichtige Pläne. Als Erstes würde er Joyce' übergroßen Schatten neutralisieren.

Jeener grinste und zeigte mit der Hand auf die Treppe zum Zwischendeck herab. Dort lagen die Krankenstation und Lydia, die immer noch nicht das Bewusstsein wiedererlangt hatte. Genau das hatte Scott befürchtet, er musste ein Zeichen setzen. Jetzt sofort, sonst würden Lydia und er die nächsten Stunden nicht überleben.

»Echt schade ...« Scott nahm sich mit einer Drehung einen der Stühle, drehte sich weiter und zog Jeener das im föderativen Weiß gelungen designte Sitzmobiliar quer durch die Mahlzeit zwischen seinen Zähnen. Das Geräusch aufplatzenden Gewebes, brechender Zähne und teilzerkleinerter Nahrung, die blutig gegen die Tür des Kühlschranks klatschte, klang ähnlich, als wenn Joyce beim Sex zum Höhepunkt kam. Was aber auch eine temporäre Wahrnehmungsstörung seinerseits gewesen sein konnte, da Scott zu dieser Zeit kaum noch Luft bekam und davon ausgehen musste, seine weitere Existenz zukünftig auf einer Wolke fristen zu müssen.

»Danke ... Jeener, du bist ein feiner Kerl. Nimm es nicht persönlich ... dummerweise bist du in den falschen Gleiter gestiegen.« Scott warf die Reste des zertrümmerten Stuhls vor seine Füße. Jeener stand noch, er blutete, wirkte benommen, stand aber noch auf seinen Beinen. Scott hatte mit aller Kraft zugeschlagen, der Fettsack konnte etwas einstecken. Der Kiefer schien ebenfalls gebrochen zu sein, was sich bei dem zermatschten Gesicht nicht mehr so genau erkennen ließ.

»Noch Hunger?« Scott öffnete den mannshohen Kühlschrank, der eine robuste Tür aus Edelstahl hatte. Beste Qualität, da konnte man den Ingenieuren der Föderation nichts nachsagen. Scott trat Jeener kopfüber in den Kühlschrank und schlug mehrfach die Tür zu. Vier Mal, danach bewegte sich der Hüne nicht mehr, sackte leblos in sich zusammen und blutete den Boden voll.

»Reicht, oder?« Wenn Scott sich gleich mit Joyce unterhalten würde, hätte er Jeener nicht hinter seinem Rücken wissen wollen. Der Dicke hatte vor seinen Augen ein fünfjähriges Mädchen für einen Wasserbeutel erschlagen, der hätte im Zweifelsfall keine Sekunde gezögert, ihn abzuknallen. Scott nahm die Waffe aus dem Holster des Toten, kontrollierte das Magazin und lud durch. Sieben Schuss im Griff, einer im Lauf, mehr als er für Joyce benötigen würde.

»War das notwendig?«, fragte Aileen.

»Oh ja.« Scott wusste inzwischen, dass Aileen ihn brauchte, um später eine Aufgabe wahrzunehmen, zu der weder sie, Jeener oder Joyce in der Lage waren. Einen anderen Grund, ihn am Leben zu lassen, gab es nicht. Das würde er ausnutzen.

»Was ist hier passiert?«, fragte der dritte Mann der Волга-Crew, den Scott bisher noch nicht gesehen hatte. Ein unscheinbarer Typ, kurze rote Haare, Anfang zwanzig, der auf den ersten Blick sogar sympathisch wirkte. Der Kampflärm und Jeeners kalorienbehafteter Abgang schienen ihn dazu bewegt zu haben, die Treppe heraufzulaufen. Ein Fehler, es war dumm, bei Joyce anzuheuern, es war dumm, die X-7 zu betreten, aber seine größte Dummheit war, diese Fehler mit einer entsicherten Waffe in der Hand zu begehen.

»Nichts.« Scott schoss ihm in den Kopf, die Wucht des Geschosses drehte ihn in der Luft herum. Der Rotschopf landete unsanft zwischen den Stühlen, bevor der Schwall Blut aus seinem Kopf auf die weißen Bodenplatten klatschte. Wenn er unbewaffnet gewesen wäre, hätte Scott ihn nur in die Arrestzelle gesteckt.

»Ich kann dich Joyce nicht töten lassen ...«, bemerkte Aileen abgeklärt. *»Ich brauche sie noch, ich brauche euch beide.«*

»Dann hoffe ich für dich, dass Lydia noch lebt.«

»Sie lebt.«

»Reicht es, wenn Joyce reden und eine Konsole bedienen kann?«, fragte Scott und humpelte die Treppe hinab zur Krankenstation. Endlich hatte er mit Aileen eine neue Ebene für Verhandlungen gefunden.

»So kommen wir nicht weiter.«

»Ich schieß ihr in die Beine ... in Ordnung?« Scott war zu Kompromissen bereit.

»Das kann ich nicht zulassen. Hör auf, du zwingst mich, sie vor dir zu warnen.«

Scott schüttelte den Kopf, er würde das Problem jetzt aus der Welt schaffen. Er konnte nicht davon ausgehen, später dazu eine weitere Gelegenheit zu bekommen.

»Er wird es nie lernen ...« Joyce tauchte auf der Treppe hinter ihm auf und schlug ihn mit der Faust nieder. Er konnte den Angriff nicht kontern, verlor das Gleichgewicht und stürzte die letzten fünf Stufen hinab. Auch die Waffe in der Hand konnte er nicht festhalten, die jetzt einige Meter neben ihm lag.

Jeener, der Bastard, hatte ihn angelogen. Joyce hatte sich nicht auf der Krankenstation befunden, sie musste sich in den Mannschaftsräumen auf dem Oberdeck hinter der Bordmesse aufgehalten haben. Da ihre Haare nass waren und ihre üppige Oberweite nur ein feuchtes Handtuch von der Freiheit trennte, hatte sie eine Minute zuvor allem Anschein nach unter der Dusche gestanden.

»Joyce, mein Schatz, du verstehst das völlig falsch ...« Scott lächelte und versuchte zu seiner Waffe zu hechten, was sich mit nur einem intakten Bein recht ungelenk anfühlte und sicherlich noch dümmer aussah.

»Zu langsam.« Joyce trat ihn vehement in die Seite, was Scott gegen die Wand fliegen ließ. Der Schlag hätte jeden anderen sofort getötet, bei ihm allerdings nur den Teil seiner künstlichen Muskulatur getroffen. Die Luft hatte es ihm trotzdem aus den Lungen gehauen.

»Jetzt hört auf damit!«, sagte Aileen, die an der Diskussion den Spaß verloren zu haben schien.

»Er hat angefangen ...«

»... und du hast es beendet. Nimm die Waffe und lass Scott in Ruhe.«

»Er hat meine Freunde getötet!«

»Du hast keine Freunde.«

»Na gut ... Mitarbeiter.«

»Für die ich bezahlt habe ... sie waren entbehrlich.«

»Er ist ein Mörder!«

»Wir sollten jetzt nicht anfangen, eure charakterlichen Defizite aufzurechnen. Euer beider Bilanz wäre dabei wenig schmeichelhaft ... ich brauche ihn und ich brauche dich!«

»Und Lydia, die Schlampe, liegt wirklich in der Krankenstation?«, fragte Joyce, die diese Tatsache erst jetzt zu realisieren schien. Sie nahm Jeeners Waffe vom Boden, überprüfte das Magazin und ging zum Eingang der Krankenstation.

»Schluss jetzt!«, rief Aileen. *»Ihr beide werdet weder euch gegenseitig noch andere töten. Haben wir uns verstanden?«*

Scott, der inzwischen wieder Luft bekam, saß mit zusammengebissenen Zähnen an der Wand. Er nickte, es würde ihm in dieser Situation nicht gelingen, Joyce umzubringen.

»Joyce ... du lässt die Finger von Lydia!«

»Ja, bin ja nicht taub«, knurrte sie und ging wieder die Treppe hoch. Was für endlos lange Beine, eine Vergeudung, sie an so einer Frau sehen zu müssen.

»Sweety, ich rate dir, keine weiteren Fehler zu machen. Das nächste Mal werde ich Joyce nicht von der Krankenstation fernhalten. Hast du das begriffen?«

»Ja ... habe ich«, gab er nicht weniger brummig zurück. Er war ein Idiot, wieso legte er sich mit einem seiner verflossenen Flintenweiber an, um ein anderes zu beschützen? Sollten sich Lydia und Joyce doch gegenseitig an den Hals gehen.

***

XVII. Spurenlese

Liu hatte sich in einem Luxushotel in der Münchener Innenstadt eingemietet. Während der Arbeit schätzte sie ihren mondänen Lebensstil, den es in jeder Situation zu wahren galt. Als Frau mit hervorragender Bonität standen ihr alle Möglichkeiten offen, stilvoll ihrem Tagewerk nachzugehen. Auch wenn die Welt unterging und es auf den verbliebenen Inseln immer enger wurde, würde sie keine Chance auslassen, das Leben zu genießen.

Selbstverständlich hinterließ sie in einer von Computern, Kreditkarten und digitalen Wächtern dominierten Welt leicht aufzufindende Spuren. Und natürlich gab es Menschen, die versuchten, diese zu identifizieren, um ihren temporären Identitäten habhaft zu werden. Liu sah es sportlich, es war alles nur eine Frage der Geschwindigkeit, sie musste ihren Verfolgern stets zwei Schritte voraus sein.

Der diplomatische Sicherheitsdienst der Asiaten dürfte noch nicht verstanden haben, dass Liu Wu bereits seit Tagen bei konstant minus 202 Grad Celsius gelagert, in einem Tiefkühlschrank lag. Sie jagten die junge Botschaftsmitarbeiterin, weil sie einmal zu viel oder einmal zu wenig von ihrer Haut preisgegeben hatte. Ein nichtiger Anlass, einen Menschen zu verfolgen.

Da Liu mit der Identität der Chinesin die Suite gemietet hatte, würde ihr nicht viel Zeit bleiben. Sie hatte sich im Hotel einen Massage-, einen Friseur-, einen Zahnarzt- und einen Kosmetiktermin gleichzeitig geben lassen. Zudem hatte sie exklusive Suiten in acht weiteren Hotels in München gebucht und jeweils alle Arrangements mitgenommen, die angeboten wurden. Ein Verfolger des diplomatischen Sicherheitsdienstes stand damit vor der Aufgabe, sich für einen von 42 möglichen Orten zu entscheiden, an dem sie sich gerade aufhalten könnte.

Diese Maßnahmen sollten ihr ein bis zwei Stunden Zeit zur Entspannung erlauben. Liu betrat den exklusiven Friseursalon im Foyer des Hotels. Das Erlebnis, sich wie eine Königin behandeln zu lassen, hatte sie bereits als Mann erregt.

»Frau Wu, schön, dass Sie bei uns sind ... wir haben Sie erwartet«, begrüßte sie der Geschäftsführer. Der Service in diesem Haus genoss weit über die Stadtgrenzen hinaus einen einwandfreien Ruf.

»Hallo ... ich brauche dringend Ihre Hilfe.« Allein diese devoten Worte auszusprechen, Liu genoss es, ihre Rolle in allen Details auszuleben. »Eine Katastrophe, schauen Sie sich meine Haare an.« Als Mann hätte sie das in einer vergleichbaren Situation nie sagen können.

»Aber natürlich ... wir werden uns bemühen.« Der Friseur verbeugte sich, während zwei junge Assistentinnen ihr die Handtasche und den Seidenschal abnahmen. »Dürfen wir Ihnen ein Glas Champagner anbieten?«

»Gerne ...« Liu nahm Platz und machte es sich bequem. »Ich habe eine Einladung für den Club Nirwana und brauche einen hinreißenden Look ... also nicht eine dieser üblichen Schickimicki-Frisuren, nein, ich muss einfach fantastisch aussehen, es ist für meine beste Freundin ... die morgen zum Mars fliegt.«

Das Nirwana war im Jahr 2232 der angesagteste Club in der Stadt und genau der Ort, an dem Liu ihre Zielperson ansprechen würde: Ravan, eine 27-jährige Journalistin mit italienischen Wurzeln, die am nächsten Morgen in einen Raumgleiter steigen würde. Die Party im Nirwana war der Abschied von ihren Freunden, die sie von ihren wohlhabenden Eltern geschenkt bekommen hatte. Genauso wie das siebzehn Millionen Euro teure Ticket für die USS Berlin, mit dem sie zwei Tage später unser Sonnensystem verlassen wollte. Für Liu gehörte es dazu, sich für das Treffen stilvoll zurechtmachen zu lassen, schließlich wollte sie Ravan eine unvergessliche Nacht schenken.

»Oh, ich verstehe ... wir werden aus Ihnen eine Göttin zaubern. Ihre Freundin wird staunen ... das verspreche ich Ihnen.«

Liu lächelte, trank einen Schluck Champagner und lehnte sich zurück. Ravans letzte Nacht würde heiß werden. Trotz 25 Millionen Einwohnern hatte München als einzige Stadt der Föderation das Stadtbild in den letzten zweihundert Jahren nur minimal verändert. Es gab keine Wolkenkratzer, dafür aber umfangreiche Wohnbereiche, Straßen, landwirtschaftliche Zonen und Fabriken unter der Erde. Die hatten ihre Hochhäuser einfach in die andere Richtung gebaut, hieß es, die untersten Ebenen gingen bis zu dreihundert Meter in die Tiefe.

»Perfekt.« Liu sah in der Umkleidekabine der Boutique auf die Uhr an der Wand. 22 Uhr, sie musste los. Nach dem feudalen Friseurbesuch war sie in keine der acht Hotelsuiten zurückgekehrt, die Gefahr, dort ihre Verfolger anzutreffen, erschien ihr zu hoch. Es hatte Spaß gemacht, in wenigen Stunden 180.000,- für Kleidung, Schmuck und Schuhe auszugeben, noch einmal mehr, weil es Liu Wus Konto war, das sie restlos plünderte. Die Alternative, mit Bargeld zu bezahlen, hätte sie in den extravaganten Münchner Geschäften verdächtig gemacht. Niemand, der Geld hatte, zahlte in diesen Tagen mit Bargeld.
Mit den Händen strich sich Liu langsam den schlanken Körper herab, das hautenge schwarze Lederkleid, die hochhackigen Schuhe, auf denen es eine Kunst war, nicht umzuknicken und dieses verruchte Make-up sahen unendlich sexy aus. Der Friseur hatte, um die Augen zu betonen, feine reflektierende Streifen eingearbeitet, die bereits bei normaler Raumbeleuchtung geheimnisvolle Lichtreflexe zurückwarfen. Bei dem Schwarzlicht im Club würden ihre Augen ein wahres Feuerwerk entzünden. Bei ihren jetzt schwarz gefärbten Haaren hatte dieser begnadete Künstler ähnliche Tricks verwendet, je nach Kopfhaltung wechselten die Strähnen scheinbar chaotisch zwischen roten, blauen und schwarzen Farbtönen. Ein gekonntes Spiel mit dem Licht.
Liu zahlte das schicke Lederkleid mit ihrer Kreditkarte und ließ die Einkaufstasche mit ihren alten Kleidern im Laden

stehen. Unter der Energiekuppel Münchens waren es immer 22 Grad Celsius, eine Jacke brauchte sie nicht.

»Taxi!« rief sie und stoppte eine der hellen Limousinen, die auf der gut besuchten Einkaufsstraße langsam auf und ab fuhren. Der Fahrer stieg aus und öffnete ihr persönlich die Tür. Liu schätzte solche Gesten, guter Service war noch nie eine Frage verfügbarer technischer Möglichkeiten gewesen. Ihr einfach elektronisch die Tür zu öffnen, wäre eine nicht wiedergutzumachende Respektlosigkeit gewesen.

»Wohin darf ich Sie bringen?«, fragte er zuvorkommend, während sie sich mit der Kreditkarte eincheckte.

»Kennen Sie das Nirwana?«

Er nickte. »Natürlich.«

»Dann bitte ... Sie dürfen losfahren.«

»Sehr wohl.« Das Fahrzeug setzte sich in Bewegung.

»Lust, mich die ganze Nacht zu fahren?«, fragte sie keck und ließ den jungen Mann in der vagen Hoffnung, mehr als nur eine Taxifahrt von ihm zu wollen. Mit der Zunge berührte sie verführerisch ihre Lippen. »Sie können die Uhr durchlaufen lassen.«

»Na klar ...«

»Aber zuerst ins Nirwana ... ich möchte, dass Sie in der Gegend herumfahren und auf meinen Anruf warten.«

»Ich bin Ihr Mann.«

»Danke.« Sicherlich war er das, sie bezahlte ihn dafür. Liu schloss die dunkle Trennscheibe zum Fahrer und lehnte sich zurück. Den Typen würde sie nach der Fahrt nie wieder sehen. Vor dem Clubbesuch wollte sie sich noch einen aktuellen Sicherheitsstatus abholen und wählte den Operator an.

»Verbindung aufbauen«, sagte sie, während sie an ihrem Hals die Verschlüsselung aktivierte. Es piepte zweimal, eine kurze Pause, dann hob er ab.

»Schönen Nachmittag gehabt?«, fragte er mit einem entspannten Unterton in der Stimme.

»Oh ja ... eine schöne Stadt.« Liu lächelte, der Friseurbesuch und der Einkaufsbummel hatten sie für den Abend in Stimmung gebracht. »Wird nach mir gesucht?«

»Oh ja.« Der Operator sprach mit derselben Betonung wie sie. *»Sie haben die zwei Mitarbeiter des diplomatischen Sicherheitsdienstes wirklich in Erklärungsnot gebracht.«*

»Das hoffe ich doch.«

»Die haben noch eine Stunde lang auf dem Flughafen versucht, Sie zu finden, bis sie Meldung an ihre Zentrale gemacht haben.«

»Auf den männlichen Stolz ist Verlass ...« Eine gute Nachricht für sie, in dieser Nacht würde jede Stunde zählen.

»Es scheint so ... die Polizei blieb zu diesem Zeitpunkt unbeteiligt. Die Botschaft von PanAsia nutzte danach ihre IT-Sicherheitsabteilung, um Liu Wu ausfindig zu machen.«

»Haben die die Hotels gehackt?«

»Darin sind die sogar gut. Die acht Hotels wurden schnell identifiziert ... zu diesem Zeitpunkt verstanden sie, dass Liu Wu wusste, dass sie verfolgt wurde. Die Suche in den Hotels verlief erfolglos, die Suche nach den Terminbuchungen bei Friseuren, Masseuren und

ähnlichen Dienstleistern gestaltete sich ungleich schwerer, da die kleinen Unternehmen bei den Buchungen mit verschiedenen Namen, und nicht mit Kreditkarten reserviert wurden.«

»Gehen die zur Polizei?« Dann würde es für Liu enger werden.

»Nein ... die gehen immer noch davon aus, eine Botschaftsmitarbeiterin auf der Flucht zu verfolgen. Die haben versucht, den Kreditkartenanbieter der Botschaft zu hacken, was ich verhindert habe.«

»Wow ... wie haben Sie das gemacht?«

»Ich habe ebenfalls die Firewall des Kreditkartenanbieters angegriffen. Etwas rabiater, und damit deren gesamtes Netzwerk abgeschossen ... die PanAsia Hacker kamen nicht an die Datenbank heran.«

»IT-Management mit dem Holzhammer?«

»Kann man so sagen.«

»Kann ich meine Kreditkarte weiter benutzen?«

»Die kartenführende Buchungsstelle verfügt über leistungsfähige Offline-Prozeduren, ihre Kunden bei jedem internen IT-Problem zu verprellen, können die sich nicht leisten. Die Karte kann weitere zwei bis drei Stunden verwendet werden. Eine zentrale Ortsbestimmung ist in dieser Zeit nicht möglich.«

»Nur zwei bis drei Stunden?«

»Dann dürften die Chinesen begriffen haben, dass sie Hilfe brauchen. Sobald der diplomatische Sicherheitsdienst die Münchner Polizei um Amtshilfe bittet, bleiben Ihnen noch 15 - 20 Minuten, um die Identität abzulegen.«

»Das ist ein enges Zeitfenster.«

»Wenn die Polizei früher eingeschaltet wird oder ein Profiler einen Zusammenhang mit dem Anschlag in Minsk feststellt ... werden wir noch weniger Zeit haben.«

»Zwei bis drei Stunden, in Ordnung, ich werde dann die Zielperson unter Kontrolle haben.«

»Das hoffe ich doch, Senora Ravan Colucci hat morgen früh um neun an ihrem Gate zu sein. Sie wird die Stadt verlassen, Liu Wu ist dann bereits tot.«

»Ich melde mich, sobald ich Ravan in Gewahrsam habe.« Lius Plan erlaubte keine Fehler, das wusste sie genau.

»In Ordnung, ich habe Sie beim Nirwana auf die VIP-Liste setzen lassen ... das sollte es einfacher machen, in den Club zu kommen.«

»Danke.«

Liu stieg aus der Limousine aus, vor dem Club wartete bereits eine größere Menschenmenge, um in den exklusiven Partytempel an der Isar hereingelassen zu werden. Schön in Reih und Glied, wie es sich für München gehörte. Sich dort anzustellen, gehörte nicht zu ihren Tugenden, weswegen sie schnurstracks über den roten Teppich auf den VIP-Eingang zuging.

»Frau Wu, es freut mich, Sie im Nirwana begrüßen zu dürfen.« Der Türsteher im dunklen Maßanzug verbeugte sich und zeigte bemerkenswert gute Manieren. Eine angenehme Überraschung, auf den Operator konnte man sich verlassen.

»Danke.« Liu lächelte zaghaft, auch hier galt es, eine Rolle zu spielen. Einigen der Männer in der Schlange fiel bereits die Kinnlade herunter. Wenn diese Jungs wüssten.

»Wenn Sie sich bitte einchecken würden.« Der Türsteher hielt ihr einen Pad-Computer vor, an dem sie zuerst ihre Hand und dann die Kreditkarte registrierte. 500,- nur für den VIP-Eintritt, bei den Preisen blieb man unter sich.

»Bitte ...« Arroganz galt hier nicht als Makel, sondern als Statussymbol, eine Maxime, die Liu wie keine Zweite beherrschte. Wie ein Weltstar bei einer Filmpremiere stolzierte sie den verspiegelten Korridor entlang. Die Musik wurde mit jedem Schritt lauter. New-Techno, die schnellen Beats beschleunigten den Herzschlag. Das ganze Spiel war nur eine Frage der Ausstrahlung, nur wer bedingungslos an sich glaubte, konnte andere Herzen entzünden.

»Darf ich Ihnen etwas zu trinken bringen?«, fragte eine Kellnerin in einem weißen arm- und beinfreien Latexbody.

»Champagner ...« Was sonst sollte sie trinken, für einen guten Wein war es zu laut und ein guter Whiskey passte nicht zu ihrer Rolle.

Die Kellnerin nickte, eine Blondine mit betörenden Kurven, die sofort ihre Fantasie beflügelte. Was für ein Hintern, Liu verscheuchte die lüsternen Gedanken und sah sich nach Ravan um. Angeblich sollte die attraktive Italienerin ihre Körpergröße und Statur haben.

Liu ging weiter, der VIP-Bereich füllte sich erst langsam. Die Nacht war noch jung und wer etwas darstellte, durfte im Nirwana auch später kommen. Der kreisrunde Club in Form einer großen Halbkugel teilte sich in drei Ebenen auf: einer zentralen Tanzfläche in der Mitte und zwei erhöhten Ringen nach außen hin. Auf dem mittleren Ring, der erheblich breiter war als der äußere, standen die meisten Gäste. Der äußere erhöhte Ring galt als die Prominentenzone in München schlechthin. Der Clou im Nirwana war allerdings, dass der gesamte Boden und die gesamte Fläche an der Innenseite des halbkugelförmigen Daches als riesiges Display genutzt wurden. Aktuell konnte man nach oben und nach unten frei in das Weltall sehen, eine gelungene Perspektive, die ihr eine Art der Schwerelosigkeit vermittelte.
Liu sah sich weiter um, es störte sie nicht, von unzähligen Männeraugen verzehrt zu werden. Die Menge schrie auf, die Animation am Boden hatte sich verändert und vermittelte die Illusion eines schnellen Sturzes in die Sonne. Was für eine Show, Liu lächelte, der Club war sein Geld wert. Sie suchte weiter. »Ravan, wo bist du?«, flüsterte sie.

Nach einer halben Runde auf der VIP-Ebene sah Liu ihre Zielperson, der Operator hatte nicht zu viel versprochen. Eine bildhübsche Frau mit dunklen langen Haaren, die ihr bis zum Po reichten. Mit jeder Bewegung vermittelte sie ihre südländische Herkunft.

Ein Rasseweib, dachte Liu, jetzt war Nahkampf angesagt. Sie wurde schneller, erstaunlich, in welchem Tempo sie es gelernt hatte, auf Pumps zu laufen. Noch zwanzig Meter. Ravan tanzte, lachte, umringt von zahlreichen Freunden, die ausgelassen mit ihr feierten. Angeblich hatte sie weder einen festen Freund noch eine feste Freundin. Dieser Sachverhalt sollte es leichter machen, sie anzusprechen.

Noch zehn Meter, Liu hatte nicht vor, unnötig Zeit zu verlieren, die Chance, einen ersten Eindruck zu hinterlassen, bekam man logischerweise nicht zweimal. Sie hatte keine Lust, um sie herumzuschwänzeln. Jetzt wäre es gleich soweit. Ravan drehte sich zu ihr. Sah sie an. Überlegte. Zog die Augen etwas zusammen und spitzte minimal die Lippen. Sie zu küssen, würde lustvoll werden. Ein Genuss. Sie zu berühren. Zu riechen und zu schmecken.

Noch fünf Meter. Ravan kam einen Schritt vor. Sie wich nicht zurück. Lauernd. Abwartend. Auffordernd. Hatte sie Liu erwartet? Mit einem Tunnelblick konzentrierte Liu sich auf die Italienerin.

»Liu Wu«, sprach ein größerer Mann sie von der Seite an und griff harsch nach ihrem Oberarm.

Liu schreckte auf, sah zur Seite und sah den Fehler, den sie gemacht hatte. Ein unverzeihlicher Fehler. Ein zweiter Mann stellte sich vor sie und deckte Ravan ab, die sich nicht weiter um sie kümmerte. Der Beat, die Stimmung, im Nirwana fiel es nicht auf, wenn ein Mann eine Frau ansprach und sie dabei am Oberarm festhielt.

»Sind Sie Liu Wu?«, fragte der zweite Mann, sein Gesicht nur eine Handbreit von ihrem entfernt. Sie kannte beide. Die beiden Asiaten vom Flughafen schienen sichtlich eine gewisse Befriedigung zu verspüren, sie gestellt zu haben.

»Bitte?« Liu sah sie verunsichert an, überlegte, taktierte, sollte sie kämpfen, eine Flucht versuchen, sie mit ihren körperlichen Reizen betören oder um Gnade betteln? Man sollte seine Gegner nicht unterschätzen, diese Lehre blieb ewig wahr.

»Sie haben sich am Eingang als Liu Wu identifiziert ... sind Sie Liu Wu?«, fragte wieder der Asiate, der größere der beiden, der sie am Arm festhielt.

Der andere holte eine kugelschreibergroße Nadel hervor und stach ihr in die Hand. Die DNS-Schnellprobe bestätigte ihre Identität binnen einer Sekunde. Diesen Sachverhalt zu leugnen, machte wenig Sinn und den beiden Männern zu erklären, dass sie in Wirklichkeit ein Bodychanger ist, der einen Mordauftrag auf dem Mars ausüben sollte, war keine wirkliche Alternative.

***

XVIII. Dienstantritt

»Ma'am, First Lieutenant Tara Bagian meldet sich zum Dienst, Ma'am.« Tara salutierte vor ihrer neuen Vorgesetzten, Captain Svenja Aarnaar, einer resoluten Frau Ende zwanzig mit blonder Flechtfrisur, bei der jedes Haar akribisch dicht am Kopf eingeflochten war, etwas kleiner als sie und trotzdem einige Kilogramm schwerer. Wobei das Mehrgewicht nur aus Muskelmasse bestand. Tara glaubte auf dem Flur aufgeschnappt zu haben, dass ihre neue Vorgesetzte beim Armdrücken die Hälfte der Männer an Bord besiegen würde.

»Setzen Sie sich.« Captain Aarnaar befehligte das Raver Aufklärungs- und Kommunikationsgeschwader an Bord der USS Kinshasa. Ein Verband von sechzehn taktischen Gruppen, mit jeweils vier Piloten, die den Flugraum und die Transitrouten zum Mars sicherten. In bierseliger Stimmung hatten die Kadetten, die mit Tara in West Point trainiert wurden, sich selbst als die bestausgebildeten interstellaren Verkehrspolizisten der Föderation bezeichnet.

»Danke, Ma'am.« Tara atmete durch und nahm vor ihrem Schreibtisch Platz. Sie hatte zuvor einigen Bammel gehabt, Captain Aarnaars Ruf als strenge Vorgesetzte eilte ihr voraus. Die beiden Frauen befanden sich in einem zweckmäßig eingerichteten Büro ohne Fenster, an der weißen Wand hingen eine Wanduhr und das Wappen der Einheit, ein schwarzer Rabe im Sturzflug, dessen Augen wachsam nach vorne blickten. Auf dem Schreibtisch standen eine

Tasse Kaffee, ein inaktiver Pad-Computer und ein leeres Ablagefach für Papierdokumente. Familienbilder, Andenken oder andere private Gegenstände suchte man hier vergebens.

»Sie haben die taktische Einweisung gelesen?«, fragte Captain Aarnaar, die keine Zeit mit Smalltalk verschwendete.

»Ja.« Die USS Kinshasa hatte nur einen Auftrag, den Start der USS Berlin zu sichern, die sich in wenigen Tagen auf ihre 8-jährige Reise zur Neuen Erde machen würde. Weswegen das Trägerschiff USS Kinshasa auch alle Transitrouten zwischen der Erde und den bewohnten Jupitermonden absperrte. Eine Maßnahme, die nicht nur Befürworter fand und deren strikte Einhaltung von den Raver-Einheiten überwacht wurde.

»Wie alt sind Sie?«

»24, Ma'am.«

»Und wann haben Sie West Point abgeschlossen?«

»Vor zwei Wochen, Ma'am.« Tara hatte bereits eine leise Vorahnung, in welche Richtung sich das Gespräch entwickeln würde.

»Und dann hatten Sie einige Tage frei?«

»Ja, Ma'am.«

»Um dann am Vortag Ihrer Anreise unglücklich im Badezimmer auszurutschen?« Captain Aarnaars Stimmlage veränderte sich. Zu der bereits gezeigten Distanz eines vorgesetzten Offiziers gesellte sich noch der sichtbare Verdacht, diesen Blödsinn nicht glauben zu wollen.

»Ma'am?«

»Bagian, nur weil ich nicht jedes Wort von meinem Pad-System ablese, bedeutet das nicht, dass ich Ihre Akte nicht kenne.«

»Natürlich.« Taras Problem bestand darin, dass sie selbst nicht wusste, was Major Gessner in ihrer Akte hatte ändern lassen. Es wäre nicht dumm gewesen, diese Details zu besprechen. Eine Nachlässigkeit, die ihr jetzt den Schweiß auf die Stirn trieb. Er hatte offensichtlich den Absturz des Frachtgleiters aus der Akte verschwinden lassen. Verdammt, wenn das bekannt würde, wäre sie geliefert. Sie sah sich bereits vor dem Militärgericht. »Ja ... ich bin gestürzt.«

»Mehrfach?«

»Ma'am, ich versichere Ihnen meine uneingeschränkte Dienstfähigkeit.« Flucht nach vorne, eine andere Möglichkeit sah Tara nicht, um sich in dem Gespräch schadfrei zu halten. Nachdem Major Gessner sie gestern in Empfang genommen hatte, hatte sich Tara den restlichen Tag intensiv medizinisch versorgen lassen. Der Zahnarzt hatte ihr zwei neue Zähne verpasst, der Chirurg die Lippe genäht und eine nette Krankenschwester mit zahlreichen Kühlpacks ihre Beulen gebändigt. Am Morgen vor dem Spiegel sah sie zwar immer noch wie eine überfahrene Katze aus, aber mit deutlicher Tendenz nach oben.

»Daran zweifele ich nicht ... ich frage mich nur, welchen Umgang Sie pflegen?«

»Ma'am?«

»Wenn Ihre Bekanntschaften Ihnen während der Freizeit derart den Kopf verdrehen, dass Ihnen im Badezimmer die Kraft fehlt, sich unfallfrei auf die Toilette zu setzen ...«

»Ach so ...« Tara lächelte, Captain Aarnaar schien anzunehmen, dass sie verprügelt worden war. Darauf wäre sie nicht gekommen. »Ich versichere Ihnen, meine Bekanntschaften im Griff zu haben.«

»Gut ... vermutlich hinterlässt jeder von uns Dinge auf der Erde, über die er nicht gerne spricht.«

»Danke, Ma'am.«

»Danken Sie mir nicht zu früh ... ich möchte ehrlich zu Ihnen sein. Mir gefällt es nicht, wenn ein junger Offizier eine Beförderung erhält, bevor er überhaupt den Dienst angetreten hat.«

»Ma'am, Major Gessner hat mich befördert, er konnte meine Leistungen während der Ausbildung beurteilen.« Ein dünnes Argument, ein besseres fiel ihr aber nicht ein.

»So kann ich es in Ihrer Akte lesen, Wort für Wort, er hat die Beförderung gestern vorgenommen. Er hält große Stücke auf Sie ... ich bin aber auch in der Lage, mir ein eigenes Bild über den Zwischenfall in ihrem Badezimmer zu machen. Gibt es da einen Zusammenhang?«

»Nein, Ma'am.«

»Ich glaube Ihnen ... falls Sie bei Ihrer nächsten Beförderung wieder in die Notlage eines heftigen Sturzes kommen sollten, können Sie mit mir sprechen.«

»Darf ich mich jetzt bedanken?«

Captain Aarnaar zuckte minimal. »Hier ist Ihre Sicherheitsfreigabe. Ich hoffe, Sie richtig einzuschätzen. Viel Glück bei Ihrem ersten Flug ... ich habe gehört, dass die Simulatoren immer noch nicht an die Realität herankommen.«
Sie gab Tara eine versiegelte, scheckkartengroße Aluminiumkarte, auf der ein kleines Display ihre Raver-Codierung anzeigte: *Raver-Vier-Eins*, so würde Tara jetzt während der Einsätze über Funk gerufen werden. *Vier* für das vierte Geschwader und die *Eins* für das Kommando, ihre drei Team-Mates anzuführen.
»Danke.« Tara nahm die Aluminiumkarte, auf diesen Moment hatte sie viele Jahre hingearbeitet. Jetzt gehörte sie dazu, endlich war sie ein aktiver Offizier der Space Force.

Tara dachte über das Gespräch nach, während sie einen weißen Korridor entlangging. Die Idee Major Gessners, ihre Verletzungen als Sturz zu deklarieren, war ein Fehler. Dass Captain Aarnaar dahinter einen Beziehungskonflikt vermutete, erachtete Tara in diesem Zusammenhang als eine glückliche Fügung. Die Wahrheit, der von ihr verschuldete Absturz des Frachtfliegers, sollte besser niemand erfahren.
Im Gehen brach sie das Siegel der Aluminiumkarte auf. Es knackte leise. In der Hülle verbarg sich eine flexible Kennung, die Tara mit dem Kommandonetzwerk verbinden würde. Sie drückte ihren Daumen auf die Identifikationsfläche, worauf sich die Kennkarte dunkel verfärbte und ihren

Rang, Namen, Einheit und Verband anzeigte: First Lieutenant, Bagian, 4. Raver, USS Kinshasa. Tara lächelte und ging weiter, das Emblem heftete sie sich wie einen Orden über die linke Brust.

»Hier ist Raver Control, Willkommen 1stLt Bagian, bitte bestätigen Sie Ihre Kennung«, meldete sich eine synthetische männliche Stimme, die nur sie hören konnte.

»Bestätige Raver-Vier-Eins.« Tara fühlte sich gut und lächelte zwei jüngere männliche Rekruten an, die im Vorbeigehen zu ihr sahen und salutierten. Auf den Wegen des riesigen Trägerschiffs konnte man eine Weile unterwegs sein.

»Kommunikation eingerichtet. Berechtigung Stufe OF-1 aktiviert. Zugriff auf das Netzwerk freigeschaltet.« Die Stimme von Raver Control stammte von keinem Menschen, die Föderation nutzte funktionale KI-Systeme, um die Einsätze der Staffeln im Feld zu koordinieren.

»Danke.« Tara stieg in einen transparenten Aufzug an der Seite und fuhr zu den unteren Decks der USS Kinshasa. Im Simulator in West Point wurden die Kadetten nicht nur im Umgang mit Raver-Einheiten geschult, Tara hatte sich auch viele Übungsstunden auf dem virtuellen Trägerschiff bewegen müssen. Sie hatten Standardabläufe, Kampfeinsätze und unzählige Katastrophenszenarien trainiert. Drei Mal wurde sie dabei verbrannt, zwei Mal gesprengt, ein Mal hinterrücks erschossen und vier Mal im All schockgefrostet.

Die Übungen hatte sie stets zur Zufriedenheit ihrer Ausbilder gemeistert und alle Vorschriften zum ordnungsgemäßen Ableben als Offizier der Föderation tadellos befolgt. Auf ihre Frage hin, welche disziplinarischen Maßnahmen eine nicht ordnungsgemäße Tötung der eigenen Person nach sich zöge, hatte der Ausbilder nicht geantwortet und ließ sie gemeinsam mit der ganzen Klasse fünfzig Liegestütze absolvieren.

»Wow ...« Während der Aufzugfahrt sah Tara auf die Flugdecks der USS Kinshasa, auf denen zahlreiche Raumjäger gewartet und neu munitioniert wurden. Die Stimmung unter dem Deckpersonal wirkte konzentriert, als ob die Mannschaft sich für einen Kampfeinsatz der Flotte vorbereiten würde.

»Deck 3«, sagte eine Stimme aus einem Lautsprecher. Der Aufzug hielt an und Tara stieg aus. Den Weg zu den Raver-Einheiten war sie im Simulator unzählige Male gegangen, dieses Mal lief ihr dabei ein Schauer den Rücken hoch.

»Ma'am, kann ich Ihnen helfen?«, fragte der S1C freundlich und salutierte, ein Spaceman First Class, ein Mannschaftsdienstgrad, der die Raver-Einheiten wartete.

»Zeigen Sie mir bitte Raver-Vier-Eins.«

Er nickte. »Folgen Sie mir ...« Keine zwanzig Meter weiter zeigte er auf eine fünfzig Zentimeter große Metallkugel, neben der elf weitere Kugeln gleicher Bauart lagerten. Die Systeme befanden sich noch im inaktiven Zustand. »Bitte ... Raver-Vier-Eins und Gefolge.«

Tara berührte das kühle Metall der Kugel.
»Die Systeme sind aufgetankt und flugfertig.« Er nahm seinen Pad-Computer und überprüfte den Flugplan. »Sie haben in dreißig Minuten Ihren Einsatz?«
»Ja.« Das stimmte.
»Viel Glück.« Er salutierte erneut und ging danach wieder seiner Arbeit nach.

Raver-Vier-Eins zu berühren, hatte Tara ein gutes Gefühl vermittelt. Kurz vor ihrem ersten Einsatz setzte sie sich in den Steuerungssitz und schnallte sich an. Handgriffe, die sie bereits unzählige Male trainiert hatte und die sich trotzdem ungewohnt anfühlten. Die im Boden eingelassene und in allen drei Raumachsen bewegliche Lafette ihres Sitzes erwachte zum Leben. Ein leises Surren begleitete die erste schnelle Drehung, sie setzte den Helm auf und loggte sich in das System ein.
»Raver-Vier-Eins, online.« Tara startete das Testprotokoll und blickte auf einen roten Punkt im Nichts. »Primäre Visierung aktiv.« Mit den beiden Joysticks in den Händen brachte sie binnen Sekundenbruchteilen optische Marker pixelgenau über den roten Punkt, der still auf dem schwarzen Hintergrund verharrte.
»Aktiviere sekundäre Systeme.« Jetzt sah sie zwölf rote Punkte, die anfingen, sich willkürlich im Raum zu bewegen und gleichzeitig die Farbe veränderten. »Schalte sekundäre Visierung.« Acht weitere Marker legte sie präzise auf die

sich schnell bewegenden blauen Punkte und arretierte sie in Form einer Route. Die verbleibenden roten Punkte beachtete sie nicht weiter.

»Fertig.« Tara hatte für das Synchronisationsmanöver 0,25 Sekunden gebraucht und die acht blauen Punkte mit einer Exaktheit von 98.9 Prozent platziert.

»Raver-Vier-Eins, Sie sind im Netz. Übertrage Flugkontrolle, alle Systeme folgen Ihrem Kommando.« Raver Control bestätigte den Systemtest und schaltete sie live. Das Display in Taras Helm veränderte sich, sie sah jetzt mit den elektronischen Augen der 50 Zentimeter großen, kugelrunden Führungsdrohne, die über eine Abschussvorrichtung auf Deck 3 in den freien Raum über den Roten Planeten geschossen wurde. Die elf Kugeln, die sie zuvor neben der ersten hatte liegen sehen, flogen neben ihr her. Taras kleine Freunde, ihre Augen und Ohren, mit denen sie sich jetzt in Formation und mit hoher Geschwindigkeit ihrem Überwachungssektor näherten.

Man hätte ihren Job auch als Videospiel betrachten können, da sie sich körperlich immer noch auf der USS Kinshasa befand. Nur wer über blitzschnelle Reflexe und eine Auge-Hand-Koordination nahe der Präzision eines Computers verfügte, hatte bei einem ferngesteuerten Raver-Geschwader eine Chance.

»Hier Raver-Vier-Eins, erreiche meinen Zielsektor in knapp zwei Minuten, erwarte einen Geschwaderstatus.« Tara wollte etwas von ihrem Team hören.

»Hier Raver-Vier-Drei, bin online und erreiche meine Zone in vierzig Sekunden.«

»Raver-Vier-Eins, bin direkt hinter Ihnen.«

»Hier Raver-Vier-Zwei, bin im Zielgebiet angekommen, löse Raver-Zwölf-Zwei ab. Hey ... hier ist der Teufel los.«

»Hier Raver-Vier-Eins, Sie kennen Ihre Sektoren, ich wünsche allen viel Erfolg.« Tara flog weiter, an der Seite konnte sie die gigantische Werft sehen, in der die USS Berlin beladen wurde. Wie ein Insektenschwarm machten unzählige kleinere Transporter an den Ports fest oder starteten wieder zur Marsoberfläche.

Daneben gingen die Arbeiten an den Schwesterschiffen Riad und Rosenmeer weiter, die im weiteren Jahresverlauf starten sollten. Eine Raver-Gruppe bestand aus vier Piloten, die jeweils zwölf Drohnen steuerten und mit Hilfe von Raver Control einen eigenen Sektor zu koordinieren hatten. Diese Aufgabe vollständig einer KI zu überlassen, hatte sich nicht bewährt, der Computer steuerte zwar schneller und präziser als ein Mensch, agierte aber bei Entscheidungen mechanisch und wurde von den Raumfahrern auf den Transitrouten nicht akzeptiert.

»Hier Raver-Vier-Eins, für Raver-Zwölf-Eins, ich komme Sie ablösen. Sie können zurück zur Basis fliegen.«

»Das höre ich gerne ... diese Spinner werden immer verrückter hier draußen, die drehen noch alle durch, wenn wir die Transitstrecken länger sperren.«

Tara konnte bereits sehen, wovon der 1stLt der anderen Staffel sprach: Mit hoher Geschwindigkeit flog sie auf den Übergabepunkt zu und sah die Armada von Raumschiffen, die, wie in einem alten Spielfilm mit dem Auto vor einer Straßensperrung, im Stau standen. Der Unterschied war nur die Dimension der Straße, und dass jeder, der die Sperrung ignorierte von den Hochenergiegeschützen der USS Kinshasa umgehend Löcher in sein Raumschiff geschossen bekam. Weswegen die Piloten auch einen gesunden Respekt vor den an sich unbewaffneten Raver-Staffeln hatten. Tara hätte bei Bedarf binnen Sekunden die Bordwaffen des Trägerschiffs auf mehrere Ziele gleichzeitig ausrichten und den Verkehrsrowdys die Außenspiegel von den Gleitern schießen können. Alternativ einen Piloten in einem Raumjäger diese Arbeit machen lassen, hielt man bei der Föderation für ineffektiv.

»Hier Raver-Vier-Eins, ich bin in zehn Sekunden am Übergabepunkt.« Taras 4. Raver-Staffel sollte die 12. ablösen, die seit über sechs Stunden draußen war.

»Yeah ... ich habe hier mehrere Kreuzer voller besoffener Chinesen, die schon angefangen haben, den Russen im Gegenzug für Helium-3 Treibstoff Wodka abzukaufen; drei kleinere Gleiter, die bereits von anderen evakuiert werden mussten, weil sie kollidiert sind; ein Dutzend NewCom Frachtgleiter, die Ersatzteile für den Bau der Riad bringen, aber Probleme mit den Zollpapieren haben und mir deshalb bereits die Pest an den Hals wünschen und einen genehmigten Födera-

tionsflug nach Ganymed, der wegen eines verspäteten Starts auf der Erde sein Transitfenster verpasst hat ...«

»Geht das noch weiter?«, fragte Tara.

»An der Sperrlinie befinden sich inzwischen auch ein Dutzend kleinere Gleiter, die von den Chinesen genutzt werden, um zwischen den wartenden Schiffen zu pendeln. Ich überlege, denen diese Flüge zu verbieten.«

Tara verdrehte die Augen. »Ich kümmere mich darum ...«

»Okay ich bin draußen, die Verrückten gehören jetzt Ihnen.«

»Danke.«

Raver-Zwölf-Eins drehte ab und verschaffte Tara von der einen auf die andere Sekunde einen Platz auf dem Basar, auf dem Funkkanal schienen zehn Stimmen gleichzeitig zu sprechen: »Ich will sofort Ihren Vorgesetzten sprechen«, »Du wolle Wodka kaufe?«, »Scheiße, jetzt lassen Sie mich endlich durch ...«, »Hey, was verdient ein Raverpilot eigentlich?«, »Die haben doch komplett den Verstand verloren!«

Auf diesen Zirkus hatte Tara keine Lust, da die Kontrolle der gesamten Kommunikation ihr oblag, schaltete sie alle Schiffe stumm. Je nach Situation konnte sie alle parallel sprechen lassen oder nur einzelnen Schiffen die Erlaubnis erteilen, etwas mehr oder weniger Sinnvolles von sich zu geben.

»Hier spricht Raver-Vier-Eins, ich habe ab sofort den Kanal reglementiert. Sie können mir eine Nachricht in eine Warteliste stellen, ich werde Ihnen dann bei Bedarf die Berechtigung zum Sprechen erteilen«, erklärte Tara, um die

Situation unter Kontrolle zu bekommen. Die anderen Raverpiloten ließ sie mithören, die ihre Idee sofort kopierten und jeweils in ihren Sektoren den Funk sperrten.
Tara umflog die Raumschiffe, die alle an der Sperrlinie chaotisch im Raum umher drängelten. Die kleinen Raver-Pods ließen sich wie ein militärisch abgerichteter Hornissenschwarm steuern. Ihre Augen waren überall. Um sich ein besseres Bild zu machen, wechselte sie ständig zwischen den Drohnen, die keine Probleme damit hatten, Kollisionen mit den wartenden Raumschiffen zu vermeiden.
Was für ein heilloses Chaos, alle Raumschiffe in der Nähe umkreisten mit bis zu 750.000 Kilometern Abstand den Mars. Diese Situation konnte man besser lösen: Tara korrigierte die Sektorenzuordnungen, in denen die drei anderen Raver-Piloten agierten und wies jedem einen neuen Abstand zum Mars zu. Sie gab auch eine neue Geschwindigkeit vor, die alle zwingend einzuhalten hatten. Mit dem Manöver gelang es ihr, aus einer chaotischen Meute von Raumschiffen, die sich ihre Nasen an der Absperrung plattzudrücken schienen, eine ordentliche Formation zu bilden.
»Hier Raver-Vier-Eins, vergeben Sie Positionsnummern und achten Sie in Ihrem Sektor auf deren Einhaltung«, befahl Tara den anderen Piloten.
Inzwischen lag Raver Control die Liste der Raumschiffe vor, die sich in den nächsten drei Stunden noch der geselligen Versammlung anschließen würden. Wenn niemand von

denen freiwillig abdrehte, würden nachher bis zu 400 Raumschiffe in der Blockade festhängen.

»Hier spricht Captain Aarnaar für Raver-Vier-Eins, schalten Sie auf Ihren privaten Sub-Kanal.«

Tara folgte dem Kommando, die direkte Ansprache ihrer Vorgesetzten überraschte sie.

»Captain ...«

»Bagian, die Situation hat sich verändert.«

»Noch mehr Raumschiffe?«

»Genau drei, die mich stören ...«

»Und?«

»NewCom zieht drei Kriegsschiffe zusammen und möchte damit innerhalb der Sicherheitszone den Bau der Riad sichern.«

»Das ist doch unsere Aufgabe ...« Tara verstand die Absicht dahinter nicht, die Sicherung der Werft oblag der Föderation. Die drei verbliebenen Blöcke auf der Erde hatten dazu bereits vor Jahren umfangreiche Verträge abgeschlossen. Zudem war es innerhalb der Werft noch nie zu schweren Zwischenfällen gekommen.

»Das ist das Problem ... wir wollen die russische Flotte nicht während der Startphase im Orbit des Mars' sehen. Der Nachrichtendienst meldet einen beunruhigenden Zwischenfall aus Minsk, der die Sicherheit der USS Berlin bedrohen könnte.«

»Was ist passiert?« Tara dachte sofort an Major Gessner, war sie Teil einer Spionageabwehraktion?

»Darüber wurde ich nicht informiert. Wir erwarten die Ankunft der russischen Flotte an der Blockade in vier Stunden … Sie werden sie nicht passieren lassen.«

***

XIX. Wahrnehmungsstörungen

Ich habe die Neue Erde unter Quarantäne gesetzt, mit diesen Worten brachte ihr Mann in Leonies Kopf eine Lawine in Bewegung. Ihre Fantasie überschlug sich, vor ihrem geistigen Auge entstanden zahlreiche Bilder, beängstigende Visionen, in einer ihr binnen Sekunden fremdgewordenen Welt, Abermillionen Kilometer von der Erde entfernt, ungehört zu sterben und die unerträgliche Angst, die eigene Machtlosigkeit vor Augen, ihre Kinder zu Grabe tragen zu müssen.

»Mama?«, fragte Logan, der jüngste ihrer Jungs und rückte auf dem Sofa näher an sie heran. Er hatte bereits seinen Schlafanzug angezogen, seine Brüder spielten im Nebenzimmer. Kinder spürten sofort, wenn etwas nicht stimmte.

»Ja.« Leonie rang mit ihrer Fassung.

»Fliegen wir morgen zu Papa?« Eine erstaunliche Frage, da Logan, damals keine zwei Jahre alt, sich eigentlich kaum an seinen Vater erinnern durfte. Er kannte ihn nur von Bildern und Videobotschaften.

»Es wird nicht mehr lange dauern ... das verspreche ich dir.« Es reichte selbst desillusioniert mit dem Schicksal zu hadern, da brauchte sie nicht auch noch Logans Ängste zu bestärken. Wenn auf der Neuen Erde eine Epidemie festgestellt wurde, die medizinisch nicht mehr in den Griff zu bekommen war, würde Logan seinen Vater nicht mehr wiedersehen. Die Menschen, die sich im Raumschiff in Sicherheit befanden, würden noch einige Wochen abwarten und irgendwann die tragische Endscheidung treffen, umzukehren.

»Aber ich habe mich gefreut, Papa zu drücken ...« Logan kroch wie ein Häufchen Elend in ihre Arme, auch wenn ihr Sohn kaum zu verstehen war, seine hilflosen Worte trieben Leonie die Tränen in die Augen.

»Ich auch.« Leonie heulte los. Verdammt, das wollte sie nicht. Sie war seine Mutter, sie musste stark bleiben. Ihre Aufgabe war es, ihre Kinder zu beschützen. Liam und David standen in der Tür, der größere nur mit einer Unterhose und einem T-Shirt bekleidet, der andere mit einem Schlafanzug auf links gedreht.

»Mama.« Emotionen steckten an, auch Liam schluckte und kam unsicher auf sie zu. Wer sich miteinander prügeln konnte, durfte auch zusammen weinen.

»Kommt zu mir ...« Leonie zwang sich ein Lächeln ab. Liam zögerte nicht, ihre andere Seite in Beschlag zu nehmen. Nur David, der sie mit seinen zwölf Jahren bereits ein Stück überragte, blieb ratlos im Türrahmen stehen. Matthew drückte sich an ihm vorbei, nahm wortlos seine Hand und brachte ihn zu ihr.

»Was ist los?«, fragte David sichtlich verunsichert.

»Nichts ... wir haben heute einen Heulabend. Morgen ist alles wieder gut.« Daran wollte Leonie glauben, morgen würde alles wieder gut werden. Morgen, sie träumte davon aufzuwachen, sich die Sorgen abzuschütteln und Peter wohlbehalten in die Arme schließen zu können.

Am nächsten Morgen hatte Leonie ihre vier Jungs in der Schule abgeliefert, die heute mit dem Lehrbetrieb begann. Nicht nur für die Kinder gab es viel Neues zu erfahren. Auch ohne die Verzögerungen beim Transport zur Oberfläche wären die zahlreichen Unterrichts- und Trainingsprogramme für alle Siedler gestartet.
Ein Stück greifbare Normalität für die 20.000 Menschen an Bord. Das Raumschiff glich nicht nur wegen seiner 27 Kilometer Länge einer Kleinstadt. Leonie stand an einer breiten Glaswand und sah auf die Atmosphäre der Neuen Erde, die sich farblich nur minimal von der Erde zu Hause unterschied. Das Blau wirkte etwas satter, was an der gering abweichenden Zusammensetzung der Edelgase in den höheren Luftschichten lag. Zudem konnte man je nach Lichteinfall der drei Sonnen, rote und gelbe Reflektionen in der Stratosphäre erkennen. Die Tage auf der Neuen Erde dauerten eine halbe Stunde weniger und ein Sonnenjahr brauchte nur 341 Tage für eine Umrundung der primären Sonne. Von den anderen Sonnen war eine geringfügig heller als der Mond der Erde und die andere kleiner und dunkelrot. Trotzdem gab es auf der Neuen Erde Tage und Nächte, wobei die Nächte um Nuancen heller waren, als man es auf der Erde bei Vollmond gewöhnt war. Da die Neue Erde über keinen Mond verfügte, sorgte die Gravitation der drei Sonnen für denselben Effekt: Sie stabilisierten die Eigenrotation des Planeten, sorgten für die Gezeiten

der Meere und fingen alle Asteroiden ab, die sich in das Proxima Centauri System verirrten.

Ein perfekter Zufluchtsort für die Menschheit, die Neue Erde verfügte über Wasser, hatte drei große Kontinente und eine artenreiche Pflanzen- und Tierwelt, deren Evolutionsstand der Erde vor gut zehn Millionen Jahren entsprach. Zu einer in menschlichen Maßstäben intelligenten Lebensform hatte es bisher nicht gereicht. Für Leonie waren die Ähnlichkeiten der beiden Welten so deutlich, dass es schwerfiel, nicht an einen universalen *Blue Print* für alles Leben im Universum zu glauben. Vermutlich hätte sich aus der Tierwelt der Neuen Erde in einigen Millionen Jahren ebenfalls eine Spezies wie der Mensch emporgehoben, die sich alle anderen Arten zum Untertan gemacht hätten.

»Leonie Heagel?«, ein Offizier sprach sie von der Seite an und holte sie zurück aus ihren Tagträumen. Ein Asiate mit aufmerksamen Augen und einem freundlichen Lächeln. Die Ränge des Militärs konnte Leonie nicht unterscheiden, sie wusste noch nicht einmal, wie viele Sterne Peter auf seiner Uniform hatte. Irgendwie sahen alle Offiziersuniformen weiß aus. Dafür wusste sie, dass er vor seiner Abreise 452 Sommersprossen im Gesicht hatte, zu denen sich in den letzten Jahren 24 neue hinzugesellt hatten. Soweit zumindest ihre Videoanalyse, die sie in der letzten Nacht mehrfach verifiziert hatte.

»Ja, bitte ...« Leonie hatte wenig Lust, ihre Aufmerksamkeit von Peters zahlreichen Sommersprossen oder den Besonderheiten der Neuen Erde abzuwenden.

»Der Colonel lässt fragen, ob Sie bei der Betreuung der Kinder im Vorschulkindergarten helfen möchten?«, fragte er freundlich.

»Personalmangel?«

»Wir haben zwei Krankheitsfälle bei den Erziehern, die sich heute nicht um ihre Gruppen kümmern können.«

»Ich soll mich um zwei Gruppen kümmern?«

»Anderthalb ... wir haben insgesamt drei Gruppen mit Kindern unter sechs Jahren. Eine der drei Erzieher an Bord ist noch dienstfähig, sie würde die verbliebene Gruppe mit Ihnen teilen.«

»Ich helfe gerne ...« An Bord des Raumschiffs hatten die meisten Siedler spezielle Berufe und Fähigkeiten, viele davon mit einer Topausbildung. Zudem gab es die Reichen, die mit den überteuerten Tickets die Reise für wichtige Fachleute indirekt mitbezahlten. Und es gab Frauen wie Leonie, bei denen nur der Ehemann den Ausschlag gegeben hatte, Einlass zu der Arche zu bekommen. Sie war die Frau des Generals. Und Mutter, was sie dem unfertigen Gedanken hinzufügte, weswegen das Angebot des Offiziers auch gut zu ihr passte. Ihre Kenntnisse in der Pferdezucht wurden gerade nicht gebraucht.

»Danke ... ich lasse Ihnen einen Marker auf Ihren Kommunikator senden«, erklärte er, sichtlich erleichtert.
»Ist doch selbstverständlich.«

»Guten Morgen«, rief Leonie in die kleine Turnhalle, in der eine Erzieherin, eine junge Frau mit roten Haaren, die selbst wie ein Teenager aussah, deutlich über fünfzig Kinder mit einem Laufspiel beschäftigte. Das Mädchen, vielleicht 1,65 groß, schlug gerade lachend einen Jungen ab, der vergeblich vor ihr zu flüchten versuchte. Leonie staunte nicht schlecht, da der Junge bereits deutlich zu alt für die Vorschulgruppe war.
»Hey! Alle mal anhalten! Stopp!« Das Mädchen gab alles. »Alle mal kurz ruhig sein, wir haben Besuch bekommen.«
Leonie hob die Hand und winkte allen Kindern zu. »Mein Name ist Leonie.«
»Hallo Leonie«, schallte es aus unzähligen Kindermündern zurück.
»Hey! Alle zuhören! Jeder trinkt etwas und ruht sich kurz aus!«, rief die Erzieherin und kam auf Leonie zu.
»Jaaaa ...«, klang es im Chor durch die Halle.
»Schön, dass Sie mir helfen ... die Meute ist anstrengend. Meine Name ist Maya.«
»Ich bin Leonie, du kannst das Sie gerne weglassen.«
»Dein Mann ist General Heagel?«, fragte sie und nahm sich selbst eine Wasserflasche aus einer Sporttasche.

Leonie lächelte. »Ich konnte ihm diesen Job nicht ausreden.«
»Hast du Kinder?«
»Vier Jungs ... sind alle in der Schule. Ich sah in der Vorschulgruppe einige ältere Kinder, warum sind die nicht beim Unterricht?« Das wollte Leonie gerne verstehen.
»Ich habe nur mitbekommen, dass auch ein Lehrer krank ist und seine Klasse auf andere aufgeteilt wurde ... scheinbar glaubte jemand, dass es eine gute Idee wäre, auch ein paar in unsere Gruppe zu stecken. Ich bin echt froh, Hilfe zu bekommen. Die kleinen Monster sind heute besonders anstrengend.«
»Du siehst noch sehr jung aus, wie alt bist du?« Leonie mochte es nicht, Fragen, die sie bewegten, herunterzuschlucken.
»Gemäß meiner ID-Card 29 ... nein, ich bin 18. Meine Eltern und mein älterer Bruder sind auch an Bord. Nächstes Jahr möchte ich mein Studium beginnen.«
»Welche Fächer?«
»Mathematik und virtuelle Ingenieurswissenschaften.«
»Wow ... du wirst später heiß begehrt sein.«
Maya lachte. »Das hoffe ich doch. Hast du auch studiert?«
»Europäische Musikgeschichte und Literaturwissenschaften ... eine üble Kombination bei der Besiedlung einer neuen Welt. Ich wurde praktisch gezwungen, Mutter zu werden ...« Leonie nahm es mit Humor, sie wäre auch ohne eine

akademische Ausbildung Mutter geworden. Ein Leben ohne Kinder konnte sie sich nicht vorstellen.
»Sei nicht so hart mit dir ... ich glaube, deine Kinder hätte es schlimmer treffen können.«
»Das sage ich mir auch immer ... aber gut, wie kann ich dich am besten unterstützen.«
»In Ordnung, wir teilen die Gruppe, du bekommst die älteren, ich nehme die kleinen, einigen von denen fallen bereits die Augen zu. Die sollen sich ausruhen.« Maya nahm ein Mädchen auf den Arm, nicht älter als drei, die bereits im Stehen zu schlafen schien.
»Können wir machen ...«
»Nebenan ist ein Videoraum, du kannst ihnen ein paar nette Streams der Neuen Erde zeigen.«
Leonie nickte, ohne lange zu warten, pickte sie sich die älteren aus der Gruppe und schickte sie mit dem Versprechen, *echt coole Streams* zu sehen, in den Nebenraum.
»Darf ich kurz stören?«, fragte der junge Offizier, der Leonie bereits zuvor angesprochen hatte. Sein gewinnendes Lächeln litt bereits, die Arbeitslast an diesem Vormittag schien überall an Bord hoch zu sein.
»Bitte ...« Maya ging auf ihn zu. Leonie mochte das Mädchen, sie konnte spüren, wenn sich Menschen gerne in den Dienst der Allgemeinheit stellten.
»Kann ich noch ein paar Kinder bei euch lassen?«, fragte er und schien bereits die stattliche Zahl kleiner Menschen zu zählen, die in der Turnhalle herumwuselten.

»Schulkinder?«, fragte Maya und strich sich eine rote Locke vor den Augen weg. Leonie wog bei einer ähnlichen Körpergröße das Doppelte von ihr.
»Eine Lehrerin musste wegen Kreislaufproblemen behandelt werden ... die Nerven liegen überall blank.«
»Oh ...«
»Ich nehme sie.« Altersmäßig würden die Schulkinder sowieso in ihre Gruppe kommen.
»Danke ... los Jungs und benehmt euch!« Der asiatische Offizier ließ drei Jungs an sich vorbei, die alles andere als glücklich aussahen. Zwei schienen heftig geweint zu haben und der andere sagte ebenfalls keinen Ton.
»Wir sehen uns ein paar interessante Streams an.« Leonie bemühte sich, gute Laune zu verbreiten.
Sie nickten und ließen sich mit den anderen Kindern ohne Kommentare in den Videoraum bringen. Als ob ihnen jemand ein Beruhigungsmittel gegeben hatte, ihre vier Jungs hätten in der Turnhalle bereits alles auf den Kopf gestellt.
»Los! Wir fangen an.« Leonie trieb ihre Schäfchen in die Koppel. Nur ein Mädchen saß noch mit dem Rücken zu ihr am Boden. »Möchtest du mit mir einen Stream der Neuen Erde sehen?«
Sie antwortete nicht.
Leonie bückte sich und strich durch ihre langen blonden Haare. Ein hübsches Kind. Das Mädchen hob den Kopf und sah sie traurig an. Etwas Blut lief aus ihrer Nase.

»Hast du dich gestoßen?« Leonie nahm ein Papiertaschentuch aus der Hosentasche und tupfte vorsichtig das Blut ab. Das Mädchen nickte eingeschüchtert und ließ sich an die Hand nehmen. »Das ist nicht schlimm.«

»Bin ich krank?«, fragte das Mädchen.

»Nein.« Leonie verschluckte sich, warum glaubte das Mädchen krank zu sein? Wegen ein wenig Nasenbluten? Die Besatzung der Frühlingserwachen befand sich im Orbit über der Neuen Erde, zudem verfügte das Schiff über modernste Scanner für Viren, Bakterien und Krankheitserreger. »Bist du müde?«

»Nein.« Das Mädchen packte fester zu. »Ich möchte mit dir kommen und den Stream sehen.«

Leonie hatte einen älteren Zeichentrickfilm gezeigt, einer von denen, die früher noch mit der Hand gezeichnet wurden. Es gab zwar ein paar Jungs, die sich über die geringe Auflösung und die magere Farbtiefe der Figuren ausließen, aber bei den Späßen, die der Held, eine Maus namens Jerry, einer bemitleidenswerten Katze mit dem Namen Tom angedeihen ließ, lachten alle. Auch das Mädchen, dem sie zuvor das Blut von der Oberlippe gewischt hatte.

»Jetzt zeige ich euch die Neue Erde.« Leonie bediente die Pad-Steuerung der Videowand, die hinter ihr die komplette Wand ausfüllte. Die Kinder saßen alle auf großen Kissen im Raum verteilt. Die Erwartungshaltung in den Gesichtern stieg.

»Geil ...«, sagte einer der Großen, als sich nicht nur die Wand auf dem Display in Nichts aufzulösen schien und eine freie Sicht ins Weltall gewährte, sondern auch alle anderen Wände, der Boden und die Decke.

»Wir fliegen ...« sagte ein Mädchen, der es ebenfalls gut zu gefallen schien. Die ganze Gruppe schwebte im Weltall, eine irre Show, Leonie kannte den perfekt animierten Stream bereits.

»... und wir werden schneller.« Leonie lächelte »Kopf einziehen!« Ein Raunen ging durch den Raum, als ein faustgroßer Asteroid mehrfach zwischen den Displaywänden hin- und herschoss, um anschließend glühend auf der Neuen Erde niederzugehen.

»Boar ...« Der Stream kam gut an. Die Gruppe stürzte aus der Perspektive des verglühenden Asteroiden mit hoher Geschwindigkeit auf eine nur aus Feuer speienden Vulkanen bestehenden Urwelt ab. Die Detonation auf der Oberfläche ließ den Fußboden vibrieren und die Meute mitgerissen aufschreien.

»So sah die Neue Erde vor drei Milliarden Jahren aus«, erklärte Leonie, während sich der blaue Planet im Zeitraffer immer schneller entwickelte: Meere entstanden, Kontinente, es regnete, Leben entstand, Pflanzen wuchsen, Tiere gebaren Junge, das Leben bahnte sich unaufhaltsam seinen Weg.

»Und dann kamen wir! Dann kamen die Menschen«, rief ein Junge und klopfte sich stolz auf die Brust.
»Oh, ja ... dann kamen wir.« Leonie setzte sich auf eines der Bodenkissen. Die nächste Passage hatte eine besondere Magie. Eine Sonde landete auf einer sandigen Ebene nahe einer Bergkette, zwei Roboter klinkten sich aus und stießen die Fahne der Föderation in den Boden.
»Wisst ihr, wann das war?«, fragte Leonie.
»2167, die unbemannte Sonde wurde 2122 gestartet, zwei Jahre nach der Entdeckung der Neuen Erde. Der Flug dauerte 45 Jahre und auch der Funkspruch über die erfolgreiche Landung erreichte die Erde erst 5 Jahre später«, erklärte einer der Jungs stolz. Zu glauben, 7 bis 10-jährigen Kindern über die Geschichte der Neuen Erde noch etwas erzählen zu können, war naiv.
»Super ...« Leonie ließ die nächste Szene unkommentiert. 2175 startete die Proxima-Explorer, die berühmte NE-E-V1, mit 120 Menschen an Bord, die 2184 nach neun Jahren Flugzeit erfolgreich begannen, eine Bodenstation zu errichten. Als ihr Funkspruch, dass die Neue Erde für den Menschen ein Paradies sei, 2189 auf der Erde empfangen wurde, brach ein neues Zeitalter an.
Die Siedlung auf der Neuen Erde wuchs schnell, Bäume wurden gefällt, ein Bach umgeleitet und zahlreiche tiefe Schächte in die nahen Berge getrieben. So gut wie alle dem Menschen bekannten Ressourcen, Holz, Metalle, Erdöl, Gas und sauberes Wasser existierten im Überfluss.

2206, zweiundzwanzig Jahre später, brachte die USS London 2.000 weitere Siedler zur Neuen Erde. Die Menschen verfügten über das Wissen, durch den Raum zu reisen und sie hatten nach der vollständigen Polschmelze und einem um 72 Meter höheren Wasserspiegel auf der Erde auch die passende Motivation dazu, ihnen fehlten aber schlicht die Ressourcen, binnen einer Generation einen gesamten Planeten umzusiedeln.

Der Stream zeigte das weitere Wachstum der Neuen Erde. 2210 brachte die 早晨太阳, die Morgensonne, 2.000 Chinesen her und 2227 stießen mit der USS Amsterdam, dem ersten Raumschiff der Ark/Two-Klasse, sowohl Peter als auch weitere 20.000 Siedler der Föderation dazu. Im Jahr 2232 glich die Neue Erde einer riesigen Baustelle, Scharen von Konstruktionsdrohnen trieben Straßen, Häuser, Schulen, Fabriken und weitere Gebäude in die unberührte Natur. Acht Raumschiffe befanden sich auf der langen Reise, mit ihnen 190.000 Menschen, die sich wieder ein Leben auf einer intakten Welt wünschten. Sieben Schiffe der Ark/Two-Klasse und die USS Los Angeles, das erste Ark/Three Schiff, das bis zu 50.000 Menschen transportieren konnte. 2232 sollte mit der USS Berlin das nächste Riesenraumschiff starten.

»Leonie«, fragte ein Junge, schräg hinter ihr.

Sie drehte sich herum.

»Mir ist nicht gut ...«

Ein Junge neben ihm schrie erschrocken auf, Blut lief ihm aus Augen, Nase und Mund. Leonie stoppte die Vorführung augenblicklich. Der blutende Junge war leichenblass, er kämpfte damit, sein Bewusstsein nicht zu verlieren.

Leonie aktivierte mit dem Finger das Kommunikationsemblem an ihrem Oberarm. »Ich brauche sofort den medizinischen Dienst im Medienraum der Vorschulgruppe!«

»Art der Verletzung?«, fragte die Einsatzleitung auf der Gegenseite.

»Ein Kind blutet aus Augen, Nase und Mund.«

»Wir kommen sofort.«

»Warten Sie ...« Leonie schien das Herz zu gefrieren, auf der anderen Seite des Raumes bekamen zwei weitere Kinder Nasenbluten. Sie musste sofort an ihre Jungs denken. »Es sind drei ... drei!«

***

XX. Dicke Luft

»Hey Scott, möchtest du bei uns im Teamtraining einsteigen, uns fehlt ein guter Wide Receiver«, fragte Jeff Wilcox, der Captain des Footballteams. Hatte er wirklich ihn gemeint? Echt jetzt, Jeff Wilcox war kein Mensch, er war ein Gott, ein Football-Gott, Scotts absolutes Idol an der Moon Valley High School in Phoenix Arizona. Jeder kannte ihn, der als Senior sein letztes Jahr absolvierte. Die Colleges würden sich um ihn reißen. Schulsprecher, Quarterback und Captain der Rockets, einfach der coolste Typ an der Schule.

»Klar ... warum nicht.« Scott bemühte sich, cool zu bleiben, auch wenn er Lust hatte, einen Freudentanz aufzuführen. Einen von denen, die ihm sein indianischer Großvater beigebracht hatte, schließlich floss zu einem Viertel echtes Walapai-Blut durch seine Adern. Eine gute Kombination mit dem Dickschädel seiner irischen Vorfahren väterlicherseits.

»Coole Sache! Wir sehen uns!« Jeff zeigte mit dem Daumen nach oben, während er Leonie, seine blonde Hammerfreundin im anderen Arm hielt und mit dem Fuß lässig ein zerknülltes Papier im Mülleimer versenkte. Echt jetzt, Jeff würde später steil gehen, der würde ganz weit nach oben kommen. Scott konnte sich nichts und niemanden vorstellen, der Jeff Wilcox im Leben aufhalten könnte.

»Bis nachher ...« Scott war mit seinen Eltern erst letztes Jahr von Houston, Texas nach Phoenix, Arizona gezogen, gemeinsam mit Millionen anderer Menschen, die sich in der letzten bewohnbaren Stadt Nordamerikas in Sicherheit brachten. Houston, wie viele andere Städte auch, wurde aufgegeben und der Sonne zum Fraß vorgeworfen.

Die riesige Kuppel über ihren Köpfen sah schon beeindruckend aus. *»Your future under the powerdome«*, mit diesem Slogan starb die Welt. Der Rest der früheren USA, eigentlich der ganzen Welt, bestand nur noch aus heißem Sand. Abgesehen von den Küstenstreifen, oder genauer jedem Stück Land unter zweiundsiebzig Höhenmetern, die inzwischen komplett unter Wasser lagen.

Als *sophomores* besuchte Scott die zehnte Klasse und hatte bisher keine Chance gehabt, sich beim Schulsport der football-interessierten Schüler hervorzuheben. Über vierzig freshmen und sophomores quälten sich dort drei Mal in der Woche, um für das Teamtraining nominiert zu werden. Dabei war Scott schnell, sehr schnell, er lief die hundert Meter unter zehn Sekunden und die Position als Wide Receiver lag ihm im Blut. Diese Chance wollte er nutzen. Sein sperriger Name hatte ihm kein einfaches Jahr beschert, Scott liebte seinen Vater, aber wer wollte schon freiwillig MacSweetbody heißen.

»Okay ... Scott. Der Deal ist einfach, ich werfe, du rennst und fängst das Ding«, erklärte Jeff, der mit 1,92 nur fünf Zentimeter größer, aber gut zehn Kilogramm schwerer war als er. Jetzt war Scotts Moment gekommen, beim Teamtraining zu zeigen, was er konnte. Einfach nur rennen und den Ball fangen, Football war der einfachste Sport der Welt.
»Klar ... das kann ich.« Scott nickte. Er würde das schaffen. Auf dem Platz wurde es ruhiger, alle wollten sehen, was die drei möglichen neuen Wide Receiver drauf hatten. Das Trainerteam sah zu Scott, die Cheerleader, die an der Seite trainierten, sahen zu Scott, die ganze Mannschaft sah zu Scott und über hundert Zuschauer auf der Tribüne sahen zu ihm. Die nächsten Minuten würden darüber entscheiden, ob er weiterhin ein Niemand bliebe, oder ob er ab morgen eine Teamjacke der Rockets tragen durfte.
»Okay ... es geht los«, rief Jeff und hielt den Ball nach oben. »Und Jungs, gebt den Neuen eine Chance. Es ist nur ein Spiel.« Wobei der letzte Satz einen merkwürdigen Unterton hatte. Die Reihen der beiden Teams bauten sich auf. Ein Defense-Spieler zeigte einen merkwürdigen Gesichtsausdruck, als ob er Scott gleich den Kopf abbeißen wollte. Na ja, dafür sollte der fette Brocken nicht schnell genug sein.
Der Ball war im Spiel, Scott dreht sich und ließ den knurrigen Defense-Spieler wie ein altes Benzinfass stehen. Er rannte. Die Position, auf die Jeff den Ball werfen würde, kannte er genau. Ein Witz, dorthin zu laufen, die Pointe war allerdings, sich dabei nicht abfangen zu lassen. Er

blickte zur Seite, der Ball flog, er rannte, die Defense rannte ebenfalls. Zwei Verteidiger, die Safety-Spieler befanden sich in seiner Zone. Die Jungs waren schnell, sehr schnell. Scott sprang, sah den Ball zum Greifen nah. Gleich würde er ihn haben. Nur noch zupacken. Dunkelheit.

»Hey Scott, lebst du noch?«, fragte Jeff, während ihm der Teambetreuer Wasser über den Kopf kippte.
»Ja, ja ... klar.« Scott war wieder da. Der Arsch von der Defense hatte ihm beinahe das Genick gebrochen. Von wegen, es wäre alles nur ein Spiel.
»Du wurdest hart rangenommen ... den Ball zu fangen, ist eine Sache, du solltest aber auch aufpassen, dich dabei nicht wie eine reife Kirsche aus der Luft pflücken zu lassen«, erklärte Jeff und zog ihn hoch.
»Hab ich verstanden ... bekomme ich noch einen Versuch?« Scott wollte es dabei nicht belassen. Jetzt wusste er, worauf er zu achten hatte, den Fehler, den Safety-Spieler zu ignorieren, würde er kein zweites Mal begehen.
»Ok ...« Jeff lächelte. »Alle wieder aufstellen! MacSweetbody bekommt einen zweiten Versuch«, rief er über den Platz. Die Menge lachte. Scott hasste es, seinen Namen auf diese Art zu hören.
Die Reihen stellten sich wieder auf, Scott sollte mehr auf seine Augen als auf seine Beine vertrauen. Die beiden Defense-Spieler im Rückraum sahen fragend zu Jeff, der sich nur mit einem feisten Lächeln den Helm aufsetzte. Sie

nickten, lächelten ähnlich verschlagen und schlugen sich ab. Scheiße, die würden ihn wieder in die Mangel nehmen.
»Es ist Kirschenzeit, MacSweetbody!«, riefen einige Zuschauer von der Tribüne, die scheinbar Jeffs dummen Spruch mitbekommen hatten. Scott hörte schon die Häme, die ihm ab morgen für die nächsten drei Jahre begleiten würde. Scott, die zermatschte Kirsche, MacSweetbody, er würde dann kein Niemand mehr sein, nein, ab morgen wäre er der Trottel, der beim Teamtraining auf die Fresse bekommen hat. Kirschenpflücken mit Scott. Scheiße, dazu durfte es nicht kommen.
»Wir werden dich wieder runterpflücken, MacSweetbody.« Der langsame Defense-Spieler vor ihm grinste noch dämlicher als beim Versuch zuvor. Die Reihen bauten sich erneut auf. Aber er stellte nicht die Gefahr dar, auf die beiden Safety-Spieler im Rückraum kam es an. Die beiden schnellen Abräumer galt es, im Auge zu behalten.
Der Ball war wieder im Spiel, es genügte eine Körpertäuschung, um den Defense-Spieler ähnlich elegant wie beim ersten Versuch stehen zu lassen. Da Scott sein weiteres Schulleben nicht als Witznummer erleben wollte, musste er gegen die Erwartung der Defense im Rückraum handeln. Er rannte fünf Meter direkt auf den Safety zu, der zögerte und langsamer wurde. Der Ball schien für niemanden erreichbar zu sein. Dann schlug Scott einen Haken und gab Fersengeld. Ein geschicktes Manöver, die anderen zu täu-

schen, dummerweise würden ihm jetzt fünf Meter fehlen, um den Wurf zu fangen.

Scott blickte zur Seite, der Ball flog, der Safety schüttelte verwundert den Kopf, da er durch sein kurzes Zögern nicht mehr rechtzeitig zu der Stelle käme, an der der Ball wieder auf Fanghöhe sein würde. Und Scott auch nicht, der jetzt wie ein Gestörter in den freien Raum sprintete. Nur seine Beine, der Ball und er.

»Verdammt süßer Move, MacSweetbody ... aber den bekommst du nie«, rief jemand spöttisch von der Tribüne.

Scott rannte, Scott schrie und Scott sprang. Es ging um alles, seine Ehre, sein Leben, einfach alles. Dieser Ball gehörte ihm. Jetzt. Er musste nur noch zugreifen.

Scott griff ins Leere, die Lücke war zu groß, er landete, ohne den Ball gefangen zu haben. Da fehlten nur Zentimeter. Ein Raunen ging über den Sportplatz. Verdammt, er hatte es versaut. Die Idee war genial, nur er nicht gut genug.

»Verdammt süßer Move!«, brüllte eine der Cheerleaderinnen, das war Leonie, Jeffs Freundin, die ihm lachend zuwinkte. Und ihre Mädels deutlich hörbar mit ihr. Nur bei ihr klang das anders. Deutlich besser, cooler, damit würde Scott leben können. Sich von den Cheerleadern bejubeln zu lassen, hatte etwas.

»Sweety!«, rief eine brünette Cheerleaderin neben ihr und warf ihm einen Kuss zu. Die Zuschauer auf der Tribüne klatschten. »Sweety«, ertönte es erneut über den Sportplatz.

»Geiler Move ... du hast mich komplett auf dem falschen Fuß erwischt.« Der Safety-Spieler, den er verladen hatte, schlug ihm anerkennend auf die Schulter.

»Hey ... du bist echt schnell. Und pfiffig ... auch wenn kein Wide Receiver dieser Welt diesen Ball geschafft hätte«, sagte Jeff Wilcox und bot ihm seine Hand.

»Danke ... «

Jeff lachte. »Ich staune immer noch, du bist wirklich für eine Überraschung gut. Willkommen im Team, Sweety!«

»Sweety, wie bist du eigentlich an deinen Namen gekommen?« fragte Joyce, als sie mit dem Fuß Jeeners Leiche vor dem Kühlschrank wegschob, um sich eine Flasche Bier zu nehmen. Sie schnippte ein Stück blutigen Schädelknochen, der am Flaschenhals klebte, lässig auf den Boden, auf dem gerade die Servomotoren vier kleiner Reinigungsroboter bei dem Versuch heiß liefen, den fetten Asiaten vom Boden zu kratzen.

»Hat sich beim Footballspielen ergeben ...« Sich hin und wieder an seine Schulzeit zu erinnern, half Scott, seine Gedanken zu sortieren. Gerade die Geschichte, wie er sich seinen Spitznamen gefangen hatte, würde er nie vergessen. Jeff wurde sein bester Freund und auch mit Leonie hatte er sich danach bestens verstanden. Diese Freundschaft reichte über die Schulzeit hinaus. Jeff, drei Jahre älter als er, wurde beim Militär sein vorgesetzter Offizier, der auch die schweineteure Behandlung nach seiner schweren Verletzung durchgeboxt hatte.

Leonie, eine wirklich tolle Frau, schlug eine andere Richtung ein, sie trennte sich nach der High School von Jeff, begann ein Literatur- und Musikstudium und heiratete anschließend Peter Heagel, den sie, wie das Leben so spielt, ohne Jeff nicht kennengelernt hätte und der es inzwischen sogar auf der Neuen Erde zum General gebracht hatte.

»Warum tust du das hier?«, fragte Joyce und sah ihn dabei auf eine Art an, die er noch nicht von ihr kannte. Nachdenklich, beinahe freundschaftlich. Wenn er ehrlich war, wusste er nichts über sie. Wenn innerhalb der Föderation Menschen bei einem Unfall ein Körperteil verloren, war es im Jahr 2232 keine Besonderheit mehr, mithilfe eines bionischen Implantats körperlich wiederhergestellt zu werden. Auch bei Soldaten hielt es die Kommandantur für wirtschaftlich, langjährig ausgebildete Spezialisten nach schweren Verletzungen mit teuren medizinischen Verfahren wieder in den Dienst stellen zu können.

»Ich wollte dich wiedersehen ... du hast mir gefehlt« Auch bei Scott hatte eine durch Jeff Wilcox befürwortete Kosten- und Nutzenrechnung, ihm ein Bein, einen Arm und einige neue Rippen beschert. Der Umfang aller Modifikationen an Joyces Körper, die keinen einzigen menschlichen Knochen oder Muskel mehr im Körper hatte, ging weit über diesen Rahmen hinaus.

Joyce sah auf seine kaputte Wade. »Was ist eigentlich von dir noch übriggeblieben?«

Wollte sie wirklich etwas von *ihm* wissen, oder war das auch wieder nur ein Trick?

»Mein sonniges Gemüt. Und bei dir?«

»Meine Titten ... ist das nicht ein Hammer. Nur sieben Prozent meiner Körpermasse sind noch menschlich und ausgerechnet meine Titten sind echt.« Joyce griff sich mit beiden Händen an die stattlichen Brüste, sie trug einen weißen Einteiler, den sie sich aus einem der Schränke der von Aileen über Bord geworfenen Besatzung genommen hatte. Keine Waffen und auch kein Kevlarkörperpanzer, nur Joyce, deren frauliche Optik nichts von ihrer Faszination eingebüßt hatte.

»Machst du mich gerade an?« Er kratzte sich am Bein. Den Fehler, sich mit ihren menschlichen sieben Prozent vergnügen zu wollen, wollte er kein zweites Mal begehen.

»Mir ist langweilig. Aileen, magst du zuschauen?« Joyce legte nach, setzte sich auf einen Stuhl und spreizte die Beine. Genau das war der Moment, an dem in der Regel Scotts Verstand aussetzte. Er erachtete Frauen als die heimlichen Herrscher des Universums.

»Zwangsweise ... das menschliche Bedürfnis zu sexuellen Handlungen nach dem Erleben schwerer Gewalt habe ich noch nicht durchdringen können.«

»Ficken und Töten ist fast dasselbe ...« Joyce biss sich auf die Lippe. »Du wirst noch etwas lernen können.«

»... vermutlich mehr als mir lieb ist. Ich könnte auch die Kontrolle der Videosysteme partiell aussetzen.«

»Erzähl mir von dir. Wie bist du Joyce geworden? Warum bist du in diesen Gleiter gestiegen?«, fragte Scott, der nicht in ihre Spielchen einsteigen wollte. Joyce anzufassen wäre mit Abstand das Dümmste, was er tun konnte, um sich noch tiefer in die Scheiße zu reiten.

»Oh ... ist Scott erwacht? Scott ist langweilig ... Sweety, der furchtlose Schädelknacker, der macht mich an, ich will mit ihm spielen ... kannst du ihn bitte für mich rufen?« Joyce strich mit dem Finger über ihre Lippen. Stück für Stück zog sie ihr verführerisches Netz enger.

»Joyce, bitte, lass es einfach.« Er machte dem Spuk ein Ende, diese Frau war definitiv reif für eine geschlossene Anstalt. »Du wolltest doch wissen, warum ich hier bin ... ich kann nicht schlafen, das ist der Grund. Nachdem ich die Implantate bekam, habe ich keine Nacht mehr ruhig schlafen können.«

Das hatte Scott zuvor noch niemanden gesagt und ausgerechnet Joyce gegenüber öffnete er sich. Was für eine verrückte Welt. Jemandem etwas Wahres über sich zu sagen, fühlte sich neu an. Überraschend erleichternd, etwas von dem Stress, der ihn bewegte, mit einem anderen Menschen zu teilen. Er war selbst reif für eine geschlossene Anstalt.

»Das kenne ich ...« Joyce' Mimik veränderte sich, auch bei ihr verschwand die zuvor aufgebaute Körperspannung und sie ließ kurz die verwundete Seele hinter ihrer martialischen Fassade erkennen.
Scott verspürte einen Kloß im Hals, wie man sich täuschen konnte. Joyce und er kannten sich beide nicht, waren aber bereit, sich ohne eine weitere Frage umzubringen. Niemand, der im Weltall herumvagabundierte, hatte die Entscheidung, die Erde zu verlassen, freiwillig getroffen. Der Blaue Planet starb und jeder Mensch, der auch nur noch einen Funken Seele sein eigen nannte, weinte bei der Beerdigung seiner Heimat. Auch Joyce schien einen hohen Preis dafür bezahlt zu haben, zu dem gemacht worden zu sein, was sie heute war.
»Kennst du General Kuronov?«, fragte sie mit ruhiger Stimme.
Scott nickte, wer kannte ihn nicht. Viktor Kuronov, Oberbefehlshaber der NewCom Flotte und reichster Mann in Minsk.
»Meine aparte Erscheinung verdanke ich seinen Ärzten. Ich war sein privater Bodyguard.«
»Die Kündigung bekommen?«, fragte Scott, der nicht wissen wollte, was die Veränderungen bei Joyce gekostet hatten.

»Nicht von ihm. Er liebt große blonde Frauen, von denen er sich tagsüber beschützen und nachts bedienen lässt.«

»Hat dir der Job nicht gefallen?« Scott hatte dieses Gespräch mit ihr nicht erwartet.

»Es würde mich vermutlich in ein besseres Licht rücken, wenn ich ja sagen würde ... aber nein, ich hatte kein Problem damit, ohne Höschen zu arbeiten. Es hat mich sogar angemacht ... es war seine Ehefrau, die mich verjagt hat.«

»Eifersucht?«

»Dafür müsste man in der Lage sein, etwas zu fühlen ... nein, Jekaterina Kuronova steht über solchen menschlichen Schwächen.«, bemerkte Joyce abgeklärt.

»Warum dann?«

»Ich weiß es nicht.«

»Eine Vermutung?«

»Diese Frau macht keinen Schritt, ohne zu wissen, warum. Viktor hatte keine Ahnung, wen er sich mit ihr ins Bett geholt hatte ... wenn die Sonne die Erde nicht tötet, dann tun es Frauen wie Jekaterina. Sie bedeuten das Ende für das Leben, das wir kennen.«

»Hast du mit General Kuronov darüber gesprochen?«, fragte Scott, dem diese Geschichte suspekt wurde.

»Dann würde ich nicht mehr leben ... er liebt sie. Paradox, ich weiß, er betrügt sie jede Nacht, aber er liebt sie abgöttisch. Eine schwierige Beziehung.«

»Scheint so.«

»... wie bei uns. Na, soll ich helfen, damit er dir wieder steht?« Das Fenster zu Joyce' Seele schloss sich wieder.

***

XXI. Tanz für mich

Die beiden Männer des diplomatischen Sicherheitsdienstes zeigten wenig Geduld, um auf ihre Antwort zu warten. Sie nahmen Liu kurzerhand mit. Ihr wäre vermutlich, auch wenn sie mehr Zeit gehabt hätte, nichts Kluges eingefallen, um sie wieder loszuwerden. Egal ob ein Kampf, Geschrei, ein Fluchtversuch oder dummes Gerede, nichts davon hätte sie retten können. Egal, was Liu sich auch einfallen lassen würde, sie musste es woanders tun. Ravan Colucci, ihre Zielperson, hatte zum Glück nichts von dem Intermezzo mitbekommen.

»Verhalten Sie sich ruhig und leisten Sie keinen Widerstand. Wir werden Sie umgehend zur Botschaft bringen. Dort wird man Ihnen einige Fragen stellen«, erklärte der größere dieser Idioten, dessen kantiger Schädel den Charme eines rostigen Gullydeckels hatte. Liu schwieg und ließ sich aus dem Club abführen, was ihr einige abfällige, aber auch mitleidige Blicke einbrachte.

»Kann ich helfen?«, fragte der breitschultrige Türsteher, der Liu vorhin auch hereingelassen hatte. Die beiden Asiaten hielten Liu unter beiden Armen fest, so dass sie auf den letzten Metern den Boden nicht mehr berührt hatte. Diese PanAsia-Idioten behandelten sie wie eine Kriminelle, Liu hatte auf dem Weg zur Tür bereits einen ihrer todschicken schwarzen Pumps verloren.

»Sie gehört zu uns.« Der rostige Gullydeckel zeigte dem Security seinen und Lius Diplomatenpass. Die Stimmung kippte. Drei weitere Mitarbeiter der Club-Security flankierten den Clubeingang. Der Türsteher ging davon unbeeindruckt einen Schritt auf sie zu. Das Hausrecht lag bei ihm.

»Brauchen Sie Hilfe?«

Wenn Liu ja sagen würde, wäre sie den diplomatischen Sicherheitsdienst auf der Stelle los. Vermutlich für 10-15 Minuten, dann würde die Botschaft mithilfe der lokalen Polizei ihre Interessen durchsetzen. Diese Zeitspanne war definitiv zu kurz, um die Zielperson anzusprechen, heißzumachen und abzuschleppen.

»Ma'am, können Sie mich verstehen?«, fragte der Türsteher erneut. Der kleinere Asiate, dessen panisch verkrampfter Gesichtsausdruck Liu an eine an die Wand geworfene Pizza erinnerte, legte bereits die Hand auf seine Waffe. Ob er wirklich eine Schießerei riskieren wollte?

»Ich bitte Sie, die diplomatische Immunität, die uns die akkreditierten Pässe gewähren, zu respektieren.« Der rostige Gullydeckel begann zu schwitzen.

»Natürlich, ich möchte nur eine Antwort der Lady haben. Ma'am, werden Sie gezwungen, diesen Gentlemen zu folgen?« Der Türsteher sah sie an, helle blaue Augen, ein interessanter Mensch, ob er wirklich für sie kämpfen würde?

Liu schüttelte den Kopf. Kein Kampf, keine Gewalt, keine weiteren Opfer, jedenfalls nicht hier. Nur Anfänger hätten an der Tür ein Schlachtfest in Kauf genommen.

»Okay ... Sie gehört Ihnen.« Der Türsteher verbeugte sich und ging einen Schritt zurück. Der rostige Gullydeckel und die Pizzafresse zogen Liu über den Parkplatz, auf dem sie auch den anderen Schuh verlor. Ein Jammer, das Paar hatte 7.000,- gekostet.

»Sie haben richtig gehandelt, den Konflikt zu deeskalieren. Ich werde Ihre Kooperation in meinem Bericht erwähnen.«

Liu nickte, als ob sie das interessieren würde, was dieser Idiot in seinen Bericht schreiben wollte. Die Pizzafresse öffnete eine dunkle Limousine, in deren Fond vier Fahrgäste auf jeweils zwei bequemen Sesseln gegenüber Platz nehmen konnten. Der rostige Gullydeckel schubste sie auf die hintere Sitzreihe und setzte sich selbst mit Rücken zum Fahrer ihr gegenüber. Er trug ein Schulterhalfter mit einer 9 Millimeter Para, Semiautomatik. Eine langweilige Waffe, die aber völlig ausreichte, um jemanden fünfzehn Mal zu erschießen.

Der andere stieg nach vorne hinter das Steuer und startete ein Display. »Ich mache den Bericht fertig ... die Botschaft wartet bereits auf unsere Meldung.«

»Sie wird uns nicht weglaufen.« Der rostige Gullydeckel lächelte und spreizte die Beine, scheinbar machte ihn das knallenge Lederkleid an. Liu fragte sich, was sie sich deswegen erlauben konnte. Beim Versuch nach der Waffe zu

greifen, würde er sie niederschlagen. Der Asiate brachte mehr als das Doppelte ihrer fünfzig Kilogramm auf die Waage. Es wäre sinnlos gewesen, ihn frontal anzugreifen.
Liu richtete sich auf, legte den Kopf auf die Seite und musterte seine Reaktion. Der rostige Gullydeckel spiegelte sie und legte seinen Kopf ebenfalls auf die Seite. Gepaart mit einem erwartungsvollen Grinsen. Sie hatte ihn am Haken.
Jetzt legte sie den Kopf auf die andere Seite, lutschte ihren Finger, mit dem sie sich über den Mund, das Kinn und den Hals fuhr. Seine Augen wurden größer. Yeah, es funktionierte. Dem Typ drohten vor Geilheit gleich die schiefen Zähne aus dem Gesicht zu fallen.
Showtime, Liu zog langsam den Reißverschluss herab, von den Brüsten bis zum Bauchnabel. Einen BH brauchte sie nicht, ihre Nippel standen sofort. Dann rutschte Liu devot auf die Knie und bewegte sich demütig auf ihn zu. Er sollte ruhig glauben, dass sie sich ihrer aussichtlosen Lage bewusst wäre. Offensichtlich passierte dem rostigen Gullydeckel so etwas nicht jeden Tag, weswegen er sich nicht rührte und auch keinen Ton von sich gab, als ihm Liu den Schwanz aus der Hose holte und er ihr sofort tief in den Mund stieß.
»Die warten auf uns. Liu Wu soll sofort befragt werden. Der Botschafter lobt ... « Er stockte. »Ist alles in Ordnung?«, fragte sein Kollege und blickte nach hinten. »Das glaube ich jetzt nicht ... warte, da will ich mitmachen!«

Bei aller sexuellen Offenheit, zu der Liu fähig war, diese Erfahrung hatte sie sich anders vorgestellt. Einmal vor und zurück, ihre Lippen umschlossen seine harte Eichel, der Typ würde gleich in ihrem Mund kommen. Jetzt tief Luft holen und zubeißen.

Er schrie. Blut, alles war voller Blut. Sie spuckte den erschlafften Stumpen aus, griff nach seiner Waffe, entsicherte sie und drückte sie ihm fest auf die Brust. Liu schoss. Zwei Schüsse in das Herz. Er starb sofort. Mehr als ein fahriger Schnaufer ertönte nicht mehr aus seinem Mund.

Die Projektile hatten die Sitzbank durchschlagen und ebenfalls den Fahrer getroffen, der zusammengesackt über dem Lenkrad hing. Liu stieg aus, halbnackt und voller Blut, öffnete die Fahrertür, setzte die Waffe fest in seinen Nacken und schoss ihm zweimal durch das Genick in den Oberkörper. Es roch nach verbranntem Fleisch, die fest aufgesetzten Schüsse hatten deutliche Wundmale hinterlassen, waren aber auch kaum zu hören gewesen.

»Yeah.« Liu warf die nutzlose Waffe in den Wagen, nahm ihre Handtasche und schloss beide Türen. Auf dem vollbesetzten Parkplatz schien niemand auf sie zu reagieren. Die Isar rauschte keine zehn Meter am Parkplatz vorbei, ein inzwischen vollständig künstlicher Fluss von vier Kilometern Länge, inmitten der einzig verbliebenen europäischen Metropole.

Liu kontrollierte die Uhrzeit, sie hatte siebzehn Minuten verloren. Sie war noch im Rennen. Ihr verbleibendes Zeitfenster, um Ravan mitzunehmen, lag bei 30-40 Minuten. Nicht viel, aber eine bessere Alternative gab es nicht. Sie zog den Reißverschluss wieder hoch und spuckte das restliche Blut des Toten aus. Eine Chance, sich komplett davon zu befreien, sah sie nicht, wozu auch, es würde auch blutverschmiert funktionieren.

Als Erstes pickte sie auf dem Weg zum Eingang des Clubs ihren Schuh auf. Die anderen Gäste, die gerade vor dem Nirwana anstanden, sahen sie nur mit einem Lächeln an, scheinbar hielten sie das Blut für eine Masche. Was bemerkenswert war, das Gesicht und das Kleid voller Blut zu haben, schien nicht die wildeste Methode zu sein, um an den Türstehern vorbei zu kommen.

»Ich habe meinen Schuh liegengelassen ...« erklärte Liu dem Türsteher und hielt den schwarzen Pumps hoch.

»Oh ja ... hey, haben Sie die beiden Spaßbremsen abgeknallt, oder wo kommt die ganze rote Farbe her?«, fragte der Türsteher amüsiert. Ein netter Kerl, mit dem sie gerne ein Bier getrunken hätte.

»Oh ja ... dem kleinen Schlitzauge zweimal in den Nacken, dem großen habe ich zuerst den Schwanz abgebissen und dann zweimal ins Herz geschossen.«

Als ob sie nur einen geschmacklosen Witz gemacht hatte, marschierte sie in den Club. Der Türsteher lachte, ein anderer schüttelte den Kopf und die wartenden Gäste in

der ersten Reihe raunten ehrfürchtig. Keine Lüge wäre in diesem Moment glaubwürdiger gewesen als die Wahrheit.
Liu hatte einen Auftrag und sie würde pünktlich liefern. Daran gab es keine Zweifel. Ein Stück weiter pickte sie den zweiten Schuh auf. Die Schmuckstücke wollte sie nicht mehr missen.
»Magnum Champagner, die große ... auf Eis ... bring direkt zwei«, rief Liu einer Kellnerin zu und zeigte auf Ravans Tisch. Sie hatte weder Zeit noch Lust, lange zu warten.
Die hübsche Italienerin sprach gerade mit einer Freundin, der sie die Hand auf die Brust legte. Bestens, mit der Einstellung konnte Liu arbeiten, noch einen Schwanz im Mund hätte sie an diesem Abend nicht vertragen. Die langen Haare, die Figur, ein Traum von einer Frau, ihren Körper würde sie mit großer Dankbarkeit annehmen.
Liu ging zielstrebig auf sie zu, Ravans Freundin sah sie zuerst, ebenfalls eine südländische Schönheit. Wenn sie mehr Zeit gehabt hätte, wären auch beide im Duett eine Sünde wert gewesen.
»Ja, bitte?«, fragte Ravan, nachdem ihre Freundin sie dazu gebracht hatte, sich umzudrehen. »Warst du nicht gerade mit zwei asiatischen Kerlen hier?«
Diese Augen, das schlanke Gesicht, die dunklen Locken, zudem schien sie aufmerksam zu sein.
»Waren das deine Bodyguards?«, fragte Liu mit ernster Miene und ging so dicht an Ravan heran, damit sie das Blut an ihr riechen konnte.

»Nein, nein ... mit denen habe ich nichts zu tun.« Ravan, die wegen flacherer Schuhe etwas kleiner wirkte, blieb wie festgefroren stehen.
»Die wollten mich davon abhalten, mit dir zu tanzen.« Sie konnte den Bass der Lautsprecher auf der Haut spüren.
»Bitte?«
»Ich habe beide erschossen ... jetzt bin ich wieder bei dir.« Liu lächelte zurückhaltend, ein Schauer lief ihr den Rücken hoch, diese Frau wollte sie haben. In dieser Nacht, der letzten auf dieser sterbenden Welt. »Ich hoffe, es stellt sich mir kein weiterer *Mann* in den Weg.« Sie nahm Ravan an die rechte, ihre Freundin an die linke Hand. Es war genug Platz für beide da. Die beiden Freundinnen sahen sich kurz an, nickten sich zu und ließen sich auf die Tanzfläche entführen.
»Männer? Ich? Nein, nein ... mein Name ist Ravan, das ist meine beste ...«
Liu ließ sie nicht ausreden und küsste zuerst sie, dann ihre Freundin. »Tanz für mich ... tanz.«

Liu hatte mit Ravan knutschend den Club verlassen. Die Lippen der Italienerin schmeckten nach mehr, sie konnte die Erregung auf ihrer Haut riechen. Salzig, tief und unendlich lustvoll. Ähnlich einer Blume, deren Blüte sich nur in einer Nacht im Verlauf eines Jahres öffnete. Beide Frauen stiegen in ein Taxi. Für den Login in den Terminal des

Taxis nutzte sie Ravans Kreditkarte und tippte die Adresse ein. Ravans Freundin hatte sie geschickt abhängen können.

»Wohin fahren wir?«, fragte Ravan, die noch stärker danach zu drängen schien, mit Liu zu schlafen, als umgekehrt.

»Weg ... einfach nur weg ... lass uns einfach abhauen. Möchtest du mit mir zu den Sternen reisen?« Aus dem Augenwinkel beobachtete Liu, wie Polizeifahrzeuge auf den Parkplatz fuhren. Jemand schien die beiden toten Chinesen gefunden zu haben.

»Ich fliege nachher zum Mars, ist das nicht irre?« Ravan schwebte auf einer Wolke. Wie passend.

»Unglaublich, ich auch ...« Liu spielte mit. In spätestens 15 Minuten würde ein Forensiker DNA-Material gefunden haben, das man ihr zuordnen konnte. Noch weitere 15 Minuten für den Richter, der Liu Wu zur Fahndung ausschreiben würde, schließlich war die Föderation keine Bananenrepublik. Was bedeutete, dass die Gesichtserkennungssoftware der Behörden mithilfe jeder Kamera in der Stadt nach ihr suchen würde. Jedes Taxi, jede Straße, jedes Hotel, jedes Restaurant und was sonst noch, war für die Polizei abrufbar.

»Was für ein Zufall. Ich habe ein Ticket für die USS Berlin!«

»Ich glaube es nicht, ich auch ...« Nur ein Geist würde bei diesem Ermittlungsapparat unsichtbar bleiben können.

»Was für eine geile Nacht ... wir werden acht Jahre lang eingefroren. Ich kann mich noch nicht an diesen Gedanken gewöhnen. Eigentlich ist man dann ja klinisch tot und wird später wieder reanimiert.«
»Acht Jahre, wie eine Nacht. Ich glaube, ich habe mein Leben lang auf dich gewartet.« Liu nahm Ravan in den Arm und küsste sie innig. Die Italienerin würde ihr Ticket in ein neues Leben werden. Mit dem Geld für den Auftrag würde sie auf der Erde leben können wie eine Königin. Nur Idioten ließen sich einfrieren und versuchten auf der Neuen Erde glücklich zu werden.

»Wo sind wir hier?«, fragte Ravan, die Liu Händchen haltend in ein exklusives Appartment gefolgt war.
»Bei mir ...« Liu lachte und öffnete die Tür. Über 200 Quadratmeter purer Luxus in der 271. Etage eines Wohntowers. Marmorböden, Seidentapeten, diese Arbeitswohnung war eine ihrer liebsten. Das ganze Appartment bestand nur aus zwei Zimmern, einem Schlafraum mit Bad sowie einem riesigen Wohnzimmer mit offener Küche und einem Abstellbereich. Das moderne Interieur, die Bilder an den Wänden und auch alle Details waren weiß mit zahlreichen blauen Highlights. Die Mischung aus dem kühlen Weiß und die Sehnsucht der tiefen Blautöne entsprachen genau ihrem Geschmack.
»Wow ... schön hast du es hier. War nicht billig, oder?«

»Geld bedeutet nichts ...« Liu legte die Handtasche auf die Anrichte, machte die Musik an und öffnete eine Flasche Champagner, den sie für besondere Momente aufbewahrt hatte.

»Meinen Eltern ging es immer nur um Geld ... und jetzt ist mein Vater allein.«

»Wird er dich begleiten?«

»Nein ... er möchte hierbleiben.«

»Kann ich verstehen.« Liu gab Ravan ein Glas. »Auf unsere Reise zur Neuen Erde.«

»Auf uns.« Ravan trank. Liu wartet einen Moment und stellte das Glas wieder ab.

»Ich habe eine Überraschung für dich.«

»Echt?«

»Ich kann zaubern.« Liu öffnet den Reißverschluss des Lederkleides, damit hatte sie an diesem Abend bereits hinreichend Erfahrung sammeln können und streifte sich den Fummel ab.

»Du hast eine tolle Figur ...«

»Danke.« Die hatte Liu wirklich, sie zog sich auch den Slip aus, behielt aber die Pumps an. Die hatte sie in ihr Herz geschlossen. »Ich liebe deine Haut.«

Ravan stellte das Glas ab und streifte sich ihr dunkelblaues Minikleid ebenfalls ab. Liu lächelte, ging zu ihr, küsste sie und glitt mit den Lippen zuerst den Hals und dann die Brüste hinab. Den schwarzen Seidenslip würde Ravan in diesem Leben nicht mehr brauchen. Mit einer zärtlichen

Streichbewegung über dem Po entledigte sie auch das lästige Höschen vom Objekt ihrer Begierde. In einer anderen Nacht hätte sie Ravan intensiv geliebt. In einem anderen Leben wären sie vielleicht auch Freunde geworden.
»Ich will dich spüren ...« Ravan strich ihr zärtlich über die Scham und drang mit dem Finger in sie ein. Eine ebenfalls ungewöhnliche Erfahrung. Schade, dass dafür die Zeit nicht mehr reichte.
»Ich werde dich nicht vergessen.« Liu legte beide Hände an Ravans Gesicht, packte fest zu, ein Ruck, es knackte, das Genick brach wie ein dünnes Bündel Reisig. Mit leeren Augen sackte die mediterrane Schönheit zu Boden. Ihr blieb nicht einmal genug Zeit, um zu verstehen, was überhaupt passiert war. Ein schöner Tod, voller Hingabe, Vertrauen und Hoffnung. Wie hätte Liu der jungen Frau in dieser grausamen Zeit das Leben wohltuender nehmen können.
Jetzt begann die Arbeit. Liu öffnete eine Schublade, nahm ein selbstführendes Diagnosegerät heraus und setzte es Ravan auf die nackte Brust. Der skriptgesteuerte Roboter erwachte zum Leben, fuhr diverse Sonden aus, die sich vielfach mit feinen Nadeln in die Leiche bohrten. Diese Prozedur an einem lebenden Menschen durchzuführen, hielt sie für barbarisch.
Liu ließ ihr Kommunikationsmodul am Hals eine gesicherte Verbindung mit dem Operator aufbauen.
»Hallo.«

»Gab es Probleme?«, fragte er.

»Nein ... alles läuft nach Plan.« Den Versuch der beiden Chinesen, sie zu verhaften, erachtete sie nicht als Problem.

»Ist Ravan Colucci bei Ihnen?«

»Sie liegt vor mir. Ich habe das Diagnose-System aktiviert. Schalte jetzt den Datenstream. Wie lange dauert das Rendering?«

Liu wusste, dass es bei einem Körperwechsel nicht nur auf die DNA der Zielperson ankam, sondern auf eine individuelle Übergangssequenz. Das Rendering war ein individuell abgestimmter Prozess, um aus dem Körper von Liu Wu Ravan Colucci zu machen. Da beide Frauen eine nahezu identische Körpergröße, Gewicht, Alter und Körperbau hatten, würde der Wechsel weniger aufwendig sein als beim Übergang von Kamal Chowbutt auf Liu Wu.

»72 Minuten ... Sie sollten sich vorbereiten, das Appartment schnell zu verlassen.«

»Wird nach Liu Wu gefahndet?«

»Die lokale Polizei und der diplomatische Sicherheitsdienst setzen gerade alle Hebel in Bewegung, um eine durchgeknallte Mörderin zu fangen. Die gehen davon aus, das Liu Wu die Tat geplant hatte und nun versuchen wird, den Botschafter anzugreifen.«

»Wissen die, wer ich bin?«

»Nein.«

»Warum sollte Liu Wu den Botschafter töten?«

»Weil sie eine unangemessene Beziehung hatten und der Typ sie abservieren wollte. Jetzt hat er Angst vor ihrer Rache.«

»Das passt doch prima.« Das falsche Motiv würde ihre Spur perfekt verschleiern.

»Ein glücklicher Zufall ... an der Stelle möchte ich mich für die beiden Chinesen entschuldigen.«

»Nicht der Rede wert ... ich geh duschen.« Ein guter Zeitpunkt, sich frisch zu machen. Bevor sie im Bad verschwand, aktivierte sie noch die Auftauautomatik an einem der Kühlschränke.

Liu prüfte die Einstellung und lud Ravans ID in den Injektor, dann stach sie sich die drei kurzen Nadeln in den Bauch. Die Wärme breitete sich binnen Sekunden im ganzen Körper aus. Das Brennen wurde stärker, sie biss die Zähne zusammen und sah im Spiegel, wie sich ihre Gesichtszüge veränderten. Die mandelförmigen Augen Lius verwandelten sich in den Blick der Italienerin. Der Busen wuchs minimal und die Haut verfärbte sich eine Nuance dunkler. Abschließend wuchsen auch die Haare um dreißig Zentimeter. Eine wunderbare Mähne, sie lächelte, schloss die Augen und ließ Liu Wu hinter sich.

Ravan öffnete wieder die Augen und betrachtete zufrieden den neuen Körper. Eine wunderbare Arbeit. Jetzt sollte sie schnellstens aufräumen. Ravan zog sich zuerst ihren schwarzen Seidenslip an, dann das blaue Minikleid. Sie überprüfte die Handtasche, perfekt, ein Mobile zeigte ihr, dass sich ihr gesamtes Gepäck bereits eingecheckt auf dem Gleiter zum Mars befand.

»Jetzt kommt der Zaubertrick ...« Ravan öffnete den mannshohen Tiefkühlschrank, der seinen Inhalt erst nach Eingabe einer biometrischen Kennung freigab.

»Hallo Liu.« Ravan nahm den nackten Körper der Chinesin und legte ihn auf das Sofa. Dann nahm sie die ebenfalls nackte Leiche der Italienerin und packte sie in das freie Kühlfach. Diese Kühlschränke für Menschen waren der neuste Schrei, wenn sich jemand unberechtigt an ihnen zu schaffen machte, würde eine intelligente Bombe den Inhalt restlos verbrennen. Sicher war sicher, wer konnte schon wissen, wer sich in ihrer Wohnung herumtrieb, wenn sie nicht zu Hause war. Ansonsten war die Technologie dieselbe, wie sie auf der USS Berlin für den langjährigen Kälteschlaf der Siedler verwendet wurde.

»Wo bin ich?«, fragte die echte Liu Wu, die gerade wach wurde. Genau im richtigen Moment. Ravan liebte perfektes Timing und zog der noch benommenen Asiatin das blutverschmierte Lederkleid an. Und sie bekam sogar die Pumps, die Ravan nur ungern zurückließ. Es kam immer auf die Details an.

»Meine Name ist Ravan Colucci. Sie sind gestürzt, ich habe sie mit zu mir genommen ... aber ich glaube, ich kann Sie jetzt wieder in ein Taxi setzen. Bestimmt wartet schon jemand auf Sie«, erklärte Ravan und half ihr auf. Liu schaffte es kaum, sich auf den Beinen zu halten.

»Ja, ja ... ich muss zur Botschaft. Ich habe nachher einen Flug nach Minsk, die warten auf mich.«
Natürlich fehlten ihr ein paar Tage. Ravan war sich aber sicher, dass die Polizei und der diplomatische Sicherheitsdienst ihr alle Details mitteilen würden, die sie versäumt hatte. Inklusive des Clubbesuchs im Nirwana, der geringfügig aus dem Ruder gelaufen war. Liu würde dann über den schlimmsten Kater ihres Lebens klagen und beim Leben ihrer Mutter schwören, nichts mit den Morden zu tun zu haben.
»Natürlich, warten Sie, ich helfe Ihnen.« Ravan gab sich hilfsbereit und verließ gemeinsam mit ihr die Wohnung. In ihrem Metier kam es nicht nur darauf an, sich wie ein Chamäleon anzupassen, sondern auch, wenn sich Spuren nicht mehr verhindern ließen, den Behörden einen geeigneten Täter zu hinterlassen.
»Kenne ich Sie?«, fragte Liu unsicher. »Mein Name ist Liu Wu. Wie heißen Sie?«
»Ich vermute nicht ... mein Name ist Ravan Colucci, ich verreise heute, sonst hätten wir uns länger unterhalten können.« Ravan gab sich charmant, es gab keinen Grund, unfreundlich zu sein.
»Danke.«
»Keine Ursache. Bitte, der Aufzug ist da.« Ravan half ihrem Gast, deren Schritte immer noch wackelig wirkten. Die Siedler in den Raumschiffen bekamen nach dem Auftauprozess zahlreiche Medikamente, die dem Gehirn halfen,

den enormen Stress des Kälteschlafs zu verarbeiten. Ohne diese Behandlung dauerte es bis zu 72 Stunden, bis das Gehirn wieder ohne Defizite funktionierte. Bis dahin schaffte es Lius Gedächtnis noch nicht einmal, sich Ravans Namen zu merken, den sie ihr bisher zwei Mal gesagt hatte.

***

XXII. Neue Direktiven

»Raver-Vier-Eins offline.« Tara deaktivierte die Verbindung und nahm sich schweißgebadet den Helm ab. Obwohl sie zur Steuerung der Drohnen das Trägerschiff nicht verlassen hatte, fühlte sie sich, als ob sie die Flugstrecke ihrer zwölf kleinen Helfer zu Fuß zurückgelegt hätte. Zudem schwor sie sich, nie mehr Witze über interstellare Verkehrspolizisten zu machen. Der Job war die Hölle, ihr klingelten jetzt noch die Ohren. An der Blockade sammelten sich immer mehr Raumschiffe, die für die Verzögerungen wenig Verständnis zeigten. Viele von denen mussten auf den üblichen Transitstrecken zwischen der Erde und den drei bewohnten Jupitermonden Termine einhalten.

»Alles ist Ordnung?«, fragte ein junger Spaceman, der seinem Aussehen nach besser in die Schule passen würde. Er half ihr, die Gurte zu lösen und bei den ersten Schritten nicht zu stürzen.

»Ja ... danke.« Tara fühlte sich erschöpft, hatte aber keine Probleme aufzustehen. Nach den Erlebnissen in Johannesburg wollte sie aber nicht anfangen, über den ersten Raver-Einsatz zu klagen.

»Warten Sie... ich lade noch das komplette Log auf ein Pad-System.« Der Soldat aktivierte mit einem Pad-Computer den Download und zog eine Kopie aller Flugdaten, Funksprüche und Telemetrie-Informationen aus der Datenbank der Drohnensteuerung. »Bitte ... damit können Sie die Daten bequemer auswerten.«

»Danke.« Tara nahm das Pad-System entgegen, was sie mit einer lokalen Kopie der Daten sollte, wusste sie nicht. Dieser Schritt entsprach nicht dem Standardprotokoll, stellte aber auch keinen Verstoß dar. Sie beobachtete aufmerksam jeden der Handgriffe des jungen Soldaten.

»Ich soll Ihnen ausrichten, dass Captain Aarnaar Sie persönlich sprechen möchte. Sie bat mich, Ihnen mitzuteilen, dass sie direkt zu ihr kommen können.« Er salutierte und machte sich daran, dem nächsten Drohnenpiloten bei der Landung zu helfen.

»Können oder sollen?«

»Ma'am, wie bitte?«

»Schon gut ... ich gehe zu ihr.« Captain Aarnaar hätte sie auch über das Netzwerk ansprechen können. Die Zeiten, in denen Meldungen persönlich überbracht wurden, waren bei der Föderation im Jahr 2232 bereits lange vorbei.

Tara ging los, eigentlich wäre es ihr lieber gewesen, sich vor dem Rapport noch duschen zu können. Auf sämtlichen Decks der USS Kinshasa herrschte reges Treiben. Ähnlich einer Ameisenkolonie verrichteten Menschen, Maschinen, Roboter, Drohnen und KIs gemeinsam ihren Dienst. Der technische Fortschritt hatte das Militär zwar verändert, es würden aber immer Menschen sein, die ein Interesse daran hatten, andere umzubringen.

»Darf ich mich Ihnen anschließen?«, fragte ein Major, der sich auf dem Korridor überraschend an ihre Seite gesellte.
»Sir?« Die legere Ansprache eines hochrangigen Offiziers überraschte Tara, sie überlegte, ob sie salutieren sollte oder nicht.
»Noam Stern, Nachrichtendienst, ich lege keinen Wert auf formale Höflichkeiten.«
Tara schmunzelte, der Mann gefiel ihr. »Wohin möchten Sie mir denn folgen?«
»Heute zu Captain Aarnaar, wir haben einen gemeinsamen Termin.« Major Stern schien nur optisch dem Archetyp eines erfolgreichen Offiziers zu entsprechen. Groß, aber nicht riesig. Sportlich schlank, aber nicht muskulös, ein blonder Kurzhaarschnitt, aber kein rasierter Nacken, wache Augen, aber ohne Tara mit Blicken zu bedrängen. Ein Mann, den man sah und drei Sekunden später wieder vergaß. Eine beim Nachrichtendienst sicherlich hilfreiche Eigenschaft.
»Und morgen?« Tara mochte das provokante Gespräch weiterführen.
»Dann können wir gemeinsam die Welt retten ... wären Sie dabei?«, fragte er keck. Geistig schien er alles andere als unscheinbar zu sein.
»Natürlich.« Die Art, wie er die Frage stellte, erneut pure Provokation. Wobei Tara nicht das Gefühl hatte, angemacht zu werden, er schien genau das zu meinen, was er

gesagt hatte. Eine Einstellung wie aus dem Ethik-Guide der Föderation, mit der Tara keine Probleme hatte.

»Wo stammen Sie her?«, fragte sie, die sich für den Menschen hinter den wachen Augen interessierte.

»Tel Aviv, jedenfalls bis zu dem Zeitpunkt, als die Stadt aufgegeben wurde. Danach West Point und mittlerweile der Mars. Eine langweilige Vita, ich weiß.«

»Finde ich nicht ...« Tara verzichtete darauf, mehr über sich zu erzählen, da er als Nachrichtendienstler ihre Akte bereits kennen durfte.

»Sie haben bei Ihrem ersten Einsatz an der Blockade viel Geschick gezeigt ...« Er tippte mit dem Finger auf Taras Pad-System. Major Stern schien nicht nur ihre Vita zu kennen, sondern kannte offensichtlich auch bereits sämtliche Einsatzdaten.

»Danke.«

»Was halten Sie von den Plänen unserer russischen Freunde, die Fertigstellung der Riad selbst zu beaufsichtigen?«, fragte er und stieg in einen Aufzug.

»Daraus ergibt sich eine schwierige Situation ...« Die wechselhafte Partnerschaft zwischen der Föderation und NewCom reichte 250 Jahre zurück und war immer durch Möglichkeiten, gemeinsam größere Ziele erreichen zu können und ständigem Misstrauen geprägt.

»Oh ja ... Sie glauben nicht, wie recht Sie haben.« Major Stern ging vor, klopfte an die Tür Captain Aarnaars und öffnete sie.

»Sie haben sich bereits bekanntgemacht ... sehr gut.« Captain Aarnaar salutierte vor Major Stern.
»Rühren. Bitte nehmen Sie Platz ... dies in ein informelles Briefing.« Major Stern übernahm, ohne weitere Zeit zu verlieren, die Gesprächsführung.
»Major ...« Captain Aarnaar nickte ihm zu. Tara konnte es sich nicht erklären, sie fühlte sich gerade zur falschen Zeit am falschen Ort. Das ging alles zu schnell.
»First Lieutenant Bagian, sie haben bei Ihrem ersten Einsatz taktisches Geschick bewiesen. Es freut mich, Sie dabei zu haben und ich kann es an Ihren Augen sehen: Sie fragen sich, warum wir uns unterhalten.«
Tara nickte, das interessierte sie wirklich. Noch gelang es, an der Blockade die drei NewCom-Kriegsschiffe zurückzuhalten, was bei ihrem Dienst eine intensive Diskussion ausgelöst hatte.
»Warum lassen wir die NewCom-Kriegsschiffe nicht zur ihrer eigenen Werft?«, fragte Tara. Auch wenn es die globalen Verträge nicht vorsahen, konnte sie die Besorgnis der Russen verstehen.
»Eine gute Frage. Lassen Sie mich etwas weiter ausholen.« Major Stern aktivierte eine Projektionsfläche an der Wand und zeigte das Bild eines hochdekorierten NewCom-Offiziers. »Das ist General Viktor Kuronov, 76 Jahre alt, der die NewCom-Flotte anführt. Ein zuverlässiger Partner der Föderation: Ein Oligarch alter Schule, ein skrupelloser

Mörder, Mädchenhändler, respektabler Geschäftsmann, Multimilliardär und großzügiger Kunstmäzen.«

»Ein Mensch mit Charakter ...« Die Bemerkung konnte sich Tara nicht verkneifen, was Captain Aarnaar lehrerhaft zu ihr hersehen ließ. Tara kannte General Kuronov aus den Medien.

»Der Wunsch nach Stabilität bedingt Toleranz im Umgang mit seinen Nachbarn ...« Major Stern wechselte das Bild und zeigte eine attraktive Blondine um die zwanzig. »Das ist Jekaterina Kuronova, 69 Jahre alt, zumindest ihre Zahnfüllungen, der Rest wurde renoviert, seine Frau, auf die vor wenigen Tagen in Minsk auf offener Straße ein missglückter Mordanschlag verübt wurde.«

»Was ein solcher Lebensweg mit sich bringen kann.« Tara verspürte kein Mitleid mit diesem Menschenschlag, die sollten sich ruhig gegenseitig umbringen. Captain Aarnaar lächelte selbst.

»Ein inneres Problem unserer Partner könnte man sagen ... aber es geht leider um weit mehr.« Die Projektion wechselte und zeigte einen sympathischen Offizier der Föderation. »Das ist Lieutenant Colonel Jeff Wilcox, Special Forces, Scharfschütze, Waffenspezialist, spricht sieben Sprachen, der bei einem Einsatz auf Ganymed mit einer Rettungskapsel auf den Jupiter abgestürzt war. Wir haben seine Leiche nie bergen können.«

»Sie glauben, er lebt noch?«, fragte Captain Aarnaar, derselbe Gedanke hatte auch Tara beschäftigt.

»Sein Geist zumindest ...«

»Bitte?« Das verstand Tara nicht.

»Im Rahmen dieser verdeckten Operation war es notwendig, dass sich Wilcox glaubhaft als eine andere Person ausgeben konnte. Wir haben ihn deshalb einer experimentellen Gen-Modifikation unterzogen, die es ermöglicht, den Körper und die DNA eines anderen Menschen anzunehmen. Bodychanger, die ihre ursprüngliche Persönlichkeit und Erinnerungen behalten, sind mit aktuellen Technologien nicht mehr von ihren humanoiden Vorlagen zu unterscheiden.«

»Der perfekte Spion ...«

»Der perfekte Attentäter ... es gibt Hinweise, dass er die Möglichkeit genutzt hat, um sich selbstständig zu machen.«

»Warum tat er das?«, fragte Tara, die versuchte, sich die Motivation eines Offiziers vorzustellen, der sein eigenes Leben aufgab, um das anderer zu führen.

»Frustration, Gier, Wahnsinn ... die Psychologen vermuten, dass er mit der Macht und der Verantwortung nicht klarkam, die er in Händen hielt. Das Bodychanger-Programm wurde danach stillgelegt. Er ist der einzige seiner Art.«

»Sie jagen ihn?«, fragte Captain Aarnaar.

»Was, wie sie sich vorstellen können, nicht einfach ist ... aber es ist uns gelungen, den missglückten Anschlag auf Jekaterina Kuronova mit einem zeitgleich in Minsk verschwundenen Geschäftsmann aus München in Verbindung zu bringen, Kamal Chowbutt.«

»Vermuten Sie, dass Wilcox mit der Identität von Chowbutt in Minsk war?«, fragte Tara, jetzt wurde das Gespräch interessant.

»Dafür gibt es nur schwache Indizien, von seiner Suite hätte er schießen können ... aber wir haben auch eine Lücke im möglichen Tathergang.«

»Welche?«

»Wilcox hätte nicht daneben geschossen. Jekaterina Kuronova müsste tot sein, was sie definitiv nicht ist. Es gibt keine Hinweise, warum der Anschlag hätte scheitern können. Die Kuronova hat ein Ticket für die USS Berlin und wird morgen mit einem privaten Gleiter auf dem Schiff eintreffen«, erklärte Stern.

»Wo ist der Zusammenhang zu den NewCom-Kriegsschiffen?«, fragte Tara, die nach der Verbindung suchte. »Es ist doch verständlich, dass der General seine Frau in Sicherheit bringen möchte.«

»Genau dort sehen wir das Problem. 1. Kuronov und seine Frau müssen sich seit Monaten in Minsk mit Mordanschlägen herumschlagen. Die meisten allerdings stümperhaft ausgeführt. 2. Kuronov vergöttert seine Frau, streitet sich aber trotzdem jeden Tag mit ihr und betrügt sie öfter, als sie ihre Unterwäsche wechselt. 3. Unsere Profiler sagen, dass er niemals seine Frau alleine zur Neuen Erde schicken würde.«

»Da sind sehr viele Fragezeichen ...« Tara sah ein ganzes Bündel von kritischen Problemen.

»Oh ja ... Szenario 1: Irgendein Killer, oder von mir aus auch Jeff Wilcox, schafft es, seine Frau zu töten. Ein Horrorszenario, er könnte aus Wut und Rache Millionen Menschen töten. Szenario 2: Die Vorstufe zur Hölle, Jekaterina Kuronova wird auf dem Mars getötet, was seine Wut gegen die Föderation richten würde und in einem interstellaren Krieg münden könnte.«

»Hört sich beides nicht gut an ...«

»Szenario 3: Der Killer versagt, was ich mir, wenn es wirklich Wilcox ist, nicht vorstellen kann. Dann würde der blonde Engel für lange Zeit aus dem Leben des Generals entschwinden. Ich erinnere daran, der Mann ist 76, er ist zwar noch fit, aber die Ewigkeit hat er deshalb trotzdem nicht gepachtet.«

»Sie vermuten General Kuronov könnte versuchen, die USS Berlin zu kapern?«, fragte Tara, nur diese Vermutung würde das Misstrauen erklären, das die Föderation bisher den drei NewCom-Kriegsschiffen entgegenbrachte.

»Ein kriegerischer Akt, der unser Sonnensystem in einen blutigen Krieg stürzen würde. Die Menschheit stirbt und wir tun alles dafür, diesen Niedergang zu beschleunigen.«

»Wieso sollte er nicht die Riad nehmen?«, fragte Tara.

»NewCom hat Probleme mit der Fertigstellung. Das Schiff wird in diesem Jahr nicht mehr starten. Kuronov hat, als größter Aktionär, seine Anteile an die Föderation verkauft.

Wir werden versuchen, den Bau innerhalb der nächsten Jahre abzuschließen. Es gibt allerdings viele Probleme mit der Anlieferung der Bauteile.«

»Was ist meine Rolle in dem Spiel?« Tara verstand die Situation, fand sich aber in dem Mosaik nicht wieder.

»Der Killer hat die Mittel und er ist entschlossen. Leider gibt es auch bei uns schwarze Schafe, deren Loyalität käuflich ist. Wir vermuten einen Schläfer bei den Raver-Piloten, weswegen wir Sie als die Neue im Team mit einer besonderen Aufgabe betrauen wollen... sie hatte bisher noch niemand auf dem Schirm.«

»Was soll ich tun?« Tara verkniff sich jede Regung, sie hatte spontan das Bedürfnis, laut aufzuschreien. Major Gessner hatte sie in eine unmögliche Situation gebracht. Wenn sie jetzt die Wahrheit erzählen würde, könnte sie es nicht verhindern, auch über ihre Rolle beim Absturz des Frachtgleiters vor Johannesburg zu reden. Das Militärgericht würde sie über Jahre hinweg in einen Knast auf der Erde stecken. Wobei Tara kurz überlegte, ob der Knast oder die Tatsache, zurück zur Erde geschickt zu werden, die schlimmere Strafe war.

»Die drei Flügelleute Ihres Geschwaders stehen unter unserer besonderen Beobachtung. Bleiben Sie wachsam und melden Sie Verdachtsmomente.«

»Ma'am?« Tara sah Captain Aarnaar an.

Sie nickte. »Das ist in Ordnung.«

»In Ordnung.« Tara salutierte und verließ das Büro. In was für einer Schlangengrube war sie nur gelandet? Den Schläfer zu finden war einfach, der war sie selbst. Und Major Gessner, der Verräter, der sie zu dieser Tat instrumentalisieren wollte.

»Ich werde Sie für den Dienst passend einteilen, viel Erfolg.« Er lächelte und setzte sich auf einen Sessel.

Als Tara in ihrer Kabine alleine war, warf sie das Pad-System wütend auf das Bett und schlug mit der Hand gegen die Wand. Alles, was sie anpackte zerbrach, ihre Familie, Istari, ihre militärische Karriere, und jetzt sollte sie auch noch bei einer Verschwörung mitwirken.

»Nein!« Tara nahm das Pad-System auf, um einen Sicherheitsverstoß zu melden. Wenn sie sich jetzt stellte, würde ihr Gewissen nicht weitere Tote ertragen müssen. Mit zwei Fingerbewegungen aktivierte sie die Notmeldefunktion. Sie zögerte.

Sie haben Post.

Jemand hatte ihr eine Nachricht geschickt. Tara öffnete die Nachrichten-App. Was wollte der Stabsoffizier aus dem Militärkrankenhaus von ihr? Istari, es musste um ihre Schwester gehen.

Sehr geehrte ... Tara überlas den langweiligen Kram. *Ihre Schwester den Eingriff überstanden ... leider konnten wir ihr Augenlicht nicht retten. Sie ist ...*

»Nein!« Tara weinte, Istari war jetzt blind. Sie las weiter, bitte was, das Schreiben war ein Angebot: *Für 1,2 Millionen können wir Ihrer Schwester zwei neue Augen implantieren, bei denen Sie sogar die Farbe aussuchen können.*

»1,2 Millionen ...« Tara dachte nach, die Nachricht war zwei Stunden alt. Sie hatte noch eine Stunde, um den Operationsauftrag zu erteilen. Ansonsten würden sie Istari mit einem dicken Verband auf dem Kopf vor die Tür setzen.

»Wo bekomme ich soviel Geld her?« Sie fing an zu rechnen. Ihre Ersparnisse aus den Soldzahlungen: 18.000,- und die Lebensversicherung der Streitkräfte hatte einen Verleihwert von 250.000,-. Mehr hatte sie nicht.

»Nein!« Tara wusste nicht, wer die Operation für Istari bezahlen würde. Sie war am Ende. Es gab nur einen Ausweg, sie musste sich stellen. Sie wählte Major Stern an.

»Hallo«, begrüßte sie ihn. Er befand sich allein in seiner Kabine.

»Haben Sie noch eine Frage?« Er lächelte, ein netter Kerl, ob er eine Freundin hatte? Es spielte keine Rolle.

»Ich möchte mich stellen ... ich bin der Schläfer, den Sie suchen. Ich bin in meiner Kabine, Sie können mich verhaften lassen.« Jetzt hatte sie es getan, die Wahrheit zu sagen, fühlte sich gut an.

Stille.

»Bagian?«

»Ja.«

»Gessner hat Ihnen einen Auftrag gegeben. Tun Sie, was er gesagt hat. Fragen Sie nicht. Überleben Sie.«

»Aber ...« Tara war sprachlos. Stern gehörte auch zu der Verschwörung. Information und Desinformation, von dem, was er gesagt hatte, hätte auch jedes Wort gelogen sein können.

»Falls Sie weitere Bedenken haben, denken Sie auch an das Wohl Ihrer Familie.«

Er legte auf.

Taras Gedanken rasten, das Schicksal drängte sie in die Ecke. Sie wählte Major Gessner an, die Gefahr abgehört zu werden, ignorierte sie. Das Videobild baute sich auf dem Display auf.

»Bagian, was ist los? Sie sollen mich nicht kontaktieren.« Gessner trug nur ein T-Shirt, er schien geschlafen zu haben.

»1,2 Millionen.«

»Wie bitte?«

»Ich will 1,2 Millionen haben.«

»Haben Sie etwas getrunken?«

»Hören Sie auf, mich zu verarschen ... wir wissen beide, was ich für Sie tun soll!«

»Bagian, jetzt kommen Sie erst einmal zur Ruhe!«

»Nein, ich erzähle Ihnen jetzt ganz genau, wie das Spiel läuft ... meine Schwester Istari Bagian liegt in Johannesburg im Krankenhaus. Wegen einer Kopfverletzung wird sie erblinden und ihre neuen Augen kosten 1,2 Millionen.

Sorgen Sie dafür, dass die OP erfolgreich ist ... oder ich werde die Verschwörung auffliegen lassen!«

»Haben Sie mit jemandem darüber gesprochen?«

»Sie haben noch 52 Minuten, um das Geld für die Operation zu überweisen. Bekomme ich bis dahin keine Bestätigung vom behandelnden Arzt, können Sie Ihrer Familie schon einmal für längere Zeit einen Abschiedskuss geben!«

»Das kann ich nicht entscheiden ...«

»Die Zeit läuft.« Tara konnte nur nach vorne stürmen. Sie wurde von einer Lüge zur nächsten getrieben. Kein Zögern, keine Gnade, sie würde Istari nicht hängen lassen.

»Ich werde Freunde ansprechen ... mal sehen, was ich tun kann.«

»50 Minuten.« Tara trennte die Verbindung und ließ sich in ihrer nüchternen fünf Quadratmeter Kabine auf das schmale Bett fallen. Für Istari.

***

XXIII. Das Herz entrissen

Leonie tobte vor Wut. Das konnten die nicht mit ihr machen. Peter war ihr Mann, der Vater ihrer vier Jungs und jetzt hatte er angeblich keine Zeit, mit ihr zu sprechen? Nein, keine Chance, sie würde sich nicht wie eine Idiotin behandeln lassen. Und was den Wahnsinn auf die Spitze trieb, vor dem Zugang der Turnhalle standen Wachen in ABC-Schutzanzügen, als ob die Kinder und sie eine ansteckende Krankheit hätten. Ein medizinisches Einsatzteam hatte nach ihrem Notruf binnen weniger Minuten alles abgeriegelt. Die Türen abgeklebt, die Lüftung abgestellt und sogar die Toiletten in den Waschräumen versiegelt. Es durfte auch keines der Kinder den Bereich verlassen.

»Ich will sofort mit General Peter Heagel sprechen!« Leonie hatte nicht vor, sich noch länger abwimmeln zu lassen. Sie wollte endlich mit ihrem Mann verbunden werden.

»Leonie ... Ihren Kindern geht es gut. Sie müssen sich keine Sorgen machen. Ihr Mann ist benachrichtigt, er meldet sich bei Ihnen, sobald er kann«, erklärte ein bemühter Operator über das im Medienraum auf Lautsprecher geschaltete Kommunikationsnetzwerk.

»Bitte? Ich soll mir keine Sorgen machen?« Leonie würde diesen Dummschwätzer gleich an der Nase durch die Leitung ziehen. »Ich sage Ihnen jetzt genau, was ich will. Und ich werde mich nicht wiederholen. 1. Ich will sofort meinen Mann sprechen. 2. Ich will sofort zu meinen Kindern gebracht werden. 3. Ich will, dass Sie mir sofort die Wahrheit sagen, warum binnen einer viertel Stunde mehrere Kinder anfangen, aus Mund und Nase zu bluten?« Leonie holte Luft. »In der Reihenfolge. Fangen Sie an. Und sparen Sie sich jedes weitere Wort, das nicht bei einer der drei Fragen als Antwort taugt!«

Maya, die jugendliche Erzieherin, saß in der Ecke auf einem vollgebluteten Sitzkissen. Gebrochen und das Gesicht in den Händen versunken, heulte sie vor sich hin. Die Isolation in dem Medienraum war die nächste Geschichte, die Leonie gegen den Strich ging.

»Leonie, bitte ... geben Sie uns, geben Sie mir eine Chance. Ich will Ihnen helfen, aber im Moment kann ich nichts tun, was einem der Protokolle widerspricht. Es geht um die Gesundheit aller, das verstehen Sie doch, oder?«

»Bin ich mit irgendetwas infiziert?« Leonie sah auf ihre Hand. Einer von den weißen Müllsäcken mit Atemschutz hatte Maya und ihr vorhin Blut abgenommen.

»Das wissen wir nicht.«

»Und was haben die Kinder?«

»Das wissen wir auch nicht.«

»Hängt das mit der Quarantäne auf der Neuen Erde zusammen?«, fragte Leonie, Peter sprach davon, aber auch ohne medizinisch ausgebildet zu sein, wusste sie, dass keine Krankheitserreger, Viren, Bakterien oder sonstige Mikroorganismen in der Lage sein konnten, die Atmosphäre zu verlassen, bei Minus 270 Grad Celsius durch den Raum zu fliegen und in ein hermetisch abgeriegeltes Raumschiff einzudringen.

»Das untersuchen wir gerade.«

»Wie sieht das Krankheitsbild auf der Neuen Erde aus? Wie lange gibt es bereits medizinische Probleme bei den Siedlern? Wurde schon ein Heilmittel gefunden?« Leonie würden sicherlich noch weitere Fragen einfallen.

»Leonie, wir möchten doch nur, dass Sie sich beruhigen ...« Der Typ verarschte sie doch.

»Wo haben Sie die Kinder aus meiner Gruppe hingebracht?« Leonie nahm einen neuen Anlauf, um mehr zu erfahren.

»Wir haben die gesamte Vorschulgruppe in der Sporthalle isoliert. Ähnlich wie Sie im Medienraum. Jedes Kind wird hervorragend versorgt, es gibt keinen Grund, sich um ...«

»Höre ich mich an, als ob ich mir Sorgen machen würde?!« Leonie könnte gerade einen Mord begehen. Blut, alles war voller Blut, die Kinder hatten sich erschreckt. Sie hatten geschrien, geweint, waren in die Halle gelaufen. Voller Angst, jedes Kind wollte nur zu seiner Mutter. Und jetzt? Die hatten die Kleinen in weiße Mülltüten gesteckt, Atemgeräte angeschlossen und mit Beruhigungsmitteln vollgepumpt.

»Ja ...und ich verstehe Sie.«

»Können Sie mich sehen?«

»Ja.«

»Sehen Sie auch meine blutigen Hände?« Leonie hatte sich den gesamten weißen Einteiler mit Blut besudelt. Nicht ihr Blut, es war das der Kinder, was die Sache noch schwerer zu ertragen machte.

»Natürlich ... wir werden Ihnen so schnell wie möglich helfen. Ich bitte Sie nur um etwas Geduld. Leonie ... ich möchte, dass wir jetzt zusammen atmen. Hören Sie auf meine Stimme. Folgen Sie mir und hören Sie auf meinen Rhythmus.«

Der Operator fing an, laut zu atmen. Leonie wusste nicht warum, aber sie folgte seinen Anweisungen. Sie atmete. Langsamer werdend. Er sagte die Wahrheit. Sie musste sich beruhigen, um wieder klare Gedanken fassen zu können.

»Fühlen Sie sich ein wenig besser?«, fragte der Operator, der sich immer noch alle denkbare Mühe gab.

»Nein ...« Jetzt klappte auch Leonie zusammen. Nachdem das Adrenalin wich, folgten die Tränen. Sie sackte auf die Knie und ließ den Kopf hängen. »Ich möchte doch nur zu meinen Kindern ...«, bettelte sie kraftlos und sah an die Decke.

»Ich bin bei Ihnen ...«

»Sehen Sie meine Kinder?«

»Ja ... vier Jungs. Sie sehen gut aus ... ich bin ein wenig neidisch auf Ihre Familie.« Ob er wirklich ihre Kinder sah?

»Haben Sie Kinder?«

»Noch nicht ... aber meine Frau und ich arbeiten am ersten. Es wird auf der Neuen Erde zur Welt kommen.« Der Operator war eigentlich ein netter Kerl.

Leonie schmunzelte und wischte sich mit den Handrücken die Tränen aus dem Gesicht. Sie hatte, um schwanger zu werden, nie arbeiten müssen, ohne zu verhüten war bei Peter jeder Schuss ein Treffer. Ich bin ausgebildeter Scharfschütze, hatte Peter dann immer augenzwinkernd gesagt.

»Wie geht es meinen Jungs?«

»Sie sind gesund, sie fragen nach Ihnen ... ich bin sicher, dass es nicht mehr lange dauern wird.«

»Und mein Mann?«

»Ich warte noch auf eine Antwort ...«

Die Tür öffnete sich. Eine Wache im weißen Schutzanzug brachte zwei Wasserflaschen, mehrere Food-Packs und ein tragbares Chemieklo herein. Die Isolation würde noch länger dauern.

Die Wache legte alles ab, nickte kurz und verließ den Medienraum wieder. Leonie hatte nur kurz in das Sichtfenster am Kopf sehen können. Ein hübscher Kerl. Trotzdem ein Anblick, den sie sich gerne erspart hätte. Dieser Alptraum fing scheinbar gerade erst an.

»Sie wissen wirklich nicht, was die Kinder haben, oder?«, fragte Leonie gefasst. Jetzt würde sie ihre gesamte Kraft brauchen, um die nächsten Tage durchzustehen.

»Wie ich schon sagte, die Untersuchungen laufen noch ...«

»Sind die Wachen eigentlich sicher vor uns?« Leonie begann, sich Sorgen um die Helfer zu machen.

»Warum fragen Sie?«

»Ich meine, sind die weißen Überdruckanzüge wirklich dicht?« Leonie tat der junge Mann leid, der gerade das Wasser gebracht hatte. Er trug keine Schuld.

»Das hoffe ich doch ...«

»Der junge Mann, der gerade bei mir war. Der in dem Schutzanzug. Er hat Nasenbluten ... damit fängt es an. Aber das wissen Sie ja bereits, oder?«

Leonie wollte nicht schlafen, nicht wach sein, sie war müde und hatte ihr Zeitgefühl verloren. Sie wollte nichts trinken und hatte Durst. Es fiel ihr schwer, sich an ihre Kinder zu erinnern. Alles entfernte sich immer weiter von ihr. Der Traum, auf einer gesunden Erde einen neuen Start zu wagen, zerplatzte gerade wie eine Seifenblase in der Wüste. Sie hätte mit ihren Pferden auf der Farm in Texas bleiben sollen. Dort wäre sie zumindest später in der Heimat begraben worden.

Maya war irgendwann am Nachmittag eingeschlafen, Leonie beneidete sie darum, etwas Ruhe gefunden zu haben. Der Operator hatte bereits länger nicht mehr mit ihr gesprochen und aus der Turnhalle nebenan konnte sie auch keine Geräusche mehr wahrnehmen. Schliefen alle? Oder waren sie bereits tot? Lebte sie überhaupt noch? Oder schuldete sie ihr Bewusstsein nur ihrem Dickkopf? Der sie bereits während der Schulzeit oft in Schwierigkeiten gebracht hatte. Sie und ihre Männer, damals Jeff, der Quarterback, der wie ein junger Gott aussah und auch Sweety, der schnellste Knackarsch in ganz Arizona. Später hatte dann Peter ihr Herz erobert und ihr vier wunderbare Kinder geschenkt.

»Hallo mein Schatz ...«

Leonie horchte auf, das war Peters Stimme. Träumte sie von ihm? Er hörte sich traurig an.

»Peter?«

»Ich kann dich sehen ... ich liebe dich.«

»Wo bist du?« Kein Traum, er sprach über das Kommunikationsnetzwerk mit ihr. Weinte er?

»Unten ... auf der Oberfläche.«

»Warum lassen die mich nicht zu dir?«

»Weil ich es ihnen befohlen habe ...«

Leonie schluckte. Die ganze Wut, die Angst und die Hilflosigkeit, nichts bewirken zu können, stieg erneut in ihr auf.

»Was ist das für eine Krankheit?«

»Wir wissen es nicht ...«

»Bitte?«

»Wie ich es gesagt habe, wir wissen es nicht. Unsere Scanner, die Blutuntersuchungen, die ganze verschissene Technik ist nicht in der Lage, einen Erreger, einen Virus oder von mir aus auch eine schädliche Strahlung festzustellen.«

»Passiert bei dir dasselbe wie bei uns?« Leonie konnte sich ein Ausbreiten der Epidemie durch den Raum nicht vorstellen.

»Es beginnt mit Nasenbluten. Die Kinder sind immer die Ersten. Hört sich harmlos an, oder?«

»Und dann?«, fragte Leonie mit zittriger Stimme. Peter hatte die Lethargie aus ihrem Herzen vertrieben und es mit purer Todesangst gefüllt.

»Die Blutungen nehmen zu. Aus allen Öffnungen, es ist nicht aufzuhalten. Sie verbluten vor unseren Augen und wir können nichts dagegen tun. Erst wenn die Herzen stehen bleiben, hört es auf.«

»Ich will das nicht hören! Warum erzählst du mir das?«, schrie Leonie und hielt sich die Ohren zu. In ihrem Kopf entstanden Bilder von toten blassen Kindern. Warum immer die Schwachen zuerst?

»Es begann vor einem Jahr. Wie aus dem Nichts fiel diese Krankheit über uns her ... nur acht Prozent der Siedler überlebten die Epidemie. Nur acht Prozent ... wir haben die Leichen verbrannt. Alle. Wir konnten sie noch nicht einmal begraben.«

»Peter, bitte, hör auf damit! Ich will sofort zu meinen Kindern!«, flehte Leonie heulend.

»Wie hätten wir wissen sollen, dass eine außerirdische Krankheit, die uns über Jahrzehnte hinweg verschont hatte, es sich plötzlich anders überlegt und uns der Reihe nach umbringt. Wie? Ich meine, das macht doch keinen Sinn, oder?«

»Ich will zu meinen Kindern!«, schrie Leonie hysterisch.

»Und als du dann mit der Frühlingserwachen bei uns angekommen bist, wie hätten wir wissen sollen, dass sogar ein sich im Orbit befindliches Raumschiff befallen werden kann. Ich bitte dich, das ist doch technisch überhaupt nicht möglich ... aber es ist passiert. Und ich trage dafür die Verantwortung. Nur ich. Ich hätte die Neue Erde restlos niederbrennen müssen.«

Peter hörte sich an wie ein Scharfrichter. Leonie glaubte, direkt im Vorhof der Hölle gelandet zu sein. Sie wollte doch nur wissen, wie es ihren Kindern geht?

»Der Kommandant des Raumschiffs wollte bereits zurückfliegen ... ich musste ihn verhaften lassen. Nichts von der Neuen Erde darf jemals zurück. Nichts. Wir würden sonst Milliarden töten. Verstehst du meine Entscheidung?«

Legte Peter gerade seine Beichte ab? Die letzten Worte vor dem Tod? Das war nicht der Mann, den sie vor fünf Jahren in eine ferne Welt hatte ziehen lassen. Peter Heagel glaubte an das Gute. Er vermittelte Hoffnung, er war in der Lage, Menschen anzuführen. Ein stolzer Offizier und wunderbarer Vater, der Scherze machte und die Jungs zum Lachen gebracht hatte. Er hätte niemals aufgegeben. Und jetzt? Was war aus ihm geworden? Ein selbstgefälliger Trauerkloß, der, scheinbar jeglicher Kraft beraubt, nur wie ein altes Weib herumjammerte?

»Peter, ich brauche dich. Wieso bist du nicht bei mir?« Leonie begann, das Kommunikationsnetzwerk zu hassen.

Kein Lautsprecher würde jemals die Wärme in der Stimme eines Menschen ersetzen können.

»Wir haben bereits vor Monaten einen Funkspruch zur Erde entsandt. Eine Warnung, die ganze fünf Jahre brauchen wird, um gehört zu werden. Fünf Jahre sind eine lange Zeit. Wir haben heute auch eine Warnung an die sich auf der Reise befindlichen Raumschiffe geschickt. Die sollen sofort umdrehen, das Schicksal der Frühlingserwachen zeigt uns, dass uns unsere Technik nicht beschützen kann. Aber auch diese Nachricht wird lange brauchen, um gehört zu werden.«

»Hörst du mir überhaupt zu?«

»Vor vier Jahren hat sich die USS Amsterdam auf den Rückweg zur Erde gemacht. Das erste Raumschiff, das heimkehren wird. Mit 300 Mann Besatzung. Gute Leute. Ich kenne jeden von ihnen. Damals gab es noch keine Probleme, aber wir können einen verspäteten Krankheitsausbruch nicht ausschließen. Das Schiff fliegt mit 0,4 c, unser Funkspruch mit Lichtgeschwindigkeit. Wir werden sie erst 2236 erreichen, drei Jahre vor ihrer Ankunft am Mars.«

»Peter, hör auf! Ich will meinen Mann sprechen! Nicht den General! Jetzt sofort!«

»Ich habe dem Kommandanten der USS Amsterdam befohlen, das Raumschiff zu zerstören. Ich kenne ihn gut, er wird meinem Befehl folgen ... du hast ihn damals auf einem Ball der Space Force kurz kennengelernt. Ein feiner Kerl.«

»Hast du den Verstand verloren?« Leonie glaubte, mit einem Roboter zu sprechen. Es musste doch einen anderen Weg geben, diese Krankheit zu besiegen.

»Wusstest du, dass die USS Berlin kurz vor dem Start steht. Das zweite Schiff der Ark/Three-Flotte. 50.000 Siedler kann sie mitnehmen. Ein Riesenpott, über 27.000 Meter lang.«

»Das interessiert mich nicht!«

»Die USS Berlin wird starten, daran werden wir nichts ändern können. Genauso wenig, wie an dem Flug der anderen Raumschiffe, die sich bereits auf dem Weg befinden. Unsere Warnungen werden Jahre brauchen, um alle zu erreichen.«

»PETER! HALT DEN MUND!«

»Ja …« Er schreckte hörbar zusammen. Von dem Mann, den sie hatte ziehen lassen, schien nur noch ein Schatten übrig zu sein, seiner Kraft beraubt und in Selbstmitleid versunken.

»Ich bin nicht einer deiner Offiziere, die strammstehen, wenn du redest. Ich bin deine Frau, ich möchte mit dir reden und dir nicht ehrfürchtig bei deinen Monologen lauschen müssen. Peter, ich habe Angst. Um dich, um die Kinder, um uns. Komm zu mir … rede mit mir … hör mir zu. Ich brauche dich!«

»Ja, ja … natürlich … entschuldige, ich habe nicht nachgedacht. Ich habe einfach nur geredet.« Er schien wieder zu Sinnen zu kommen. Auch wenn er jemanden zum Reden gebraucht hatte, das war nicht der Zeitpunkt, unbedacht sein Herz auszuschütten. Es gab eine medizinische Krise zu meistern und viele Kranke zu versorgen. Er sollte besser die Ärmel hochkrempeln und anfangen zu arbeiten.

»Warum lässt du mich weiterhin einsperren?«

»Gibt es bei der Kindergärtnerin oder dir Symptome?«

Leonie sah Maya an, die ihr bereits einige Minuten lang zuhörte, aber nicht gewagt hatte, selbst zu sprechen. Wenigstens fiel die Diagnose bei dieser Krankheit leicht. »Habe ich Nasenbluten?«

Maya verneinte, die junge Frau zeigte sich stark eingeschüchtert. Die Frage, ob es an der Situation oder ihr lag, wollte Leonie gerade nicht beantworten.

»Uns geht es gut ... aber wir sind mit reichlich Blut der kranken Kinder kontaminiert worden.« Wenn es also einen unbekannten Erreger gab, trug sie ihn bereits in sich. Acht Prozent, Maya und sie gehörten scheinbar zu den acht Prozent, deren Körper eine natürliche Immunität zeigten. Was war sie doch für ein Glückskind.

»Sehr gut ... dann bist du doch in Sicherheit.«

»Was denn für eine Sicherheit? Mit einer Handvoll Foodpacks und einer tragbaren Toilette?« Leonie schüttelte den Kopf. Es ergab weder einen Sinn, hierzubleiben, noch hatte sie die Lust dazu.

»Aber ...«

»Hör auf. Ich werde jetzt den Medienraum verlassen und zu meinen Kindern gehen.«

»Nein, nein ... das darfst du nicht.«

»Warum?«

»Weil es zu gefährlich ist ...«

»Für wen?« Leonies Ton wurde schärfer.

»Für die Gesundheit, die ... jetzt verstehe doch ...«

»Nein. Das verstehe ich nicht. Erkläre es mir bitte, was ist mit meinen Jungs?«, fragte Leonie, die neben der Zerrissenheit in Peters Stimme einen weiteren Unterton wahrnahm. Worte zwischen den Zeilen, für Dritte kaum wahrnehmbar, aber für sie, die ihren Mann gut kannte, nicht zu überhören.

»Ich kann das nicht ...«

»Was kannst du nicht?« Jetzt schien auch der Rest seiner maroden Fassade zu kollabieren.

»Ich ... bitte ... verzeih mir.«

»Rede!«

»Logan, Liam und David haben es auch.«

»WAS?!« Leonie stürzte zu Boden. Maya kam zu ihr und versuchte, sie zu stützen. Das konnte nicht sein, wenn sie Immunität zeigte, mussten das ihre Kinder auch tun. »NEIN!«

»Liam und David starben vor dreißig Minuten und Logan wird die nächsten Stunden nicht überstehen.«

***

Phase 4: Mars

XXIV. Erwache

Absolute Dunkelheit. Stille. Die Zeit verharrte auf der Stelle. Ein erster Gedanke. Sie konnte denken, also war sie. Ein winziger heller Punkt zeigte sich und nahm ihre körperlose Aufmerksamkeit in Beschlag. Es hätte auch eine Sonne in großer Entfernung sein können, aber wen scherte das schon. Der helle Punkt flog auf sie zu, er wurde größer, viel größer und heller. Unendlich viel heller. So hell, bis sich auch der letzte schwarze Fetzen dem Licht ergab.

»Wie sind die Kreislaufwerte?«, fragte eine entfernte Stimme, die sie nicht kannte.

»80 zu 121. Puls bei 62. Atmung gleichmäßig. Das Mädchen hat eine stabile Konstitution«, erklärte eine andere männliche Stimme, die sie genauso wenig kannte.

»Ist die weiße Matrix aktiv?«, fragte der Erste, der sich wichtiger als der andere anhörte.

»Online ... beide Sehnerven mit einer Quote von 99,2 Prozent gekoppelt. Ich stelle die Software zur Installation bereit ... geben Sie mir für den Start ein Kommando.«

»Sehr gut ... der Kunde hat für das Mädchen das Standardpaket für 1,2 Millionen gebucht, lassen Sie also die ganzen Spielereien weg. Nur die Basics, wir sollten schnell fertig sein.«

»Welche Augenfarbe?«

»Ähm ... die Angabe fehlt in der Bestellung.«
»Blau würde gut passen.«
»Dann blau.«
»Okay ... einmal himmelblaue Augen. Ich habe die Werte konfiguriert und das Softwarepaket in das virtuelle OP-Fach gelegt. Sie können jetzt den Download starten.«
Istari faszinierte das Gespräch zwischen den beiden, auch wenn sie die Zusammenhänge nicht verstand. Ihr fehlte jegliches Körpergefühl, sie fühlte sich gut, konnte sich aber nicht bewegen und auch nicht sprechen. Träumte sie? Galt die Augen-Operation ihr?
»Wir fangen mit der Farbwahrnehmung an. Filter setzen. Rot, Blau und Gelb einspielen.«
»Filter gesetzt. Grundfarben eingestellt. Download in das lokale Betriebssystem startet jetzt.«
Mehrere farbige Lichtbündel schossen auf sie zu. Rot, Blau und Gelb, wie es der Mann gesagt hatte. Die Lichtbündel bewegten sich, Mischfarben entstanden, immer bunter wurde der Regenbogen, den sie zu sehen bekam. Die Augen-OP galt eindeutig ihr und wie ein Traum fühlte sich diese Lichtershow auch nicht an. Über die Frage, warum sie operiert wurde und wer das Geld dafür bezahlt hatte, wollte sie gerade nicht nachdenken.
Im letzten Moment ihrer Erinnerung hatte Tara neben ihr gestanden, ihre große Schwester, die sie abgöttisch liebte und gleichzeitig abgrundtief hasste. Tara hatte beim Spiel des Lebens immer die Gewinne gezogen, sie nur die Nie-

ten. Das fing bereits in der Schule an und hatte sich bis heute nicht verändert. Das Schicksal hatte aus ihr eine lausige Verliererin gemacht.
Jetzt fiel ihr alles wieder ein, die Erinnerung kehrte zurück. Tara und sie hatten den Frachtgleiter bestiegen und waren kurze Zeit später abgestürzt. Ein schrecklicher Unfall. Versuchten die Ärzte, bei ihr eine Verletzung zu beheben?
»Sieht gut aus. Feinjustierung der Farbwahrnehmung in wenigen Sekunden abgeschlossen. Haben wir schon einen Iris-Reflex?«
»Iris-Reflex in drei, zwei, eins ... jetzt.«
Die bis zu diesem Zeitpunkt angenehme Wahrnehmung von Licht und Farben veränderte sich schlagartig. Der ruhige Horizont knickte ab und die farbigen Lichtstrahlen überlagerten sich gleißend hell. Alles schien in sich zusammenzubrechen.
»Und ... wo bleibt der Iris-Reflex?«, fragte der Erste.
»Initiiere zweiten Iris-Reflextest in drei, zwei, eins ... jetzt.« Der zweite Mann klang nicht mehr entspannt.
»Iris-Reflex negativ. Da läuft etwas mächtig schief ... die Werte für die Sehnervkopplung am rechten Auge verschlechtern sich rapide. 93,7 Prozent. Tendenz fallend. Der Körper zeigt eine Autoimmunreaktion. Umgehend ein Antibiotikum in das Nervengewebe hinter dem rechten Auge spritzen.«

»OP-Roboter hat 10 Milligramm injiziert. Kreislaufwerte fallen ab, Patientin kollabiert.«
»141 Prozent Sehkraft. Tendenz schnell steigend. Haben wir einen Systemfehler ... die Werte schießen durch die Decke, das kann doch überhaupt nicht sein!«
Istari wollte schreien, konnte es aber nicht. Ihr Kopf fühlte sich dem Explodieren nahe. Hilflos erlebte sie, wie die Dunkelheit gierig alle Farben verzehrte.
»Die Sehkraft sollte uns nicht interessieren. Die Kreislaufwerte sind kritisch. Blutdruck 58 zu 82. Tendenz schnell fallend. Das Mädchen kippt uns weg!«
»Sehkraft nicht mehr messbar. Augen-OP abbrechen ... Programm zur Kreislaufstabilisierung starten. Jetzt. Ich gebe Adrenalin in den Zugang. Was zeigt der Computer an?«
»Am Sehnerv hat sich an einer Wucherung ein Blutgerinnsel gebildet. Die Patientin erleidet gerade einen Schlaganfall ... der Zustand ist lebensbedrohlich.«
»Notrettung einleiten ...«
Dann rutschte Istari in die Dunkelheit zurück.

Hitze. Sie glaubte, in einem Backofen zu liegen. Durst. Sie musste sofort etwas trinken. Warum konnte sie nichts sehen? Wo war sie? Sie tastete ihre Brust, den Kopf und den Untergrund ab. Die Hitze durchdrang jede einzelne Faser ihres Körpers. Ein weites Tuch bedeckte sie, das an ihrer Taille von einem Gürtel zusammengehalten wurde.

Ihr Kopf war ebenfalls von kleineren Tüchern umgeben und der Boden bestand nur aus heißem Dreck. Den Geruch kannte sie, woher wusste sie allerdings nicht. Panik stieg in ihr auf, als ob sie im Feuer sitzen würde. Sie versuchte aufzustehen, aber die Beine knickten sofort wieder ein. Mit den Händen berührte sie den heißen Boden und schreckte wieder zurück. Sie wollte schreien, hörte aber nicht mehr als einen kehligen Krächzlaut. Ihr Atem raste und sie glaubte, eine Feuerkralle nach sich schlagen zu sehen. Sehen, sie konnte nichts sehen. Nur ein Bild aus ihrem Kopf, sie musste erblindet sein. Die Trockenheit in ihrem Rachen schmerzte, sie räusperte sich und verteilte etwas Speichel im Mund. Wenn sie leben wollte, musste sie sich beruhigen.

»Wer bin ich?« Sie versuchte sich zu erinnern, an einen Namen, wo sie herkam oder was sie zuvor gemacht hatte. Leere, in ihrem Kopf war nichts außer Leere. Alles war weg. Einfach weg. Sie wusste noch nicht einmal, wie sie hieß.

»Was bin ich?« Eine Frage, bei der sie ebenfalls nachdenken musste. Verunsichert griff sie nach Armen und Beinen, in der Hoffnung, Anzeichen für einen menschlichen Körper zu entdecken. Erleichterung, sie hatte noch welche.

»Wo bin ich?« Mit den Tüchern am Kopf würde sie der Frage nur bedingt nachgehen können. Vorsichtig ertastete sie darunter ihr Kinn, die Wangen und ihre trockenen Lippen. Oberhalb der Nase schien ein fester Verband ihre

Augen zu umgeben. Hatte sie eine Kopfverletzung erlitten? Ihr fiel ansonsten kein Grund ein, einen solchen Verband zu tragen. Mit dem Finger hob sie den Verband an der Seite etwas an und schrie sofort spitz auf. Der Schmerz durchfuhr sie wie ein Stromschlag. Nein, von dem Verband würde sie besser die Finger lassen.

»Was soll das Ganze hier?« Sie schien in der prallen Sonne zu sitzen. Das weite Tuch, das ihren Kopf umgab, band sie mit einem Knoten zusammen. Hatte sie jemand hier liegen lassen? Warum? Sie dachte nach, fand aber keine sinnvolle Erklärung. In ihrer Erinnerung fehlte einfach alles, was zuvor passiert war.

»Hallo?«, rief sie lauter. Egal, wer sie war, wo sie herkam oder warum sie hier saß, sie brauchte Hilfe. Blind und ohne Wasser würde ihr nicht mehr viel Zeit bleiben.

»Hört mich jemand?« Mit aller Kraft versuchte sie, sich bemerkbar zu machen. Mit wenig Erfolg. Es antwortete niemand. In einiger Entfernung konnte sie Stimmen ausmachen, die aber nicht auf sie reagierten. Immerhin war sie nicht allein. Sie versuchte abermals, aufzustehen. Diesmal mit Erfolg. Sie stand auf ihren Beinen. Ein gutes Gefühl. Jeder lange Weg begann mit dem ersten Schritt.

»Ich brauche Hilfe!«, rief sie, vielleicht würde sie jetzt jemand hören. Am besten jemand, der Wasser bei sich hatte. Ihr Mund, der Rachen, alles war staubtrocken. Ein schöner Gedanke, zu trinken und kühles Wasser die Kehle herabrinnen zu lassen. Sie ging los, unsicher, drei Schritte schaffte sie. Dann stolperte sie über eine Kiste, die jemand dort zurückgelassen hatte.

»Was ist das?« Blind durch die Gegend zu laufen, war keine gute Idee. Sie musste unbedingt wieder etwas sehen. Auf dem Boden sitzend tastete sie nach der Kiste, deren Kunststoff die Sonne stark aufgeheizt hatte. Was war darin? Sie berührte eine glatte Fläche, es zischte leise, die Box öffnete sich.

»Wasserbeutel!« Sie konnte Wasserbeutel fühlen, die jemand für sie zurückgelassen hatte. Gierig trank sie. Was für eine Wohltat. Daneben lagen kleine Metallbeutel, die sie sofort aufriss. Den Inhalt konnte man essen, das wusste sie noch.

Mit vollem Magen konnte sie besser nachdenken. Der Verband musste herunter, daran führte kein Weg vorbei. Vorsichtig versuchte sie, am Hinterkopf den Anfang zu finden. Kein wirklich guter Plan, aber einen besseren hatte sie nicht. Sitzen zu bleiben und auf Hilfe zu hoffen, oder weitergehen und laufend auf die Nase zu fallen, waren keine Alternativen. Mit jeder Bahn des Verbandes, die sie abwickelte, wurde es heller. Ein gutes Zeichen, dachte sie. Trotzdem beschlich sie ein merkwürdiges Gefühl, dass irgendetwas mit ihren Augen nicht stimmte. Als der Verband unten war, entfernte sie wattierte Pads von den Augen, die nach Blut rochen. Ihr Herzschlag beschleunigte sich. Noch hielt sie die Augenlider geschlossen. Für den sträflichen Versuch, sich auch nur in der Nähe der Augen zu berühren, schoss ihr erneut ein starker Schmerz durch den Kopf. Sie verspürte plötzlich Furcht davor, zu sehen, vor allem weil sie keine Ahnung hatte, was sie gleich zu sehen bekam.

»ICH WILL SEHEN!«, schrie sie und riss die Augen auf. Licht. Gleißend helles Licht brannte sich durch ihren Kopf. Schmerzen. Unvorstellbare Schmerzen. Sie zog den Kopf in den Nacken und schrie. Sie brüllte. Sie bekam kaum noch Luft. Der Moment, als das Licht die Netzhaut berührte, glich glühenden Schüreisen, die ihr jemand durch die Augen in den Kopf rammte.

Mit den Händen hielt sie sich die Augen zu. Der Schmerz verebbte langsam. Was für eine Tortur, um für den Bruchteil einer Sekunde wieder sehen zu können.

»Ich bin noch nicht fertig!« Immer wieder öffnete sie die Augen. Nur einen minimalen Spalt, sie schrie, ertrug den Schmerz und schloss sie wieder. Sie hatte nicht vor, aufzugeben. Der Schmerz würde verlieren. Die Angst würde nicht ihr Denken bestimmen. Sie wollte leben. Sie wollte auf ihren eigenen Beinen gehen und dazu musste sie sehen können.

Als sie nach einer endlosen Tortur ihre Augen wieder an das Licht gewöhnt hatte und sich in der Wüste umsah, in der sie stand, schüttelte sie nur ratlos den Kopf.

»Was ist das hier?« Das Licht schien üble Späße mit ihr zu treiben. Auch wenn ihre Erinnerungen Lücken hatten, glaubte sie erkennen zu können, dass die Farben nicht stimmten. Der Himmel über ihr schien laufend seine Tönung zu wechseln. Blau, gelb und rot, nur eine minimale Bewegung ihrerseits genügte, um wieder eine neue Mischfarbe zu erzeugen. Ähnlich einem Regenbogen, den jemand mit einem Quirl verrührte, um ihn anschließend wieder lieblos an den Himmel zu werfen.

»Ich versteh das nicht ...« Sie sah erschrocken auf ihre Hände, die durch das Licht sämtliche Grau- und Brauntöne zu durchlaufen schienen. Nicht sonderlich appetitlich. Früher sahen die anders aus, auch wenn ihr nicht die richtige Farbe einfiel, die ihre Hände haben sollten.

Ratlos, aber auch erleichtert stand sie in einer kargen Geröllwüste, bei der sich in allen Himmelrichtungen der gleiche trostlose und grotesk bunte Anblick bot. Steine, Dreck, kleinere Senken und am Horizont einige Berge. Gerade jetzt stand sie in einem ausgetrockneten Flussbett. Pflanzen, Tiere oder Menschen konnte sie keine entdecken. Diese Ödnis reichte weiter als sie sehen konnte.

»Was habe ich eben gehört?« Sie erinnerte sich an die jugendlichen Stimmen, die sie zuvor in einiger Entfernung ausgemacht zu haben glaubte, und konzentrierte sich auf ein Wrackteil, das 752 Meter entfernt vor ihr lag. Sie konnte mühelos die stark abgetragene Kennung X-T45R81 lesen.

»752 Meter?« Verstört schüttelte sie den Kopf. Wobei sie nicht wusste, ob es ungewöhnlicher war, die winzigen Schriftzeichen zu erkennen oder die Entfernung metergenau abschätzen zu können.

»Hallo?«, krächzte sie, ohne auf eine Antwort zu hoffen. Die 752 Meter in der Wüste zurückzulegen, kostete sie viel Kraft. Das Wrackteil gehörte zu einem gepanzerten Fahrzeug, das sich, bereits zum größten Teil von der Wüste verschlungen, unter der Oberfläche befand.

Sie stieg in das Fahrzeug, in dem noch eine skelettierte Leiche mit einem faustgroßen Loch im Kopf hinter dem Steuer saß. In der alten Blechkiste war es noch heißer als draußen.

»Entschuldige die Störung.« Um zu verstehen, woran er gestorben war, blickte sie durch den Hinterkopf auf die Verlängerung des Schusskanals und sah ein unscheinbares Loch in der Frontpanzerung. Jemand hatte den Mann mit einer Waffe erschossen, die eine armdicke Stahlplatte durchschlagen konnte.

»Ruhe in Frieden.« Hier würde sie nichts finden, was sie gebrauchen konnte. Einen alten Schraubenschlüssel ließ sie liegen. Was sie durch den zertrümmerten Schädel und das Loch in der Panzerung allerdings noch sah, war eine kleine freche Gestalt, vermummt, die sich an ihrer Wasser- und Nahrungsbox zu schaffen machte, die sie vor dem Wrack hatte stehen lassen.

»Dieser Dieb!«, flüsterte sie erzürnt, nahm den Schraubenschlüssel, den sie einen Augenblick zuvor noch achtlos liegen lassen wollte, und kletterte wieder aus dem Wrack hervor. Das Werkzeug war wie dafür geschaffen, Dieben den Schädel zu spalten.

Dieses dreckige kleine Ding in braun-rot-schwarz-gelb-grauen Tüchern, war so intensiv damit beschäftigt, ihre Box zu knacken, dass es nicht bemerkte, wie sie den massiven Schraubenschlüssel über dem Kopf zum Schlag erhob. Niemand durfte sie bestehlen. Niemand. Es war ihr Wasser, das sie zum Überleben brauchte. Es war nur ihr Leben, das eine Bedeutung hatte.

Das dreckige kleine Ding bemerkte sie jetzt doch. Dunkle Kinderaugen sahen sie erschrocken an und dünne Ärmchen hoben sich zum Schutz vor dem drohenden Schlag. Bereits ein stärkerer Windzug sollte genügen, diese Knochen zu brechen.

»Du ...« Sie zitterte vor Anspannung, bereit den Schlag auszuführen. Warum zögerte sie noch? Diebe mussten bestraft werden! Sie spürte, dass sie bereits früher andere geschlagen hatte. Ja. Auch wenn es Kinder waren, sie hatte sie getreten, wenn sie es wagten, sich ihr in den Weg zu stellen.

Das Kind, ein Junge, vielleicht sechs oder sieben Jahre alt, mit riesigen braunen Augen, rannte nicht weg. Er versuchte nicht, zu flüchten. Nicht zu kämpfen. Nicht zu reden. Er

saß nur vor ihr, senkte seine dünnen Ärmchen und schloss demütig die Augen.
»Ich werde dich ...« Sie bebte, wollte der Junge ihren Schlag wehrlos hinnehmen? Die Bestrafung annehmen? War es überhaupt eine Strafe, erschlagen zu werden?
»... nicht schlagen.« Es war so sinnlos zu töten. Absolut sinnlos, diese Erkenntnis brannte sich tief in ihre Sinne. Das Leben hatte einen Grund. Der nicht immer einfach zu verstehen war. Aber es gab ihn. Natürlich endeten Leben auch, irgendwann einmal, aber nicht durch sie. Nein. Sie würde keine Leben beenden. Noch nicht einmal ihr eigenes. Es war der Kern des Lebens, es zu akzeptieren, es anzunehmen, wie es war und das Beste daraus zu machen.
»Hast du Durst?« Sie warf den Schraubenschlüssel weg und setzte sich neben das Kind in den Dreck.
Der Junge nickte. Was für eine dumme Frage, natürlich hatte er Durst. Sie öffnete die Box, die sich scheinbar nur von ihr öffnen ließ, und gab ihm zu trinken.
»Hunger?«
Er lachte vorsichtig. Das war doch ein guter Deal. Etwas Wasser für ein zaghaftes Kinderlachen. Ein zweites Kind erschien, kleiner, unsicherer und zaghafter.
»Seid ihr Geschwister?«, fragte sie.
Der Junge nickte zufrieden und zeigte dem anderen Kind das Wasser. Beide tranken. Dankbarkeit leuchtete in den Augen. Ein kurzer Moment des Glücks. Menschlichkeit konnte auch in der Wüste gedeihen.

Was würde sie erst zurückbekommen, wenn sie ihr Wasser mit mehr Menschen teilen könnte?

***

XXV. Free Ganymed

Tara verließ ihre Kabine, um sich in der Versorgungszone etwas Essbares zu besorgen und vielleicht für kurze Zeit auf andere Gedanken zu kommen. Die Stimmung auf den Korridoren des Trägerschiffes wurde hektischer, es herrschte bereits seit einer Stunde die zweithöchste Gefechtsstufe, was bedeutete, dass die Alarmrotte der USS Kinshasa im Ernstfall binnen sechzig Sekunden im All wäre. Der nächste planmäßige Einsatz ihrer Raver-Staffel stand in acht Stunden an.

»Sie haben eine Sprachnachricht«, tönte eine synthetische Stimme in ihrem Ohr. Sie bestätigte den Empfang mit einem Fingerdruck am Kommunikationsemblem über der Brust. Telefonate mit der Erde waren von ihrer Position nahe dem Mars kaum noch möglich, es sei denn, man hatte Lust wegen der langen Signallaufzeiten auf jede Antwort ewig zu warten.

»Nachricht vorlesen.«

»Guten Tag, First Lieutenant Bagian, hier spricht das medizinische Zentrum der Föderation in Johannesburg. Wie gewünscht teilen wir Ihnen mit, dass Ihre Schwester Istari Bagian die Augentransplantation erfolgreich überstanden hat. Wir konnten die Sehkraft zu 94 Prozent wiederherstellen. Die Patientin wurde auf eigenen Wunsch kurz nach der Operation aus der Klinik entlassen. Wir danken Ihnen für Ihr Vertrauen und bedanken uns für die Überweisung des Honorars.«

Die Meldung zauberte ihr ein Lächeln ins Gesicht. Istari hatte es überstanden. Hervorragend, auf diese Nachricht hatte sie die ganze Zeit gewartet.

»Direkte Verbindung zu Major Stern aufbauen.« Jetzt galt es, ihre Schuld zu begleichen. Sie stieg in den Aufzug und fuhr auf die Versorgungsebene im Unterdeck herunter.

»First Lieutenant, schön, dass Sie sich bei mir melden. Was kann ich für Sie tun?«, fragte Major Stern, dieser Heuchler, der sicherlich bereits wusste, weswegen sie sich bei ihm meldete.

»Ich bin dabei.« Genau das war der Moment, in dem Tara ihre Seele dem Teufel als Bezahlung auf den Tresen knallte. In bar. Rückgabe nicht möglich.

»Das freut mich, zu hören.« Dieser arrogante Fatzke schien den Moment zu genießen. Und Tara war so naiv gewesen, ihn anfangs für einen netten Kerl zu halten.

»Was muss ich tun?« Tara kannte noch jedes Wort der Order, die Major Gessner ihr mit auf den Weg gegeben hatte. Sie wollte es trotzdem noch einmal aus seinem Mund hören.

»GH-91S.«

»Mehr muss ich nicht wissen?«

»Nein … helfen Sie GH-91S durch die Blockade auf den Mars zu kommen. Es wird Ihnen nicht schwerfallen, den Rettungsgleiter zu unterstützen, die Mission ist gut vorbereitet.«

»In Ordnung.« Die Frage nach der Fracht von GH-91S würde sie sich sparen können. Genauso wie sie keine Antwort auf die Frage bekommen würde, wer so einen großen

Aufwand betrieb, um einen Rettungsgleiter ohne Freigabe auf den Mars zu bekommen.

»Wann hat Sie Captain Aarnaar für den nächsten Einsatz der Raver-Staffel eingeteilt?«

»In knapp acht Stunden.«

»Die Kommandantur hat entschieden, die Staffel an der Blockade zu verstärken. Sie gehen bereits in zwei Stunden raus. Ich teile Ihnen den Sektor zu. Die Piloten im laufenden Einsatz brauchen Hilfe. Alle Transitstrecken zu den Jupitermonden zu sperren, habe ich nie für eine gute Idee gehalten.«

»Wieso heben Sie die Sperrung nicht wieder auf?«

»Das entscheiden andere ...« Auch Major Sterns Einfluss schien Grenzen zu haben.

»In zwei Stunden ... geht klar.« Tara hatte mit dem vorgezogenen Einsatz kein Problem, um etwas zu essen, würde sie nicht lange brauchen. Die Aufzugstür öffnete sich wieder, auf der Versorgungsebene stand gerade eine Traube von Besatzungsmitgliedern vor einem großen Display und folgte dem Report des Kommandanten.

Gutes Timing, Tara kannte den Bericht schon, was ihr gerade kürzere Wartezeiten an der automatischen Essensausgabe einbrachte. »Wird gleich ein bisschen lauter bei mir.«

»Ich kann es hören. Läuft in der Kantine der Ganymed-Report unseres Chefs?«

»Ja, und er schlägt vielen auf den Appetit ... die Separatisten haben sich den denkbar schlechtesten Zeitpunkt ausgesucht, um aus der Föderation auszuscheren.«

Die Offiziere wurden bereits vorab informiert. Die Nachricht war eine politische Katastrophe. Auf dem bisher von der Föderation kontrollierten Jupitermond Ganymed lebten fast 100 Millionen Menschen, ein Drittel der gesamten Föderation, die sich dort auf zahlreichen Raumstationen und in unterirdischen Städten niedergelassen hatten. Der Grund für die bereits seit längerer Zeit schwelende Unabhängigkeitsbewegung war einfach, auf Ganymed wurden 73 Prozent aller Rohstoffe gewonnen, die beim Bau der Raumschiffe für die Reisen zur Neuen Erde in rauen Mengen verbraucht wurden.

»Oh, ja ... was niemandem von uns das Leben leichter machen wird. Die Menschen auf Ganymed glauben, ohne die Föderation besser klarzukommen.«

Tara nickte, eine nicht unberechtigte Annahme: Mit Phoenix, München, Johannesburg und New Oslo, einer Stadt am Meeresboden im zentralarktischen Becken leben nur noch 80 Millionen Menschen der Föderation auf der Erde. Auch die Basis auf dem Mars, in der 120 Millionen Menschen lebten, würde ohne ausreichende Rohstoffe das ehrgeizige Raumfahrtprogramm nicht aufrechterhalten können.

»Es arbeiten viele für das Glück weniger ... das führt früher oder später zu Problemen.«

»Die Föderation zerbricht ...«

»Sie scheinen damit kein Problem zu haben.«

»Ich habe mich arrangiert.«

So nannte man es heute, seine Loyalität meistbietend zu verkaufen. »Wird es einen Versuch der Föderation geben, gegen die Separatisten mit Gewalt vorzugehen?«

»Und die USS Kinshasa nach Ganymed zu entsenden? Sie scherzen, die Separatisten wussten genau, wann der richtige Zeitpunkt ist, um zu rebellieren. Auch das lokal stationierte Militär ist mit Mann und Maus fahnenflüchtig geworden. Die sind bestens ausgerüstet und motiviert. Bisher gab es noch keine Opfer. Niemand will einen Bürgerkrieg. Die Föderation hat jetzt folglich nur noch 200 Millionen Bürger ... man wird sich auch auf dieser Ebene arrangieren und die Rohstoffe für die Ark/Three-Flotte zukünftig etwas teurer als zuvor einkaufen.«

»Es wird keine weiteren Ark/Three-Schiffe mehr geben ...« Dieser für die Fernreise spezialisierte Schiffstyp war einfach zu aufwendig. Das Programm zur Übersiedlung der Menschheit würde binnen weniger Monate aus Kostengründen zusammenbrechen.

»First Lieutenant, jetzt haben Sie verstanden, warum uns die NewCom-Flotte auf den Pelz rückt. Die USS Berlin wird das letzte Raumschiff sein, das die Werft flugtauglich verlässt.« Major Stern gab sich offener, als es Tara erwartet hätte.

»Und was wird dann aus uns?«

»Was schon ... die USS Kinshasa wird weiterhin am Mars die Stellung halten. Einen Verlust der Orbitalwerft wird sich niemand leisten wollen.«

»Und was sagen die Chinesen dazu?«

»Sie hätten Politikerin werden sollen ... wie soll ich das wissen. PanAsia wird selbst versuchen, seinen Einflussbereich zu sichern.«

»Weiß Captain Aarnaar von meinem vorgezogenen Einsatz?« Die Balance zwischen den Machtblöcken würde sich weiter verschieben. Die kleine, aber technologisch mächtige Föderation, würde nach dem Verlust von Ganymed nicht mehr dieselbe sein. Es war allgemein bekannt, dass die liberale Politik der Föderation bei NewCom und PanAsia verpönt war. Dort gab es zahlreiche Hardliner, die im Zweifelsfall auf das Recht des Stärkeren setzten.

»Darum kümmere ich mich ... sorgen Sie nur dafür, dass ihre Raver im All sind. Machen Sie Ihren Job, ich mache meinen. Wir hören uns nach Ihrem Einsatz.«

Major Stern legte auf. Tara hatte ein Tablett mit indischer Linsensuppe ergattern können, einem Gericht, das sie bereits als Kind gerne gegessen hatte. Sie ging an einen Tisch und fragte, ob sie sich dazusetzen konnte. Die Gruppe junger Offiziere schien genau ihre Wellenlänge zu haben, zwei davon gehörten zu ihrer Staffel. Das Gespräch mit Major Stern musste sie erst einmal sacken lassen.

Zwei Stunden später machte sich Tara für den Start ihrer Staffel fertig. Sie saß in ihrem Steuerungssitz und schnallte sich an. Sie hatte die drei anderen Piloten passend instruiert.

»Ich bin bereit ...« Sie gab dem Spaceman First Class, der bei den Vorbereitungen der Raver half, ein Zeichen und setzte den Helm auf. Er nickte und ließ ihre Lafette in Startposition drehen.

»Raver-Vier-Eins, online.« Tara meldete sich im System an und schlüpfte in ihre elektronischen Augen und Ohren. »Aktiviere sekundäre Systeme«, »Primäre Visierung aktiv.« Die Feinjustierung erledigte sie binnen Sekunden. »Schalte sekundäre Visierung.« Alle Marker legte sie präzise auf die Zielpunkte und arretierte sie in der vorgegebenen Form. Heute ein Kreis. Für das Manöver brauchte sie 0,24 Sekunden und erreichte eine Genauigkeit von 98,6 Prozent. Gute Werte, aber es ging noch besser. »Fertig.«

»Raver Control für Raver-Vier-Eins, Sie haben Startfreigabe. Übertrage Flugkontrolle, alle Systeme folgen Ihrem Kommando.«

Die Abschussvorrichtung drei Decks über ihr schoss die zwölf Drohnen ins All. Die Dunkelheit empfing sie wie eine alte Bekannte. Tara gewöhnte sich wie immer schnell an ihr neues Umfeld. Die 36 Drohnen ihrer drei Staffelpiloten folgten Sekunden später.

»Raver-Vier-Eins, bestätige den Zielsektor, erreiche Einsatzgebiet in 190 Sekunden.« Tara beschleunigte weiter. Auch wenn die Raver-Drohnen in puncto Endgeschwindigkeit und Reichweite den größeren Raumjägern unterlegen waren, bei der Wendigkeit waren sie aufgrund der kleineren Masse unschlagbar.

»Raver Control für Raver-Vier-Eins, schalten Sie in den Subkanal.«

Eine ungewöhnliche Anweisung der Einsatzleitung, scheinbar wollte sie jemand persönlich sprechen. Tara folgte den Anweisungen und öffnete den Subkanal.

»Bagian, was machen Sie da?«, fragte Captain Aarnaar nicht gerade militärisch korrekt.

»Meinen Job, Ma'am.« Sie verstand nicht, was ihre Vorgesetzte von ihr wollte.

»Das sehe ich, Bagian. Ich hatte Sie erst später eingeteilt.« Gute Laune hatte sie auch nicht.

»Der Einsatz meiner Staffel ist vorgezogen worden. Sie können meine Startfreigabe bei ...«

»Ich habe gesehen, dass Sie eine Startfreigabe haben. Was ich nicht sehe, wer hat den Start freigegeben?«

»Major Stern, Ma'am. Er hat meine Staffel vorgezogen.«

»Das kann er nicht ...«

»Ma'am?« Ein peinlicher Moment, Major Stern schien ihre Vorgesetzte nicht informiert zu haben. Er hatte sie übergangen und Taras Flugpläne über ihren Kopf hinweg ändern lassen.

»Bagian, stecken Sie da mit drin?«

»Ich verstehe nicht ...« Jetzt verließ das Gespräch alle Peinlichkeiten und wurde gefährlich. Die Frage gehörte zur der Sorte, auf die jede Antwort die falsche gewesen wäre.

»Sie haben mich schon verstanden!«

»Raver Control für Raver-Vier-Eins, wir haben einen Notfall in Ihrem Sektor. Ein Blockadebrecher. Wir schalten zwei Backbordgeschütze auf ihre Marker. Feuern Sie nach eigenem Ermessen, aber fangen Sie das Raumschiff ab.« Die Meldung der Einsatzzentrale konnte Captain Aarnaar nicht hören.

»Ma'am, ich muss mich um einen Notfall kümmern.« Tara wechselte den Kanal. »Raver-Vier-Eins für Raver Control ... erreiche die Einsatzzone in 15 Sekunden.«

»Bagian, ich will Sie sofort nach dem Einsatz in meinem Büro sehen!« An der Anweisung gab es nichts zu deuten. Captain Aarnaar würde Tara zur Rede stellen.

»Ich melde mich. Over.« Tara schloss den Subkanal, um sich mit voller Aufmerksamkeit ihrem *Kunden* zu widmen. Sie hatte bereits die Kennung des zivilen NewCom-Gleiters auf ihrem Display, der keine Lust zu haben schien, länger in der Schlange zu stehen. TZ-96P, ein schnelles Raumschiff kleinerer Bauart, das angeblich vier Passagiere zum Jupitermond Europa transportierte. Seit 78 Sekunden wagte TZ-96P mit 48 G Beschleunigung einen Durchbruch. Mit das Schnellste, was in der zivilen Raumfahrt möglich war. Die hohen G-Werte wären ohne Ausgleichssysteme für den Menschen absolut tödlich.

Raver beschleunigten mit bis zu 120 G, die Grenzen der Physik für 200 Kilogramm schwere Drohnen, deren Piloten in sicherer Entfernung von Bord der USS Kinshasa agierten.

»Raver-Vier-Eins für TZ-96P, Sie durchfliegen militärisches Sperrgebiet. Übergeben Sie mir umgehend die Steuerung Ihres Gleiters. Wenn Sie nicht kooperieren, bin ich befugt, Waffengewalt anzuwenden.«

Bei Blockaden im Raum, die im Prinzip nicht mehr als imaginäre Linien innerhalb von Navigationscomputern waren, kam es öfter zu Kursabweichungen. Manche aus Dummheit, andere aus Übermut. Meist reichte es, als Raver-Pilot den Verstoß anzumahnen, die Entschuldigungen entgegenzunehmen und die Steuerung der betreffenden Raumschiffe in den Folgemodus zu schalten. Die Piloten der beschlagnahmten Raumschiffe mussten in diesem Fall einer per Funk übertragenen KI der Föderation die Erlaubnis erteilen, ihr Schiff in den dafür vorgesehenen Sektor zu bringen.

»Raver-Vier-Eins für TZ-96P, Sie durchfliegen militärisches Sperrgebiet. Übergeben Sie mir umgehend die Steuerung Ihres Gleiters. Wenn Sie nicht kooperieren, bin ich befugt, Waffengewalt anzuwenden. Dies ist der zweite Aufruf!«

Tara überprüfte die Telemetrie-Werte. Mit zwei ihrer zwölf Drohnen verfolgte sie den Delinquenten, die anderen Drohnen befanden sich auf Position in ihrem Sektor. Mit dem linken Auge raste sie durch den Raum, während sie mit dem rechten zwischen den Raumschiffschlangen an der Blockade patrouillierte.

»GH-91S für Raver-Vier-Eins, erbitte Unterstützung für einen priorisierten Krankentransport zum Mars«, erklärte eine männliche Stimme. Was für ein Timing, nacheinander wäre es auch langweilig gewesen. Die Kennung GH-91S gehörte zu einem X-7 Rettungsgleiter der Föderation, der sich gerne noch ein paar Minuten hätte Zeit lassen können.

Tara liebte es, auf mehreren Kanälen gleichzeitig zu sprechen, mehrere Drohnen unabhängig voneinander zu steuern und zwei Jobs zur selben Zeit zu erledigen.

»Raver-Vier-Eins für GH-91S, finden Sie sich an der Ihnen zugewiesenen Position ein.« Tara gab dem Piloten die passenden Anflugkoordinaten durch, während sie mit dem anderen Auge bereits TZ-96P die Zielmarker für den Abschuss verpasste.

»Raver-Vier-Eins für TZ-96P, Sie durchfliegen militärisches Sperrgebiet. Übergeben Sie mir umgehend die Steuerung Ihres Gleiters. Wenn Sie nicht kooperieren, bin ich befugt, Waffengewalt anzuwenden. Dies ist der dritte und letzte Aufruf!«

»Raver-Vier-Eins für Raver Control, bestätigen Sie die Feuerfreigabe.« Tara wollte auf Nummer sicher gehen.

»Raver Control für Raver-Vier-Eins, Freigabe erteilt, feuern nach eigenem Ermessen.«

Sie kontrollierte abermals die Kursdaten des Blockadebrechers, der sich weder auf die USS Horizon noch auf den Mars oder die Orbitalwerft zubewegte, sondern auf direktem Weg Richtung Jupiter flog. Ein Verstoß gegen die

Regeln, aber ein Grund, um abgeschossen zu werden? Vielleicht gab es einen medizinischen Notfall und der Pilot konnte nicht mehr antworten? Sie überlegte. Nein, wer ohnmächtig hinter dem Steuer saß, flog keine präzisen Fluchtmanöver. Ob der Pilot glaubte, schneller zu sein als das Licht? Sie kontrollierte erneut die Telemetrie-Werte, der Gleiter begann, sich mehr und mehr von den beiden Raver-Drohnen zu entfernen. Die erreichte Geschwindigkeit überstieg mittlerweile die Höchstleistung der Drohnen und stieg weiter. In 45 Sekunden würde die Entfernung keine präzisen Treffer mehr zulassen.

»Raver-Vier-Eins für TZ-96P, ich werde Sie in 30 Sekunden abschießen lassen.«

Tara führte die Ziel-Marker nach, die beiden an Backbord befindlichen Hochenergiegeschütze der USS Kinshasa hingen auf ihrem Leitstrahl. Die Schwierigkeit im Kampf zwischen Raumschiffen war die Geschwindigkeit: Lenkwaffen, Projektile und sonstige Explosivgeschosse waren einfach zu langsam, um ein Raumschiff zu treffen, das mit 48 G beschleunigt, kurzfristig bis zu 0,6 c schnell werden konnte. Sogar mit den schweren Hochenergiegeschützen traf man ab einem gewissen Punkt nichts mehr, weil die Signallaufzeit der Zielerfassung zu hoch wurde.

»Feuer frei.« Tara löste die Waffen aus, die Laserblitze würden aufgrund der Entfernung bereits mehrere Sekunden brauchen. Die Marker setzten die Waffen genau an die

Stelle, an denen sich das Ziel beim Eintreffen des Laserstrahls befinden würde.

Eine Annahme mit tödlicher Genauigkeit. Tara ließ die Drohnen zurückfallen, eine ganze Salve Laserblitze belegte den Zielkorridor und traf TZ-96P mehrfach. Sie zählte vier Treffer, die das Schiff durchschlugen, ähnlich einer heißen Nadel, die man in ein Stück Butter steckte. Wenn ein Laserstrahl an einem Raumschiff nicht gerade einen explosionsfähigen Gegenstand traf, sah man nur warme Gase aus den Löchern entweichen, die natürlich sofort kristallisierten. TZ-96P bremste schlagartig ab und fing an zu taumeln. Der Pilot hatte die Kontrolle über den Gleiter verloren, vermutlich lebte er bereits nicht mehr. Die Lichter verloschen. Wer zum Zeitpunkt der Treffer nicht bereits einen Druckanzug getragen hatte, würde jetzt tiefgefroren in seinem Sitz sitzen.

Tara wechselte die Drohne. »GH-91S, übertragen Sie zum Abgleich Ihre Prioritätszertifikate.« Der Rettungsgleiter war an der Reihe, die beiden Drohnen würden solange beim Wrack bleiben, bis ein Bergungsschiff vom Mars das zerschossene Raumschiff und die Leichen geborgen hatte.

***

XXVI. Medizinischer Notfall

»GH-91S für Raver-Vier-Eins, erbitte Unterstützung für einen priorisierten Krankentransport zum Mars«, erklärte Scott auf dem offiziellen Notruf-Kanal während des Anflugs auf die Sperrzone. Durch seine Zeit beim Militär fiel es ihm nicht schwer, den richtigen Ton zu treffen, der früher sein normaler Alltag und vermutlich der Grund war, warum Aileen ihn diese Aufgabe wahrnehmen ließ.

Die Vorstellung, dass der unbekannte Auftraggeber dieser Mission nicht nur fähig war, einen Raver-Commander zu schmieren, sondern auch den Dienstplan des größten Trägerschiffs der Föderation bedarfsgerecht zu manipulieren, ließ ihn hingegen erschaudern. Das bedeutete viel Geld, viel Macht und wenig Skrupel.

»Raver-Vier-Eins für GH-91S, finden Sie sich an der Ihnen zugewiesenen Position ein«, antwortete ein weiblicher Raver-Commander, der ihm zeitgleich Anflugkoordinaten für eine temporäre Parkposition durchgab. Wow, was für eine Stimme. Es war sein Fluch, interessante Frauen immer in den unmöglichsten Momenten kennenzulernen.

»Es scheint zu funktionieren ...« Joyce lehnte sich in dem Pilotensessel zurück, legte die Beine auf die Konsole und aß einen Apfel. Wusste sie Bescheid, wusste sie, was sich in der Metallkiste befand, hatte Aileen sie eingeweiht?

Die KI hätte Scott mühelos aufhalten können, bevor er Jeener und das andere arme Schwein getötet hatte. Eine kurze Warnung hätte genügt, den Fleischberg von vorne flachzulegen, wäre eine andere Nummer gewesen. Hatte sie aber nicht getan und da eine KI zu keiner menschlichen Empathie fähig war, agierte er vermutlich, ohne es zu wissen, in ihrem Sinne und schaffte Ballast auf die Seite.

»Die Mission ist sorgfältig vorbereitet worden, es gibt keinen Grund, an der Mitarbeit involvierter Ressourcen zu zweifeln. Wir werden uns präzise an die Vorgaben halten.« Aileen klang wie Werbung für Versicherungen. Die, bei denen dem Betrachter keine Zweifel an der Aufrichtigkeit des werbenden Unternehmens bleiben sollten. Scheiße! Scott glaubte ihr kein Wort.

»Sweety klingt heute richtig gut ... wie so ein echter Föderationstrottel.« Joyce ließ sich es nicht nehmen, mit der angespannten Situation zu kokettieren. Oder hatte sie Angst, bei nächster Gelegenheit selbst beseitigt zu werden und versuchte ihre Unsicherheit zu überspielen? Vielleicht hatte sie inzwischen erkannt, dass Aileen sich einen Dreck um das Wohl nicht mehr benötigter Ressourcen scherte.

»Das ist mein Job ... ich werde die X-7 sauber auf dem Mars abliefern und danach genauso picobello wieder in den Orbit bringen. Magst du mir dabei Gesellschaft leisten?« Scott schenkte Joyce ein abfälliges Lächeln, viel deutlicher konnte er ihr nicht zu verstehen geben, dass sie inzwischen nicht mehr gebraucht wurde.

»Fick dich!« Sie hatte es verstanden und warf erfolglos den halben Apfel nach ihm.

»Brauchen Menschen eigentlich einen Grund, um sich zu streiten?«, fragte Aileen.

»Frauen nicht ...« Aileens Antwort könnte darauf hinweisen, dass sie seine Spitze nicht verstanden hatte. Sie könnte ihn aber auch in Sicherheit wiegen wollen, um ihn bei der Stange zu halten. Er traute der KI ebenso wenig wie Joyce.

»GH-91S, übertragen Sie zum Abgleich Ihre Prioritätszertifikate.« Der weibliche Raver-Commander meldete sich wieder, der sich wirklich süß anhörte. Zertifikate waren eine feine Sache, die Föderation nutzte sie, um Einsatzbefehle zu signieren und die Überbringer gegenüber anderen Stellen zu authentisieren. Eine alternative Datenabfrage auf der Erde wäre über eine Stunde unterwegs gewesen. Dummerweise waren digitale Zertifikate auch für KIs nicht einfach zu fälschen. Ansonsten würde vermutlich jedes zweite Raumschiff diesen Trick benutzen, um sich nach vorne zu drängeln.

»Aileen, dein Typ wird gefragt ... heb mal dein Röckchen hoch und lass den Raver-Kommandanten schnuppern.« Scott hatte natürlich keine passenden Dokumente dieser Art, weswegen er auf Aileens Griff in die Trickkiste gespannt war.

»Du bist der Charmeur an Bord, schick der Frau ein Bild von dir und frage sie, ob sie mit dir Essen gehen möchte?«

»Witzig ... das ist ein Raver-Kommandant.« Mit denen machte man keine Späße, man lächelte höchstens, entschuldigte sich und hoffte, das sie keinen nervösen Finger haben. Gott und die von Raver-Kommandanten gesteuerten Hochenergiegeschütze auf der USS Kinshasa sprachen immer das letzte Wort.

»Ich habe kein Zertifikat, das unseren Flug legitimiert.«

»Ah ja.« Keine gute Antwort.

»Also ... flirte mit ihr.« Die meinte das eben ernst.

»Das ist verrückt!« Scott fing an zu schwitzen und Joyce hatte sichtlich ihren Spaß. Drecksweiber!

»Sweety, das war keine Bitte. Tue es! Schick ihr dein Bild und streng dich an.«

Touché, der hatte gesessen, Scott suchte nach einer passenden Antwort. Lydia, Joyce und jetzt Aileen, nach den Schwierigkeiten mit humanoiden Frauen stellte ihn jetzt sogar eine digitale wie einen dummen Jungen in die Ecke.

Scott öffnete wieder den Funk. »Hey ... ist heute echt was los hier, oder?« Boar, was war der Spruch schlecht. Er sah sich schon im Militärgefängnis der Föderation einsitzen oder zu Eiswürfeln zerbröselt durch das All schweben.

»Raver-Vier-Eins für GH-91S, übertragen Sie zum Abgleich Ihrer Mission die relevanten Prioritätszertifikate.« Der weibliche Raver-Kommandant wiederholte die Anweisung und klang dabei immer noch sexy. Nein, er hatte wirklich eine Macke!

»Ja, klar ... kommt gleich. Kleinen Moment, ich lade bereits die Daten hoch ...« Scott schaltete den Funk wieder stumm.

»Aileen, das mit dem Bild von mir war doch ein Scherz, oder?«

Es blitzte, Joyce hatte mit einem Fotostick ein Bild von seinem dummen Gesicht geschossen, das sie in ein virtuelles Datenfach legte. »Schaust nicht gerade schlau drein ... aber es gibt Frauen, die stehen auf Typen mit Dackelblick.«

Jetzt hatte auch Joyce ihm ein Ding verpasst, der Punch hatte gesessen. Scott kam zu der Erkenntnis, dass man(n) im Miteinander zwischen den Geschlechtern früher oder später immer verlor.

»Das Bild ist gut ... schicke es ihr. Oh, warte ... schreibe noch, in Liebe V879-U64 darauf und frage sie auch nach einem Bild von ihr.«

Scott verkniff es sich, weitere Fragen zu stellen, er fügte der Übermittlung den Zusatz V879-U64 hinzu und schickte sein Bild an den weiblichen Raver-Kommandanten. »Wenn Sie wollen, können Sie mir auch eins von sich zurückschicken.«

Scott wartete auf eine Antwort. Sehr lange. Viel zu lange. Raver-Piloten genügten bereits Sekunden, um über Schicksale zu entscheiden. Er dachte an Schleierwölkchen am blauen Himmel, das Leben im Jenseits und betete dafür, nicht mit Joyce auf derselben Wolke zu landen. Ein Denkfehler, sie würden eher ein *Apartment* weiter unten bekommen.

»Raver-Vier-Eins für GH-91S, bestätige Prioritätszertifikate für Krankentransport zum Mars. Ihnen wird der Anflugkorridor V879-U64 zugewiesen, schalten Sie Ihr Navigationssystem auf den Leitstrahl und halten Sie Kurs und Geschwindigkeit.«

»Bestätigte Anflugkorridor V879-U64 ... haben Sie Lust, mit mir essen zu gehen?« Scott kam sich so unendlich dumm vor. Er hätte der Raver-Pilotin sagen können, was er wollte, sie war gekauft und hätte sie immer passieren lassen. Mit der Zusatzinformation auf dem Bild sorgte Aileen dafür, genau an der Stelle landen zu dürfen, die für die Lieferung der Frachtkiste vorgesehen war.

Joyce lachte und Aileen schwieg. Er blickte auf den Monitor und sah ein Bild einer dunkelhaarigen Frau in Uniform. Die Haut leicht gebräunt, dunkle große Augen, ein etwas verträumter Blick, eine wirklich hübsche Frau. Etwa ein Bild der Raver-Pilotin? An der Seite stand eine Nummer, leider nicht ihre Netzkennung.

»J31-L83« sagte er, nur für Aileen und Joyce hörbar, es schien ein Code zu sein. Auf die Frage, ob sie mit ihm essen gehen wollte, gab die Raver-Pilotin keine Antwort.

»Merke dir die Zahl, du wirst sie brauchen«, erklärte Aileen.

Scott verdrehte die Augen und lenkte die X-7 auf den Kurs V879-U64. Den Rest würde der Autopilot erledigen und sie binnen einer halben Stunde sicher zum Mars bringen.

»Klasse ... und jetzt?« Scott stand auf, er hatte Durst und wollte sich aus der Bordmesse eine Flasche Wasser holen. Alkohol gab es auf den Rettungsgleitern leider keinen.

»Wie wäre es mit einer Rasur und einer Dusche?«, fragte Aileen, die sich anhörte wie früher seine Mutter.

»Okay …« Scott nickte, mit der KI zu streiten, würde vermutlich nur zu einer weiteren Niederlage führen.

Sich den Dreitagebart herunterzuscheren und sich zu duschen, fühlte sich gar nicht schlecht an. Nur mit einem Handtuch bekleidet verlies der den Waschraum.

»Ich habe eine Uniform für dich bereitlegen lassen. Sweety, es sollte dir nicht schwerfallen, dich wie ein Offizier zu benehmen. Joyce, du wirst ihm den Rücken freihalten.«

»Das ist eine A-Class Uniform …« Scott hatte keinen blassen Schimmer, warum er eine Paradeuniform eines NewCom Oberst anziehen sollte. Er warf das Handtuch auf den Boden und fing an, sich kopfschüttelnd anzuziehen.

»Das blau steht dir …« Joyce schlüpfte in Dessous und ein rotes schulterfreies Abendkleid. Es gab Dinge, die glaubte man erst, wenn man sie sah. Die Haare hatte sie sich hochgesteckt. Gemeinsam mit dem Kleid, den Pumps, einer roten Handtasche und sogar Schmuck, wäre er an einem anderen Tag an Joyce vorbeigelaufen, ohne sie wiederzuerkennen.

»Es geht in fünf Minuten los. Unsere Lieferung ist fällig. Ihr habt 60 Sekunden Zeit, den Rettungsgleiter zu verlassen und einen sicheren Raum aufzusuchen.«

»Ist das Bodenteam, das unseren Krankentransport in Empfang nimmt, auch geschmiert?«, fragte Scott und zog sich die mit Orden behangene Uniformjacke an.

»Nein.«

»Die Security wird einen leeren Rettungsgleiter seltsam finden.« Damit kannte sich Scott aus.

»Erst in dreißig Minuten, wir haben eine weit außerhalb liegende Position angeflogen. Bis dahin sind wir weg.«

»Warum dann die Eile?« Scott ging zur Tür, Joyce stand vor dem Spiegel und schminkte sich. Gekonnt sogar. Unglaublich, welche Talente in diesem weiblichen Rammbock steckten.

»Ich werde es dir gleich erklären. Drei Minuten noch. Joyce, beeil dich mit dem Make-up.«

»Fertig.« Sie steckte den Lippenstift in die Handtasche, strich sich über das Kleid und ging zügig auf Scott zu. Ein Roboter schwebte mit der geheimnisumwobenen Metallkiste in den Korridor.

»Bereit.« Auch Scott konnte loslegen, den Anflug des Rettungsgleiters erledigte der Autopilot eigenständig.

»Noch zwei Minuten, wir docken gleich an«, meldete Aileen. *»Nicht vergessen, ihr müsst die Transportkiste binnen 60 Sekunden nachdem die Schleuse offen ist, von Bord gebracht haben. Ich sorge für den zeitweisen Ausfall einer Überwachungskamera. Der Weg wird nur während dieser kurzen Zeit passierbar sein, danach würden sie euch sehen und unsere Mission wäre gescheitert.«*

Und Joyce und er tot, auch das hatte er verstanden. »Wohin müssen wir?«

»Durch die Schleuse, rechts abbiegen, zwanzig Meter geradeaus, zweite Tür links.«

»Okay.«

»Hast du den Code noch im Kopf?«

»J31-L83«,

»Den gibst du an der Schleuse ein.«

»Alles klar ...« Die Kennung war der Code, um die innere Schleuse zu öffnen. Wenn sie gewartet hätten, hätte sie das Bodenteam damit hereingelassen.

»Noch dreißig Sekunden.«

Scott hörte, wie der Rettungsgleiter aufsetzte. Eine gute Landung. In der Schleuse vor ihnen klang ein metallisches Geräusch durch die Bordwand. Es zischte, die Schleuse wurde auf 1 Bar Luftdruck und 20 Grad Celsius gebracht.

»Es geht los!«

Die Schleuse der X-7 öffnete sich. Der erste Luftzug roch muffig, ähnlich als ob die Luft in einem leeren Ölfass gelagert wurde. Scott ging vor. Die Zeit lief. Die Transportkiste schwebte ihm hinterher. Joyce bildete die Nachhut.

Die innere Schleuse auf ihrer Andockposition sah nicht sonderlich neu aus. Egal, er musste die Kennung eingeben. Er legte die Hand auf ein Dialogfeld, der Bildschirm aktivierte sich.

Kennung eingeben.

Das tat Scott. J31-L83, ein Fehler würde jetzt fatale Folgen haben.

Kennung bestätigt.

Dafür würde er der netten Raver-Pilotin einen Kuss geben, wenn er die Chance dazu bekommen würde. Die Schleuse öffnete sich. Die Luft roch hier auch nicht besser. Zu der feinen Note ranzigen Hydrauliköls gesellte sich noch eine Spur verfaultes Wasser hinzu.

»Noch 45 Sekunden.«

Scott ging vor. Die Beleuchtung des Korridors aktivierte sich. Alles im föderativen Standardweiß gehalten. Langweilig, aber zweckmäßig. Die Transportkiste und Joyce hintendran. Zuerst schloss sich die Bordschleuse der X-7, dann das Pendant der Anlegestelle. Sie waren allein. Niemand hatte sich ihnen bisher in den Weg gestellt.

Durch die Schleuse, rechts abbiegen, zwanzig Meter geradeaus, zweite Tür links, Scott hatte kein Wort vergessen. Er bog rechts ab und ging den Flur entlang. Ein Stück weiter befand sich eine weitere Schleuse. Auf dem Weg dorthin lagen links und rechts mehrere Türen, hinter denen er keinerlei Geräusche wahrnehmen konnte. Der ganze Terminal, den Aileen für die Landung ausgesucht hatte, schien brachzuliegen.

»Noch dreißig Sekunden.« Aileen gab weiterhin den Ton an, deren Stimme nach dem Verlassen der X-7 direkt aus der Transportbox kam.

Die zweite Tür links, Scott versuchte sie aufzudrücken. Vergeblich, einen Türgriff oder ein Bedienelement gab es nicht.

»Die Tür ist verschlossen«, sagte er und sah sich um. Sich mit einem Kühlschrank zu unterhalten, fühlte sich schon dämlich an.

»Was hast du erwartet ... die Jungs von der Föderation sind ordentlich. Die lassen keine Tür offenstehen.«

»Und?« Bitte keine weiteren Spielchen.

»Versuche es mal mit klopfen ... übrigens, wir haben noch 15 Sekunden.«

Scott klopfte an der Tür. Die Zeit lief ab. Verdammt jetzt mach schon, dachte er und biss die Zähne zusammen. Die Tür öffnete sich. Ein NewCom Offizier stand vor ihm. Ein Oberst machte Platz, der sein Bruder hätte sein können. Scott betrat den Raum, die Transportkiste, Aileen und Joyce folgten ihm. Die Tür schloss sich wieder. Geschafft.

»Die Zeit ist abgelaufen. Der Flur wird wieder überwacht. Wir haben weiterhin keine Zeit zu verlieren. Yuri, das sind Joyce und Scott. Joyce und Scott, das ist Yuri Kuronov.«

»Etwas mit Viktor Kuronov zu tun?«, fragte Scott, der bei dem Familiennamen und der NewCom-Uniform direkt an General Kuronov denken musste. Eine der bekanntesten und auch umstrittensten Persönlichkeiten weltweit.

»Mein Vater«, antwortete Scotts Spiegelbild, ohne zu zögern.

»Ähm ...« Scotts Gedanken machten gerade Purzelbäume. Die Ähnlichkeit war sicherlich kein Zufall und da Yuri Kuronov nicht wirkte, als ob ihn jemand gezwungen hätte, wusste er jetzt auch, wer Aileen auf den Weg gebracht hatte. Die Uniformen glichen sich bis auf das letzte Detail. Was zum Teufel befand sich in der Metallkiste?

»Yuri, gib Scott deine Armbanduhr und den Siegelring. Scott, du wirst seine Mutter begleiten«, sagte Aileen.

Scott nahm die Sachen an sich, er sollte als Yuri Kuronov auftreten, das hatte er inzwischen verstanden. Den Siegelring steckte er sich an den Finger.

Scott nickte. »Was ist mit seiner Mutter?«

Yuri legte ihm die Hand auf die Schulter. »Du musst sie Mamka rufen ... bitte, das ist wichtig. Mamka, und wenn es soweit ist, darfst du auch schreien.«

***

XXVII. Freundschaft

Ravan sah keinen Grund zu klagen, ein First Class Flug zum Mars, ein extraordinäres Dinner, bei dem als Vorspeise Kartoffel Romanoff mit Osietra Kaviar und Créme Fraîche serviert wurde. Danach ein fantastischer Angel Steinbutt, an der Gräte gebraten, mit Sauce béarnaise und Pfifferlingen und zum Abschluss ein Délice von Beeren, Rosenblüten und Basilikum. Das Essen, der Wein und der aufmerksame Service, alles war perfekt.

An den zweiten Frauenkörper hatte sie sich schneller gewöhnt, alles wirkte vertrauter, selbstverständlicher. Letztendlich spielte das Geschlecht für ihre Identität keine Rolle. Gutes Essen, Musik, Berührungen und Genuss fühlen sich in jedem Körper gut an. Trotzdem kam sie nicht umhin, über sich und ihr bisheriges Leben nachzudenken. Der mehrstündige Flug zum Mars bot ihr dazu ausreichend Zeit.

Sie stellte das Weinglas ab, schlug die Beine über Kreuz und beobachtete aus einem gemütlichen Ledersessel heraus die anderen Fluggäste, die sich mit ihr an Bord befanden. Interessante Menschen, gebildet, weltoffen, liberal und selbstbewusst. Beim Sektempfang vorhin und dem Essen danach gab es viele nette Gespräche. 56 Fluggäste, die meisten kamen aus München, einige wenige aus Phoenix und ein jüngeres Paar aus Peking. Man verstand sich über alle Sprachbarrieren hinweg. Ravan Colucci, die 27-jährige Italienerin aus gutem Hause, passte perfekt in diese Welt, in der alle Menschen gut aussahen, nicht älter als 35 waren, mehrere Sprachen beherrschten und ein sicheres Stilgefühl für Mode, Lebensart und einen dezenten Sexappeal präsentierten.

»Darf ich Ihnen noch Wein nachschenken?«, fragte der Kellner, ein Mann mit Bart um die vierzig, sehr gepflegt, der zu denjenigen an Bord gehörte, die später wieder auf die Erde zurückkehren durften.

»Nein, danke.« Ravan lächelte, es war ihr gerade wichtig, ihre Gedanken nicht im Alkohol zu ertränken. Zum einen, weil sie es nicht wollte, zum anderen, weil sie nachher eine Frau zu töten hatte. Jekaterina Kuronova, die in Minsk ihren eigenen Killer angeheuert hatte, um sie auf dem Mars zu töten. Ein unverständlicher Auftrag. »Eine Frage, wie lange sind wir noch unterwegs?«

»Voraussichtlich eine Stunde«, antwortete der Kellner. Eine Stunde, die, wenn man die Zeit genoss, wie ein einziger Moment an einem vorbeistrich, oder, wenn man zweifelte, einem ganzen Leben glich.

Ravan hob den Kopf, durch die Panoramascheiben sah sie das Meer. Der Raumgleiter, der mit 0,3 c auf den Mars zuraste, glich einer großen Jacht, die gemächlich die Wellen durchbrach und einem tiefroten Sonnenuntergang entgegenfuhr. Eine exklusive Reiseerfahrung, die Ingenieure hatten ihr ganzes Wissen aufgeboten, einen Jachtausflug, wie er vor zweihundert Jahren einmal gewesen sein konnte, einem gutbetuchten Gästekreis als virtuelle Unterhaltung der besonderen Art zu kredenzen. Eine perfekte Illusion.

»Darf ich Ihnen Gesellschaft leisten?«, fragte Michael, ein gutaussehender Systemspezialist aus München. 34, Single und erfolgreich. Er hatte ihr beim Essen seine halbe Lebensgeschichte erzählt und dabei zu keiner Sekunde ihre aparte Oberweite aus den Augen verloren. Viel von seiner Geschichte hatte sie nicht behalten. Ob er gut gebaut war? Ravan überlegte kurz, sich von ihm auf der Toilette nehmen zu lassen. Zur Ablenkung, um vielleicht auf andere Gedanken zu kommen.

»Danke, ich warte auf eine Nachricht von einem Freund.« Mit dem Finger tippte sie sich an den Hals. Vielleicht würde sie nach der Tötung die Nacht mit ihm verbringen, aber jetzt wollte sie lieber alleine sein.

»Oh ... ich verstehe.« Was er nicht tat, was aber auch keine Rolle spielte. Schließlich konnte er nicht in ihren Kopf blicken. Michael deutete eine Verbeugung an und setzte sich neben das chinesische Pärchen, eine Sitzgruppe weiter.

»Sehr geehrte Damen und Herren, hier spricht Ihr Kapitän. Wir befinden uns bereits in unserem Abbremsmanöver für den Anflug auf die USS Berlin im geostationären Orbit über dem Mars.«

Eine erfreuliche Nachricht, das war genau der richtige Moment, um sich durch ein paar warme Worte des Kapitäns berieseln zu lassen. Eigentlich ungewöhnlich, dass Ravan vor einem Auftrag Nervosität zeigte. Nach dem Abschluss wollte sie sich einige Tage Ruhe gönnen, vielleicht sogar Urlaub machen. In Kairo, der kleinsten der vier NewCom Kuppelstädte, mit nur drei Millionen Einwohnern, gab es für zahlungskräftige Touristen ein historisches Ferienparadies, für das sogar ein Teil des Mittelmeers unter die Energiekuppel genommen wurde.

»Aufgrund der besonderen Situation kurz vor dem Start der USS Berlin zur Neuen Erde hat die Föderation eine Sicherheitszone eingerichtet, um priorisierten Flügen eine komfortable Anreise zu ermöglichen.«

Beifall ertönte. Ravan schmunzelte, was für eine elegante Formulierung, die Föderation dürfte, wie beim Start der USS Los Angeles vor ein paar Monaten, den gesamten Raum rund um den Mars großflächig gesperrt haben. Wegen der Blockade würden auch wieder die Transitstrecken zwischen der Erde und den Jupitermonden dicht sein. Was, wie letztes Mal, vermutlich ein unvorstellbares Chaos nach sich zog.

»Können wir ein Live-Bild sehen?«, fragte jemand von den Fluggästen. Weitere stimmten ihm zu. Teils euphorisch, teils voller kindlicher Begeisterung. Erneut Beifall, der schnell lauter wurde. Dem Kapitän würde keine andere Wahl bleiben. Der Mob hatte gesprochen, der Mob wollte Blut sehen. Auch Ravan hatte keine Probleme damit, sich ihren niederen voyeuristischen Gelüsten hinzugeben.

»Auf besonderen Wunsch stoppen wir die laufende Mittelmeerprojektion und schalten auf ein stabilisiertes Live-Bild der Wartezone im hohen Orbit über dem Mars.«

Die glutrote Sonne am Horizont des Mittelmeers verschwand in der Schwärze des Alls. Ein perfekter Übergang. Trotz des Abbremsmanövers flog der Gleiter immer noch sehr schnell. 0,1 c bedeuteten, in jeder Sekunde 30.000 Kilometer zurückzulegen. Sie waren noch zu weit von der Blockade entfernt, um die wartenden Raumschiffe ohne technische Hilfsmittel sehen zu können. Trotzdem erzeugte das stabilisierte Live-Bild die Illusion, bereits an den wartenden Raumschiffen vorbeizuschweben.

Wow, was für ein Chaos. Da lagen bis zu 8.000 Meter lange Minenschiffe, die Erze von den Jupitermonden abholten. Kleinere Raumgleiter, die wie Insekten zwischen den größeren Schiffen hin- und herflogen. Daneben Mannschaftstransporter, mit denen die Föderation frisch ausgebildete Soldaten zum Mars brachte und Handelsschiffe, die Güter aller Art transportierten.

»Warum befinden sich drei NewCom Kriegsschiffe in der Wartezone?«, fragte derselbe Mann, der bereits nach dem Live-Bild verlangt hatte. Ein stämmiger Kerl ohne Haare, der seinen Erzählungen nach, mit virtuellen Erotikdiensten auf eben solchen Minenschiffen reich geworden war. Ein Wachstumsmarkt, hatte er gesagt, er sprach über seine Pläne, auf der Neuen Erde den ersten virtuellen Puff zu eröffnen. Solche Wichser starben halt nie aus.

Seiner Frage stimmten zahlreiche andere Fluggäste zu, er schien Talent zu haben, die Bedürfnisse seiner Mitmenschen zu erkennen.

»Meine sehr verehrten Fluggäste, wie Sie wissen, liegt in der Orbitalwerft neben der USS Berlin die sich noch im Bau befindliche Riad, das erste NewCom-Schiff der Ark/Three-Klasse. Im Rahmen der Zusammenarbeit zwischen der Föderation, PanAsia und NewCom unterstützt die NewCom-Flotte unter der persönlichen Führung von General Kuronov die fristgerechte Fertigstellung der Arbeiten. Sollten Sie Angehörige haben, die in Kürze mit der Riad oder der Rosenmeer zur Neuen Erden reisen wollen, kann ich Ihnen versichern, dass für eine angenehme und sichere Reise alles Menschenerdenkliche getan wird.«

Schön gesagt, trotzdem hatte Ravan bisher nicht gewusst, dass sie Jekaterina Kuronova direkt vor der Nase ihres Mannes töten sollte. Ein kranker Auftrag. Wollte sich da eine geschasste Ehefrau mit ihrem eigenen Tod an ihrem Ehemann rächen?

Ravan hatte sie kennengelernt, sie hatten sogar miteinander geschlafen. Ein weiblicher Vulkan, die jede Berührung elektrisiert zurückgespiegelt hatte. Nein, ein depressiver Geist, der bereit war, freiwillig aus dem Leben zu scheiden, agierte nicht mit einer derart zügellosen Lebensfreude. Bisher sah sie noch keine Auflösung für dieses Rätsel.

Der Kommunikationschip an ihrem Hals vibrierte, es gab nur einen, der diese verschlüsselte Verbindung nutzte. Der Operator, ihre konspirative Verbindung mit der Außenwelt. Sie kannten sich bereits länger, persönlich getroffen hatten sie sich aber noch nie. Er ähnelte einem Geist, der bestens vernetzt und äußerst diskret im Hintergrund saß, alle

Einsätze steuerte und alle finanziellen Details für sie und ihre temporär genutzten Identitäten regelte.
»Hallo.«
»Wie ist die Reise?«
»Angenehm.« Der Operator konnte sich nicht mehr auf der Erde aufhalten, dann würde sie wegen der langen Signallaufzeiten nicht flüssig mit ihm sprechen können.
»Der Angel Steinbutt, an der Gräte gebraten, soll hervorragend sein.« Und er sah beinahe alles.
»Ich habe ihn sehr genossen, mit einem guten Weißen. Gibt es Neuigkeiten?«
»Der Nachrichtendienst der Föderation hat den fehlgeschlagenen Mordanschlag in Minsk einem Major Jeff Wilcox zugeordnet. Den Informationen nach ein ehemaliger Scharfschütze der Special Forces.« Der Operator nannte ein bemerkenswertes Detail, er sprach von einem Fehlschlag. Ravan wusste es besser, sie schoss nie daneben. Die Frau, auf die sie gefeuert hatte, starb an diesem Tag.
»Wer ist dieser Soldat?« Ravan musste sich zusammenreißen. Niemand kannte diesen Namen. Jeff war gestorben. Tot. Begraben. Und sie würde ihn nicht wieder auferstehen lassen.
»Offiziell eine Leiche, allerdings eine, die zuerst in Minsk und dann in München viel Staub aufgewirbelt hat.«
»Wie ist der Wissensstand der Behörden in München?«, fragte Ravan und dachte an die Wohnung, in der sie die

Leiche der Italienerin zurückgelassen hatte. Wenn diese gefunden würde, wäre ihre Mission gescheitert.

»Die Jungs vom Nachrichtendienst sind gut, die haben in Minsk alle möglichen Kontakte aus dem Hotel weiterverfolgt. Ein gigantischer Aufwand, bei dem über 700 Personen überprüft wurden.«

»Mit welchem Ergebnis?«

»Wenn man nur tief genug gräbt, findet man immer irgendwas ... die konnten bei weiteren Ermittlungen zwei Drogendealer, einen Waffenhändler und vier Steuerhinterzieher festnehmen. Für die Steuerhinterzieher hat der leitende Agent eine Belobigung bekommen.«

»Sehr gut.« Die tappten im Dunkeln.

»Die haben auch die Blutspur von Liu Wu gefunden, die auf einem Parkplatz vor einem Nachtclub in München zwei Chinesen getötet haben soll.«

»Was sagt Liu Wu dazu?«

»Nicht viel, sie beteuert ihre Unschuld und kann sich an nichts erinnern ... mit dem Blut an ihrer Kleidung und den DNA Spuren am Tatort sprechen alle Indizien gegen sie.«

»Gibt es eine Verbindung zu Ravan Colucci?« Nur darauf kam es an, Liu Wu war Vergangenheit.

»Noch nicht, der Nachrichtendienst hat über 2.000 mögliche Kontakte ermittelt. Um alle Spuren zu überprüfen, werden die eine Weile brauchen. Die Agenten achten primär auf außergewöhnliche Ereignisse in einer der großen Städte.«

»Wie Mordanschläge ...«

»Besonders an Prominenten.«

»Steht Ravan Colucci auf der Liste der 2.000 Kontakte?«

»Ja ... die haben alle Kreditkartenbuchungen aus dem Nachtclub ausgewertet.«

»Gibt es Zeugenaussagen, die Ravan und Liu gesehen haben?«

»Nein. Die haben keine direkte Spur.«

Ravan würde für die Rückreise zur Erde ihre körperliche Erscheinung wieder wechseln müssen. Die Sicherheitsbehörden und Nachrichtendienste versuchten schon länger, sie zu schnappen. Näher dran als jetzt waren die dabei noch nie.

»Warum tun wir eigentlich, was wir tun?« Ravan kam nicht umhin, diese Frage zu stellen. Dieser Auftrag schien sie zu verändern, die Leichtigkeit ihres bisherigen Lebens löste sich auf.

»Weil wir es können.«

»Oh ja ...« Ravan nahm das Weinglas und nippte kurz. »Können wir noch mehr?«

»Außer töten?«

»Außer zu nehmen ...« Wenn sie darüber nachdachte, nicht das Töten beschäftigte sie. Es war die Tatsache, niemals etwas zu geben. Sie war immer nur die, die sich nahm, was sie begehrte. In der Schule die Mädchen, beim Militär die Gefahr und jetzt das Leben anderer. Wie ein Vampir, der sich nach den Gefühlen anderer sehnte und seine Einsamkeit im Blut ersäufte.

»Sie wirken nachdenklich ... zweifeln Sie?«

»An dem Auftrag?« Sie stellte das Glas wieder ab »Nein, ich werde Jekaterina Kuronova töten.« An ihrem beruflichen Selbstverständnis hatte sich nichts verändert.

»Aber?«

»Ich schätze es, mich mit Ihnen zu unterhalten. Vermutlich würden wir bei einem gemeinsamen Abendessen sogar dieselben Weine aussuchen.« In einem Leben mit wechselnden Identitäten waren gute Freunde der Anker, um sich nicht zu verlieren.

»Durchaus vorstellbar ... nur schwierig umzusetzen.« Der Operator senkte seine Stimme. Wollte er mehr sagen, als er bisher preisgab? Wie sah sein Leben aus? Wer war er? Hatte er Kinder? Die Anonymität ihrer Branche diente dem Schutz aller Beteiligten, sorgte aber auch für die Leere, die Ravan gerade spürte.

Stille.

Sie sollte das Thema wechseln. »Wer ist eigentlich Jekaterina Kuronova?«

»Eine ungewöhnliche Frage.« Die Ravan bis vor wenigen Tagen auch nie gestellt hätte. Sich über Gebühr für die privaten Belange der Auftraggeber zu interessieren, sorgte in ihren Kreisen nicht für eine langanhaltende Gesundheit.

»Für ein ungewöhnliches Gespräch ...« Sie verlor mehr und mehr die Scheu, unsichtbar bleiben zu wollen.

»Ich kenne sie nicht ... sie hat die Öffentlichkeit immer gemieden. Viktor Kuronov war der Mann im Scheinwerferlicht.«

Was das Interesse zwangsweise auf ihn lenkte. »Wer ist dann Viktor Kuronov?«

»Ein Soldat, ein Geschäftsmann, willensstark, ein Mensch, den man sich nicht zum Feind machen will.«

»Kennen Sie ihn persönlich?«

»Nein.«

»Wie denkt seine Frau über ihn?« Diese Meinung konnte nicht die Beste sein, schließlich würde Ravan dafür sorgen, ihn in Jekaterinas Auftrag öffentlich zu demütigen.

»Es gab in den letzten vier Jahren keinerlei gemeinsame Auftritte. Sie lebt zurückgezogen in Minsk, während er in allen Städten der Welt omnipräsent ist.«

»Reicht das als Motiv für unseren Auftrag?«

»Ihr scheinbar schon.«

Eine Erschütterung erfasste den Raumgleiter, dem ein langgezogenes metallisches Kratzen folgte. Ein kurzer Warnton schellte. *»Sehr verehrte Fluggäste, bitte bleiben Sie ruhig und begeben Sie sich umgehend in die Sicherheitszellen. Das Bordpersonal wird Ihnen assistieren und weitere Fragen beantworten.«*

Der Kapitän wirkte alles andere als entspannt. Der Warnton schellte erneut. Eine zweite Erschütterung folgte der ersten, wenngleich auch schwächer.

»Bitte bleiben Sie ruhig und begeben Sie sich umgehend in die Sicherheitszellen. Diese Maßnahme dient nur Ihrem Schutz. Das Bordper-

sonal wird Ihnen assistieren und bei Bedarf weitere Fragen beantworten.«

»Es gibt Probleme ... ich melde mich.« Ravan trennte die Verbindung. Weitere Erschütterungen, leichter als die zuvor, ließen den Boden der Executive Lounge vibrieren.

»Madame Colucci, bitte folgen Sie mir, ich begleite Sie zu Ihrer Sicherheitszelle.« Der bärtige Steward, der ihr bereits den ganzen Flug alle Wünsche von den Lippen abgelesen hatte, reichte ihr seine Hand. Sein Gesicht wirkte konzentriert, seine Hand angenehm weich. Die Ansicht durch die Panoramadisplays verdunkelte sich. Die Show war vorbei, die Realität hatte sie eingeholt.

»Was ist passiert?«, fragte Ravan und folgte ihm. Auch die anderen Gäste wurden vom Flugpersonal zügig in das Unterdeck gebracht.

»Wir sind an der Sicherheitszone angekommen. Da draußen ist der Teufel los.«

»Was sind das für Erschütterungen?«

»Wrackteile ... es befinden sich viele wartende Raumschiffe in dieser Zone. Die Parkpositionen liegen sehr dicht beieinander, es kommt laufend zu Zusammenstößen mit umherfliegenden Wrackteilen ... die Raver-Piloten der USS Kinshasa greifen hart durch, es soll bereits Abschüsse gegeben haben.«

»Wir haben doch eine Freigabe für die Sicherheitszone, oder?«, fragte Ravan und ging eine schmale Treppe hinab. Im Gegensatz zu der luxuriösen Ausstattung auf dem

Oberdeck, mit Holzvertäfelungen und schweren Teppichböden, war das Unterdeck militärisch nüchtern weiß gehalten. Ein hell erleuchteter Korridor, an dem auf beiden Seiten in jeweils einem Meter Abstand armdicke Luken offenstanden. 56-fache Sicherheit, für jeden Passagier eine eigene Zelle. Hoffentlich gab es für die Besatzung eine ähnliche Vorrichtung.

»Natürlich ... wir müssen nur das Trümmerfeld durchqueren, in dem die größeren Wrackteile für ein Schiff unserer Bauart eine potenzielle Gefahr darstellen könnten.«

»Deshalb die Sicherheitszellen?« Ravan ließ sich dabei helfen, in die gepolsterte Kugel hinabzusteigen. Der Kapitän handelte pflichtbewusst, sie hielt die Gefahr, mit einer dieser Kugeln von Bord geschossen zu werden, trotzdem für gering.

»Ja ... entspannen Sie sich. Alles wird gut.« Der Steward schloss den Zugang. Es zischte leise. Die Tür verschloss sich und das Licht dimmte sich etwas ab. Ein Display aktivierte sich und stellte verfügbare Services bereit. Essen, trinken, schlafen, pinkeln, alles, was man brauchte, um nach einem Unglück binnen 72 Stunden wieder unversehrt aufgesammelt zu werden.

»Na super ...« Ravan lehnte sich zurück, jetzt konnte sie nur noch abwarten.

***

XXVIII. Dem Wahnsinn nahe

Leonie stand mit ihrem Sohn Matthew auf einem der Flugdecks der Frühlingserwachen. Sie hielt seine Hand. Es sollte nicht mehr lange dauern, um mit einem Gleiter auf die Oberfläche gebracht zu werden. Weder sie noch Matthew, der nur mit leerem Blick auf den Boden starrte, sagten etwas. Mit ihnen drei Soldaten in weißen Uniformen und weißen Handschuhen, die hinter drei Kindersärgen standen, die eine Handbreit über dem Boden schwebten. Kein Kind sollte auf diese Art seine Geschwister verlieren.

Vor ihnen startete der Gleiter des Schiffskommandanten und brachte den ranghöchsten noch lebenden Offizier an Bord, einen First Lieutenant, zur Lagebesprechung mit General Heagel auf die Neue Erde. Das Raumschiff schwebte an ihnen vorbei und flog durch eine Energiebarriere, die das offene Flugdeck vom All trennte.

Dann waren Leonie und ihre Kinder an der Reihe. Der zweite Gleiter schwebte auf die Verladeposition und öffnete langsam seine hintere Frachtluke.

»Ma'am?« Einer der Soldaten in weißer Uniform sah sie fragend an.

Leonie nickte. Die Verladung der Särge begann. Matthew weinte leise vor sich hin, sie glaubte sterben zu müssen. Als sie vom Tod ihrer Kinder erfuhr, hatte sie geschrien, sie brüllte, schlug auf den Boden, trat gegen die Wand und heulte sich die Augen wund. Stundenlang, hilflos, wütend, nein, das traf es nicht, vor Wut wie ein Berserker tobend.

Nichts davon brachte ihre Kinder zurück. Sie dachte daran, sich das Leben zu nehmen, einfach Schluss, aus, Ende und vorbei. Der einfache Weg. Der falsche Weg. Nicht ihr Weg. Sie hatte überlebt. Das war kein Zufall, das konnte kein Zufall sein. Sie hatte eine Aufgabe, nur deswegen hatte sie überlebt. Einen anderen Grund konnte es nicht geben. Für Matthew, für Peter, für das Leben der anderen. Auch wenn sie nur noch eine Stunde zu leben hätte, sie würde diese Zeit nicht hergeben.

»Lass uns einsteigen«, sagte sie zu Matthew, der ihr nicht antwortete, sich aber an die Hand nehmen ließ. Gemeinsam mit ihrem Sohn setzte sie sich vorne in den Gleiter, der neben dem Piloten weiteren acht Personen Platz bot.

»Möchtest du am Fenster sitzen?«, fragte sie ihren Sohn und strich ihm zärtlich durch seine krausen Haare. Er antwortete nicht, legte aber seinen Kopf auf ihren Schoss.

»Soll ich dir erzählen, was ich sehe?«

Er nickte. Die Türen schlossen sich und der Gleiter schwebte lautlos ins All. Die Neue Erde sah aus dieser Perspektive wunderbar aus. Eine wunderschöne, neue und tödliche Welt, auf die sich der Gleiter schnell zubewegte.

Der Flug würde 30 Minuten dauern. Zeit um sich an die Fakten dieser unerträglichen Tragödie zu erinnern: Von 20.000 Siedlern und 300 Crewmitgliedern, die vor weniger als 48 Stunden aus dem Kälteschlaf zurück ins Leben geholt wurden, lebten noch 1.419 Menschen. Die unbekannte Seuche tötete binnen 30 Stunden 93 Prozent der gesamten

Besatzung. Zwischen den ersten Symptomen, meist Nasenbluten, und dem Tod vergingen nicht mehr als vier Stunden. Die Wahrscheinlichkeit nach dem Auftreten der Symptome zu sterben, lag bei 100 Prozent. Eine Heilung oder eine Verzögerung des Krankheitsverlaufs waren nicht möglich. Die Infizierten verbluteten aus allen Körperöffnungen, ohne dass ihnen geholfen werden konnte. Sämtliche Maßnahmen zur Isolation hatten sich als wirkungslos erwiesen. Ein Erreger oder ein Übertragungsweg konnten nicht festgestellt werden. Die Menschen, die jetzt noch lebten, zeigten analog denen auf der Neuen Erde eine natürliche Immunität. Die Bluter-Krankheit, ein ihrer Ansicht nach völlig unpassender Name, war auf der Neuen Erde vor dreizehn Monaten aufgetreten. Im Jahr 2231 starben binnen weniger Stunden Tausende Siedler. 56 Jahre nachdem der erste Mensch seinen Fuß auf die Neue Erde gesetzt hatte. 56 Jahre, in denen niemand wegen dieser oder einer ähnlichen Erkrankung behandelt werden musste. Eine Tatsache, die sich nicht erklären ließ. Nur 1.678 Menschen überlebten die Epidemie, ohne dabei jemals Symptome gezeigt zu haben und später erkrankt zu sein. Wie auch Peter, der wie sie und Matthew immun zu sein schien.

Der Gleiter durchbrach die Wolken, die Klimazonen der Neuen Erde glichen denen der Erde. Es gab mit Eis bedeckte Pole, Ozeane, drei Kontinente, Wüsten, Berge, einige Inseln, Seen, Flüsse, Tropen, Steppen und gemäßigte

Zonen. Die Vegetation, die Tiere, einfach alles wirkte etwas größer, was gemäß den Aussagen der Forscher dem Entwicklungsstand der Erde vor einigen Millionen Jahren entsprach.

Die ersten Siedlungen wurden in einer Kontinentalregion, die klimatisch dem nördlichen Mittelmeer nahe kam, an einem großen See errichtet. Die Küstenstreifen an den Ozeanen waren durch Sturmfluten felsig, zerklüftet und deutlich wilder.

»Ich kann sehr große Bäume sehen«, sagte Leonie, die Matthew versprochen hatte, ihm zu berichten, was sie sah. Die Bäume in den Wäldern südlich ihrer Siedlungszone wurden weit über hundert Meter hoch. Der Gleiter flog das letzte Stück mit geringer Geschwindigkeit. Die Natur war wunderschön, wie gerne hätte Leonie zweihundert Jahre früher auf der alten Erde gelebt. Dort, wo es im Jahr 2232 keine Bäume in der freien Natur mehr gab.

»Ich sehe einen See, Vögel, die übers Wasser fliegen, eine Insel, auf der sich Tiere in der lauen Sonne aalen.« Leonie lachte mit Tränen in den Augen. Trauer und Glück lagen sehr dicht beisammen. Der Anblick der Neuen Erde war überwältigend. Heute hätte auch der glücklichste Tag ihres Lebens sein können.

»Siehst du Menschen?«, fragte Matthew, ließ aber seinen Kopf auf ihrem Schoss liegen.

»Noch nicht ... Papa wird uns gleich in Empfang nehmen.«

»Ist mir egal ...« Matthew drehte sich weg, er schien seinen Vater für den Tod seiner Brüder verantwortlich zu machen. Leonie konnte es ihm nicht verdenken.
»Ma'am, wir landen in drei Minuten«, erklärte der Pilot und flog eine weitere Schleife.
»In Ordnung.« Leonie nickte. Während des Landeanflugs gewann der Gleiter kurzfristig an Höhe, um einen felsigen Höhenzug zu überfliegen. Dahinter begann das Land der Menschen. Um der Natur den zum Leben benötigten Platz abzuringen, hatten gewaltige autonome Planierraupen zahlreiche Schneisen in den dicht bewachsenen Wald gerodet. Hier entstanden Straßen, Fabrikationsflächen, Minen, Flughäfen, Wohngebiete, Häfen, Radaranlagen, Stadien, Freizeitparks und vieles mehr. Die autark agierenden Baumaschinen arbeiteten 24 Stunden am Tag, 7 Tage die Woche, es galt den Lebensraum zu schaffen, damit die zahlenden Siedler sofort in ihre neuen Häuser ziehen konnten, die sie bereits vor Antritt der Reise gekauft hatten.
»Ist das hier alles Industriegebiet?«, fragte sie.
»Unter uns sehen Sie nur eine von 48 Wirtschaftszonen. In den anderen Gebieten wurde bereits mit der Gewinnung der Bodenschätze begonnen ... es gibt auch 16 reine Wohngebiete«, antwortete der Pilot und senkte den Gleiter wieder ab. Die Siedlung, in der Peter lebte, wirkte winzig im Vergleich zu den Baustellen, die sie zuvor gesehen hatte. Von der Anzahl der Baustellen her konnte man glauben, dass

sich bereits Millionen Menschen auf der Neuen Erde befinden würden.

»Was wird auf der Neuen Erde alles abgebaut?« Leonie hatte sich nie für Wirtschaft interessiert. Ihr Leben bestand als Jugendliche aus Pferden, dann aus Peter, dann aus Peter und den Kindern und zuletzt nur noch aus den Kindern. Merkwürdig, sie musste an ihre Pferde denken, die nach dem Kälteschlaf ebenfalls wieder auf den Beinen waren und darauf warteten, endlich ihre Hufe auf die Neue Erde setzen zu dürfen.

»Holz, Tierprodukte, Nahrung, Mutterboden, Erdöl, Kohle, Gas, Uran, Metalle, chemische Grundstoffe ... es gibt hier einfach alles«, erklärte der Pilot, der darauf stolz zu sein schien. »Festhalten, wir setzen auf.«

In Leonies Kopf türmten sich Fragen auf. »Gab es Krankheitsfälle unter den Tieren auf der Neuen Erde?«

»Die einheimischen Tiere, oder die, die wir mitgebracht haben?«, fragte der Pilot. Der Gleiter setzte ohne Probleme auf. Eine gute Landung. Draußen standen Männer, die auf sie warteten und Peter, den sie beinahe nicht wiedererkannt hätte.

»Beides ...«

»Nein ... Tiere sind immun.«

»Aha ...« Auch ihre Pferde waren nicht krank geworden, ähnlich wie die Hauskatze ihrer Kabinennachbarn, die jetzt die Kabine alleine bewohnte. Kein einziges Tier war bei der Epidemie auf der Frühlingserwachen krank geworden.

»Matthew, komm, wir sind da.« Leonie mühte sich regelrecht, ihren Jungen auf die Beine zu stellen. »Geht es dir gut?« Sie kontrollierte Nase und Ohren auf Blutungen, er zeigte aber glücklicherweise keine Anzeichen dieses Horrors.

»Ich mag nicht ...« Er sträubte sich, was Leonie nicht zuließ. Peter hatte es sich verdient, von Matthew begrüßt zu werden. Er war sein Vater und litt genauso.

»Komm jetzt!«

»Ja ... komm ja schon.« Widerwillig, aber er hörte. Die Tür des Gleiters öffnete sich.

»Geh vor ...« Sie trieb ihn Peter förmlich in die Arme, wie ein Fohlen, das zum ersten Mal das Gatter verließ, was sie kurz amüsierte. Ein Gefühl, das sie eine Sekunde später wieder verschluckte.

»Matthew!« Sie hörte Peter bereits, der freudig seinen Sohn begrüßte, dann verließ auch sie den Gleiter. Die Sonne schien, die Temperatur war wunderbar, ein lauer Windzug strich durch ihr Haar. Sie brauchte nur eine Sekunde, um sich in die Neue Erde zu verlieben.

»Leonie, Schatz!« Peter hatte Matthew bereits auf dem Arm, beide weinten, jetzt umarmte er auch sie. Seine Hände zitterten. Es fühlte sich so gut an, ihn zu spüren. Ein Kuss. Ein zweiter. Es war so lange her. Sie wollte ihn nie wieder loslassen.

»Ich freue mich so, dich zu sehen.« Leonie heulte mit und ließ ihren Gefühlen freien Lauf.

Die drei Soldaten der Frühlingserwachen salutierten. Asiaten, die jetzt unter Peters Kommando standen. Auch der koreanische First Lieutenant, der als ranghöchster Offizier an Bord das Blutbad überstanden hatte, zollte seinen Respekt.

Leonie hielt Matthew fest an der Hand und kämpfte damit, ihre Fassung zu bewahren. Die drei Särge schwebten aus dem Raumgleiter hervor, Peter stolperte kurz, stürzte aber nicht. Er hatte ein Begräbnis organisiert, an dem weitere Offiziere seines Stabs teilnahmen. Sieben waren es, die Bluter-Krankheit hatte auf militärische Ränge keine Rücksicht genommen. Auch wenn die Kinder zuerst starben, erwischte es letztendlich jeden, der nicht immun war. Vor dem Schicksal konnte niemand fliehen. Zeitgleich fanden weitere Beerdigungen statt, die Menschen der Frühlingserwachen nahmen Abschied von den Toten.

Der Gang zum Friedhof dauerte nur wenige Minuten, ein vorbereiteter Aushub würde allen drei Särgen Platz bieten. Die Stimmung der kleinen Trauergemeinde wirkte gefasst. Niemand sagte etwas. Es dürfte keiner dabei gewesen sein, der keine Opfer in seiner Familie zu beklagen hatte. Liam, David und Logan, so hießen Leonies Söhne, die nicht erwachsen werden durften.

Betretenes Schweigen. Peter stellte sich vor die anderen, räusperte sich und sah sie an. Dieser Blick, der Mann, den sie vor Jahren hatte in eine neue Welt ziehen lassen, war nur noch ein Schatten seiner selbst. Er dürfte über zehn Kilogramm Gewicht verloren haben und wog dabei schon vorher weniger als sie.

Er rückte die Uniform zurecht, griff prüfend an den Holster seiner Waffe und zog seinen Krawattenknoten nach. »Wir beerdigen heute drei junge Menschen, meine Söhne, die den Zoll dafür entrichten, dass wir noch leben.«

Matthew zog an ihrer Hand. Leonie beugte sich zu ihm. »Mama, ich hab Kopfweh«, flüsterte er.

»Schaffst du es noch einen Moment?«, fragte sie.

»Ja ... es geht schon.«

Peter sah fragend zu ihr, sie nickte, er würde weitermachen können. Sie wollte nicht vom Grab ihrer Söhne weichen.

»Den Schmerz, den ich empfinde, vermag ich nicht in Worte zu fassen. Leider bin ich auch nicht in der Lage, dir Leonie oder dir Matthew diese Last abzunehmen. Ich würde alles dafür tun, wenn ich hierfür einen Weg wüsste ...«

Leonie legte den Kopf auf die Seite und verlor den Anschluss an Peters Trauerrede, sie sah wieder die Bilder aus dem Gleiter, die Planierraupen, die schweren Baumaschinen, deren Spuren wie tiefe Schnitte im Fleisch der Neuen Erde wirkten.

War das der richtige Weg? Die Menschheit agierte wie ein Virus, der, wenn er einmal einen Wirt befallen hatte, diesen mit der Zeit sicher ins Grab brachte. 'Moderne Zivilisation' würde ein Planet diese Krankheit nennen, wenn er darüber mit einem anderen Planeten sprechen würde. Unschuldig wie ein am Boden liegendes Kind, dessen Wunden nicht heilen wollten, verblutete die alte Erde binnen 300 Jahren. Ein grausamer Tod für eine Welt, die ohne den Menschen bereits mehr als 4,5 Milliarden Jahre überstanden hatte.

Leonies Herzschlag beschleunigte sich, eine ungeheuerliche Idee durchströmte sie, vielleicht nur ein fixer Gedanke einer trauernden Mutter, aber was wäre, wenn die jüngsten tragischen Ereignisse kein Zufall waren? Was, wenn die Bluter-Krankheit weit mehr als eine tödliche Seuche war, die sogar Menschen in einem Raumschiff erreichen konnte? Ein wirklich verrückter Gedanke, für den es keine Beweise gab. Nur Indizien, die man in mehr als eine Richtung deuten konnte.

»... Liam, David, Logan, ich werde euch nicht vergessen.« Peter litt wie ein getretener Hund.

»Mama ... es tut so weh.« Matthew sackte auf die Knie. Blut tropfte auf den Boden.

»NEIN!«, schrie Leonie panisch. Nicht er. Das konnte nicht sein. Nein! Nicht auch noch er! Sie wischte ihrem Jungen das Blut von der Nase, jeder in der Runde schien wie vom Blitz getroffen zu sein. Jeder sah zu Matthew. Fassungslos sackte Peter auf die Knie, unfähig zu sprechen, und hielt sich die Hand vor den Mund. Hinter ihm das offene Grab seiner drei toten Söhne.

»NEIN!«, brüllte Leonie lauter. Sie wollte es nicht wahrhaben. Nein, das durfte nicht sein. Nein, das akzeptierte sie nicht. Mit Tränen in den Augen sah sie auf, auch einer der sieben Offiziere, der bereits seit Jahren auf der Neuen Erde lebte und die Epidemie vor einem Jahr überstanden hatte, fing an, aus der Nase zu bluten.

»Das kann nicht sein!« Leonie klammerte Matthew an ihre Brust. Sie müsste jetzt stark sein, konnte es aber nicht.

Peter wollte etwas sagen, stotterte aber nur wirres Zeug. Von den anderen Beerdigungen in der Nähe erklangen ebenfalls spitze Schreie. Das Unglück wiederholte sich. Die Neue Erde schien einen Weg gefunden zu haben, sich von ihrer *Krankheit* zu befreien. Mehrere Siedler kamen zu Peter und sahen ihn fragend an.

»General, die Seuche kommt wieder ... es ist genauso wie beim letzten Mal. Was sollen wir tun?«, fragte eine junge Mutter, die ein Baby auf dem Arm hielt. Immer mehr Menschen strömten zusammen. Panik, Angst und Hoffnungslosigkeit standen in ihren Gesichtern.

»Ich ... ich ... was ist passiert?« Peter wirkte verwirrt, desorientiert und hilflos. Leonie hätte ihm gerne geholfen, aber er war der General, der Anführer, er gab die Befehle. Sie würde niemals seine Autorität infrage stellen.

»Peter, ich folge dir ...«, flüsterte Leonie, er würde ihre Worte nicht hören können, trotzdem hoffte sie, ihm ihre Verbundenheit signalisiert zu haben. Sie stand an seiner Seite, egal was passierte, sie würde immer an seiner Seite stehen.
»Ich kann das nicht ...« Peter zog seine Waffe aus dem Holster, lud sie durch und schoss sich mit einer automatischen Salve dreimal in den Mund. Die Schüsse hallten über den Friedhof. Blut spritzte und sein Körper fiel leblos in das Grab. Teile seines Kopfes fielen erst nach ihm weit verteilt auf den Boden. Leonie konnte das Schießpulver riechen. Ein Schock! Ein Aufschrei!
Das war feige. Sie war wütend. Als ob er nicht sich selbst, sondern alle anderen erschossen hätte, sackten die meisten kraftlos zu Boden. Die Hoffnung aller wurde tödlich verwundet. Wie konnte er es wagen, das zu tun?
»Peter ...« Leonies Gesicht gefror, auch Matthew hörte auf zu weinen. Das hätte er nicht tun dürfen. Sie wäre ihm gefolgt, egal wohin, sie wäre nicht von seiner Seite gewichen. Aber das? Nein, das hätte er nicht tun dürfen.
»Was hat Papa getan?«, fragte ihr Sohn.
»Einen schlimmen Fehler.« Den Leonie nicht wiederholen würde. Sie wollte kämpfen, bis zum letzten Augenblick. Dazu stand sie auf. »Schaffst du es kurz allein?«
Er nickte und wischte sich mit dem Handrücken trotzig das Blut von der Nase. Leonie ging zum Grab ihrer Kinder. Die Geschosse hatten den Inhalt seines Schädels blutig

über die Särge verteilt. Peter sah mit leeren Augen in den Himmel, in dem es für ihn keinen Platz gab. Leonie fehlte die Nähe, um ihn zu betrauern. Er hätte sie nicht verlassen dürfen.

»Er ist tot!«, rief sie lautstark und sprang in das Grab. Auch wenn es bei ihrer Figur nicht elegant aussah, wen scherte das schon. Sie riss ihm die ID-Kennung von der Brust, auf der sich alle Sicherungscodes befanden, die ihn berechtigten, das Kommando zu führen. Egal, was passiert war, die Menschen brauchten einen Anführer. Sie ließ sich von der Ehrenwache helfen, das Grab wieder zu verlassen, Peter hatte seinen Platz gefunden, tot, bei seinen Söhnen.

»Wer ist der ranghöchste Offizier?«, fragte Leonie, die bereits früher die militärischen Ränge nicht auseinanderhalten konnte. Eine Frau hob die Hand, Ende dreißig, mit rot verweinten Augen. »Wir brauchen einen neuen Kommandanten!«

Sie schüttelte den Kopf und trat zurück. Nein, auch ihr fehlte die Kraft dazu.

»Das ist kein Quiz! Es gibt doch beim Militär eine Rangfolge, eine Hackordnung, ich will, dass sich der ranghöchste Offizier unverzüglich die ID-Kennung meines Mannes bei mir abholt.« Als ob sie in der Lage gewesen wäre, den Job zu machen. Lächerlich. Leonie war kein Soldat, genauso wenig wie Peter ein Cowboy. Er hatte sich nie um die Tiere auf ihrer Farm in Texas gekümmert.

Niemand antwortete. Von den anderen Offizieren bluteten bereits drei. Jeder von denen schien bereits seinen Frieden gefunden zu haben. Was für Feiglinge!

»Sie ...« Leonie ging auf den koreanischen First Lieutenant zu, der mit ihr an Bord der Frühlingserwachen war. Er blutete noch nicht, sah sie aber trotzdem an, als ob sie ihn mit einem Messer bedrohte. Dabei hielt sie ihm nur die ID-Kennung entgegen. »Sie werden uns anführen!«

»Nein, nein ... das kann ich nicht.« Er verbeugte sich hundertfach und wich devot zurück.

»Mama ...« Matthew kam an ihre Seite und sah zu ihr auf. »Kannst du den anderen nicht sagen, was sie tun sollen?« Naiv und wunderschön, die Welt aus der Sicht eines Kindes. Wenn es doch nur so einfach wäre, den anderen zu sagen, was sie zu tun haben.

Ohne weitere Worte zu verlieren, nahm Matthew die ID-Kennung seines Vaters aus ihrer Hand und heftete sie über die linke Brust ihres mit Blut verschmierten weißen Einteilers.

Leonie lächelte. »Ach Matthew, so einfach ist das nicht ...« Der koreanische Offizier, der kurz zuvor noch seine Beförderung abgelehnt hatte, salutierte vor ihr. Auch die anderen Soldaten, die dazu noch in der Lage waren, folgten seinem Beispiel. Die hatten alle völlig den Verstand verloren.

»Wenn ich auf dich hören muss, können die anderen das auch«, sagte Matthew, dessen kindlicher Logik sich scheinbar viele anschlossen. Niemand opponierte gegen sie, oder reklamierte die Rolle des Anführers für sich.

»Wie soll ich ...«

»Gib ihnen Hoffnung«, sagte Matthew und nahm ihre Hand. Jetzt führte er sie den Weg entlang.

»... und ihr würdet alle tun, was ich sage?«, fragte sie laut. Die Vorstellung, die Aufgabe ihres Mannes zu übernehmen, getragen durch die ängstlichen Augen der Anwesenden, ließ die Gedanken in ihrem Kopf explodieren.

»Ich werde Ihre Befehle durchsetzen«, erklärte der koreanische Offizier, ein junger Mann mit kurzen dunklen Haaren und gefestigter Stimme an ihrer Seite. Der Glanz seiner Augen kehrte zurück, er war der Erste, dem sie Hoffnung vermitteln konnte.

»Ja ...«, »Ja.« Viele in der Runde stimmten ihr zu. Niemand lachte dabei. Einige reagierten nicht und kümmerten sich um die Menschen, bei denen sich die Symptome der Krankheit zeigten.

»Okay ...« Leonie nahm all ihre Kraft zusammen. Die Situation, die sich ihr bot, ließ nur einen Schluss zu. »Ich möchte eine Sache klarstellen.« Niemand sollte sich darüber im Unklaren befinden. »Viele von euch sehen bereits den Tod vor sich.« Den auch sie nicht übersah. »Nur den Tod.« Den sie an diesem Tag nicht akzeptierte. »Ich sehe Leben! Unser Leben!« Mit den Worten hob sich ihre Stimmung, sie beflügelte sich selbst, mit einem unbeugsamen Willen zu kämpfen. »Ich habe nicht vor, beim Sterben eure Hand zu halten.

Nein, ich will zusehen, wie ihr alt werdet. Uralt. Wir werden nicht sterben! Nicht heute und nicht morgen, wir werden gegen die Neue Erde in den Krieg ziehen!«

Beifall, Jubel und verhaltene Freude. Leonie hatte einen Funken entfacht, aus dem sie jetzt einen Steppenbrand machen würde. Ob es mütterliche Intuition war, dass sie genau in diesem Moment eine Idee hatte? Eine verrückte Idee, von der sie nichts und niemand abbringen würde.

»Danke.« Der koreanische Offizier lächelte sie an, er stand neben ihr wie ihr neuer Adjutant.

»Die Waffe meines Mannes, ich möchte sie haben«, erklärte sie mit fester Stimme. Er sprang in das Grab und gab ihr die blutige Pistole. Leonie hatte noch nie zuvor eine moderne Pistole in Händen gehalten. »Und den Holster.«

»Wissen Sie wie man damit schießt?«

»Nein ... zeigen Sie es mir?« Sie würde ohne mit der Wimper zu zucken von der Waffe Gebrauch machen, um ihren Plan umzusetzen.

***

XXIX. Stehe auf

Zu behaupten, dass sie die beiden Kinder durch die Wüste führte, traf nicht den Kern der Sache. Es waren eher die Kinder, die sie hinter sich herzogen. Weder der Junge, der seine Schwester um einen halben Kopf überragte, noch das Mädchen hatten bisher ein Wort gesagt. Sie rannten immer ein Stück vor, lachten, liefen wieder zurück zu ihr und lachten erneut.

»Ihr seid verrückt.« Das Lachen war ansteckend. Sie kam nicht umhin ebenfalls zu lachen. »Wohin bringt ihr mich?«

Der Junge winkte sie freudig zu sich, während er ausgelassen rückwärtslaufend vor ihr herumsprang. Er lachte, gluckste, piepste und gab alle weiteren Arten von lustigen Geräuschen von sich, redete aber keinen Ton.

Sie folgte ihnen tiefer in die Wüste hinein, die Proviantkiste mit Halteriemen geschultert und die Sonne im Nacken. In einiger Entfernung konnte sie Berge und eine langgezogene Anhöhe sehen. Es war heiß, die Luft stand auf der Stelle, einen frischen Luftzug suchte man hier vergebens. Die Farben, die ihr ihre Augen vorspielten, stimmten nicht. Der Horizont zeigte sich tiefrot, einen Moment später blau und kurz danach knatschgelb.

Ob sie dieser abgeschiedene Trampelpfad zu anderen Menschen führen würde? Schwer vorstellbar, aber eine bessere Alternative als ihren beiden Pfadfindern zu folgen, hatte sie nicht.

»Wohin wollt ihr mit mir?« Nach einer gefühlten Ewigkeit taten ihr auf dem steinigen Untergrund die Füße weh. Ohne Vorwarnung verschwand das Mädchen direkt vor ihren Augen, einfach weg. Der Junge lachte, sprang umher, winkte ihr zu und verschwand ebenfalls spurlos auf einer größeren Felsplatte.

»Habe ich jetzt einen Sonnenstich?«, fragte sie und ging zu der Stelle, an der die beiden Kinder verschwunden waren. Wenn man nicht ganz genau hinsah, hätte man nichts bemerkt. Mitten im Fels befand sich eine Öffnung, einen halben Meter breit, und in etwa 80 Zentimetern Tiefe machte der Schacht einen Knick, so dass sie nicht alles einsehen konnte. Von unten hörte sie den Jungen glucksen. Die Steinwände wirkten glatt und gingen, ähnlich einer Rutschbahn, schräg in den massiven Felsen hinein.

»Zumindest wird es unten schattig sein ...« Sie nahm die Proviantkiste vom Rücken und ließ sie in den Schacht herabrutschen. Das Kratzen der Kunststoffkiste am Stein entlang dauert zwei Sekunden. Das vergnügte Quietschen des Jungen signalisierte, dass die Kiste gut unten ankam. Jetzt war sie an der Reihe.

»Ich komme jetzt runter ...« Sie setzte sich auf die Kante und rutschte den Schacht hinab. Einen Moment später saß sie mit dem Po im flachen Wasser. Kühl und klar, damit hatte sie nicht gerechnet. Süßwasser, sauberes feines Trinkwasser. Sie konnte sich nicht erinnern, jemals einen solchen Reichtum erlebt zu haben.

»Unglaublich ...« Erst von unten ergab sich das komplette Bild. Die große Felsplatte, die sie zuvor überquert hatten, hatte nicht nur eine Öffnung, sondern Dutzende. Als ob Würmer früher die verschlungenen Zugänge geschaffen hatten. Viele davon zu klein für einen Menschen, aber groß genug, um das Sonnenlicht indirekt hindurch zu lassen.
»Ihr seid die beiden reichsten Kinder, die ich kenne ...« Das Wasser in ihrer Proviantkiste, das sie mit ihnen geteilt hatte, hätte sie vielleicht zwei bis drei Tage am Leben gehalten. Die Wassermenge, die sich kristallklar im Felsen verbarg, würde die beiden Kinder und sie jahrelang nicht verdursten lassen.
»Wo kommt das ganze Wasser her?« Geregnet hatte es in dieser Gegend sicherlich ewig nicht mehr. Sie stand aus dem flachen Wasser auf und sah über eine Kante hinweg, auf die Wasserfläche darunter, an deren Oberfläche sich das feuchte Gold zart kräuselte. Es musste von unten eine Quelle geben, die diese Schatzkammer ständig mit frischem Wasser versorgte.
Die Kinder hatten sich am Rand des Höhlensees ein Lager eingerichtet, sie zogen ihre Tücher aus, die sie zum Schutz vor der Sonne getragen hatten, und setzen sich nackt auf die alte Rücksitzbank eines Autos, die sie als Bett und Sofa benutzten. Daneben stand ein Korb, in dem noch zwei Foodpacks lagen. Die Kinder würden in dieser Höhle zwar nicht verdursten, aber früher oder später verhungern.

Sie öffnete ihre Proviantkiste und legte demonstrativ sämtliche Foodpacks, die sie dabei hatte, in den Korb der Kinder, die diese Geste lachend, glucksend und tanzend feierten, wie sie es lebensfroh bereits die ganze Zeit taten. Zwei glückliche kleine Freigeister, deren dunkle, teilweise auch graue und kurzzeitig sogar orange Haut, sie an Pflanzen erinnerte, die der Regentschaft der Sonne ein Schnippchen schlagen konnten.

»Warum nicht ...« Auch sie zog ihre nassen Sachen aus und tanzte nackt mit den Kindern um die alte Rücksitzbank herum. Auch wenn ihre Erinnerung Lücken hatte, sie hatte sich niemals glücklicher gefühlt.

Die Nacht verbrachte sie mit den beiden Kindern auf der alten Autorückbank. Nackt, zufrieden und völlig asexual, wie es nur Kinder sein konnten. Beide zeigten keinerlei Scham, keinerlei Berührungsängste oder Scheu, sich am Körper des anderen zu wärmen. Eine ungewöhnliche Erfahrung, ohne Namen, ohne Worte und ohne Begehrlichkeit, nur der natürlichen Berührung zwischen Menschen geschuldet, die das Schicksal zusammengeführt hatte.

Als die Sonne wieder aufging und die Höhle mit Licht durchflutete, teilten die drei sich ein Foodpack, tranken etwas und rüsteten sich für den Tag in der Hitze. Sie verstand schnell, wie der Alltag ihrer Gastgeber aussah, die sich ständig auf der Suche nach Essen befanden. Eine Suche, die früher oder später scheitern würde.

»Hier könnt ihr nicht bleiben ...«, sagte sie, erntete aber nur unverständliche Blicke. Egal welche Sprache die beiden früher benutzt hatten, ihre schien es nicht zu sein.
»Ich werde mit euch nach Essen suchen.« Eine andere Beschäftigung bot sich ohnehin nicht. An einem seitlichen Ausgang kletterten sie aus der Höhle hinaus, die Hitze der Sonne glich einem Schlag gegen den Kopf, noch heißer als am Tag zuvor. Sie konnte die Steine knacken hören, die wegen der Hitze zu platzen drohten.
Oben angekommen sah sie sich um, ignorierte die falschen Farben und spähte in die Ferne. In 8.203 Metern Entfernung schien ein weiteres Wrack zu liegen. Sie zeigte in die Richtung.
»Wart ihr dort bereits?« Der Junge sah in die Ferne, schien aber nichts erkennen zu können. Er nickte, lachte und sprang in die Richtung über einen Felsspalt hinweg. Seine kleine Schwester folgte ihm ähnlich vergnügt. Auch die Stimmung am Morgen steckte an.
»Schön, dass wir uns einig sind ...« Sie ging den Kindern hinterher, die spielerisch in dem zunehmend felsigeren Terrain von einer Steinplatte auf die nächste sprangen.

Ob der Marsch eine, zwei oder drei Stunden gedauert hatte, konnte sie nicht sagen. Das Wrackteil, das sie aus großer Entfernung gesehen hatte, gehörte zu einem alten Flugzeug, das hier vor vielen Jahren abgestürzt sein musste. Ein Fehlschlag, die Suche nach etwas Essbarem führte hier

nicht zum Erfolg. Die beiden Kinder schienen sich daran nicht zu stören, der Junge kletterte auf eine Anhöhe und versuchte, neue Ziele auszumachen. Bemerkenswert, dass die beiden ihre Zuversicht nicht verloren.
»Warte, ich komme zu dir ...« Auch sie kletterte auf die Anhöhe, deren trostlose Aussicht sich kaum von der zuvor unterschied. Sie konnte zwar nichts Interessantes sehen, dafür aber hören. Ein motorisiertes Fahrzeug bewegte sich auf sie zu. Sehen konnte man es noch nicht. Der Junge sprang sofort von der Anhöhe herunter, nahm seine Schwester an die Hand und versteckte sich in einem Felsspalt. Sein Mut schien augenblicklich verflogen zu sein. Er fiepte leise und winkte ihr zu, ihrem Beispiel zu folgen.
»Was ist mit dem Fahrzeug, vielleicht können die uns helfen?« Warum zeigten die beiden Kinder eine solche Furcht? Gab es einen besonderen Grund dafür?
Der Junge schüttelte nur den Kopf und winkte sie erneut zu sich heran. Auch seine Schwester bemühte sich, sie dazu zu bewegen, sich nicht dem Fahrzeug zu zeigen. Gut vorstellbar, dass das Geschwisterpaar einen guten Grund hatte, sich allein durchzuschlagen. Aber das konnte keine dauerhafte Lösung sein.
»Auch wenn es ein Risiko ist, ich muss es probieren. Bleibt hier, wenn es sicher ist, hole ich euch.« Sie würde alleine in Erfahrung bringen, wer sich ihrer Position näherte und sprang den treppenförmigen Abhang hinunter.

Ein Stück weiter unten befand sich ein flacherer Bereich, den ein Bodenfahrzeug hätte befahren können. Das ganze Areal konnte man nicht einsehen. Die Geräusche wurden lauter, gleich würde sich zeigen, wer in dem Fahrzeug diesen Weg entlang fuhr.

»Hoffentlich war das eine gute Idee ...«, sagte sie, während sie wartete. Ein alter Geländewagen, der noch mit Gummireifen den Dreck durchpflügte, kam auf sie zu, bremste ab und blieb einen Meter vor ihr stehen. Der Motor verstarb. Durch die abgetönten Scheiben konnte sie keine Insassen erkennen. Der Kühlergrill des von der Sonne ausgeblichenen Wagens überragte die Höhe ihrer Schultern, eine Riesenkiste. Die Türen öffneten sich. Vorne und hinten, vier Personen mit Gesichtsmasken und Vollkörperschutz stiegen aus. Der Fahrer trug ein Pistolenholster, der Beifahrer nahm sie sofort mit einem Gewehr ins Visier. Es gab keinen Grund Gewalt anzuwenden, sie führte nichts Böses im Schilde.

»Verlaufen?«, fragte der Fahrer. Ein Mann mit dunkler Stimme, sicherlich kein Jugendlicher.

»Ja ... können Sie mich mitnehmen?«

»Wow ... eine Frau«, krähte einer von denen, die hinten aus dem Wagen ausgestiegen waren. Gut, dass die beiden Kinder sich versteckt hatten, die Typen erweckten wenig Vertrauen.

Sie hob ihre Hände. »Ich bin unbewaffnet.« Sich mit Gewehren anvisieren zu lassen, fühlte sich nicht gut an.
»Keine Bewegung, Kleine!«, raunzte der Gewehrschütze auf der Beifahrerseite.
»Das sagen sie alle ...« Auch die beiden Männer, die hinten im Fahrzeug gesessen hatten, nahmen ihre Gewehre in Anschlag und sicherten das Fahrzeug gegen die Anhöhe.
»Bleibt wachsam Jungs ... das ist eine Scheißgegend. Hier gibt es laufend Überfälle und die Viecher, die hier hausen, würden eure haarigen Ärsche mitsamt der Kevlar-Panzerung fressen«, erklärte der Fahrer, scheinbar der Anführer, der auf sie zukam.
»Mädchen, ich will dein Gesicht sehen! Und beweg dich ganz langsam! Wenn ich unter deinen Tüchern gleich eine verrostete AK-47 entdecke, glaub mir, dann wird das ein ganz schlechter Tag für dich!«
»Sie können mir glauben, ich trage keine Waffen. Ich bin allein und brauche Hilfe«, sagte sie und legte die Tücher, die ihren Kopf vor der Sonne schützten, in den Nacken. Das gleißend helle Sonnenlicht schmerzte in den Augen.
»Schon klar ... ist echt 'ne feine Gegend, um alleine durch die Wüste zu laufen.« Der Typ auf der Beifahrerseite war ein Idiot. »Woho ... scheiße ... was ist das denn. Sieh dir mal die Augen an, ist das einer von diesen Cyborgs?«
»Nein, nein ... ich bin ein Mensch. Ich brauche Hilfe, bitte, von mir geht keine Gefahr aus.« Sie ging einen Schritt auf den Fahrer zu, der sofort seine Pistole zog.

»STEHENBLEIBEN!« Er zielte auf ihren Kopf.

»Ich hab gehört, diese NewCom-Sackgesichter verpassen solchen Tittenmäusen Wolfram-Skelette und eine komplett synthetische Muskulatur ... um sie als Agenten bei uns einzuschleusen«, skandierte der Beifahrer lautstark.

»Sauf nicht so viel und steck dein Ding nicht in jeden Toaster, den du findest ... Wolframskelette, was für ein Blödsinn! Am besten noch in den Maßen 100-70-100! So einen Scheiß gibt es nicht!«

»Bitte ... nicht schießen.« Sie wollte nicht sterben und sie hatte keine Ahnung, was mit ihren Augen nicht stimmte. Dass etwas an ihr merkwürdig sein könnte, glaubte sie bei den verrückten Farben, die sie sah, sofort.

»RUNTER MIT DEN KLAMOTTEN!«, schrie der Fahrer, der genau vor ihr stand und ihr die Waffe auf die Stirn drückte.

»Ja ... sofort!« Sie fing an, sich auszuziehen.

»Alles runter ... zeig uns deine Möpse!«, rief der Beifahrer, dieses Arschloch.

»Mädchen, hör mir jetzt genau zu! Ich will, dass du alles ausziehst. Hast du mich verstanden! Und wehe, ich sehe eine Waffe!«, drohte ihr der Fahrer.

Die Nacktheit, die gemeinsam mit den Kindern völlig natürlich wirkte, war jetzt erniedrigend und dreckig. Die Blicke der Kerle brannten wie Feuer auf der Haut.

»Ich trage keine Waffen.« Ihre Stimme zitterte, mit einer Hand versuchte sie ihre Scham, mit der anderen die Brust zu bedecken. Der Fahrer durchsuchte ihre Kleidung, fand aber nur einen halbleeren Wasserbeutel und ein kurzes Messer.

»Sie ist unbewaffnet ... mehr oder weniger. Das Käsemesser zählt nicht«, resümierte der Fahrer. Die Geschichte würde übel ausgehen, die Männer würden sie weder mitnehmen, noch würden sie sie wieder gehen lassen, das spürte sie genau. Die beiden Kinder hatten Instinkt bewiesen. Es war klüger, sich zu verstecken als den Kontakt zu der Wüstenpatrouille zu suchen.

»Wir können dich gerne mitnehmen ... du darfst auch auf meinem Schoss Platz nehmen, Süße!«

»Bleibt wachsam, nur weil sie keine Waffen trägt, bedeutet das nicht, das ihre Brüder ebenfalls unbewaffnet sind.«

»Ich bin allein ... bitte, das müssen Sie mir glauben!«

»KLEINE, VERARSCH MICH NICHT! DU HAST KEINE ZWEI LITER WASSER BEI DIR! DAMIT ÜBERLEBST DU HIER KEINEN TAG!«, brüllte er sie an und schlug sie nieder. »... UND DIE NÄCHSTE SIEDLUNG IST VERDAMMT WEIT ENTFERNT!«

»Bitte ... ich lüge nicht!«

»Sag mir, wer noch hier ist, oder ich schieße dir in den Kopf!«, drohte er ihr mit vorgehaltener Waffe. Seine Stimme vibrierte vor Anspannung. »Männer, volle Gefechtsbereitschaft! Haben wir ein Aufklärungsbild von der Drohne?«

»Ja ... aber da ist nichts. Im Umkreis von dreihundert Metern gibt es noch nicht einmal eine Ratte «, antwortete einer seiner Männer, der wieder in den Wagen gestiegen war.

»Ich will wissen, was die mit den Augen gemacht hat. Guckt euch die doch mal an ... dunkle Haut, schwarze Haare und dann diese himmelblauen Augen! Scheiße Mann, das ist doch nicht normal!«, rief der Beifahrer und richtete seine Waffe ebenfalls gegen die Anhöhe.

» ... und was ist das mit deinen Augen!?« Der Fahrer drückte ihr die Waffe gegen die Schläfe und presste ihren Kopf bis auf den Fels herunter.«

Sie schrie, es schmerzte, die Haut ihrer Wange klebte an dem heißen Felsen fest.

»Bevor du ihr Gesicht grillst, wartet noch einen Moment ... ich wüsste da noch was.« Der Beifahrer hatte sie die ganze Zeit nicht aus den Augen gelassen.

»Was ... willst du diesen Streuner ficken?«

»Danach kannst du ihr gerne eine Kugel in den Kopf jagen ...« Der Typ legte die Gesichtsmaske und seinen Körperpanzer ab. Er hatte einen Vollbart, lange dunkle Haare und einen stark behaarten Oberkörper. Er lachte schäbig, kam auf sie zu und machte sich bereits die Hose auf. Sollte sie sich wehren? Oder nackt in der Wüste weglaufen? Sie schnappte nach Luft.

Nein, der Junge hatte ihr einen anderen Weg gezeigt. Die würden sie so oder so umbringen. Zu sterben war keine Strafe, das hatte sie von ihm gelernt. Sie würden es ertragen, Frieden finden und ohne Groll im Herzen gehen.

»Los, mach die Beine breit ...«, rief der Beifahrer und hatte bereits seine Hose auf den Knien.

Sie sah ihn an, verzog keine Miene und spreizte ihre Beine. Diese Prüfung wollte sie annehmen: die Gewalt gegen sie zu ertragen und diesem Mann zu verzeihen.

»Wow ... die Kleine scheint auf dich zu stehen«, rief ein anderer Mann von hinten.

»Jetzt guck nicht so!« Der Kerl, der noch eine Sekunde zuvor willens war, sie rücksichtslos zu vergewaltigen, zögerte. Er hatte sein Ding in der Hand, sah ihren nackten Körper und wartete. Worauf? Die Sonne auf der Haut brannte unerbittlich. »Hast du mich verstanden? Jetzt guck mich nicht so an!«

Nein. Sie würde sich nicht wehren, aber sie hatte nicht vor, es ihm leicht zu machen. Sie wollte alles sehen, sein Gesicht, die Männlichkeit, seine Schuld, sie wollte die Gewalt ertragen, ihm in die Augen sehen und kurz bevor der Fahrer sie erschoss, wollte sie beiden verzeihen. Das war ihr Plan.

»Was ist los? Ladehemmung?«, frotzelte einer seiner Kumpels. »Zu lange würde ich meinen Schwanz nicht in die Sonne halten ... gibt mächtig rote Schrumpfeier.«

»Ach haltet doch die Klappe!« Der Bärtige beugte sich über sie und kämpfte mit seiner Erektion. Er schlug sie, mehrfach. Hatte er Angst zu versagen? »Verdammt, wenn du mich weiter so ansiehst, schlage ich dir den Schädel ein.«
Auch das würde sie hinnehmen, ohne sich zu wehren. Die Todesursache würde am Resultat nichts ändern. Sie hob ihre Hand und berührte sein Gesicht, bärtig, hässlich und ungepflegt, vielleicht die letzte Berührung, die sie ohne Gewalt erfahren würde. Wenn er sie gleich nahm, sie schlug, würgte und später erschießen sollte, dann würde sie keine Zeit mehr haben, eine Berührung aus eigenem Willen vorzunehmen. Von ihr zu ihm. Asexual, interessenlos, wie Kinder, die sich berühren, das Leben in sich spüren und es nicht preisgeben wollen.
»Du ...« Er suchte nach Worten, die ihm scheinbar nicht in den Sinn kamen. Der haarige Körper zitterte, seine Männlichkeit erschlaffte, er fing an zu weinen. Sie hatte keine Vorstellung davon, was sie bei ihm berührt hatte. Sein Schwanz war es nicht. Seine Spannung erlosch, müde ließ er seinen Körper auf sie herabsinken. Er heulte wie ein kleines Kind, verletzt, einsam und auf der Suche, eine wirkliche Berührung zu erfahren. Sie strich ihm durch das Haar und verzieh ihm sein Ansinnen.
»Diese Augen ...« Auch der Fahrer hatte seine Waffe wieder in das Holster gesteckt. Er half seinem Kameraden auf und klopfte ihm freundschaftlich auf die Schulter. Ohne Häme,

ohne Beleidigungen und ohne ihm einen Vorwurf zu machen. »Wir werden niemandem davon erzählen.«

»Und was machen wir jetzt mit dir?«, fragte der Fahrer und nahm seine Gesichtsmaske ab. Er hatte graue kurze Haare und schien bereits älter zu sein. Wollte er sie jetzt erschießen?

Sie schwieg.

Er beugte sich zum Boden, nahm ihre Sachen auf und bedeckte ihre verletzliche Nacktheit. Ein Lächeln, dann hob er sie auf und trug sie auf seinen Armen zum Fahrzeug. Die Sonne hatte ihre ungeschützte Haut innerhalb weniger Minuten verbrannt, überall hatte sie Rötungen und kleine Pusteln.

»Wie jetzt? Was ist denn mit euch los?« Der Mann, der die ganze Zeit mit seiner Waffe die Anhöhe gesichert hatte, schien nicht zu verstehen, was vorgefallen war.

»Nichts. Wir nehmen sie mit. Du behältst deine Finger in der Tasche und hältst die Klappe. Wir werden das Mädchen mit den blauen Augen nicht anrühren.«

Was sahen diese Männer in ihr? Zuerst einen Wegelagerer, dann ein Stück Fleisch und jetzt eine Heilige? Obwohl sie alles mit eigenen Augen erlebt hatte, glaubte sie an einem anderen Ort gewesen zu sein. Sie verstand nicht, was sie in ihnen berührt hatte. Sie dachte nach. Nein, sie verstand nicht, was der kleine Junge in *ihr* berührt hatte.

Das Fahrzeug fuhr los. Hoffentlich würde es den beiden Kindern auch ohne sie gut gehen. Sie war dankbar, den kleinen Jungen kennengelernt zu haben und durch ihn kurz in eine andere Welt blicken zu dürfen. Eine Vision ohne Gewalt. Sie dankte dafür, ihn nicht getötet zu haben. Vielleicht würde es genügen, weitere Menschen zu berühren, interessenlos und ohne Begehrlichkeit, um ihnen Hoffnung zu geben, dachte sie und schloss erschöpft ihre Augen.

***

XXX. Sommernachtstraum

Scott konnte sich an keinen Zeitpunkt seines Lebens erinnern, an dem er weniger Ahnung hatte, was um ihn herum gespielt wurde, als an diesem Tag. Joyce im roten schulterfreien Abendkleid, dezent geschminkt, mit Handtasche und Pumps, glich einer Amazone, die sich zur Ballkönigin wählen lassen wollte und dafür bereit war, jeder Konkurrentin den Kopf abzureißen. Sie lächelte ihn an und genoss sein nicht mehr zu überspielendes dummes Gesicht.

Daneben Yuri Kuronov, der wie ein lebendiger Spiegel seiner selbst, mit eiskaltem Gesicht die Szenerie verfolgte, ohne dabei mehr zu sagen als notwendig. Nein, eigentlich hatte er seit der kargen Begrüßung keinen Ton mehr von sich gegeben. Er stand neben Joyce, die es mit Pumps auf stattliche 1,95 Meter brachte, und schaute dieser dämlichen Metallkiste beim Surren zu.

Und er mittendrin in diesem Wahnsinn, Scott *Sweety* MacSweetbody, der sich in der A-Class Uniform eines NewCom Offiziers wie ein Idiot auf Urlaub fühlte: fern der Heimat, falsch angezogen und keinen blassen Schimmer, wo er gelandet war.

Von dem Vorhaben, auf der Venus gepantschten Wodka zu verkaufen, hatte es ihn mit der Zeit ein Stück vom Weg abgebracht. Hektor, dieser Arsch, hatte alle verladen. Vielleicht wäre es besser gewesen, den Auftrag mit den Whiskeyfässern auf Ganymed anzunehmen.

»Wir müssen uns beeilen, wir haben noch 18 Minuten«, sagte Aileen, dieses Herzchen, der er lieber gestern als heute den Stecker gezogen hätte. Diese KI war zwar keine Frau, benahm sich aber wie eine, was ausreichte, um sie zu verfluchen.

Nebenbei bemerkt war sie die Herrin über die Metallkiste, den Kühlschrank, dem gerade alle geduldig beim Abtauen zusahen. Sollte sie sich doch beeilen. Yuri Kuronov, Joyce, der Kühlschrank, Aileen und er befanden sich in einem unscheinbaren Zimmer nahe der Anlegestelle des Rettungsgleiters. Natürlich alles im dezenten föderalen Weiß gehalten. Vermutlich war inzwischen ein Gesetz erlassen worden, das die Benutzung von Wandfarben verbot. Es gab keine Möbel oder anderen Krempel in dem zwanzig Quadratmeter großen Raum mit dem Charme einer leeren Besenkammer.

Was zur Hölle befand sich in der Metallkiste? Gekühlte Drinks, Schnittchen oder ein Nuklearsprengsatz? Moderne Atombomben mit ausreichend Sprengkraft, um alles Leben auf einem Planeten zu tilgen, konnte man mittlerweile auf dem Rücken tragen. Die Metallkiste bot genug Platz, um den Mars bis zu den Saturnringen zu sprengen.

Nur, hätte dann jemand Joyce in ein Abendkleid und ihn in eine Uniform gesteckt? Nein, sicherlich nicht. In der Kiste würde sich keine Waffe befinden, was den Inhalt nicht weniger gefährlich machte. Drinks, Schnittchen und Joyce als Frau verkleidet, hätte man günstiger auf den Mars bringen können.

»Ich gebe auf ... was ist in der Kiste?« Scott musste es wissen, seine Neugierde drohte, ihm den Verstand zu rauben.

»Hab Geduld ...«, antwortete Joyce und lächelte ihn engelsgleich an. »Es wird nicht mehr lange dauern.« Dieses Miststück! Sie wusste eindeutig mehr als er.

»Die Transportbox öffnet sich in wenigen Sekunden ... Joyce, Scott, helft ihr«, erklärte Aileen. Nein, sie ordnete es an. Zu widersprechen hätte wieder einen auf die Finger gegeben.

»Ihr?« Er glaubte, sich verhört zu haben. Sprach da Aileen gerade von einer Person?

Ein Geräusch. Scott drehte den Kopf. Die Metallbox, die deswegen die ganze Zeit wie ein großer Kühlschrank aussah, weil sie ein großer Kühlschrank war, öffnete sich. Unglaublich. Eine nackte Frau stieg heraus und zitterte, ihre kurzen blonden Haare noch nass, ihr helle Haut leicht gerötet. *Woman to go*, immer frisch, immer bereit, mit der Geschäftsidee hätte er im Mädchenhandel auf Ganymed reich werden können.

Joyce versuchte sie zu stützen, sie fiel aber ihm nur ungelenk in die Arme, wem auch sonst. Sie vor dem Fall auf den Boden zu bewahren, ohne sie anzufassen, war nicht möglich. Ihr Körper fühlte sich nicht schlecht an. Tiefkühlschränke waren eindeutig die beste Reisemöglichkeit für Frauen, die Dinger hielten frisch und verhinderten dummes Gerede.

»Sie mag dich ...« Joyce lachte ihn aus.
»So bin ich eben ...« Noch besser als die aufgetaute Blondine in den Armen zu halten, wäre es gewesen, Joyce in der Kiste einzufrieren. Aber wer wusste schon, welche Überraschungen der Abend für sie bereithalten würde. Jetzt ergab sich die nächste spannende Frage, wer war die frisch aufgetaute Frau, die von der Venus stammend, ihrer Herkunft alle Ehre machte. Die Figur, das Gesicht, unglaublich, mit jeder Sekunde wurde sie interessanter.
»Wie sind die Vitalwerte?«, fragte Aileen. Was hatten die mit ihr gemacht, dachte Scott, behielt seine Frage aber für sich.
»Alle Werte im grünen Bereich ... sie ist gesund bei uns angekommen«, erklärte Joyce, die der Frau ein handgroßes Diagnosegerät auf den flachen Bauch hielt. Scheinbar gesund und noch sehr wortkarg. Sie sah Scott an, machte lasziv den Mund auf, sagte aber nichts. Die perfekte Frau, er hatte sich augenblicklich in sie verliebt.
»Gefällt sie dir?«, fragte Joyce.
»Ja ... sie hat so einen dezenten Humor.« Scott ließ von ihr ab, sie stand jetzt auf eigenen Beinen.
»Den hat sie ... hältst du bitte ihren Kopf fest?«
Scott nickte, bei der würde er alles festhalten, wenn er darum gebeten wurde. Joyce öffnete eine Schublade an der Transportbox, die, in der auch das Geld lag, und holte ein weiteres medizinisches Gerät hervor, ähnlich einem dicken Stift.

»Aileen, ich stelle 300 Milliwatt ein.«

»Gehe auf 500 Milliwatt ...«, sagte Aileen.

»Ist das nicht zu gefährlich?«

»Das Risiko können wir eingehen ... sie wird dadurch präziser ansprechen.«

»In Ordnung ... erhöhe die Energieleistung auf 500 Milliwatt. Starte neurothermale Rekonfiguration.« Joyce nahm die Einstellungen an dem Gerät vor und stach der Blondine eine rotleuchtende Nadel neben der Nasenwurzel an die Seite des linken Auges. Sie zuckte kurz, wurde dann aber ganz ruhig. Die Muskelspannung im gesamten Körper baute sich neu auf, als ob zuerst nur ihre Hülle und jetzt auch ihr Geist aufgetaut wurden.

»Nennen Sie mir Ihren Namen«, forderte Joyce sie auf.

»Jekaterina Kuronova.« Sie konnte reden. Scott staunte nicht schlecht, was für eine abgefahrene Nummer.

»Kennen Sie mich?«

»Ja.«

»Wie ist mein Name?«

»Sie sind Joyce.«

»Was ist meine Aufgabe?«

»Sie sind mein Bodyguard.«

»Wo sind wir hier?«

»Auf dem Mars.«

»Was machen Sie hier?«

»Ich befinde mich gemeinsam mit meinem Sohn auf der Reise zur Neuen Erde ... ich freue mich schon.« Mit jeder weiteren Antwort klangen die Worte natürlicher, ihr Gehirn schien die neurothermale Rekonfiguration binnen kürzester Zeit umzusetzen.

»Wer ist ihr Sohn?«

»Yuri ... hallo Yuri, schön, dass du bei mir bist.« Die Frau lächelte Scott an, und legte ihm die Hand an die Wange. Den echten Yuri Kuronov beachtete sie nicht. Eine ziemlich abtörnende Geste, von diesem Rasseweib wie ein Sohn behandelt zu werden. Auch ihr jugendliches Alter, makellos und um die zwanzig, trug zu Scotts Verwirrung bei. Bei der Frau stimmte bis auf ihr Aussehen überhaupt nichts.

»Ma'am ... ich helfe Ihnen beim Anziehen. Wir haben leider wenig Zeit, Sie werden erwartet.« Joyce öffnete an der Transportkiste eine weitere Schublade und half der Schönheit aus dem Eisfach, sich mit passenden Dessous und einem mit Edelsteinen besetzten blauen Abendkleid binnen weniger Minuten in eine Königin zu verwandeln.

»Wir haben noch 12 Minuten«, erinnerte Aileen kurze Zeit später. Was in zwölf Minuten genau sein sollte, wusste Scott nicht, aber er glaubte der KI aufs Wort, dass sie sich dann besser nicht mehr in diesem Raum aufhalten sollten.

Es klopfte an der Tür, Yuri kontrollierte ein daumennagelgroßes Textildisplay an der Innenseite des Unterarmes, nickte und öffnete die Tür. Es gab Tage, da traf man die

Frau seines Lebens mehr als einmal. Genial und erschreckend. Jekaterina Kuronova gab es zweimal, den spontanen Gedanken, mit beiden die Nacht zu verbringen, verdrängte er sofort wieder. Diese Frau genügte bereits in einfacher Ausführung, um ihm den Verstand zu rauben.

»Wie weit sind wir?«, fragte sie und begutachtete ihr Double. Sie sah weder ihren Sohn an noch Joyce und ihn ignorierte sie völlig. Aus dem Dreier würde nichts werden, das spürte er. Verdammt, dabei reichte sein Herz für mehr als eine Frau.

»Fertig. Bitte geben Sie ihr noch Schmuck und persönliche Gegenstände«, sagte Aileen. Jetzt wusste Scott, wer die KI beauftragt hatte. Die Frau des Generals steckte hinter seiner Odyssee.

»Natürlich.« Wie Yuri ihm persönliche Dinge gegeben hatte, machte es auch seine Mutter. Sie gab ihrem Klon zwei Ringe, eine Kette und eine goldene Uhr, die gleichen Schmuckstücke, die sie selbst trug und die sie in ihrer Handtasche mitgebracht hatte.

Was für ein unsagbar durchtriebenes Miststück, dachte Scott, ihre Aura glich der einer Eiskönigin. Geschätzt ungefähr 300° Grad unter null. Wenn jemand es schaffen sollte, den absoluten Nullpunkt von Minus 273,15° Celsius zu unterschreiten, dann sie.

Auf der Erde konnte man mit Geld alles kaufen. Na ja, fast alles, da vor 80 Jahren das Klonen weltweit verboten wurde. Ein Verbot, das er bei solchen Frauen für etwas kleinkariert hielt. Aber gut, es war streng verboten und sogar eines der wenigen Gesetze, die im Jahre 2232 ernst genommen wurden.

Jekaterina Kuronova schien dieses Verbot nicht aufgehalten zu haben, sich von Hektor auf RJ-17, der alten NewCom Raumstation im tiefen Orbit der Venus einen wunderschönen Klon züchten zu lassen. Die Vorstellung, dass der einäugige Vogel sie ebenfalls ausgiebig betatscht hatte, verdrängte er sofort wieder.

Gut zwanzig Jahre musste die Auftraggeberin auf das Ergebnis warten, das sie heute völlig emotionslos inspizierte. Die Kindheit dieses Klons auf RJ-17 musste die Hölle gewesen sein. Auch wenn sie geklont wurde, sie war ein Mensch.

»Na Scott, bist du in der Stimmung, um zu feiern?«, fragte Joyce und hielt ihm ein Gerät an den Hals. Er spürte einen Stich.

»Was war das?«, fragte er und rieb sich die Stelle.

»Das war ich«, antwortete Aileen. *»Ein Transmitter, mit dem ich immer an deiner Seite bin.«*

»Verdammt, das hat wehgetan!«

»Ich werde gut zu dir sein«, sagte Aileen mit veränderter Stimme, sie war jetzt in seinem Kopf. An der Reaktion von Joyce sah er, dass nur er die letzten Worte der KI hören konnte.

»Ich kann hören, was du hörst und sehen, was du siehst ... aber sei beruhigt, deine Gedanken kann ich nicht lesen.«

Tröstlich, auch wenn Scott sich mit dem Gedankenlesen nicht so sicher war.

»Ich hoffe, du kooperierst. Es würde mich freuen, dich nach unserer Mission am Leben zu lassen, ich bin aber auch in der Lage, dir mit einer Mikroladung ein Loch in den Hals zu sprengen.«

Was ihn nicht überraschte, Aileen hatte ihn nach wie vor am Arsch und scherte sich einen Dreck um ihn.

»Wir haben noch 6 Minuten«, erklärte Aileen für alle hörbar. Yuri räusperte sich. Joyce atmete einmal tief durch und die beiden Jekaterinas rollten synchron mit den Augen. Da stimmte jede Geste, die Joyce dem Klon in das Hirn gebrannt hatte.

»Ist die X-7 bereit?«, fragte Joyce und öffnete die Tür. Sie wartete kurz im Türrahmen.

»Startfertig, die X-7 wird rechtzeitig am Port sein ... die Kameras auf dem Korridor sind jetzt aus. Ihr könnt gehen. Ihr habt 75 Sekunden für den Weg.«

»Wir gehen!« Joyce ging zügig vor. Die anderen folgten ihr. Der Korridor war leer. Hinter der nächsten Biegung stand ein Mann im Smoking, er nickte Joyce zu und bildete fortan die Nachhut. Anscheinend einer aus ihrem Team, der aufgepasst hatte, dass ihnen niemand über den Weg lief, der sich über Jekaterinas Doppelgänger wundern konnte.

Die Mission schien gut vorbereitet zu sein, die waren in der Lage, das komplette Sicherheitssystem der Föderation zu unterlaufen. Joyce schien genau zu wissen, was sie tat, Scott hatte bisher nur noch nicht die Motive dieser aufwendigen Scharade verstanden.

»Hier rein.« Joyce öffnete die Tür zu einer Lounge. Im Gegensatz zu der ansonsten allgegenwärtigen militärischen Nüchternheit gab es hier elegante hellgraue Ledersessel, weißen Marmor am Boden und dezent indirekt beleuchtete Aluminiumapplikationen an den Wänden. »Schnell ... die sind unterwegs.«

»Wer?«, fragte Scott.

»Das wirst du gleich sehen.« Joyce öffnete die Tür zum Badezimmer und drückte ihn und die schweigsamere Jekaterina aus der Kiste hinein. Das Licht blieb aus. Er konnte die Frau atmen hören. Beide schwiegen.

»Ihr müsst leise sein. Keiner darf euch hören«, erklärte Aileen, nur für ihn hörbar. Er hatte nicht vor, zu reden.

Eine andere Tür in der Lounge öffnete sich, mehrere Personen betraten den Raum.

»Ein Sicherheitsteam der Föderation ...«, erklärte Aileen. Scott konzentrierte sich.

»Madame Kuronova, es ist mir eine Freude, Sie zu dem Ball an Bord der USS Berlin zu begleiten«, sagte ein Mann, dessen Stimme er nicht kannte, mit überbordender Höflichkeit.

»Vielen Dank für Ihre Gastfreundschaft. Ich werde meinem Mann davon berichten ...« Jekaterina konnte singen wie ein Vogel. Eine Frau mit mehr als einem Gesicht. Scott war sich inzwischen sicher, einige davon niemals kennenlernen zu wollen.

»Der Kommandant der USS Berlin ... ein Idiot, der ihr nur auf die Titten glotzt.«

Aileens Kommentar ließ Scott schlucken, woanders hatte er ehrlich gesagt auch nicht hingesehen. Wenn Jekaterina anfing zu sprechen, bekam er es jedoch mit der Angst zu tun.

»Bitte entschuldigen Sie die kurze Störung, Colonel Jassin ist für die Sicherheit an Bord verantwortlich ... nur eine kleine Formalität, bei der wir Sie und Ihren Sohn um Kooperation bitten.« Dem Kommandanten schien die Situation peinlich zu sein.

»Colonel Jassin ist vom Nachrichtendienst. Er ist gefährlich ... halte dich von ihm fern.«

Scott nickte, die würden Jekaterina und ihn gleich auf die USS Berlin bringen. Scheinbar fand dort eine Veranstaltung statt, die diese festliche Kleidung rechtfertigte.

»Die Sicherheit aller Reisenden liegt auch mir am Herzen. Und natürlich meinem Mann ...« Jekaterina lachte. Die beiden Offiziere lachten mit. Ehrlich meinte es keiner von denen. »Wie kann ich Ihnen helfen?«

»Nur ein Retinascan, dann bin ich auch schon wieder weg«, erklärte Colonel Jassin. »Ich glaube zwar nicht, dass es eine so wunderschöne Frau wie Sie zweimal geben kann ... aber die Vorschriften.«

»Natürlich ...« Jekaterina spielte mit. Colonel Jassin hatte keinen blassen Dunst, was gerade passierte.

»Jekaterinas Klon hätte die Untersuchung überstanden, du nicht. Deine Ähnlichkeit mit Yuri ist Zufall. Sie hat den Test deswegen gemacht, weil wir nicht wussten, ob ihr Klon sich in diesem Moment ungewöhnlich benehmen könnte. Colonel Jassin hatte in der Vergangenheit mehrfach mit Familie Kuronov zu tun ... sie kennen sich gut«, sagte Aileen.

»Perfekt ... bitte, Ihre ID-Kennungen, um die USS Berlin betreten zu dürfen. Im Namen der Föderation und im Namen der Freundschaft mit dem NewCom-Staatenbund begrüße ich Sie zu der wunderbarsten Reise Ihres Lebens.«

»Colonel, vielen lieben Dank ... ich denke, dass es ein Zeichen besonderen Vertrauens ist, mit Ihnen reisen zu dürfen. Leider war es mir terminlich nicht möglich, mit der Riad zu reisen, der Hoffnung aller Menschen in der weltweiten NewCom-Familie.«

Jekaterina Kuronova bewegte sich auf der politischen Bühne wie eine Eiskunstläuferin. Schnell, elegant und jederzeit zum Sprung bereit. Um sie musste man sich keine Sorgen machen, wie sich der Klon schlagen würde, sollte er später herausfinden.

»Sie beschämen uns ... wir werden sicherlich noch Zeit finden, etwas zu trinken.« Der Kommandant gab sich devot. »Wenn Sie wollen, können Sie mir folgen, ich bringe Sie zum Gleiter, der Sie zur USS Berlin bringt. Der Colonel musste sich noch um weitere Gäste kümmern ... wir haben ein interessantes Publikum an Bord.«

»Danke.« Jekaterinas Stimme klang weich und warm. »Mein Sohn und ich nehmen Ihr Angebot gerne an.«

Scott hörte, wie Colonel Jassin die Lounge verließ. Ihm würde er aus dem Weg gehen.

»Wenn Sie mich für eine Minute entschuldigen würden.«

Jekaterina kam auf den Waschraum zu. Joyce öffnete die Tür und machte das Licht an. Die falsche Jekaterina lächelte und schwieg, während sich die echte auf den geschlossenen Klodeckel setzte und ihrem Klon die ID-Kennung der Föderation gab.

»Yuri, bitte, habe ich meine Handtasche auf dem Tisch stehen lassen?«, fragte Jekaterina und sah Scott von unten nach oben keck an. Was für eine Schlange.

»Ja, Mamka.«

»Bring sie mir, bitte.«

Yuri betrat den Waschraum, gab ihm seine ID-Kennung und seiner Mutter die Handtasche. Scott verließ den Raum wieder, jetzt war er im Spiel. Der Kommandant nahm ihn nicht wahr, seine Augen hafteten wie Kletten an Joyce' einladender Rückseite.

»Wir können gehen«, sagte Jekaterinas Klon und ging mit einem geheimnisvollen Lächeln an dem Kommandanten vorbei, dessen Blick fließend von Joyce' grandioser Kehrseite auf ihre wechselte. Scott konnte es ihm nicht verden-

ken, beide Abendgarderoben waren figurbetont geschnitten.
Der Bodyguard aus Joyce' Team öffnete die Tür, Jekaterina und der Kommandant gingen vor, Joyce und Scott folgten.

Die Passage zur USS Berlin dauerte nicht lange. Der Empfangsbereich für prominente Passagiere auf dem Ark/Three-Raumschiff glich mehr einem Luxushotel als einer Arche für 50.000 Flüchtlinge. Die Abmessungen waren gigantisch, die verwendeten Materialen edel und die Verarbeitung perfekt.
Als Scott den Transfergleiter verließ, dachte er kurz über die Baukosten und -dauer nach, die die USS Berlin verschlungen hatte. Für den Gegenwert hätte man auf der Erde drei Kuppelstädte bauen können, sagten die Kritiker des Programms, deren Worte allerdings bei der vorherrschenden Stimmung, die Erde so schnell wie möglich zu verlassen, nicht gehört wurden.
»Du machst deinen Job gut ...«, sagte Aileen in seinem Ohr, die alles mitbekam, was er tat. Er sparte sich eine Antwort. Ob er auch mitgemacht hätte, wenn sie ihn gefragt hätten, anstatt Lydia mit Geld zu ködern und ihn zu überrumpeln?
Er bot seiner *Mutter* den Arm und geleitete sie an vielen ehrfürchtigen Blicken vorbei in den Festsaal, einen mit Bäumen umsäumten Marktplatz in einer mediterranen Kleinstadt. Eine täuschend echte Projektion, die allerseits

viel Freude bereitete. Es roch sogar nach Sonne, Meer und Freiheit.

Zwei Stunden später. Jekaterinas Klon tanzte mit dem Kommandanten, gemeinsam mit vielen anderen Paaren zu klassisch anmutender Musik. Für ihn sicherlich der Höhepunkt der Feierlichkeiten. Für Scott ein an Oberflächlichkeit nicht zu überbietendes Theater. Immerhin, er hatte ein Glas kaltes Bier bekommen, was dieses Schaulaufen der Eitelkeiten erträglich hielt.

Joyce stand neben ihm und ließ Jekaterina und ihren Tanzpartner nicht aus den Augen.

»Wie kommt es, dass du niemanden doubelst?«, fragte er, auch wenn er die Antwort bereits kannte.

»Ich war schon immer ihr Bodyguard.«

»Du hattest erzählt, für ihren Mann gearbeitet zu haben ... und du sagtest, sie hätte dich gefeuert.« Neben anderen Dingen, die nicht schmeichelhaft für Jekaterina Kuronova waren.

»Hätte temporär sonderbeauftragt besser geklungen?«, fragte Joyce und lächelte.

»Ehrlicher ...«

»Ehrlichkeit hält dich nicht am Leben.«

»Vermutlich ... sie hat alles, was man sich mit Geld kaufen kann. Warum diese Mission?« Scott kannte viele Menschen, die alles dafür geben würden, um zur Neuen Erde zu fliegen.

»Würdest du gerne zur Neuen Erde reisen?«

»Klar ... warum nicht.« Es gab nichts, was ihn davon abhalten würde. Er würde sein Glück in jeder Welt finden.

»Sie nicht.«

»Bitte?« Jekaterina wollte nicht gerettet werden? Und ließ deshalb einen Klon erschaffen, der ihren Platz für sie einnahm?

»Ihr gefällt es in Minsk. Sie hasst Raumschiffe und die Neue Erde geht ihr dezent am Popo vorbei.«

»Wer zwingt sie dazu?«

»Denk mal nach.«

General Kuronov, dachte Scott. Victor Kuronov war derjenige, der sie in die neue Welt verfrachten wollte. Scott schmunzelte, die beiden schienen eine schwierige Beziehung zu haben. »Ihr Mann?«

»Man widerspricht dem General nicht.«

»Teilt ihr Sohn ihre Abneigung gegen die Neue Erde?«

»Oh ja ... darin sind die beiden sich einig. Sie wollen beide in Minsk bleiben.«

»Und es gibt keine Möglichkeit, sich zu einigen?« Es fiel Scott schwer, diesen Konflikt nachzuvollziehen.

»Glaub mir ... keine Chance.«

»Okay ... und was haben wir damit zu tun?« Scott schwante eine böse Vorahnung, was er in den nächsten Jahren tun würde. Das hatte er nicht erwartet.

»Du nimmst Yuris Platz ein, an der Seite seiner Mutter. Ich passe auf euch auf, damit es euch gut geht.«
»Wir fliegen zur Neuen Erde?«
»Erste Klasse, inklusive der Spesen, du hast vermutlich bereits für eine schlechtere Bezahlung dein Leben riskiert. Hier wird dir keine Gefahr drohen ... solange du in deiner Rolle bleibst. Du wirst reich, fett und alt werden.«
Scott war baff. »Das ist ...«
»Als du mir versprochen hast, mich zu heiraten ... hast du es eigentlich ernst gemeint?« Joyce spielte mit dem Ring an der Kette, den er ihr damals geschenkt hatte.
»Ähm ...« Er hatte damals so viel getrunken, dass er vermutlich auch Aileen die Ehe versprochen hätte, wenn jemand dem Kühlschrank ein Kleid verpasst hätte.
Joyce lächelte. »Wir werden auf der Neuen Erde viel Zeit haben, uns besser kennenzulernen.
Jekaterina kam auf ihn zu. Sie lächelte ebenfalls. »Yuri, bitte, tanz mit mir.«
Seine Zukunft auf der Neuen Erde. Stinkreich und an der Seite zweier hübscher Frauen. Er war sowas von erledigt.

***

XXXI. Dinner für zwei

Ravan saß in ihrer Suite auf dem Boden und sah aus dem Fenster. Vor ihr eine Tasse Tee, der nach Pfefferminz roch. Sie trug ein weites weißes Hemd, sonst nichts. Der kühle Holzboden vermittelte ihr das Gefühl, ihrem eigenen Leben auf der Spur zu sein. Nur ein paar Schritte, dann würde sie es wieder in den Händen halten.

Durch das Panoramafenster konnte sie den Roten Planeten beobachten, dessen Tagseite sich langsam der Nacht ergab. Für die USS Berlin, die sich gemeinsam mit der riesigen Orbitalwerft auf einer geostationären Position befand, würde die Sonne kurze Zeit später untergehen. Ein einzigartiges Schauspiel.

Natürlich beobachtete sie nur eine Projektion, die einer realen Sicht aus einem Fenster nachempfunden war. Keine der Suiten lag im äußeren Bereich des Raumschiffs. Es klopfte an der Tür. Ravan drehte den Kopf, sie erwartete keinen Besuch.

»Wer ist da bitte?«, fragte sie und blickte zurück auf die Panoramawand, an der sich teilweise ein Display abbildete, das ihren Besucher vor der Tür zeigte.

»Zimmerservice«, tönte es über die Sprechanlage. Eine rothaarige Kellnerin mit einem schwebenden Servierwagen wartete darauf, eingelassen zu werden.

»Ich habe nichts bestellt ...« Das musste ein Irrtum sein.

»Mit der besten Empfehlung des Hauses … Früchte auf Eis und Pralinen. Darf ich Ihnen diese Leckereien hier lassen?«, fragte die Kellnerin freundlich.

Ravan stand auf, mit einer Handgeste rief sie ein Sicherheitsmenü auf. Neben der Ansicht der Kellnerin öffnete sich ein zweites Display, mit dem sie Bedrohungen melden konnte. Im Bedarfsfall wäre der Sicherheitsdienst binnen 120 Sekunden bei ihr, so stand es jedenfalls im Kleingedruckten des Tickets, das sie während der Wartezeit in der Sicherheitszelle des Transportgleiters ausgiebig lesen konnte. Glücklicherweise war es nicht notwendig gewesen, sie im freien Raum aufzulesen. Der Transportgleiter hatte es vor vier Stunden geschafft, nur leicht beschädigt an der USS Berlin festzumachen und seine 56 Passagiere wohlbehalten abzuliefern.

»Zimmeranlieferung, Suite 7762, verifizieren«, setzte sie als Sprachbefehl ab. Ravan wollte kein unnötiges Risiko eingehen.

»Zimmeranlieferung, Suite 7762, sicher.« Neben der Sprachausgabe einer KI zeigte das Sicherheitssystem ein Bild der rothaarigen Kellnerin an. Sie schien in Ordnung zu sein.

Mit einer Handgeste deaktivierte sie das Sicherheitsmenü. »Tür öffnen.« Es summte.

Die Kellnerin brachte das Tablett herein. »Madame, die Erdbeeren sind köstlich.«

»Stellen Sie sie bitte auf den Tisch.«

»Sehr gerne ... hier ist noch ein Geschenk, das ich Ihnen bringen soll.« Die Kellnerin legte eine kleine Schachtel auf den Tisch und öffnete eine Champagnerflasche.

»Von wem?«

»Hier ist noch eine Karte.« Nachdem sie den Champagner eingeschenkt hatte, stellte sie die Flasche mit einer Serviette umschlungen in den Kühler.

»Danke ...« Ravan ging zu dem Tablett und nahm sich eine Erdbeere, die wirklich fantastisch schmeckte. Die Kellnerin verließ die Suite und schloss die Tür.

Erdbeeren und Champagner, wie geschmackvoll. Ravan steckte sich eine weitere Erdbeere in den Mund, griff nach dem Glas und mit der anderen Hand nach der Karte.

Für eine wunderbare Reise. 22:05.

Sie lächelte, der Operator hatte ihr das Geschenk und die süßen Leckereien geschickt. »Uhrzeit?«

»21:41«, antwortete der Sprachservice. Ihr würde noch etwas Zeit bleiben, um sich an den Früchten zu erfreuen.

Der Kommunikator an ihren Hals summte, das war er. Mit einer weiteren Geste deaktivierte sie das Sprachsystem im Zimmer. Ravan legte den Finger an ihren Hals und nahm das Gespräch an, sie freute sich, mit ihm zu sprechen.

»Hallo.«

»Schmecken die Erdbeeren«, fragte der Operator, der sich abermals nicht weit entfernt aufhalten konnte.

»Ja ... wunderbar sogar.«

»Die Flasche Champagner ist ein ganz besonderer Tropfen ... ich habe ihn persönlich ausgesucht.«

»Gute Wahl.«

»Seit es die Champagne in Frankreich nicht mehr gibt, hätten die eigentlich den Namen ändern müssen. Die bauen die Reben inzwischen unterirdisch an.«

»Hauptsache er schmeckt ...« Ravan hatte nicht den Wunsch, heute kleinlich zu sein.

»Gefällt Ihnen die Suite?«

»Ja ... ich mag den Holzboden aus Eiche.« Ravan schätzte ihr 40 Quadratmeter großes Reich, mit Doppelbett, einer Kitchenette, einer Sitzgruppe und einem schönen Bad. Klein und edel, sie hätte sich für den Auftrag auch nicht mit weniger zufriedengegeben.

»Sehr gut ... freut mich zu hören.« Der Operator klang heute bemühter als sonst.

»22:05 steht auf der Karte.«

»Ja, ja stimmt ... das ist der Zeitpunkt, an dem unsere Auftraggeberin von uns getötet werden möchte. Verrückt, oder?«

»Das sind weniger als zwanzig Minuten ...« Was Ravan für sehr wenig hielt, um den Anschlag sauber vorzubereiten.

»Das sollte kein Problem sein.«

»Ich habe meine Waffe noch nicht in Besitz nehmen können.« Die würde Ravan schon benötigen.

»Der Einsatz Ihrer Waffe macht keinen Sinn. Das Szenario hat sich verändert, es wäre kein sicherer Schuss mit einer projektilgetriebenen Waffe möglich gewesen.«

»Wie soll ich die Tötung vornehmen?«, fragte Ravan, nahm sich eine weitere Erdbeere und ließ sich auf das Sofa fallen. Es interessierte sie, welche Alternative der Operator ihr vorschlagen würde.

»Sehen Sie das Geschenk, das Ihnen die rothaarige Kellnerin mitgebracht hat?«

»Ist es von Ihnen?« Ravan lächelte, beugte sich nach vorne und griff nach der mit einer Schleife verpackten Geschenkschachtel.

»Ja.«

»Was ist drin?« Sie rappelte mit dem Geschenk am Ohr, konnte aber kein besonderes Geräusch wahrnehmen.

»Machen Sie es auf.«

Ravan folgte seinem Wunsch. Als sie die Schleife und das Geschenkpapier entfernt hatte, hielt sie eine kleine schwarze Box in der Hand, die mit einem biometrischen Fingerabdruckscanner gesichert war.

»Das sieht nicht wie Schmuck aus«, stellte Ravan nüchtern fest, das hätte auch nicht zum Operator gepasst.

»Rechter Daumen.«

Sie öffnete die Box, in der sich eine Kontaktlinse und ein zehn Millimeter langer und fünf Millimeter breiter Zylinder befand. »Soll ich mir die Kontaktlinse einsetzen?«

»Ja gleich ... warten Sie noch einen Moment.«

»Wir haben 21:56.« Ravan konnte die Uhrzeit an der Panoramawand ablesen.

»Nach der Tötung erhalten Sie die Daten einer Person, mit deren Identität Sie zur Erde zurückkehren können.«

»Eine Frau oder ein Mann?«

»Ein Mann.«

»Ok ... wer ist die Person?«

»Sie dürften ihn bereits kurz kennengelernt haben. Er ist Steward auf dem Transportgleiter, der Sie zur USS Berlin gebracht hat.«

»Mit Bart und um die 40?«

»Ja.«

»In Ordnung.« Ravan wollte in diesem Moment nicht mehr von sich preisgeben. Das war der Steward, der sich während der Reise zum Mars um sie gekümmert hatte. Das war zu nah. Sie wollte ihm sein Leben nicht wegnehmen. Würde der Operator das verstehen?

»Gibt es damit ein Problem?« Er schien ihre Unsicherheit spüren zu können.

»Nein. Kein Problem.« Nein, das würde er nicht verstehen. Sie konnte sich dem Operator nicht anvertrauen. Nicht jetzt. Nicht so.

»Bitte setzen Sie jetzt die Kontaktlinse ein. Sie müssen ansonsten nichts weiter tun, die Zielführung aktiviert sich automatisch.«

Ravan nahm die Kontaktlinse auf den Zeigefinger, legte den Kopf nach hinten und setzte sich die teiltransparente Kunststoffscheibe auf ihren linken Augapfel. »Fertig.«

»Uhrenabgleich 22:02 in drei, zwei, eins, jetzt.«

»Bestätigt.« Die Uhren liefen synchron.

»Sie werden den Schuss um 22:03 vornehmen.«

»Bestätigt.«

»Ich schicke Ihnen jetzt die Schussführung. Aktivieren Sie das Datenpaket.«

»Daten erhalten. Daten aktiviert.« Vor ihrem linken Auge legte sich ein roter Strich in das Sichtfeld.

»45 Sekunden. Nehmen Sie den Zylinder in die Hand.«

»Habe ich.«

»Stehen Sie auf und gehen Sie zur Tür.«

Ravan folgte seinem Kommando und blieb an der Tür stehen.

»Warten Sie …«

Sie wartete.

»20 Sekunden. Entsichern Sie den Zylinder mit einer mittigen Drehung um 90 Grad.«

»Zylinder entsichert.« Er knackte leise und wurde wärmer.

»Greifen Sie den Zylinder mit Daumen und Zeigefinger.«

»Erledigt.« Ravan konnte spüren, wie die Miniaturwaffe gleich einsatzfähig sein würde.

»10 Sekunden. Bereiten Sie sich darauf vor, die Tür zu öffnen, die Waffe von sich weg zu halten, die Waffe abzufeuern und die Tür wieder zu schließen. Das Anvisieren eines Ziels ist nicht notwendig.«

»Ich bin schussbereit.«

»Drei, zwei, eins, schießen Sie.«

Ravan öffnete die Tür, streckte die Waffe nach vorne und schoss sie ab. Sie kannte das System: Einsatzreichweite 500 Meter, Einsatzzeit 150 Sekunden. Eine drei Millimeter

lange und ein Millimeter starke Lenkwaffe flog geräuschlos durch den Flur. Sie schloss die Tür wieder. Es war für Dritte nahezu unmöglich, die Bewegung zu verfolgen.
Mit einer Geschwindigkeit von fünf Metern in der Sekunde folgte ihr Auge dem Flug und lenkte das Geschoss durch Türspalten, Lüftungsschächte und Revisionsöffnungen. Sie konnte den Flug mithilfe ihrer Blickrichtung abbremsen und wieder beschleunigen.
»Ich nähere mich dem Ziel.« Ravan flog mit der Lenkwaffe durch den Ballsaal der USS Berlin und raste direkt auf den Kopf von Jekaterina Kuronova zu.
»Können Sie die Zielperson identifizieren?«
»Ja.« Sie hatte ihr Opfer gefunden und bremste den Flug ab. »Blonde Kurzhaarfrisur, blaues Abendkleid und ein Brillantcollier.
»Abgleich der Missionszeit: 22:04:30.«
»Bestätigt.« Ravan konnte ihr genau in das rechte Auge sehen. Die Lenkwaffe schwebte 50 Zentimeter vor ihrem Kopf und folgte ihrer Bewegung beim Tanz. »Mit wem tanzt sie?« Der Tanzpartner, ein NewCom-Offizier kam Ravan bekannt vor.
»Ihr Sohn, Yuri Kuronov, 31 Jahre alt, Single, Ihr Typ?«
»Nein. Er kommt mir nur bekannt vor ... jemand von der Schule, aber er ist kein NewCom Offizier.« Sweety, der schnellste Wide Receiver der Moon Valley High School. Sie hatten später zusammen bei den Special Forces gedient.

»Er ist nicht Teil unserer Mission.«

»Bestätigt.«

»Bereiten Sie sich für die Tötung vor.«

»Fertig.« Ravan konnte durch Jekaterinas Auge in deren leere Seele blicken.

»Drei, zwei, eins, schießen Sie.«

»Schieße.« Ravan zündete die Ladung, die Lenkwaffe beschleunigte kurzzeitig auf eine Geschwindigkeit von 550 Metern in der Sekunde und drang durch ihr Auge in den Schädel ein. Die Bildverbindung brach zusammen.

»Trennen Sie die Verbindung.«

»Verbindung getrennt.« Ravan entfernte die Kontaktlinse aus ihrem Auge und warf sie in den Champagner. Die Säure würde den speziellen Werkstoff restlos auflösen. Auch die Abschussvorrichtung steckte sie sich in den Mund, die zwar metallisch aussah, aber aus organischem Material bestand.

»Zum Wohl.«

»Ihnen auch.« Ravan trank das Glas leer und vernichtete alle Indizien. Jekaterina Kuronova war tot. Ein seltsames Gefühl der Leere kam in ihr auf, ungewohnt heftig, heftiger als bei den Tötungen zuvor. Hatte sie das Richtige getan?

»Die Mission wurde bestätigt. Sie haben das Ziel getroffen.« Natürlich hatte sie das.

»Wen habe ich getötet?« Ravan wusste nicht, warum ihr diese Frage in den Sinn kam.

»Bitte?«

»Wen habe ich gerade erschossen?«

»Jekaterina Kuronova.«

»Wirklich?«

»Ich verstehe Ihre Frage nicht?«

»Ist nicht wichtig ...« Ravan wollte das Gespräch mit dem Operator nicht in eine Sackgasse lenken. Die Zweifel wurden stärker, hatte sie einen Fehler gemacht?

»Die vereinbarte Zahlung wurde angewiesen. Ich habe meinen Anteil einbehalten.«

»Natürlich.« Sie versuchte, sich an Jekaterina zu erinnern, die Frau mit der sie als Mann geschlafen hatte. Waren sie und die Frau, die Ravan gerade erschossen hatte, dieselbe Person? Wieso beschlich sie das beklemmende Gefühl, gerade nicht ein, sondern Millionen Menschenleben beendet zu haben?

»Sie können Ihre Rückreise in 17 Minuten antreten. Ziehen Sie sich an, ich leite Sie zur Kabine des Stewards. Sie werden den Körperwechsel dort vornehmen können. Ich habe die notwendigen Gerätschaften bereits für Sie deponieren lassen.«

»Nein.«

»Nein?« Der Operator klang überrascht.

»Ich möchte Sie treffen.«

»Mich?«

»Ja ... Sie müssen sich in meiner Nähe befinden. Sind Sie auf dem Mars oder auf der USS Berlin?«

»Das ist nicht möglich.« Eine Antwort, die sie erwartet hatte. Ravan wurde benutzt, die ganze Zeit. Die Freiheit, an die sie immer geglaubt hatte, war eine Illusion. Das musste aufhören. Sofort.

»Ich werde nicht zur Erde zurückkehren.«

»Wo wollen Sie hin?«

»Ravan Colucci hat ein Ticket zur Neuen Erde.« Dahin wollte sie reisen. Ja, die Idee gefiel ihr.

»Sie sind nicht Ravan Colucci ...«

»Sehen Sie mich an. Ich bin eine Frau. Wer bin ich sonst?« Ravan hatte sich für einen Menschen entschieden, der sie sein wollte. Sie würde keine weiteren Menschen töten. Vor allem den Steward würde sie nicht anpacken.

»Die Behörden werden Ravan Colucci mit der Tötung von Jekaterina Kuronova früher oder später in Verbindung bringen. Die Spur von Liu Wu führt zu Ihnen.«

»Können Sie bitte alle meine Gelder verschenken?« Ravan wollte das Blutgeld nicht haben. »Nehmen Sie irgendeine Hilfsorganisation ... egal welche.«

»Haben Sie mir zugehört?«

»Natürlich, die werden mich schnappen, die sind ja nicht blöd. Wie lange werde ich Ravans Körper benutzen können?« Sie entsann sich der Vergänglichkeit des Lebens und der Grenzen der Bodychanger-Technologie.

»Sie altern jeden Tag um ein Jahr. Ihnen werden noch maximal 40-60 Lebenstage bleiben. Die Tiefkühlung während des 8-jährigen Fluges nicht mitgezählt.«

Sie würde diese Zeit als Ravan auf der Neuen Erde leben wollen. 50 Tage Urlaub, mehr als sie sich jemals erhofft hatte. Über eine echte Wiese zu laufen und dann an Altersschwäche zu sterben.

»Leben Sie wohl.« Sie legte auf.

***

XXXII. Auf kurze Distanz

»Sie werden unsere Flotte augenblicklich passieren lassen!«

»Nein, Sir.«

»Das war keine Bitte.«

»Ja, Sir.«

»First Lieutenant Bagian, richtig?«

»Ja, Sir.«

»Wissen Sie eigentlich, wer ich bin?«

»Ja, Sir.«

»Dann heben Sie sofort die Blockade auf!«

»Nein, Sir.«

»Ich warne Sie …«

»Sir, bei allem gebührenden Respekt. Ich …«

»Unterbrechen Sie mich gefälligst nicht!«

»… bitte ich Sie, mich nicht zu bedrohen. Sir.« Tara scheute sich nicht, ihm ins Wort zu fallen.

»Ich werde mich über Sie beschweren!«

»Das ist Ihr gutes Recht, Sir.« Und ebenso wenig scheute sie sich, ihn in der Warteschlange stehen zu lassen. General Victor Kuronov war der Oberbefehlshaber der NewCom-Raumflotte an Bord seines Flaggschiffs, das in der Blockade wartete, wie alle anderen auch. »Soll ich Ihr Anliegen erneut an meine Einsatzzentrale übermitteln?« Tara versuchte, den Konflikt zu deeskalieren.

»Verdammt, ja! Tun Sie das!«, brüllte er in die Leitung. Ein wirklich netter Mensch. Sie hatte seinen Wunsch, den Mars anfliegen zu dürfen, bereits mehrfach an ihre Leitstelle

übermittelt. Die Antwort war immer dieselbe: keine Freigabe, um seine drei Kriegsschiffe passieren zu lassen. Diese jeweils 4.000 Meter langen Zerstörer repräsentierten 80 Prozent der interstellaren Feuerkraft des NewCom-Staatenbundes. Die Föderation wollte eine Annäherung an die Orbitalwerft unter allen Umständen verhindern.

»Raver-Vier-Eins für Raver Control, übermittle das Anliegen General Kuronovs, die Orbitalwerft anfliegen zu dürfen.« Tara überprüfte parallel sämtliche Drohnen ihrer Einsatzgruppe und die Meldungen aller Staffelpiloten. Das pure Chaos, aber keine weiteren Zwischenfälle.

»Raver Control für Raver-Vier-Eins, schon wieder?«

»Er lässt nicht locker ...«

»Nein ... er soll bleiben, wo er ist!«

»Bestätigt.« Tara hätte sich die Anfrage sparen können.

»Raver Control für Raver-Vier-Eins, wechseln Sie sofort auf Einsatzleitung Blau.«

»Bestätigt.« Eine seltsame Anweisung, Tara schaltete sich auf die Einsatzleitung Blau.

»First Lieutenant Bagian?«, fragte eine männliche Stimme, die nicht in den Funkkanal passen wollte. *»Ich muss Sie dringend sprechen.«* Der Typ klang zu ernst, zu wichtig und nach zu vielen polierten Sternen auf der Schulterklappe.

»Ja ... mit wem spreche ich?«

»Colonel Jassin, militärischer Abschirmdienst, hören Sie mir bitte ganz genau zu.«

»Ja, Sir.« Na gut, kein polierter Stern, sondern nur ein Adler. Wichtig klang er trotzdem.

»In Ihrem Sektor liegen die drei NewCom-Zerstörer?«

»Ja, Sir.« Dafür hätte er nur den Status auf dem Computer abfragen müssen.

»Einsatzstatus Ihrer Raver-Drohnen?«

»40 Prozent Treibstoff ... ich bin zu 100 Prozent einsatzfähig.« Tara hatte noch keine ihrer Drohnen verloren, die bei anderen Raver-Piloten teilweise durch Kollisionen ausgefallen waren.

»Sie machen einen guten Job!«

»Danke, Sir.« Das hörte sie gerne, aber was zum Teufel wollte der Colonel von ihr?

»In zwei Minuten werden 24 Raumjäger starten und eine Schutzformation über der USS Kinshasa bilden. Die Geschütze der Staffel werden auf Ihre Marker geschaltet.« Er pausierte einen Moment. *»Ihre primäre Aufgabe ist es, die Situation zu beobachten, Blockadeverstöße zu verhindern und Streitigkeiten zu deeskalieren.«*

»Ja, Sir. Warum die Raumjäger?« Er beschrieb ihren ganz normalen Job. Die NewCom-Kriegsschiffe in eine Reihe Kanonenrohre blicken zu lassen, könnte missverstanden werden.

»Es ist ebenfalls Ihre Aufgabe, die Blockade unter allen Umständen aufrechtzuerhalten.«

»Ja, Sir.« Da musste etwas vorgefallen sein.

»Bagian, haben Sie mich verstanden?«

»Ja, Sir ... entschuldigen Sie, was ist passiert?«

»Der Kommandant der USS Berlin redet gerade mit General Kuronov und teilt ihm mit, dass seine Frau, Jekaterina Kuronova bei einem Anschlag an Bord getötet wurde.«

»Colonel, wer war das?« Tara lief es heiß und kalt den Rücken herunter. Hatte der Rettungsgleiter, dem sie geholfen hatte, auf den Mars zu kommen, etwas damit zu tun? Wurde sie gegen ihren Willen Teil eines Mordkomplotts?

»Das wissen wir nicht ... die Ermittlungen laufen noch.« Colonel Jassin hörte sich stinksauer an.

»Ich bestätige die neuen taktischen Anweisungen.«

»Bagian, die USS Berlin wird sofort starten ... wir ziehen den Start vor und solange will ich kein NewCom-Raumschiff in der Nähe der Orbitalwerft sehen.«

»Ja, Sir.«

»Allah steh uns bei.« Colonel Jassin schloss die Verbindung. Tara schaltete wieder in den offenen Kanal, um der Kommunikation mit den wartenden Raumschiffen folgen zu können.

»... im Namen der Föderation spreche ich Ihnen unser herzliches Beileid aus.« Der Kommandant der USS Berlin schien gerade mit getragener Stimme in den letzten Zügen zu liegen, während General Kuronov immer lauter atmete.

»Das ist eine ungeheuerliche Provokation!«, polterte der General. Auf dem bestbewachten Raumschiff der Föderation seinen Ehepartner zu verlieren, hätte Tara auch nicht entspannt

antworten lassen. Solche Provokationen hatten in der Vergangenheit bereits zu Kriegen geführt.

»Bitte verstehen Sie …«

»Kommandant, ich habe Sie sehr gut verstanden. Geben Sie Raver Control den Befehl, meine Schiffe passieren zu lassen. Ich möchte die Leiche meiner Frau persönlich in Empfang nehmen!«

»Wir werden Ihnen einen Transportgleiter schicken …«

»Um mich ebenfalls wie einen Hund abknallen zu lassen?« Kuronov schien dazu wenig Lust zu haben. Tara konnte ihn verstehen, sie wäre an seiner Stelle auch nicht in den Gleiter der Föderation gestiegen, die es versäumte, ihre Gäste zu beschützen.

»Wir garantieren für Ihre Sicherheit …«

»So wie bei Jekaterina?«

»Das ist ein tragisches Verbrechen. Ich verspreche Ihnen, dass wir alles Menschenmögliche tun werden, um den Täter ausfindig zu machen«, erklärte der Kommandant der USS Berlin. *»General Kuronov, ich gebe Ihnen mein Wort, wir werden den Mörder fassen!«*

»Oh ja. Ich werde Sie beim Wort nehmen. Von Angesicht zu Angesicht. Ich werde jetzt zu Ihnen kommen. Auf meinem Flaggschiff. Ich werde bei Ihnen anlegen und meine Frau mitnehmen!«, rief der General entschlossen.

»Raver-Vier-Eins für NewCom-Leader, ich untersage Ihnen den Einflug in die Blockade«, erklärte Tara. Zeitgleich formierte sie ihre Drohnen neu, um ein freies Schussfeld zu haben. »Beobachten Sie meine Aktivitäten. Ich schalte jetzt meine Marker auf.« Das konnte sie offen oder verdeckt tun.

Sie wählte die offene Variante, damit der NewCom-Leader sah, dass das Flaggschiff anvisiert wurde.

»*NewCom-Leader für Raver-Vier-Eins, wir haben alle Waffensysteme deaktiviert, alle Schutzschilde unten, wir kommen in Freundschaft. Von uns geht keine Bedrohung aus*«, erklärte der Navigationsoffizier des Flaggschiffs beschwichtigend.

Tara schluckte, der General kam mit blanker Brust auf sie zu, der wollte nur seine tote Ehefrau abholen, die auf der USS Berlin feige ermordet worden war.

»*Raver Control für Raver-Vier-Eins, halten Sie das Flaggschiff auf. Sie haben die Freigabe, einen Warnschuss abzugeben*«, tönte es auf einem Föderationskanal, den nur sie hören konnte.

»Raver-Vier-Eins für NewCom-Leader, ich untersage Ihnen den Einflug in die Blockade. Dies ist die zweite Warnung«, erklärte Tara und schaltete weitere verdeckte Marker auf eine Position vor dem Bug des NewCom-Flaggschiffs. Die ideale Position für einen der Raumjäger, dessen Bewaffnung sie neu ausrichtete.

»*Hier spricht Viktor Kuronov, Raver-Pilotin, Sie müssen mich schon erschießen, um mich aufzuhalten.*« Der General klang zu allem entschlossen.

Auf Taras Display blinkte eine Nachricht, Major Stern schickte ihr eine verschlüsselte Textnachricht:

Captain Aarnaar hat X-7 entdeckt. Konnte Entlarvung durch Löschung des Logbuchs verzögern. Datenrekonstruktion läuft. Sie werden in wenigen Minuten auffliegen.

Tara stand mit dem Rücken an der Wand. »Raver-Vier-Eins für NewCom-Leader, ich untersage Ihnen den Einflug in die Blockade. Dies ist die dritte und letzte Warnung.«
Sie richtete die Drohnen für den Warnschuss neu aus. Captain Aarnaar war nicht dumm, sie würde ihr auf die Spur kommen: Nicht nur wegen des von ihr verschuldeten Unfalls vor Johannesburg, sondern auch wegen der Manipulation bei der Anreise des Rettungsgleiters. Sie hoffte nur, nicht in den Mord an Victor Kuronovs Frau verstrickt worden zu sein.
Tara löste das Hochenergiegeschütz aus, eine dreischüssige Salve flog knapp am Flaggschiff des Generals vorbei. »Dies war ein Warnschuss. Folgen Sie unverzüglich meinen Anweisungen, oder ich feuere gezielt auf Ihr Schiff.«
»Das wagen Sie nicht ...«, sagte General Kuronov, das würde nicht gut ausgehen. Was sollte sie tun? Die Bilder der Leichen beim Absturz des Frachtgleiters hatte sie nicht vergessen. Sie hatte nicht nur einmal falsch gehandelt, nein, sogar zweimal und jetzt war sie erneut dabei, einen Fehler zu begehen.
Es gab keine valide Handlungsoption: Ließ Tara die NewCom-Raumschiffe passieren, würde sie wegen Befehlsverweigerung vor dem Kriegsgericht landen oder sogar einen Angriff auf die Orbitalwerft provozieren. Würde sie hingegen Victor Kuronov auf seinem Flaggschiff angreifen, könnte sie einen Krieg mit dem NewCom-Staatenbund auslösen.

»Raver-Vier-Eins für Raver Control, ich markiere die Antriebseinheit des NewCom-Flaggschiffs für ein massives Laserbündel. Ich beabsichtige, den Antrieb lahmzulegen.«
Tara wechselte zu einer anderen Drohne, die sich am Heck ihres Ziels aufhielt. Ein gezielter Treffer auf die Antriebssektion würde das Raumschiff flügellahm machen.
»Benötige Aufschaltung aller Hochenergiegeschütze.« Dieser Kunstschuss war nur möglich, weil das NewCom-Kriegsschiff alle Schilde deaktiviert hatte und aufgrund der Massenträgheit noch relativ langsam flog. Zudem wurde das Raumschiff mittels einer Kalt-Fusionstechnologie angetrieben, bei der es auch durch Laserbeschuss nicht zu einer Explosion kommen konnte.
»Raver Control für Raver-Vier-Eins, Geschütze sind aufgeschaltet. Ihr Kampfmanöver ist freigegeben. Stoppen Sie das Flaggschiff.« Sie bekam grünes Licht.
»Schusssequenz erfolgt in fünf Sekunden.« Tara ließ die Geschütze sich für einen massiven Laserstrahl aufladen, der von allen beteiligten Quellen dasselbe Ziel treffen würde. GH-91S dachte sie, warum flog gerade *dieser* Rettungsgleiter zwischen einem Pulk von wartenden Raumschiffen auf das NewCom-Flaggschiff zu?
»Feuer in vier, drei ...« Drohne sieben an der Unterseite des Ziels meldete den Start von Lenkwaffen mit chemischem Feststoffantrieb. Welcher Idiot hatte da ein Museum ausgeraubt? Wollten die jetzt die Föderation mit antiquierten Lenkwaffen angreifen?

Die Lasergeschütze feuerten mehrfach und trafen zentimetergenau Drohne sieben, die die gesamte Energie bündelte und auf die Antriebssektion des NewCom-Flaggschiffs weiterleitete, um ein armdickes Loch durch den Hauptantrieb zu brennen.
Tara orientierte sich sofort in den freien Raum, um die Lenkwaffen auszumachen, deren Abschuss soeben festgestellt wurde. Eine Explosion ließ das gesamte sichtbare Weltall für eine Sekunde zum Tag werden. Die Detonation zerriss das Flaggschiff wie eine leere Bierdose in Abermillionen Wrackstücke, die mit hoher Energie alles in der Nähe an diesem Inferno teilhaben ließen.
Tara glaubte keine Luft mehr zu bekommen, fünf ihrer Drohnen verlor sie sofort. Drei weitere trieben auf den Mars ab. Überlebende des Flaggschiffs würde man nicht mehr suchen müssen, da gab es nichts, was größer als eine zerknüllte Pralinenschachtel war.
»Raver Control an Raver-Vier-Eins, was haben Sie getan?«, fragte jemand von der Einsatzzentrale. Scheinbar wurde der Start von Lenkwaffen auf kurzer Distanz nicht registriert. Da war eine dritte Partei im Spiel. Welche Rolle spielte GH-91S? Ein X-7 Rettungsgleiter hatte keine Bewaffnung an Bord und solche Lenkwaffen erst recht nicht. Der Angriff ähnelte einem Schuss mit einer abgesägten Schrottflinte in den Mund seines Gegners. Nicht modern, aber sehr tödlich.

»Raver-Vier-Eins an Raver Control, das Flaggschiff ist mit massiven Explosionswaffen beschossen worden ...« Tara kam nicht dazu, den Satz zu beenden. »Schalte in den Gefechtsmodus.« Die beiden verbliebenen NewCom Kriegsschiffe fuhren sofort ihre Schutzschilde hoch, drehten ab und eröffneten das Feuer auf die Drohnen. Nummer vier wurde getroffen.

An der Blockade herrschte Krieg. Wrackteile des zerstörten Flaggschiffs schleuderten mit hoher Geschwindigkeit gegen andere Raumschiffe. Ein Transporter der Föderation wurde so schwer getroffen, dass er in die Kommandozone eines Minenschiffes stürzte. Weitere Explosionen ließen das All stakkatoartig aufleuchten.

»Raver-Vier-Eins an NewCom-Leader, stellen Sie sofort das Feuer ein, oder ich werde Sie angreifen!«

»Raver Control an Raver-Vier-Eins, Raver-Zwölf-Eins, Raver-Sieben-Eins, bilden Sie eine Angriffsformation. Geschütze werden Ihnen aufgeschaltet. Die Alarmrotte ist von der USS Kinshasa gestartet. Konzentrieren Sie das Feuer auf den zweiten NewCom-Kreuzer.« Die Einsatzleitung gab den Befehl, anzugreifen. Tara blieb keine andere Wahl, die NewCom-Kriegsschiffe drohten ein Inferno auszulösen.

»Raver-Vier-Eins an Raver Control, starte Sperrbeschuss.« Jetzt ließ Tara das All brennen, sie folgte mit ihren drei Drohnen den beiden NewCom Kriegsschiffen bis auf wenige Meter Abstand, wich dem gegnerischen Beschuss aus und setzte einen gezielten Treffer nach dem anderen.

Im Gegensatz zu zivilen Raumschiffen konnten Kriegsschiffe einiges mehr einstecken. Die Schutzschilde waren zwar nicht in der Lage, die Einschüsse komplett zu verhindern, absorbierten aber einen großen Teil der Energie, so dass die Schiffspanzerung den Rest der Treffer verkraften konnte.

Die Raver-Drohnen machten den Unterschied. Durch die Nähe zum Feind und die Wendigkeit konnten sie den Laserbeschuss der noch über 800.000 Kilometer im Rückraum liegenden Föderationsflotte zentimetergenau fokussieren.

Ein ungleiches Gefecht, das die NewCom-Kriegsschiffe nach mehreren Treffern auf dieselbe Stelle jeweils eine weitere Sektion im Schiff kostete. Sie selbst konnten auf die Entfernung nicht mit einer gleichwertigen Präzision zurückschießen. Tara zerstörte Geschütze, Energiezellen, Sensoren und alles andere, was sie identifizieren konnte. Die anderen Raumschiffe an der Blockade versuchten sich in Sicherheit zu bringen, was vielen nicht gelang.

Wieder eine Textmeldung, Major Stern konnte es nicht lassen, ihr auf die Nerven zu gehen.

Captain Aarnaar wird Sie verhaften lassen. Brechen Sie Einsatz ab. Es steht ein Fluchtgleiter bereit ...

Tara drückte die Nachricht weg. Sie würde nicht weglaufen, wenn sie für ihre Taten bezahlen musste. Sie war ein Raver-Pilot, sie hatte eine Aufgabe zu erledigen.

»Raver Control für Raver-Vier-Eins und Raver-Zwölf-Eins, die NewCom Kriegsschiffe drehen ab. Die haben genug. Verschieben Sie Ihre Staffeln, um den Start der USS Berlin zu schützen. Die Orbitalwerft ist bereits durch mehrere Wrackteile getroffen wurden.«

»Raver-Vier-Eins, bestätige neue Missionsparameter.« Tara schwenkte aus dem Nahkampf gegen die beiden Kriegsschiffe ab und ließ sich in Richtung der Orbitalwerft zurückfallen. Die NewCom-Flotte schoss nicht mehr auf Raver-Drohnen oder die Raumjäger und die Föderation ließ sie ziehen.

»Sie werden tun, was ich sage. Schalten Sie die Verbindung ab.« Die Stimme kannte Tara. Das war Captain Aarnaar, aber nicht über Funk, sie stand direkt neben ihr. Das Display in ihrem Helm wurde schwarz, Tara verlor die Kontrolle über ihre Drohnen.

»Ich bin mitten im Einsatz ... was soll das?« Tara riss sich den Helm herunter. Der Soldat, der den Raver-Piloten beim Ein- und Aussteigen half, sah sie nur ratlos an.

»First Lieutenant, ich verhafte Sie wegen des dringenden Verdachts des Hochverrats. Sie müssen auf die Anschuldigung nicht antworten. Steigen Sie aus der Raver-Kanzel und folgen Sie mir.« Der Captain verlor keine Zeit mit Nebensächlichkeiten.

»Was wird mir vorgeworfen?«, fragte Tara und sah zu Major Stern, der still danebenstand.

»Oh, ich denke, das wissen Sie.« Captain Aarnaar packte sie am Arm und drückte sie vor sich her.
»Das ist ein Missverständnis ...« Tara wollte zumindest versuchen, die Ereignisse zu erklären.
»Natürlich ... los, wir gehen. Erzählen Sie es dem Richter, der wird Ihnen gerne zuhören.« Captain Aarnaar schubste sie erneut. Tara sah abermals zu Major Stern, der nicht reagierte und nur wie ein Idiot auf einen mobilen Computer starrte.
»Major Stern, haben Sie die Ermittlungsdaten dabei?«, fragte Captain Aarnaar.
»Ja ... alles abgespeichert. Wir haben ihre Kontendaten. Sie hat die X-7 durchgelassen und dafür 1,2 Millionen kassiert«, erklärte Major Stern ähnlich engagiert wie die KI von der Zeitansage.
»In mein Büro ... ich rufe dann den Sicherheitsdienst, um sie einsperren zu lassen.«

Tara glaubte schlecht zu träumen, was machte Major Stern mit ihr? Erst warnte er sie und jetzt lieferte er sie ans Messer?
»Rein mit Ihnen ...« Captain Aarnaar öffnete die Bürotür und drückte sie auf den Sitz. »Können Sie mir jetzt erzählen, warum Sie uns verraten haben?«
»Ich ...« Tara zögerte und sah abermals Major Stern an. Er stand hinter dem Captain und lächelte mit dünnen Lippen. Was hatte er vor?

»Glauben Sie, er könnte Ihnen helfen?« Captain Aarnaar blieben Ihre Blicke nicht verborgen.

»Nein, Ma'am.« Tara wusste nicht, was sie glauben sollte. Die Situation überforderte sie.

»Major Stern, tragen Sie die Beweise vor.«

»Gerne ...« Major Stern zog seine Waffe und schoss Captain Aarnaar zwei Mal in den Nacken. Blut spritzte auf den Tisch. Die Projektile durchschlugen den Körper, den Tisch und blieben im Boden stecken. »Reichen die Beweise, Captain?«

»Aber ...« Taras Magen verkrampfte sich, sie glaubte, sich übergeben zu müssen. Sie hatte Blutspritzer im Gesicht.

»Wir sollten gehen.«

»Und sie?« Tara zeigte verunsichert auf die Leiche.

»Sie können gerne hier bleiben ... ich gehe, was ich Ihnen ebenfalls dringend empfehlen würde.«

»Und die Beweise gegen mich?« Tara sah auf das mobile Display, das Stern in der Hand trug.

»Meine Urlaubsbilder, ich sehe gut in Badehose aus ... die Beweise, die Aarnaar ansprach, gibt es nicht mehr.« Major Stern lächelte. »Sie hat mir vertraut ...«

Stern lief vor, sie rannte ihm wie ein kleines Mädchen hinterher. Sie wollte nie seine Komplizin sein. Wegen der Hektik auf der USS Kinshasa achtete niemand auf sie. Zwei Decks über ihnen, auf dem Flugdeck, wartete auch Gessner auf sie, der dritte Verräter im Bunde. Hinter ihm ein startbereiter Gleiter, ihre Fluchtmöglichkeit.

»Sie wollen jetzt da raus?«, fragte Tara, im Umfeld der USS Kinshasa wimmelte es vor Wrackteilen, die alle durch die Gravitation früher oder später auf den Mars niederregnen würden.

»Es könnte keinen besseren Zeitpunkt geben. Da fliegt soviel Schrott umher ... die Radaraufklärung wird uns nicht sehen. Zudem habe ich beschlossen, heute in Rente zu gehen«, erklärte Gessner großspurig und stieg in den Gleiter.

»Nach Ihnen ...« Stern gebot ihr, ebenfalls einzusteigen. Tara spürte, dass jeder weitere Schritt einer zu viel war. Es lag an ihr, eine Entscheidung zu treffen: So hatte sie sich den Dienst bei der Föderation nicht vorgestellt. Nein, sie musste sich stellen.

»Danke.« Tara stieg in den Gleiter, während Gessner bereits den Computer mit Kursdaten fütterte. Die Tür schloss sich. Stern saß schräg vor ihr. Sie konnte an seiner Seite das Pistolenholster sehen. Es gab nur eine Reise, die diese beiden Männer noch vornehmen würde. Direkt in die Hölle.

»Sorry Jungs ... das ist nicht mein Spiel.« Tara ergriff die Waffe, mit der Stern Captain Aarnaar erschossen hatte. Dieses Schwein, er hatte ihr feige in den Rücken geschossen.

»Verrückt geworden?«, fragte Stern und sah in die Mündung seiner eigenen Waffe. Gessner beschäftigte sich mit dem Computer, er bekam nichts mit.
»Ja.« Tara stand auf, ging einen Schritt auf ihn zu und setzte ihm die Waffe von oben auf die Brust. »Völlig sogar.« Sie schoss zweimal. Von schräg oben in seinen Oberkörper, damit die Projektile durch den ganzen Körper fliegen mussten, um wieder auszutreten. Sie wollte kein Loch in den Boden schießen.
Gessner drehte den Kopf, er saß einen Meter vor ihr und schaffte es noch, seine Augen aufzureißen. Tara stand bereits hinter ihm, drückte die Waffe in seinen Nacken und schoss zweimal in seinen Oberkörper. Bei diesen großkalibrigen Waffen musste man aufpassen, um beim Projektilaustritt nicht sonst etwas kaputtzuschießen.
»Wir wären nie Freunde geworden ...« Die Waffe warf sie in die Ecke. Jetzt klebte auch das Blut dieser beiden Verräter an ihren Händen. Tara startete den Autopiloten mit 30 Sekunden Verzögerung und ließ die Tür wieder öffnen.
Auf dem Flugdeck sah sie noch dem Gleiter nach, als dieser mit den beiden Leichen die Energiebarriere passierte und im All verschwand. Sie würde sich jetzt zu Captain Aarnaar ins Büro setzen und darauf warten, verhaftet zu werden.

Tara dachte an ihre Schwester Istari und ihren gemeinsamen Traum, zu den Sternen zu reisen. Auch ihren Eltern schenkte sie einen schönen Gedanken von früher.

»Ich hoffe, dir geht es gut«, sagte sie und ging wieder den Weg zurück, auf dem sie Stern gefolgt war. Ein Irrweg, das wusste sie inzwischen besser. Es war naiv zu glauben, weglaufen zu können. Ihre Taten würden sie immer einholen.

»Hier spricht der Kommandant, uns ist es gelungen, mit der NewCom-Flotte einen Waffenstillstand zu vereinbaren. Es liegt im Interesse aller, diesen schrecklichen Unfall aufzuklären. Bitte bleiben Sie auf Ihren Posten, bis sich die Situation wieder normalisiert hat. Leider sind auch zahlreiche zivile Opfer zu beklagen, deren Raumschiffe an der Blockade durch herumfliegende Wrackteile zerstört oder schwer beschädigt wurden. Unsere vorrangiges Ziel, ist es ...«

Tara kam am Büro von Captain Aarnaar an, deren Leiche gerade herausgetragen wurde. Sie hatte keine Lust mehr, dem Kommandanten zuzuhören.

»Sie war zur falschen Zeit am falschen Ort«, erklärte ein Colonel, der auf sie zukam. Jassin stand auf seinem Namensschild. Das war der Mann vom militärischen Abschirmdienst, mit dem sie vorhin gesprochen hatte.

»Colonel, kann ich mit Ihnen reden?« Tara würde ihm alles erzählen, was sie getan hatte.

»First Lieutenant Bagian, sie haben Blut im Gesicht.« Er lächelte, eine Geste, die nicht zu ihrer Stimmung passen wollte.

»Auch darüber möchte ich mit Ihnen sprechen ...«

»Glauben Sie, ich bin Ihr Beichtvater?«, fragte Jassin, legte seine Hand an Ihre Schulter und zog sie ein paar Schritte weiter.

»Bitte?« Tara glaubte, sich verhört zu haben.

»Tara, darf ich Tara sagen? Hören Sie, die Föderation hat vor wenigen Stunden Ganymed verloren, ein Verlust unserer Wirtschaftskraft, der nicht kompensiert werden kann. Die Separatisten haben genau gewusst, wann sie agieren müssen.«

»Das habe ich gehört ...« Tara nickte, ohne zu verstehen, was er ihr sagen wollte.

»Heute Abend hat Jekaterina Kuronova ihren Mann töten lassen und die Kontrolle über die NewCom-Flotte übernommen ... in deren Komplott auch Sie benutzt wurden.«

»Sie ist doch getötet worden, oder?«

»Das dachten wir zuerst auch ... ein Fehler, sie hat nur einen Klon töten lassen und fliegt gerade mit ihrem Sohn zur Erde.« Er lächelte. »Sie ist jetzt die Königin von Minsk.«

»Tun Sie nichts dagegen?«

»Krieg führen gegen NewCom?« Er schüttelte den Kopf. »Um uns noch schneller aus diesem Sonnensystem zu tilgen?«

»Haben Sie den Killer geschnappt?«

»Leider nicht ... wir konnten nur einen Deserteur festnehmen, der sich als Yuri Kuronov ausgegeben hat.«

Tara wollte trotzdem alles loswerden. »Ich habe in Johannesburg ...«

»... einen Fehler gemacht. Einen schlimmen sogar ... soll ich Ihnen ein Geheimnis verraten? Ich habe beim ersten Gefecht aus Versehen zwei Kameraden erschossen. Gute Leute. Sind mir einfach in die Feuerlinie gelaufen. Ich konnte nichts machen.«

»Aber ...«

»Ich arbeite beim militärischen Abschirmdienst. Zuerst ist mir Major Gessner durchs Netz gegangen, es hätte mir auffallen müssen, dass seine Familie Tickets für die USS Berlin hatte ... ist es aber nicht. Zu viele Namen, zu viele Menschen, ich habe es einfach übersehen. Dann Major Stern, der mich sogar bis zum Mord an Aarnaar täuschen konnte. Ich hatte ihn beauftragt, Ihre Befragung zu überwachen und Aarnaars Ehrgeiz im Zaum zu halten. Dieser korrupte Scheißkerl hat uns alle an die Kuronova verkauft.«

»Ich habe ihn erschossen.« Tara kämpfte mit den Tränen. »Und Gessner auch.«

»Und sind zurückgekommen ... Bagian, wir sind zu wenige, um uns gegenseitig an die Wand zu stellen.«

»Sie wollen mich laufen lassen?«

»Nein, sicherlich nicht.« Sein Gesicht wurde ernster.

»Bitte?«

»Ich will Sie an meiner Seite wissen, Captain Bagian, Sie werden jetzt das Raver Aufklärungs- und Kommunikationsgeschwader an Bord der USS Kinshasa befehligen ... nebenbei bemerkt, solche Angriffsmanöver wie gegen die NewCom-Flotte habe ich noch nicht gesehen.«

»Danke, Sir.« Tara wollte sich stellen und wurde stattdessen befördert. Was für eine kranke Welt. Sie schloss die Augen und dachte an Istari: Kleine, ich lebe noch und werde dich retten.

***

XXXIII. Kämpfe

Das Leben bestand aus einer unendlichen Verkettung von Zufällen. Jedes Ereignis beeinflusste das nächste. Ein Spiel ohne Anfang und ohne Ziel. Aktion und Reaktion, wie bei ihren sonderbaren Erlebnissen in den letzten Tagen.

Wer war sie? Sie suchte in ihren Gedanken nach einem Anfang, einem Ort, an dem ihr Leben begann. Einen Namen, sie wusste nicht, wie sie früher gerufen wurde. Ein merkwürdiges Gefühl, seine Vergangenheit verloren zu haben.

»Geht es dir gut?«, fragte Joe, der grauhaarige Fahrer des Wagens, der sie in den Bunker mitgenommen hatte. Im Kunstlicht normalisierten sich die Farben, die in der Sonne verrückt spielten. Joe war ein interessanter Mensch, bei dem man in jeder Falte seines sonnengegerbten Gesichts glaubte, eine Geschichte lesen zu können. Seine Offiziersuniform lag unter der Kaffeemaschine als Tropfenfänger. Er war Major, seine Männer nannten ihn aber alle nur Joe.

»Danke ... ja.« Sie schenkte ihm ein Lächeln, was diesen bärbeißigen Kerl unsicher auf den Betonboden des Verpflegungsraumes schauen ließ, in dem sie sich an einen Metallbecher klammerte und über ihr zwei Tage altes Leben sinnierte: Was sah er in ihr? Seine Tochter? Die Erlösung? Sie wusste es nicht. Es war seine Entscheidung gewesen, sie in den Bunker mitzunehmen, eine Anlage, in der seine Männer ausgemusterte nukleare Gefechtsköpfe bewachten.

»Du brauchst es nur sagen, wenn dir etwas fehlt.« Er versuchte ebenfalls zu lächeln, wenn auch nur mäßig erfolgreich und ging wieder. Die Männer hatten ihr zuvor einen gelben Overall gegeben, sie leuchtete regelrecht in dem tristen Umfeld. Sie, der gelbe Overall und ihr Metallbecher mit Kaffee, dessen Koffeingehalt ihn eigentlich als Waffe klassifizierte, waren wieder allein. Die fensterlosen Betonwände des Bunkers engten sie ein und die Klimaanlage surrte beängstigend.

Gestern war sie in der Wüste aufgewacht, als ob sie gerade geboren wurde. Eine staubige Niederkunft und Mutter Wüste hatte sich wenig Mühe gegeben, sie zu beschützen. Das in der Proviantkiste befindliche Wasser hätte sie nur drei Tagen überleben lassen. Aber sie hatte Glück, ein kleiner Junge kreuzte ihren Weg.

Sie hätte ihn töten können, was sie nicht tat. Dass sie früher weniger Skrupel hatte zuzuschlagen, konnte sie spüren. Die Gewalt steckte in ihr, aber sie hatte sich beherrscht und eine surreale Nacht mit zwei Kindern verbracht, die es real betrachtet nicht hätte geben können. Niemand überlebt alleine in der Wüste, sagte Joe, was sie ihm unbesehen glauben wollte.

Die Begegnung mit den Kindern hatte sie verändert, sie verstand, dass Gewaltlosigkeit nicht Aufgabe oder Feigheit bedeutete. Es war eine andere Form des Kampfes, die die Kinder sie gelehrt hatten. Weiterzumachen und den Kopf nicht zu senken. Weiterzulaufen, auch wenn einem die Flammen bereits entgegenschlugen.

Gewalt erzeugte Gegengewalt, der Bärtige, sein Name war Frank, wollte sie vergewaltigen. Tat es aber nicht, warum wusste sie immer noch nicht. Er sprach seitdem nicht mit ihr, seine Kameraden zogen ihn aber auch nicht damit auf.

Sechs waren es, sechs Soldaten der Föderation bewachten ein altes Waffenlager, dessen nukleare Sprengkraft genügen würde, um die Sonne zu sprengen. Inklusive der Erde und aller anderen Planeten in diesem Sonnensystem. Die schiere Menge an Bomben in den unterirdischen Lagerhallen, die man weder benutzen, noch in den Mengen binnen einer absehbaren Zeit zerstören konnte, war irrsinnig. Man konnte sie nur lagern und Männer mit Gewehren vor die Tür stellen.

Sie schmunzelte, mit diesen Waffen früher einen Krieg zu führen, wäre ähnlich geistreich gewesen, wie bei einem geplanten Selbstmord eine Pistole mit hundert Schuss Munition zu laden. Sicher ist sicher, mussten sich die Generäle damals gedacht haben, jeder konnte schließlich mal danebenschießen, auch wenn man sich die Knarre bis zu den Mandeln in den Mund schob.

Sie sollte sich etwas ablenken. Vom Verpflegungsraum bis zur Kommunikationszentrale waren es nur ein paar Schritte. Joe saß dort hinter einigen vergilbten Displays und überblickte eine ganze Wand von Bildschirmen. Neben ihm arbeitete jemand in einem blauen Overall an der Elektronik eines geöffneten Schaltschranks.

»Anders überlegt?«, fragte Joe, der eine blaue lange Hose und ein weißes T-Shirt trug.

»Was überwachst du hier?« Sie versuchte, die Displayansichten zu überblicken, die Gefechtsköpfe in betongrauen Lagerhallen, die Garage mit zwei Geländefahrzeugen, die Waffenkammer mit Handfeuerwaffen und inaktiven Drohnen sowie die Außenansicht des Bunkers zeigten, der im Felsen versteckt kaum zu sehen war.

»Echo-K-117, taktisches Waffendepot und der Hort der letzten Helden der Föderation.« Joe schien sich in seiner Rolle zu gefallen. Der Soldat im blauen Overall am Schaltschrank lächelte.

»Was ist das hier?« Sie zeigte auf ein Display, das eine gigantische glänzende Halbkugel in der Geröllwüste zeigte, umgeben von einigen Bergketten.

»Johannesburg, die letzte Zuflucht im Süden von Afrika.«

Sie glaubte, den seltsamen Namen bereits gehört zu haben.

»Wo ist diese Zuflucht?«

»400 Kilometer von uns entfernt.« Joe strich sich über den Mund. »Nein ... eigentlich liegt die Stadt auf einem anderen Planeten. Niemand kommt da rein.«

»Wer bestimmt das?«

»Die Anführer der Föderation ... es ist ihre Stadt.«

»Und wer sind die hier?« Jetzt zeigte sie auf ein Display mit großen Zeltlagern, in denen sich Hunderttausende befanden, alle durch ähnliche Tücher vor der Sonne geschützt wie sie zuvor.«

»Arme Schweine in Flüchtlingslagern, niemand von denen wird noch lange leben.«

»Warum sind die nicht in der Zuflucht.«

»Weil dort Männer mit Waffen stehen, die sie nicht hereinlassen ... genau wie wir.«

»Aber du hast mich mitgenommen ...«

»Ja ... das habe ich.«

»Warum?«

»Ähm ...«

»Warum tust du das? Warum ist es etwas Besonderes, einen Menschen in Not zu retten?« Das konnte sie nicht nachvollziehen.

»Kleine ... ich bin Soldat, das ist meine Pflicht.«

Hatte sie auch Pflichten? Was war früher ihre Aufgabe gewesen? »Dürfte ich überhaupt hier sein?«

»Ähm ... nein. Der Zutritt zur Bunkeranlage ist nichtmilitärischem Personal strengstens untersagt.«

»Warum hast du mich dann mitgenommen?« Sie verstand seine Aussage immer noch nicht.

»Weil ich ein sentimentaler Idiot bin ...«

»Er hat recht ... er ist wirklich ein Idiot. Wenn die in Joburg erfahren, dass wir Damenbesuch haben, sind wir alle fällig«, fügte der Mann am Schaltschrank amüsiert hinzu und schob eine neue Platine in das Array an der Wand.

»Sorg du lieber dafür, dass unsere Backup-Klimaanlage wieder läuft, mein Freund!«, wies Joe ihn zurecht.

»Bitte ... warum hast du meinetwegen die Regeln gebrochen?« So einfach wollte sie sich mit einer nebensächlichen Bemerkung nicht abspeisen lassen.

»Hätte ich dich sterben lassen sollen?«

»Hätte das jemand in Joburg interessiert?« Auch diese Kurzform von Johannesburg kam ihr bekannt vor.

»Sicherlich nicht.«

»Also, warum hast du es dann getan?« Sie von Frank vergewaltigen und töten zu lassen, hätte niemand in 400 Kilometer Entfernung aufschreien lassen.

»Es wäre nicht richtig gewesen ...«

»Mich sterben zu lassen?«

»Ja.«

»Du hast meinetwegen eine Regel deiner Föderation infrage gestellt?«

»Ja, Mann ... das habe ich getan. Sei lieber dankbar dafür und nerv mich nicht.«

»Danke, Joe.« Er hatte völlig recht, sie sollte ihm wirklich dankbar sein. Die Rettung war alles andere als eine Selbstverständlichkeit. Sie ging zu ihm und küsste ihn auf die Wange, das hätte sie bereits viel früher tun sollen.

»Ähm ...« Joe blickte sie an, wie mit dem schweren Geländewagen überfahren und rieb sich ungläubig die Wange.
»Wie unterscheidest du Regeln, die dir deine Föderation gibt?« Sie setzte nach. »Welche sind gut und welche nicht?
»Hey Joe, die Kleine hat schneller begriffen, wie unser Laden funktioniert als wir ...«
»Halt die Klappe und schraub an dem Array weiter!« Joe warf einen Stift nach dem Techniker, traf ihn aber nicht. »Ja, ja ... ich habe es ja verstanden. Unsere Regeln sind fast alle für'n Arsch! Aber wir sind Soldaten und die Föderation würde keine Deserteure jeden Monat mit Nachschub versorgen.«
»Und wann dürft ihr nach Hause?« Ob Joe eine Familie hatte? Eine Frau, oder vielleicht sogar Kinder?
Der Techniker fing an zu lachen und Joe verdrehte die Augen. »Weißt du überhaupt, was da draußen abgeht?«
»Die Sonne tötet alles Leben ... ist einfach zu erkennen.« Dafür hatte sie nicht lange gebraucht. Obwohl sie dunkle Haut hatte, hatten ihr wenige Minuten nackt in der Sonne einen Sonnenbrand eingebracht. »Habt ihr euch deshalb in dieses Gefängnis einsperren lassen?«
»Du darfst gerne wieder gehen.« Er spitzte seine Lippen. »Du bist frei ... ich halte dich nicht auf.«
»Danke, aber ich möchte nicht sterben, was mir allein in der Wüste schnell passieren würde. Als du sagtest, dass niemand in der Wüste überleben kann, hattest du recht. Niemand von uns wird es alleine schaffen, egal wo wir uns

verstecken. Jeder braucht jemanden, der ihm hilft. Wir sind Menschen und keine Steine, die kommen mit der Sonne auch alleine klar.«

»Ich weiß noch nicht einmal deinen Namen, Mädchen mit den blauen Augen, was willst du von mir?«, fragte Joe und rieb sich den Mund. Sie hatte in der Wüste seine Seele berühren können, jetzt galt es, ihn an die Hand zu nehmen.

»Ich glaube nicht an Zufälle.«

»Ähm ... ja.«

»Ihr habt mich nicht zufällig gefunden und ihr habt mich nicht zufällig mitgenommen.« Aktion und Reaktion, es gab keine Zufälle, jedes String-Teilchen, jedes Atom, jedes Molekül, jede Zelle, es spielte keine Rolle; ein Lebewesen würde niemals zufällig reagieren. Die Mathematik des Lebens war kein Zufall. Alles folgte den gleichen Naturgesetzen, bei denen nur minimale Unterschiede einer Aktion ausreichten, um für den Menschen eine scheinbar zufällige Reaktion auszulösen.

»Und?« Joe sah sie nur ungläubig an, was die Überzeugung in ihrem Herzen bestätigte.

»Ich habe *euch* gefunden. Ihr braucht mich, um wieder in euer Leben zurückzufinden.«

Sie schenkte den Männern die Möglichkeit, wieder für andere einzutreten. Kaum jemand wurde Soldat, nur um andere zu töten. Es ist eine gute Motivation, für andere zu kämpfen und sie zu beschützen. Bisher waren sie im Vorhof der Hölle eingesperrt, um alten Nuklearschrott aus der

Vergangenheit zu bewachen. Jeder von denen sehnte sich danach, wieder etwas Sinnvolles zu tun.

»Ich glaube ...« Der Techniker, der zuvor an dem Schaltschrank gearbeitet hatte, saß auf dem Tisch und sah sie fasziniert an.

»Was glaubst du?«, fragte Joe schnippisch.

»... die Kleine kennt uns verdammt gut«, sagte er und lächelte. Der Soldat mit schulterlangen blonden Haaren und hageren Gesichtszügen war um einiges jünger als Joe, wirkte aber ebenfalls erschöpft.

»Hast du einen Stromschlag abbekommen?«, fragte Joe.

»Nö ...«

»Ich kann dir gerne einen verpassen!«

Sie ging zu dem Techniker und strich ihm zärtlich über die Wange. Es kostete sie nur einen Atemzug, ihn zu berühren. Sein Lächeln war den Tausch wert.

»Mädchen, du machst mich verrückt! Wenn du so weitermachst und meinen Männern allen die Köpfe verdrehst, schließe ich dich mit dem Bier im Kühlhaus ein ... das kann ich meinen Jungs auch nur wohldosiert geben.«

»Sie hat recht! Was wir hier tun, ist völliger Schwachsinn!«, sagte Frank, der mit dem Vollbart, der mit zwei anderen Soldaten plötzlich in der Kommunikationszentrale auftauchte.

»Wieder zu den Lebenden zurückgekehrt?«, fragte Joe und schüttelte den Kopf.

»Wenn ich Scheiße baue, stehe ich dazu ... entschuldige bitte, dass ich dich angegriffen habe. Es tut mir leid.« Frank sah sie an, Tränen standen ihm in den Augen.

Sie hatte in dem Moment geglaubt, sterben zu müssen, was aber nicht geschah. Aktion und Reaktion, das war kein Zufall. Er hatte von ihr abgelassen, weil sie ihn dazu motiviert hatte.

»Ich dachte, du bringst mich um ...« Sie wollte sich dieses Gefühl gut merken. Es sicher verwahren, gut versteckt, und diese Angst nie wieder hervorholen.

»Es gibt heilige Mächte, die über Franks Arsch bereits gerichtet haben. Die drei Minuten ungeschützt in der prallen Sonne werden seinen Pavianhintern eine Woche bluten lassen«, erklärte einer seiner Kumpels trocken.

»Oh ja ...« Frank rieb sich mit schmerzverzogener Schnute die Rückseite seiner Hose.

»Darf ich euch eine Frage stellen?« Sie sah die fünf Männer genau an, nein sechs, jetzt waren alle komplett. Das war genau der richtige Moment, um ihre Vision vorzustellen.

»Klar ...«

»Wollt ihr wirklich in diesem Betonsarg alt werden?« Sie wollte es nicht, aber alleine würde sie es nicht schaffen. Der Bunker war nur ein Ruhepunkt auf ihrem Weg.

»Deserteure wandern in den Bau ...«, sagte Joe.

»Schlimmer als hier?« Das konnte sie sich nicht vorstellen.

»Auf jeden Fall langweiliger.«

»Ich werde in die Lager gehen ...« Sie zeigte auf mehrere Displays mit Flüchtlingslagern. »... alle Menschen mitnehmen und sie in der Zuflucht abliefern.«

»Das wird nicht funktionieren!« Joe glaubte ihr nicht.

»Hat es schon jemand probiert?« Sie traf eine Entscheidung und würde die Flüchtlinge anführen.

»Hey Joe, du bist ok ... aber elf Jahre im Bunker reichen, ich werde das Mädchen begleiten und ihr den Rücken freihalten«, erklärte Frank und ging einen Schritt vor.

»Ich bin immer noch dein Offizier!« Joe stand auf.

»Der beste, den ich je hatte. Joe, ich würde mich sogar für dich abknallen lassen ... komm einfach mit, dann kannst du weiterhin mein Boss sein!« Was Frank sichtlich kalt ließ.

»Ich bin auch dabei ... « Auch der Techniker schloss sich ihr an. »Wir gehen in die Flüchtlingslager und bringen die Menschen nach Joburg. Absolut bescheuerte Idee ... aber ich bin dabei. Ich wollte eh nie alt werden.«

»Jungs ... wir haben hier einen Auftrag. Wir müssen das Waffenlager beschützen ... das macht sonst niemand«, sagte Joe, der weitere Argumente bemühte, um hierzubleiben.

»Das Lager hundert Meter unter der Erde, in das wir selbst nicht reinkommen. Die Wände und Türen sind fünf Meter dick, erdbebensicher und werden automatisiert bewacht. Wir sind doch nur für die Außensicherung da.«

»Die werden euch einsperren!«, warnte Joe.

»Ich glaube nicht, dass wir alle überleben. Mein Ziel ist es nicht, Joburg zu erobern, mir reicht es, die Menschen dorthin zu führen und ihnen für einen Tag das Gefühl zu schenken, wieder etwas wert zu sein.«
»Warum nicht ... einmal noch groß auflaufen und dann einen coolen Abgang hinlegen. Ich bin dabei. Wir stürmen Johannesburg und schießen denen die Tore klein!«, »Ich bin auch dabei!«, »Ich auch!«, »Komm Joe, du bist unser Mann, mach mit!«
»Sechs Gewehre gegen die automatischen Geschütze am Stadttor, ihr habt wirklich den Verstand verloren.«
»Da hat Joe recht«, stimmte sie ihm zu und kassierte augenblicklich sechs verwirrt blickende Augenpaare. »Bewaffnet in den Kampf zu ziehen, wird uns bei zwei Geländewagen und einigen automatischen Waffen keinen Erfolg bescheren.«
»Einige der Flüchtlinge sind selbst bewaffnet«, sagte Frank im Eifer seines Mutes.
»Die uns auch nicht helfen werden ... aber ich habe einen Plan.« Die einzige Möglichkeit, die sie hatten.
»Welchen?«
»Wir kämpfen ohne Waffen, ohne Körperpanzer und ohne Fahrzeuge. Es gibt keine andere Möglichkeit, wir werden unbewaffnet nach Joburg gehen.«
»Bitte? Die knallen uns ab!«, sagte Frank.
»Wenn wir Waffen haben, bestimmt ...«

»Was die Kleine sagt, ist nicht dumm, die Föderation lässt nicht auf unbewaffnete Flüchtlinge schießen«, sagte Joe, der sichtlich anfing nachzudenken.

»Mag sein, aber die werden unbewaffnete Flüchtlinge auch nicht in die Stadt lassen.« Frank blieb kritisch.

»Uns sieben würden sie vor den Toren stehen lassen. Auch 700 oder 70.000. Aber nicht uns alle!« Sie ging an der Displaywand vorbei und tippte mit den Fingern auf zahlreiche Flüchtlingslager im Umkreis einiger Tausend Kilometer.

»Das sind Millionen ...« Joe schien langsam zu begreifen. »Das würde ewig dauern, alle aufzusammeln.«

»Ich sagte nicht, dass ich mich bereits morgen vor Joburg demütig in den Staub werfen werde. Wir haben Zeit ... und wenn es Jahre dauert. Der Weg ist das Ziel, wir zeigen den Menschen, dass es eine Zuflucht gibt.«

»Wir schenken ihnen Hoffnung ...«, sagte Joe, der ihren Plan begriffen hatte und endlich ihre Hand nahm.

***

XXXIV. Grenzen überschreiten

Leonie stand in dem Haus, das Peter für die Kinder und sie gebaut hatte. Eine mediterrane Villa mit sechs Schlafzimmern, mehreren Badezimmern, einem riesigen Wohnbereich, einer Bar, einer offenen Küche mit Blick auf den Garten, einem Essbereich, wenn sie Gäste empfangen hätten, einem großen Büro für ihn und einem kleinen Arbeitszimmer für ihre Pferdezucht. Draußen eine wunderschöne Terrasse, mit Blick auf die Stallungen ein Stück die Wiese herunter. Zwölf Hektar hatte das Grundstück, inklusive eines Bachs und eines kleinen Sees. Ein für irdische Verhältnisse unvorstellbarer Luxus.

»Warum?«, fragte sie und ging vom Wohnbereich mit terrakottafarbenen Bodenfliesen in Peters Arbeitsbereich, der mit einem hellen Holzboden ausgelegt war. Das Haus schien perfekt, genauso hatte sie sich ihr Paradies auf der Neuen Erde vorgestellt. Peter hatte alles nach ihren Wünschen vorbereiten lassen.

»Warum hast du mich alleine gelassen?« Das konnte Leonie nicht verstehen. Der Schmerz saß tief. Das Bild, als er leblos in das Grab fiel, würde sie nicht vergessen. Hilflos hatte sie Matthew diesen Horror erleben lassen müssen.

Sie betrat Peters Büro. Im Gegensatz zu dem aufgeräumten und mit vielen kleinen Details liebevoll eingerichteten Wohnzimmer herrschte hier das blanke Chaos. Überall an den Wänden hingen Ausdrucke, Tabellen und Grafiken, die unbekannte Facetten der bereits vor einem Jahr ausgebrochenen Epidemie darstellten. Eine vergebliche Jagd nach einem unbekannten Gegner. Sie hielt es für sinnlos, sich diese Informationen anzusehen.

Peter hatte einen Denkfehler gemacht, nein, wenn sie länger nachdachte, er war für eine ganze Reihe von Fehlern verantwortlich. Aber eine falsche Grundannahme wog besonders schwer, sie war eine Frau, eine Mutter, sie konnte spüren, dass er etwas übersehen hatte.

»Ja, bitte«, sagte Leonie, von der Treppe hörte sie Schritte. Eine Krankenschwester würde sich um Matthew kümmern, während sie weg war.

»Mrs. Heagel, ich habe Ihrem Sohn etwas zum Schlafen gegeben und einen Kreislaufmonitor aufgestellt. Die Blutungen sind noch schwach ... er wird es damit etwas leichter haben«, erklärte die Krankenschwester, eine junge Frau mit dunklen Haaren und müden Augen.

»Wie lange hat er noch?«

»3 bis 3,5 Stunden. Der Krankheitsverlauf entwickelt sich erst in der Endphase dramatisch. Wir könnten ihn in der Klinik besser versorgen, auch wenn es die Lebensdauer nicht verlängert.«

»Danke ... mein Mann hat dieses Haus gebaut, ich möchte, dass Matthew hier bleibt.« In Leonie tobte ein Kampf, ihren Sohn alleine zu lassen schmerzte. Aber wenn sie blieb, würde sie ihm nur beim Sterben zusehen können. Um ihn hingegen zu retten, würde sie gehen müssen. Gehen und kämpfen. Ja, sie wollte für Matthew kämpfen!

»Sehr wohl.«
»Sie bleiben die ganze Zeit hier?« Das war Leonie wichtig, er sollte jemanden haben, wenn er aufwachte.
»Ja.«
»Danke.« Leonie strich ihr am Oberarm entlang, in drei Stunden konnte viel passieren, hoffentlich würde sie Matthew und die ihr sympathische Krankenschwester wiedersehen.
»Da landet ein Gleiter bei Ihnen im Garten.« Die Krankenschwester zeigte nach draußen. Darauf hatte sie gewartet. Sie überprüfte mit einem Handgriff die Waffe am Oberschenkel. Es konnte losgehen. Hoffentlich würde sie zu Peters Fehlern keine weiteren hinzufügen. Alles hing davon ab, dass sie nicht daneben lag.
»Passen Sie auf sich auf ...« Leonie nahm sich vom Schreibtisch einen Pad-Computer, öffnete die Terrassentür und verließ das Haus. Der koreanische First Lieutenant kam ihr entgegen, Lee Duc-Anh. Er trug ein Headset und hielt ein zweites für sie in der Hand. Während des Fluges würden Verwirbelungen am Chassis für laute Windgeräusche sorgen. Sie nickte und setzte sich den Kopfhörer auf.
»Leonie, wir müssen sofort weiter. Die Bergregion, die Sie anfliegen wollen, liegt 40 Minuten Flugzeit nördlich von hier.«
Sie nickte und bestieg vor ihm den Gleiter, der wenige Sekunden später startete. Leonie dachte kurz an die Landkarte, auf der sie das Ziel ausgesucht hatte. Eine Wahl, ohne viel Zeit zu verlieren, es galt nur eine leicht zugängli-

che Stelle zu finden, um die Neue Erde möglichst tief zu treffen.

»Haben wir die Waffen an Bord?« Nur darauf kam es an. Ihre Intuition gegen wissenschaftliche Beweise. Leonie wusste genau, warum die Seuche keinem Erreger zugeordnet werden konnte. Auch wenn die Neue Erde in vielen Details der frühen Erde ähnelte, würden die wenigen Unterschiede Leonies Handeln an diesem Tag bestimmen.

»Zwei mal 300 Megatonnen mit Bohrvorrichtung. Leonie, sind Sie sicher, dass Sie das tun wollen?«, fragte Duc-Anh besorgt.

»Zu 100 Prozent.« Sie verdrängte alle Zweifel, sie würde den Plan durchziehen.

»Damit sprengen wir normalerweise instabile Asteroiden, die der Raumflotte zu nahe kommen.«

»Perfekt.«

»Ich möchte ehrlich zu Ihnen sein ... die anderen Offiziere halten Sie für verrückt.«

»Die, die gerade gekniffen haben, das Kommando zu übernehmen?« Die konnten Leonie den Buckel herunterrutschen. Sie legte keinen Wert darauf, ihren Plan mit denen zu erörtern.

»Die auch ...«

»Diese Feiglinge!« Leonie sah ihm in die Augen. »Duc-Anh, halten Sie mich auch für verrückt?«

»Ja, völlig sogar.«

»Warum helfen Sie mir dann?«

»Ich hatte keine Lust, den anderen beim Sterben zuzusehen ... Ihnen mit den Bomben zu helfen, klang spannender.«

»Sie hätten auch beten können ...«

»Ich bin kein religiöser Mensch. Meine Schwester betet für mich, falls es einen Gott gibt, reicht es, wenn er ihr zuhört.«

Leonie lächelte. »Das klingt opportunistisch.«

»Ich denke, das kann ich mir heute erlauben ... entweder blute ich Ihnen nachher wie ein abgestochenes Schwein den Boden voll, oder Sie jagen uns stückweise in die Umlaufbahn.«

»Welche Wirkung hätte eine Detonation der Bomben auf den Planeten?«, fragte Leonie.

»Das hängt vom Untergrund und der Bohrtiefe ab. In 580 Metern über der Oberfläche gezündet, hat Little Boy mit 13 Kilotonnen Sprengkraft 1945 in Hiroshima 70.000 Menschen getötet. Die stärkste jemals auf der Erde gezündete Wasserstoffbombe war 1961 mit 58 Metatonnen die russische Zar-Bombe, deren Druckwelle drei Mal die Erde umrundete und noch in 1.000 Kilometern Entfernung norwegische Scheiben bersten ließ.«

»Sie kennen sich gut aus ...« Leonie staunte nicht schlecht über seine geschichtlichen Kenntnisse.

»Zweimal 300 Megatonen wären, in der Atmosphäre gezündet, planetare Killer, die alles Leben verbrennen und verstrahlen würden. In der passenden Tiefe gezündet, würden sie den Planeten sogar aus der Umlaufbahn werfen.«

»Das sollte genügen ... wir haben die richtige Ausrüstung dabei.« Leonie war fest entschlossen, die Nuklearwaffen einzusetzen, wenn auch anders als Duc-Anh es erwartete.

»Zumindest werden wir die Seuche damit für immer aus dem Universum tilgen und verhindern, dass weitere Siedler infiziert werden. Darum ist der Waffeneinsatz in letzter Konsequenz richtig.«

»Wir werden sehen.« Leonie sah aus dem Fenster, sie hielt es für unnötig, seine Fehleinschätzung zu korrigieren. Niemand würde heute sterben müssen.

»Ma'am, wir werden den Bergsee in weniger als drei Minuten erreichen. Sie können den Waffenabwurf vorbereiten«, meldete der Pilot, der den Gleiter flog.

»Ich aktiviere die Zünder und die Bohrvorrichtung. Ich stelle 2.000 Meter Bohrtiefe ein, 1.200 Meter Tiefe schenkt uns der Bergsee, das spart viel Zeit.«

»Die wir nicht haben ... bringen Sie den Gleiter über die Wasseroberfläche und halten Sie die Position.«

»Wann sollen die Bomben zünden?«, fragte der Koreaner und justierte die Waffensysteme über ein handgroßes Display an den beiden dunklen, jeweils 80 Zentimeter langen Zylindern, die man auch bequem auf dem Rücken hätte tragen können.

»Verzögerung auf 72 Stunden einstellen. Spielen Sie eine verschlüsselte Codierung ein, damit ich die Bomben mit meinem Pad kontrollieren kann.«

»72 Stunden?«

»Ja, bitte.«

»Warum so lange warten?«

»Haben Sie es eilig, zu sterben?«

»Eigentlich nicht … aber ich denke, meine Lebenspläne interessieren gerade nicht.«

Leonie schon. »Möchten Sie eine Familie gründen?«

»Meine Frau ist gestorben.«

»Das tut mir leid …«

»Mir auch … mein Alternativplan ist, sie im nächsten Leben erneut zu heiraten.«

»Dafür drücke ich Ihnen die Daumen … in vielen Jahren. Ich habe nicht vor, heute zu sterben und ich hoffe, Sie auch nicht.«

»Ma'am?«

»Helfen Sie mir bei den Bomben und ich werde Ihnen zeigen, was ich meine.«

Er lächelte, deutlich motivierter als zuvor. Mit dem sicheren Tod vor Augen sollte niemand arbeiten müssen. *»Meine Hände gehören Ihnen!«*

»Sehr gut. Waffenstatus?«

»Ich habe die Zündverzögerung eingestellt. 72 Stunden, wie gewünscht. Ich habe auch Ihr Pad konfiguriert, Sie können jetzt jederzeit in die Waffensteuerung eingreifen. Die Bohrtiefe steht auf 2.000 Meter. Wir können die beiden Bomben jetzt ins Wasser werfen.«

»Status des Gleiters?«

»Ma'am, wir schweben zwei Meter über dem Bergsee. Es ist windstill, der Himmel ist wolkenfrei und der Gleiter macht keine Probleme«, meldete der Pilot. Genau die Meldung wollte sie hören.

»Öffnen Sie die Heckklappe«, ordnete Leonie an, was der Pilot auch umgehend machte. Die Aussicht war grandios. Die Luft dürfte eine Temperatur von 22 Grad Celsius haben und der Duft von Bäumen wehte über das Wasser. Solche Landschaften kannte sie ansonsten nur von alten Postkarten oder animierten Projektionen.

»Ich bin fertig, um die Waffen abzuwerfen«, sagte Duc-Anh und winkte ihr von hinten zu.

»Tolle Gegend, oder?« Der Bergsee glich einem Trichter, mit einer Breite von 300 Metern war er bis zu 1.200 Meter tief. Das Blau des klaren Wassers schien Leonie beinahe zu verzehren. Am liebsten wäre sie nackt ins Wasser gesprungen.

»Nicht mehr lange ...«

»Ab mit den Bomben ins Wasser.« Leonie hielt sich an einem Griff fest, als der Gleiter eine leichte Windböe ausglich.

»Sorry ... sieht bestimmt hemdsärmelig aus.« Duc-Anh schnappte sich die erste 20 Kilogramm schwere Bombe, trug sie zur offenen Heckklappe des Gleiters und warf sie ins Wasser. Die zweite folgte eine Minute später ähnlich unspektakulär.

»Nur das Ergebnis zählt ...« Leonie setzte sich auf den Boden und lehnte sich gegen die seitliche Bordwand. Auf dem Pad konnte sie die beiden Nuklearwaffen beim Sinken beobachten. Zweimal 300 Megatonnen, das wären die größten jemals von Menschen ausgelösten Explosionen. Von ihr geplant, eingeleitet und vielleicht auch gezündet.

Dabei war sie in der Schule eine überzeugte Pazifistin gewesen.

»Die Bomben sinken schnell. Sind auf 300 Meter.« Auch Duc-Anh beobachtete den Abtauchvorgang über einen Bordmonitor.

»Gleich 500 Meter. Waffenintegrität 100 Prozent« Die Bomben waren dafür ausgelegt, einem Wasserdruck bis zu einer Tiefe von 25.000 Meter standzuhalten.

»700 Meter ... an der aktuellen Position werden die Waffen genau bei 1.197 Meter Grundkontakt haben.«

»900 Meter.« Es ging weiter schnell abwärts. Gleich würden die Waffen automatisch abbremsen, um unbeschadet aufzusetzen.

»Kontakt. Die Bomben zünden die Bohreinheit und dringen in das Gestein ein. Der ersten Analyse nach reines Granit.«

»Ist das ein Problem?«

»Nein, die Bohrkerne schaffen auch dichte Ferritschichten. Die gehen durch alle bekannten Gesteinsarten ... keine Sorge.«

Leonie nickte, sie war gerade dabei, zwei Atombomben in Stellung zu bringen, wieso sollte sie sich auch Sorgen machen.

»Sie sagten vorhin, heute nicht sterben zu wollen ... was meinten Sie damit?«, fragte Duc-Anh. Verständlich, dass er das wissen wollte.

»Haben Sie sich einmal gefragt, warum wir die Seuche nicht identifizieren können?«

»Klar ... wie vermutlich jeder von uns.«

»Ich glaube nicht, dass es eine Krankheit war ...« Davon war Leonie zu 100 Prozent überzeugt.

»Was war es dann?«

»Eine Botschaft.« Die nur bisher niemand verstand.

»Ich verstehe nicht ...«

»Eine Botschaft von der Neuen Erde an uns ...«

»Mit welcher Nachricht?«

»Es besser zu machen als beim letzten Mal ...«

»... als beim letzten Mal?« Er sah sie fragend an.

»Denken sie mal an unsere Heimat, die Umweltverschmutzung, die Sonne, die Wüsten ...« Was Leonie die ganze Zeit tat. Die Menschheit hatte die Erde wie einen alten Klepper zu Tode geschunden.

»Okay ... verstehe ich. Die Menschheit hat fahrlässig die Natur der alten Erde zerstört und die Seuche auf der Neuen Erde ist jetzt die Quittung dafür?«

»Nein.« Genau das war der Denkfehler. Er sah es immer noch nicht. Sie sah kurz auf das Pad, die Bomben hatte eine Tiefe von 1750 Metern erreicht. Gleich würde es soweit sein. Der Pilot hielt immer noch die Position über dem Wasser.

»Erklären Sie es mir ...«

»Die Neue Erde kennt unsere alte Welt nicht. Sie weiß nichts von dem, was die Menschen dort getan haben. Alles, was sie sieht, sind unsere Taten hier. Sie sieht die Baustellen, die Planierraupen, die Löcher, die wir in den Boden graben und die ganzen Bäume, die wir fällen.«

»Sie reden über diesen Planeten, als ob er ein eigenes Bewusstsein hätte.«

»Ja.« Genau darauf beruhte ihr Plan, genau das war der Denkfehler, den Peter gemacht hatte. Er hatte sträflicherweise komplett ausgeschlossen, es mit einem denkenden Wesen zu tun zu haben.

Duc-Anh schüttelte den Kopf. »Leonie, das ist völlig verrückt! Sie bilden sich das ein!«

»Sie sehen doch, wohin uns unsere Vernunft gebracht hat.« Wohin die Menschheit die letzten 300 Jahre moderne Vernunft gebracht hatte. Direkt an den Abgrund: Die alte Erde wurde zu einem Grab und die Neue zur Todesfalle. Sie standen mit dem Rücken an der Wand. »Jetzt können wir sehen, wohin uns meine Unvernunft bringt.«

»Okay ... ich bin bereit, Ihnen ein Stück entgegenzukommen. Punkt 1: Die Seuche ist eine Botschaft. Punkt 2: Die Neue Erde ist sauer auf uns. Punkt 3: Wir sterben alle binnen der nächsten 72 Stunden, entweder in einer Blutlache oder in einem Atompilz. Bitte, jetzt möchte ich von Ihnen wissen, warum Sie annehmen, diese Geschichte zu überleben?«

»Weil ich mit der Neuen Erde reden möchte?« Leonie lächelte und sah auf das Pad, die Bomben waren auf 2.000 Meter angekommen. Die Antriebe der Bohreinheiten verstarben und die Zünder der Sprengköpfe aktivierten sich eigenständig.

»Reden? Wissen Sie, wie das klingt? Was wollen Sie denn einem Planeten sagen?«

Vielleicht hatte Leonie das falsche Wort benutzt. »Ich bin Mutter, ich habe drei meiner Kinder und meinen Mann begraben müssen.«

»Und?«

»Ich drohe der Neuen Erde ...« Leonie war davon überzeugt, gehört zu werden. Auch die beiden Atombomben waren eine Botschaft, eine sehr deutliche, die *sie* verstehen würde.

»Glauben Sie etwa, sie hört uns zu?« Duc-Anh war inzwischen schweißnass geschwitzt.

»Die Bomben sind auf 2.000 Meter ... sie hört uns zu.« Daran bestand für Leonie kein Zweifel.

»Ich gebe auf ... das ist zu verrückt!« Er rutschte selbst auf einen der Sitze und ließ den Kopf hängen.

Leonie tippte auf ihrem Pad eine Sequenz ein und ging an die offene Heckklappe. »INZWISCHEN DÜRFTEST DU VERSTANDEN HABEN, WOZU MENSCHEN IN DER LAGE SIND«, rief sie über das Wasser. »ICH BIN EINE MUTTER UND GLAUB MIR, ICH BIN NOCH VIEL SCHLIMMER!«

»Leonie, das ist Wahnsinn ...«, sagte Duc-Anh und hielt sich perplex seine blutige Hand vor den Mund. Auch der Pilot fing plötzlich an, stark aus der Nase zu bluten.

»NATÜRLICH KANNST DU UNS ALLE TÖTEN!« Leonie rotzte trotzig Blut in das Wasser. »HIER! HAST DU BEREITS EIN STÜCK VON MIR!« Der Pilot, Duc-

Anh und sie begannen alle auf die Sekunde genau zu bluten. Solche Zufälle gab es nicht.

»Wir werden sterben!« Duc-Anh verlor den Mut. Sie nicht, sie kämpfte weiter.

»Ma'am, ich weiß nicht, wie lange ich noch fliegen kann, ich stelle den Autopiloten ein. Sollen wir zurückfliegen?«, fragte der Pilot.

»Nein! Wir bleiben! Halten Sie die Position.« Keinen Zentimeter wollte sie weichen.

»DU HAST GESEHEN, WIE MENSCHEN DIE NATUR ZERSTÖREN. DU HAST ANGST VOR UNS. VERSTÄNDLICH, WIR SIND ZU SCHLIMMEN TATEN FÄHIG«, brüllte Leonie mit aller Kraft, Blut- und Speichelfäden hingen von ihrem Kinn herab.

»ABER DIE SACHE, DIE WIR AM BESTEN KÖNNEN, HAST DU NOCH NICHT GESEHEN. DARIN SIND MENSCHEN UNSCHLAGBAR. GLAUB MIR, DAS IST UNSER MEISTERSTÜCK.« Leonie schnappte nach Luft, der schnelle Blutverlust ließ sie taumeln. Nur noch kurz, sie sammelte ihre letzten Kräfte.

»WIR TÖTEN UNS, WIR TÖTEN ANDERE ... GNADENLOS. EGAL WIE AUSSICHTSLOS UNSERE LAGE IST, WIR SIND IMMER IN DER LAGE, ANDERE MIT UNS INS VERDERBEN ZU ZIEHEN!« Leonie sackte auf die Knie, ihre Kräfte schwanden.

»Töte mich ... und du wirst meinem Schicksal folgen. Ich sterbe jetzt und du in 72 Stunden. Die Bomben werden deinen Planeten zerstören, binnen dem Bruchteil einer

Sekunde wirst du verbrennen!« Leonie sah auf ihre Hände, Blut, alles war voller Blut. Sie konnte kaum noch ihre Augen offen halten.

»Lass mich leben ... und ich werde die Sprengung in 72 Stunden um 72 Stunden verschieben.« Leonie hustete Blut und glaubte, gleich das Bewusstsein zu verlieren. Ein Blick zu Duc-Anh und dem Piloten, die bereits leblos in sich zusammengesunken waren.

»Lass uns zusammen einen Weg finden ... und ich werde die Menschen aufhalten.« Ihr letztes Angebot, Leonie brach zusammen.

»Hallo Leonie«, begrüßte Peter sie mit einem Lächeln und einem wunderschönen Blumenstrauß in der Hand. Er stand am Landeplatz, an dem der Gleiter auf der Neuen Erde aufsetzte. Die vier Jungs schossen wie ein Enterkommando auf ihren Vater zu und rissen ihn zu Boden. Dagegen war er machtlos.

»Peter ...« Sie lächelte, das Wetter war wunderbar. Ein frühlingshafter Windzug erfrischte sie vom Wasser her. Sie würde von ihrem Mann nehmen, was ihre Jungs von ihm übrigließen.

»Du bist wunderschön.« Peter unterließ es glücklicherweise, etwas zu den Kilos zu sagen, die sie sich während der letzten Jahre aus Frust angefuttert hatte.

»Ich liebe dich.« Das tat sie wirklich und schloss ihn in die Arme, die lange Reise steckte ihr noch in den Knochen. Von den elf Jahren im Kälteschlaf glaubte sie, jede Nacht im Rücken spüren zu können. Aber jetzt hatte sie es geschafft und war auf der Neuen Erde angekommen.
»Gefällt dir das Haus?« Er nahm sie an die Hand und führte sie vom Wohnbereich auf die Terrasse.
»Das ist wie ein Traum.« Leonie strahlte, mehr als sie es jemals mit Worten ausdrücken konnte.

Leonie atmete schneller, Peter schob sich mit seinen drahtigen Hüften zwischen ihre Beine und drang in sie ein. Sie stöhnte und fuhr mit der Zunge langsam an seinem Hals entlang. Endlich konnte sie ihn wieder in sich spüren.
»All die Jahre habe ich mich nach dir gesehnt ...«, hauchte sie und drückte ihr Becken nach oben. Auf Dauer konnte keine Fantasie einen Mann ersetzen, keine Erinnerung eine Berührung und kein noch so schöner Traum die Realität.

»Leider müssen wir Ihnen mitteilen, dass Ihre Tochter Leonie Heagel, ihr Mann Peter und ihre vier Kinder Liam, David, Matthew und Logan auf der Neuen Erde tragisch ums Leben gekommen sind. Es war uns nicht möglich, ihre Leichen zu bergen, da der ganze Planet nach einer gewaltigen Explosion in einen nahen Stern stürzte«, erklärte ein ihr unbekannter Offizier ihren weinenden Eltern.

Leonie war nicht tot. Sie lebte. Sie träumte und sie weigerte sich vehement, sich beweinen zu lassen.
»Wer bist du, dass du tust, was du getan hast?, fragte sie eine körperlose Stimme. Leonie schwebte im Nichts, kein Licht, um sie herum war alles dunkel.
»Leonie!«
»Ein seltsamer Name für ein Wesen, das durch den Raum reisen kann. Warum bist du hergekommen?« Zu wem gehörte diese Stimme?
»Weil ich leben möchte ...« Das war alles, was sie im Herzen trug. Leben und für ihre Kinder da sein.
»Leben ... eine ehrenwerte Absicht.« Ein Moment der Stille kehrte ein. Leonie glaubte, einen Luftzug spüren zu können. »Warum bringst du dann den Tod mit?«
Jetzt wusste sie, mit wem sie sprach. »Weil ich ein Kind habe. Es ist krank und ich werde alles tun, um es zu retten.«
»Alles?«
»Absolut alles.« Worunter Leonie auch die Sprengung der Neuen Erde verstand.
»Was ist eine 300 Megatonnen Atombombe?«, fragte die Stimme, die abwechselnd wie ein Mann und wie eine Frau klang.
»Eine Botschaft ...« Sonst hätte Leonie dieses Gespräch nicht führen können.
»Das ist eine gefährliche Kommunikation.«

»Ja ... sie nicht zu verstehen, bedeutet zu sterben.« Leonie würde nicht weichen. Wenn sie starb, würde binnen 72 Stunden auch die Neue Erde untergehen.
»Und Verstehen bedeutet Leben ... ich glaube, Leonie, die durch den Raum kam, wir haben uns verstanden.«

»Leonie, hören Sie mich?« Lee Duc-Anh rüttelte sie in blutverschmierter Uniform wach. Er lebte, was folglich bedeutete, dass sie ebenfalls noch nicht das Zeitliche gesegnet hatte.
»Ja ... ja, mir geht es gut.« Sie stützte sich am Boden auf und sah durch die geöffnete Heckklappe. Der Gleiter hatte sich nicht von der Stelle bewegt, er schwebte immer noch zwei Meter über dem Wasser in der Mitte des Bergsees. »Wie geht es dem Piloten?«
»Verrückte Sache hier ... aber ich lebe noch, oder vielleicht sollte ich auch 'wieder' sagen«, erklärte der Pilot gutgelaunt.
»Wie lange war ich bewusstlos?«, fragte Leonie und sah verwundert auf ihre Armbanduhr. »Fast fünf Stunden, kann das sein?« Sie hatte immer noch das Gefühl, alles geträumt zu haben. Eine Illusion, dem Wunsch geschuldet, Matthew und die anderen retten zu wollen. Die Geschichte mit der Neuen Erde würde ihr niemand glauben, sie zweifelte selbst daran, ihren fantastischen Erinnerungen trauen zu können.
»Vier Stunden und zweiundfünfzig Minuten ... ich habe keine Ahnung, was das war und genauso wenig, warum wir noch leben.« Duc-Anh zeigte sich ratlos. Ob er es auch geträumt hatte?

»Hat bereits jemand den Ausbruch der Seuche über diese Zeitspanne überlebt?«

»Nein ... wir sind die Ersten.« Der Koreaner lächelte. Leonie nahm ihn in den Arm und freute sich. Sie hatten es geschafft.

»Bringen Sie uns zurück«, ordnete Leonie an, der Job über dem Bergsee war erledigt.

Ihr Gespräch der etwas anderen Art würde sie erstmal für sich behalten. Jetzt wollte sie zurück zu Matthew. Das war vermutlich der erste Kontakt mit einer intelligenten, nicht humanoiden Lebensform. Unglaublich, sie geriet völlig aus dem Häuschen. In ihr entstand der Wunsch, es laut herauszuschreien, was sie aber nicht tun würde.

Leonie sah den Pad-Computer neben sich auf dem Boden des Gleiters liegen. Sie wischte mit dem Ärmel ihr Blut ab und kontrollierte die Bombensteuerung. Die Steuerung meldete die volle Einsatzbereitschaft der Waffensysteme. Ihr Plan war es gewesen, die Neue Erde mit den Bomben zu bedrohen, was sie auch getan hatte. Die Zünder würden die Nuklearwaffen in 67 Stunden detonieren lassen, zuvor wollte sie die Zünder immer wieder um 72 Stunden vorstellen.

Nein, dachte sie, das war keine Basis für eine Freundschaft. Sie deaktivierte die Waffe und löschte die Zugangscodierung. Vertrauen, es ging immer um Vertrauen. Die Hoffnung auf Freundschaft hielt sie für viel stärker, als die Angst, von Fremden angegriffen zu werden. Sie war der

Gast auf dieser Welt, es galt für sie die Höflichkeit, ihren neuen Gastgebern zuzuhören.
»Ist alles in Ordnung?«, fragte Duc-Anh.
Leonie lächelte. »Mir ging es noch nie besser.«

»Mama!« Matthew kam auf sie zugelaufen, als der Gleiter im Garten ihres Hauses aufsetzte. Er lebte noch. Der Garten und ihr Haus waren voller fröhlicher Menschen. Als sie die Meldung über Funk erhielt, dass sich die erneute Epidemie ohne erkennbaren Grund einfach in Luft auflöste, hatte sie ihr Herz festhalten müssen.
Leonie sank auf die Knie und schloss ihren Sohn in die Arme. Er lachte, freute sich und küsste sie mehrfach auf Wange, Nase und Mund. Der Kleine nahm es nicht so genau, eine Tortur, die sie tagelang zu ertragen bereit wäre.
Die Menschen auf der Neuen Erde zahlten einen hohen Preis und auch sie musste mehr geben, als sie jemals aus freien Stücken hätte bezahlen wollen.
Sie traf die Entscheidung, über die Ereignisse am Bergsee zu schweigen, aber mit ihrer ganzen Kraft dafür zu sorgen, dass die Siedler die Neue Erde mit mehr Demut behandelten.

Sie war der Kommandant und diese Macht wollte sie nicht wieder abgeben. Die Menschheit verdiente es, eine zweite Chance zu bekommen und hatte daher eine Welt verdient, die sich zu wehren wusste, wenn es darauf ankam.

***

Liebe Leser,

hat euch die Geschichte gefallen? Missfallen? Habt ihr einen Fehler gefunden? Möchtet ihr dem Autor eure Meinung mitteilen?

Helft mir besser zu werden. Lobt mich. Verflucht mich. Redet einfach mit mir. Ihr habt gute Chancen eine Antwort zu bekommen.

Schreibt eine Rezension auf Amazon. Kurz. Lang. Völlig egal. Schreibt mir eine Email. Oder gebt es mir auf Facebook. Wie es euch gefällt.

Ich freue mich über jeden Kontakt.

Thariot / Martin

martin@thariot.de

Mehr Bücher von Thariot auf Amazon:

Ninis – Die Wiege der Bäume
Dark Fantasy, 2011,

Sonnenfeuer – Der Frieden war nah
Thriller, 2012

Cuareen – Die Blutspur
Dark Fantasy, 2012

Sternenstaub im Kirschbaum
Fun Fantasy, 2013

Genesis – Die verlorene Schöpfung
Science Fiction, 2014, Band 1

Genesis – Brennende Welten
Science Fiction, 2014, Band 2

Genesis – Post Mortem
Science Fiction, 2014, Band 3

Ich.Lebe.
Thriller, 2015

Solarian. Tage des Aufbruchs
Science Fiction, 2015, Band 1

6054183R00304

Printed in Germany
by Amazon Distribution
GmbH, Leipzig